新疆维吾尔自治区社会科学基金重点项目：《哈萨克族阿依特斯研究》项目的子课题
编号：NO:2010AMZ011

哈萨克族
阿依特斯研究论文集

主编／古丽娜尔·强巴依娃
副主编／王亮　阿依古丽·夏米夏

民族出版社

《哈萨克族阿依特斯研究》重点项目编委会名单

编撰委员会名誉主任　　胡伟
编撰委员会主任　　　　朱马汗·吾尔尼合拜
编撰委员会副主任　　　杨乃初　赛尔建·乌呼拜
　　　　　　　　　　　别克苏勒坦·凯赛　高兴堂
编撰委员会成员　　　　苏丹·江波拉托夫　贾合甫·米尔扎汗
　　　　　　　　　　　阿吾力汗·哈里　韩子勇　刘宾　吴福环
　　　　　　　　　　　库兰·尼合买提　张定京　马迎胜
　　　　　　　　　　　李秀莲　张晓宁
编撰委员会办公室主任　廖志成
编撰委员会办公室副主任　曹新生
编撰委员会办公室成员　阿布都克里木·木哈米萨德克　巴达
　　　　　　　　　　　米娜瓦尔·阿布力哈克
主　持　人　　　　　　朱马汗·吾尔尼合拜
主　编　　　　　　　　别克苏勒坦·凯赛

绪 论

哈萨克族在漫长的历史进程中创造出了蕴涵着浓厚游牧特色的草原文化，其中最具特色的是包括神话、寓言、歌谣、叙事诗在内的洋溢着传统文化气息的阿依特斯艺术。然而，在阿依特斯艺术综合研究方面，尤其是阿依特斯艺术的教育传承研究方面非常薄弱，这与当前阿依特斯艺术发展的实际状态极不相符，本书中的文章均围绕哈萨克阿依特斯的研究成果，其包含阿依特斯理论的研究、教育传承的研究、阿依特斯和传承艺人研究、阿依特斯传承与保护的研究等四个大的框架。结集出版的目的是以求使目前研究内容处于零星的、不成系统的阿依特斯研究日趋完善，充分展示哈萨克族传统文化的真谛。

在走进阿依特斯艺术之前，希望你做一个宽容的解读者。面对它，我们无须设定"好的"或者"不好的"界限。因为人是多面性的，人类前进的步伐从没停滞过，由哈萨克人创造的阿依特斯艺术同样如此，它本该是自由的，我们不妨敞开心胸去接纳它的精神，欣赏它的个性，体味它的感染力。知道它来自哪里，为什么来自那里，并饶有兴趣的揣测它还会走向哪里，这就是我们的期望所在；当它从您身边经过，一同随着草原上冬不拉的琴声带给你心灵上不同的震撼和认同的共鸣时，你将不再是"阿依特斯"艺术的"门外汉"了。

由于一些专用词是随着时代的发展逐渐规范和统一的，各篇论文中有出现阿肯弹唱、阿依特斯等说法不一致的很多现象，本论文集在采编过程中对有些文章内容略做了一点改变和扩充，新增的内容除了对"阿肯对唱"与"阿肯弹唱"等提法做了修改，统称"阿肯阿依特斯"或"阿依特斯"外，还对哈萨克民间文化形态的一个主流阿依特斯的概述做了部分调整，主要是依据文本分析和叙述的特点进行了稍许修改，恳请作者予以理解。

感谢您阅读此书！

编　者

目 录

第一篇 哈萨克族阿依特斯综论

哈萨克族阿依特斯阿肯及他们的弹唱技艺 …… 别克苏力坦·凯撒（3）
哈萨克族的"阿依特斯" ………………………………… 毕 桪（30）
哈萨克族文学的金摇篮——阿依特斯
………………………… 布兰太·多斯加宁著，师忠孝译（41）
论哈萨克族阿肯和阿肯阿依特斯
……………………………… 张昀 阿里木赛依提 达丽哈（54）
论阿依特斯阿肯吟唱褒贬诗及进谏诗 …………………… 哈 拜（63）
哈萨克族口传文学瑰宝——阿依特斯 …… 古丽娜尔·强巴依娃（67）
哈萨克族阿依特斯研究现状综述 ………………………… 王 亮（73）

第二篇 阿依特斯教育传承研究

浅析阿依特斯人才培养模式
………………… 古丽娜尔·强巴依娃 节肯·哈吾提（83）
研究当代阿依特斯阿肯的培养 ………… 胡尔曼古丽·阿斯平（90）
学校教育对当代阿依特斯阿肯的影响 …… 胡尔曼古丽·阿斯平（106）
对阿依特斯专业的音乐课程调查分析与理论设想 ……… 王 亮（117）
阿依特斯艺术班实施实践教学活动的意义 ……… 节肯·哈吾提（123）

第三篇　阿依特斯及阿肯艺人的研究

论哈萨克族阿依特斯特色 …………………………………… 王景生（131）
胡尔曼别克阿肯的阿依特斯生涯 ……………………………… 乌拉赞拜（141）
哈萨克族阿依特斯的音乐 ………………… 王亮　古丽娜尔·强巴依娃（176）
浅析哈萨克族阿依特斯阿肯 ………………… 阿依古丽　夏米夏（189）
简析哈萨克民间传说的阿依特斯 ……… 俄德尔斯·阿里汗诺夫（200）
中国近代历史上的哈萨克族女性阿肯 ………… 沙吾列·加海（206）
有关哈萨克族喀依木阿依特斯的探索 ………… 亚森·朱甫拜（221）
论哈萨克族阿依特斯艺术分类特征 ………… 努尔兰·加热力哈森（232）

第四篇　对阿依特斯社会功能及文化背景的研究

社会人类学视角下的哈萨克族阿依特斯艺术
　　及其变迁 ……………………………… 加娜尔·萨卜尔拜（241）
浅谈哈萨克族阿依特斯文化与研究艺术意义
　　…………… 卡哈尔满·穆汗著，叶尔克西·库尔曼别克译（248）
论哈萨克族阿肯阿依特斯大会 ……………………… 郑成加（255）
新时期的"阿肯弹唱" ………………… 张昀　阿力木赛依提（281）
当代社会阿依特斯的发展现状
　　………… 尼合买提·哈木再著，努尔兰·波拉提译（287）
论哈萨克族阿肯阿依特斯的磁场魅力 ………… 迪丽达·吐斯甫汗（293）
新疆阿勒泰地区富蕴县阿依特斯阿肯现状
　　调查报告 …………………………………… 娜斯拉·阿依拖拉（303）

第五篇　对阿依特斯传承与保护的研究

哈萨克族阿肯阿依特斯的渊源及发展形式
　　…………………………………………… 苏丹·江波拉托夫（319）

中国哈萨克族阿肯阿依特斯艺术的传承与保护
　　问题研究…………… 热合木江·沙吾提　娜斯拉·阿依拖拉（328）
新视角下哈萨克族非物质文化遗产阿依特斯的
　　传承与保护………………………… 仵静　赵惠玲　李杰伟（335）
哈萨克人阿依特斯（Aytes）的生命力
　　——新世纪将有一个新的文化张力…… 郝苏民　热依汗古丽（341）
浅谈阿勒泰地区阿肯阿依特斯发展和繁荣………………… 张文学（347）
新疆哈萨克族阿肯弹唱的形式、内容和保护
　　………………………………………… 莱再提·克里木别克（353）
参考文献……………………………………………………………（360）
后　记………………………………………………………………（366）

第一篇　哈萨克族阿依特斯综论

哈萨克族阿依特斯阿肯及他们的弹唱技艺

别克苏力坦·凯撒

一、阿肯弹唱概述

哈萨克族民间广泛流传着一句谚语："歌谣和骏马是哈萨克人的两只翅膀"。可见哈萨克族人的整个生活充满诗歌。19世纪哈萨克族人民的伟大诗人阿拜写道："出生时诗歌为你打开世界之门，当你辞世时，你的躯体亦随诗歌进入大地怀抱。"这亦说明了这一点。哈萨克族不仅拥有大量的民间叙事诗，而且还有丰富多彩的民歌。阿肯弹唱（诗人对唱）便是哈萨克族传统民间口头创作形式之一。广泛流行于哈萨克族民间的习俗歌、谜语歌、马歌、山歌、水歌、地歌、牧歌、渔歌、宗教歌、戏谑歌、儿歌和其他种类的大量民歌里，无不包罗于对唱。所谓对唱即指有问有答的说唱，哈萨克语称"阿依特斯"，是对唱者彼此诉说、争论、盘问之义。对唱在哈萨克族民间是广泛普及的娱乐活动，大多男女老少都会唱几首对歌。对唱形式大致分两类：一是传统对唱，亦称习俗对唱；二是阿肯对唱。所谓阿肯对唱实际上就是阿肯弹唱。前者只不过是一种习惯语，因为阿肯弹唱离不开冬不拉（哈萨克族传统乐器），几乎所有的阿肯在对唱时都用冬不拉伴奏，边弹边唱。过去在哈萨克族人眼里，不会用冬不拉伴奏的阿肯就不是真正的阿肯。"阿肯"一词的意思是民间的游吟诗人。也可以说，阿肯是哈萨克族人民对民间歌手的称谓，阿肯是一个光荣的称呼。严格意义上的阿肯，则是指娴熟对唱艺术的诗人。通常人们称对唱歌手为"对唱阿肯"，对唱阿肯一般以从事对唱创作为专长。阿肯弹唱是由民间传统对唱发展而形成的，通常在专业水平较高的歌手们之间进行。就普通对唱而言，阿肯弹唱是高水平的较规范化的对唱，被称为哈萨克族对唱艺术的精华。阿肯弹唱是将即兴创作（诗歌）和弹、唱等多种舞台表演融为一体的综合艺术活动。阿肯弹唱的主要特点：它是一种即兴创作，歌手们对唱时发挥自己的才智，即兴编唱、唱词中充分展示了歌者的智慧、才气、谋划与编排能力。因此，阿肯弹唱是一个激烈的竞赛过程。对手们往往以即兴编排的歌唱向对方发起猛攻，竭力让对方措手不及，难以招架，非常注重用气势压倒对方。对唱内容并无固定的范畴，谈天说地、男女爱情、风俗习惯、歌颂故土山川、赞美优秀人物、揭露批评社会丑恶现象等等，都可作为弹唱的内容。阿肯们往往以歌声互相交流感情，表明对各种人和事物的态度和观点。阿肯对唱在哈萨克族民间有广泛的群众基础，无论男女老少，无论是否为民间歌手，他们都是阿肯弹唱的热心参与者和欣赏者。阿肯弹唱通常在哈萨克族群众庆祝集会、重大祭奠、庆典仪式、喜庆节日等群众性活动中进行。它也是体现民族特色、烘托气氛必不可少的重要艺术表现形式。

富于经验的阿肯为了充分表达思想，用即兴编排的诗歌语言引吭高歌。当轮到他（她）唱时，便灵感迸发，情绪高涨，唱词像骏马奔驰随歌者的灵感自然倾泻。像这样思如泉涌、大段对唱的形式称"苏热阿依特斯"[①]，而采用一小段、简单重复对唱的形式称"吐热阿依特斯"[②]。

阿肯对唱一般在公共场合举行。届时阿肯们要认真做准备，观察和了解对手的情况。但在实际对唱时，阿肯们不能也不可能预料对唱中对方提出的问题和当时的竞争氛围。对唱往往触机便发，不可端倪。因此，对唱时要求阿肯思维敏捷，出口成章，一定要有极强的语言驾驭能力。对唱时阿肯们不能随意编唱，而是根据对手所唱的内容予以回应。有时阿肯们夸耀自己的才能，表示一定要战胜对手，这时，聪明的对手往往会乘机夺取对唱主动权，以守为攻，设置障碍……。就这样，两位阿肯唱着唱着，就以各自部落的名义争执起来，双方都夸

---

① 苏热阿依特斯：是哈萨克族阿依特斯的一种形式，规模较大，对阿肯的应对要求很高。

② 吐热阿依特斯：是哈萨克族阿依特斯的一种形式，在阿肯初学阶段的应对要求很高。

耀本部落的故乡、财富、阿肯、英雄、摔跤手、显赫的毕和富人以及所经历的重大事件等，并以此进行比较。此时，两个激奋的阿肯都会高声对唱，互不相让；当相持不下时，便会互相揭短——无情揭露对方的恶霸、吝啬的富人和抓住对方部落各种把柄。哈萨克族民间流传着一句谚语："可以砍下头颅，但不可割掉舌头。"故阿肯们对唱激烈时，允许舌锋如火。阿肯们慷慨激昂，抨击对方不敢公开的、乃至整个部落极力掩饰的弱点，在这种场合并不被认为是粗暴无礼的言行。

阿肯对唱时，阿肯们和听众之间形成一种特殊关系。在大庭广众面前，当两位阿肯互不相让时，听众也会情绪激动，但不表示支持谁。听众的这一态度在一定程度上也导致阿肯们以部落名义对唱。每一个部落的人们都希望自己的阿肯取胜。但是，当双方的阿肯唱得生动精彩时，听众便会热烈地捧场，使阿肯们受到鼓舞。这样，听众一方面是阿肯们的支持者，另一方面从阿肯的对唱中获得精神享受。从前，哈萨克族人民在草原生活中没有电影、戏剧，故阿肯对唱就是独具特色的舞台表演艺术。在阿肯对唱中，决定阿肯们胜负的仲裁者当然是听众。在对唱中，听众虽然不轻易对自己支持的阿肯表态，但会欣赏口齿伶俐、思维敏捷、唱腔高亢的阿肯，而绝不会偏爱失言的阿肯。阿肯对唱的胜负不在于他的唱词是否华丽，而在于具唱词的思想性和语言的条理性，听众对阿肯的唱词也会十分挑剔，唱词的思想内容对决定胜否具有决定性的意义，这一点无可争辩。因为，哈萨克族阿肯们都深知"只有顽强的应对者，才能获胜"的含义。因此，在众人面前，理屈词穷的阿肯无论多么难堪都要认输，并要向胜方阿肯馈赠礼物（如戒指、毛巾等），并且以后要把对唱诗唱给其他众人听，广泛传播，这已成为一种约定俗成的惯例。

从前，阿肯们的对唱不能在现场记录下来，而是像其他民间文学一样口头流传。据穆·艾维佐夫研究，对唱诗的最初传播者大多是对唱阿肯本人。优秀对唱诗在民间会引起很大反响，令人瞩目。后来，这些阿肯根据听众的要求，将优秀的对唱诗不断翻唱记忆中留存的部分。这样，对唱诗的传播又经过一个过程，即在一位对唱阿肯演唱传播的过程中，本来内容对立、创作风格迥异的两个阿肯的对唱诗，在内部逻辑方面互相联系起来，浑然一体，成为一部作品。当重新翻唱时，阿肯只能演唱保留在记忆中的一部分，像有1500行的对唱诗，阿肯很难完全记住。因此，重新翻唱的对唱诗演变成原始对唱诗基础上的再生品。不过，这些对唱诗保留了原始版本中的精华部分，生动的诗句和精彩的章节。在新的演唱过程中，阿肯要在原对唱诗中加添一些叙述和补充情节的成分，如：对唱在何时何地举行、阿肯所见、对唱环境、众人的心情、对方阿肯的情况和外貌等，有些对唱诗中还夹杂必要的解释，这种补充情节起着使对唱过程明朗和对唱内容清晰的作用。尤其这些对唱诗随着时间推移成为历史时，其补充情节对听众了解该对唱诗的产生背景就尤为重要。

哈萨克族阿肯都秉承这样一个习惯，即不将自己在大型对唱中战胜对手作为炫耀，否则会被人耻笑。但是，负方阿肯要承认胜方阿肯的才能，要在民间演唱传播他们的对唱诗内容。若胜方阿肯演唱传播的话，也大多会高度评价对手阿肯的水平，强调他的利口辩辞，尽力完整、准确地演唱对手回敬的诗句。他往往会这样暗示：我不能说用语言创作战胜了对手，只能说抓住了他的弱点罢了。这些情况说明在高水平的对唱中，阿肯们争是为了夺部落荣誉，而不在乎自己的胜负，在阿肯们看来，参与传承和光大在民间被高度评价的阿肯对唱艺术创作，是更为自豪的事。同时，这些情况也反映了对唱诗虽然保留作者之名，但完全在民间文学的状态下，继续传承和发展，在传播过程中就产生了不同的版本。如《叙事诗——比尔江与萨拉的对唱》有三种版本，一种版本据说是由居素甫别克霍加·沙依赫斯拉木记录，于1898 年在俄国喀山刊印，篇幅 896 行；一种是艾力甫阿肯发表的版本，篇幅 1053 行；另一种是阿不都热西提·拜布拉提编著《哈萨克族古老对唱》一书中的版本，由对唱阿肯穆斯林木别克·萨尔克特拜记录，篇幅 1474 行。这说明对唱诗在口头演唱过程中都发生了变异。

在阿肯对唱中，阿肯们除了面对面对唱外，书面争论的传统也占有一定地位。这一形式产生于 19 世纪下半叶，是由识字的毛拉阿肯们发起的。当时，他们虽然相距很远、互不相识，但通过写信针对某一具有社会意义的问题展开争论，有时这种争论不局限在两个阿肯之间，往往会有一些志趣相投的阿肯参与其中。据著名诗人、民间文学家阿斯哈尔·塔塔乃在《五位阿肯的争论》一文中介绍，1905 年，伊犁阿肯达吾特给阿勒泰地区富蕴县一带居住的阿克特·乌林木吉致信辩论，从此引发一场持续数年的书信争论。当时乌鲁木齐的阿布都拉阿肯、阿勒泰的阿合麦提·毛拉阿肯、塔城的艾赛提阿肯等都参与了辩论。这5位阿肯只是对对方有所耳闻，但不曾相识。不仅如此，一部分书信争辩的文本相传至今，其中有些反映了阿拉伯、波斯古典文学的影响和伊斯兰教的戒律。

当对唱艺术发展普及后，即成为培养阿肯的诗歌熔炉。在这一环境中，阿肯们从小耳濡目染，在诗歌创作中大多通过参与对唱活动成长，把成熟的对唱作为诗歌创作的标准。塔城地区的卡里拜阿肯从小爱好诗歌创作，15岁时战胜大阿肯巴尼什而出名。同时，很多阿肯不仅是对唱阿肯，而且是演唱和创作史诗、叙事诗的阿肯。如民间文学家居素甫别克霍加刊印和创作了大量史诗、叙事诗、对唱诗。他年轻时，是对唱阿肯，当时与拉孜帕和孜尔莎的对唱相传至今。19世纪的著名对唱阿肯贾纳克，曾演唱过哈萨克族著名爱情叙事诗《阔孜库尔佩什与芭艳苏鲁》，这是一种最古老的变体。当时，这些阿肯们中的一些人专门游历民间，传播阿肯艺术。他们不仅是阿肯，而且是歌手和作曲家，用冬不拉或阔布孜琴伴奏自编自唱，并且如醉如痴地演唱古老民歌，成为综合性的艺术家。这些综合性的艺术家与人民的生活打成一片，在民间享有崇高声誉。人民对他们评价很高，时常赠送长袍和骏马。而这些阿肯年老时，都培养自己中意的徒弟，把作为阿肯艺术象征的冬不拉或阔布孜琴赠送徒弟，对他们寄予殷切期望。有些睿智的阿肯则将自己终生创作和搜集的作品特意交托徒弟，以期用之于人民。事实上，阿肯们在传播阿肯艺术的同时，使民间文学遗产在世代相传方面发挥了很大作用。

在哈萨克族民间，阿肯是一个光荣的称号。很多人都很希望当阿肯，但当阿肯必须具备一定的条件。对唱阿肯应具备的最基本、也是最难的条件之一是即兴演唱能力。这种能力并非偶然获得，而是哈萨克族民歌历史发展的成果。即兴创作与对唱艺术紧密联系，浑然一体。若无即兴创作或口若悬河的阿肯创作，对唱便不能成为对唱，即兴创作是对唱艺术的基本特征之一。对唱艺术能够激发观众兴致的特殊吸引力也与即兴创作密切相关。众人通过争辩的对唱，对眼前产生的诗歌发生浓厚兴趣。从另一个侧面来看，对唱艺术符合哈萨克族群众的审美情趣。它是即兴创作的大学校，体现了即兴创作生命力，对提高阿肯弹唱的水平具有积极意义。

在哈萨克族诗歌史中,即兴创作艺术早在16世纪(哈萨克汗国时期)就有了较快的发展。因为,这一时期民间文学的主体——民歌已具有良好的群众基础。当时,具有社会、生活、哲学内容的短小民歌、牧歌、巫师歌、说唱、祝辞和其他习俗歌等多种体裁大量产生并普及。与此同时,哈萨克族史诗在这一时期也有相当发展。第一,这一时期自古相传的英雄史诗、爱情叙事诗和长诗继续被演唱,并且产生了新的变体;第二,这一时期动荡不安的生活现实产生了最多的民歌和最长的长诗,尤其17—18世纪在反抗敌人斗争的过程中演唱的历史歌谣大量传播。可以说,这些都对哈萨克族民间文学的发展起到了积极的促进作用。在这些民间创作中,英雄史诗、吉劳吾的诗歌、箴言、哲言、祝辞等占据主要位置。这一时期的民间创作形成了属于那个时代的民间文学家群体和占卜家、巴克思(巫师)、游咏歌手、吉劳吾哈萨克民间说唱艺人、阿肯、民歌手等应运而生。他们深受民众的爱戴并在民间享有很高威望。

阿肯们创作诗歌的体裁极其丰富。他们将日常生活事件和有关生活、习俗的现象,以及普通人们的信念、心理和理想作为诗歌演唱内容。阿肯们(吉劳吾)则成为民间诗歌的保存者以及爱情叙事诗的创作者。他们作为一个群体登上了历史舞台,从而使哈萨克族的诗歌发扬光大,更具有艺术魅力。这一时期的阿肯都从事即兴创作。群众对此给予很高评价。当时,只有即兴创作诗歌、抒情序诗、祝辞,口若悬河的阿肯才能获得自古相传的"吉劳吾"这一尊称。因此,这一时期除了个别的书面系谱和日志外,民间口头创作的诗歌和箴言都是即兴创作的产物。在即兴创作的基础上形成的哈萨克族对唱艺术,为阿肯对唱广泛普及创造了条件,奠定了良好的基础。古代民间普及的一般对唱和大篇幅、根基深厚的即兴创作传统,随着时代的发展成为对唱艺术迅速发展的巨大推动力。如果说对唱艺术的出现,在形成过程中,最初的信仰、劳动生活、习俗以及最初的一般民歌形式成为其基础的话,那么它从初级水平发展至阿肯对唱水平的主要因素之一就是即兴创作艺术。哈萨克族阿肯的一个显著特征就是即兴演唱。古代民间阿肯在生活中,直接利用诗歌的力量去解决问题成为一种习惯。他们在发生纠纷,或在举行仪式和聚会时,喜好用韵语和急促的"帖尔篾"(民歌民谣)表达思想。在他们看来,以对唱形式的表述,更简洁明快，也更易于表达。因此，即兴创作对阿肯对唱产生了很大的影响。谈到这里，我们还要提到一点，这就是古代阿肯们的一个可贵品质。他们不分贵族和平民，在对唱中都利口辩辞，无情揭露，这在对唱传统中也留下了浓重的一笔。例如，在《巴克特拜与铁则克老爷的对唱》中，铁则克老爷看穷孩子巴克特拜前来对唱，便恼火地说："我的宫帐不欢迎像你这样的秃头孩子，就是富有贵族都不敢来，你却闯进来要对唱！"这时，巴克特拜毫不畏惧，公开揭露铁则克老爷对自己的欺辱，随后唱道：

陛下，铁则克汗，你的汗国在哪里？
你一开口就说六十个部落联盟。
自阿布赉汗以来，
你们汗王作威作福。
对人民横征暴敛，
对人民专权跋扈。
最后巴克特拜愤怒地诅咒道：
你不是汗王，而是豺狼，
愿你遭受厄运。
愿你的朋友把你痛打，
愿你的仇人把你暗杀。
愿你横死，愿你鲜血流尽！

然后，巴克特拜把话题转到人民起义军歌手玛哈木别特的身上。铁则克老爷经不住巴克特拜的锋利言词，欲下毒手。但是，巴克特拜无所畏惧，更加抗颜高议，揭露铁则克老爷偷盗马群，公然抢占他人妻子，在大玉兹（部落名称）的一千大军进犯时，吓得逃进芨芨草丛藏身，独生子离家出走变成了大烟鬼等家丑。这时，铁则克老爷无计可施，在众人的责罚中，只好将独生子的配银鞍快马赠送巴克特拜，并请求他不要再讥笑自己的独生子。在封建部落社会，一个平民揭露像铁则克一样的贵族并不容易，只有像巴克特拜一样无所畏惧、舌锋如火的阿肯才能用诗歌的力量战胜他们。显然，《巴克特拜与铁则克老爷的对唱》反映了当时社会的矛盾和劳动人民对贵族统治的不满情绪。

阿肯对唱十分真实地反映了现实的社会生活。如从阿肯对唱中可以看到社会生活的一个现象——对待妇女的不平等。在阿肯对唱中，往往是男阿肯和女阿肯对唱。从不少阿肯的对唱诗来看，当对唱激烈时，大多是聪慧的妇女占上风，稳操胜券，而将被挫败的男阿肯往往攻击女阿肯在人身自由方面的弱点——由于封建部落社会买卖婚姻的危害，被迫嫁给自己不爱的人。如在《叙事诗——比尔江与萨拉的对唱》中，比尔江看萨拉不服，突然反击："快马呀，你不知道自己在哪里失蹄，一个好阿肯被一个孬种辱没；你若有能耐，把你的丈夫叫来让大家看看。"唱到这里，萨拉一筹莫展，垂头丧气。不过，萨拉还口是请哥哥们叫来未婚夫吉叶库尔。原来吉叶库尔是一个娶了两个妻子、其貌不扬的老朽。他不敢在众人面前亮相。这时萨拉忧伤地唱道：

我在众人面前利口辩辞，
但此刻却难以启齿。
我曾想长兄们贤明，
但最后使我落到痛苦境地。
我羞愧难当，钳口不言，
我的生活和毛驴结伴一般。
我和阿尔泰的俊杰对唱，
但死后不如一条猎犬。
我这个苦命人信任你们，
但吉叶库尔来后不敢开言。

萨拉忿忿不平，心想若不是这个原因，比尔江就会"望尘莫及"。于是她将冬不拉甩在一边，把胜券交给比尔江。像这种情景在《蒙布逊与玛莞的对唱》中更有悲剧性。20岁的玛莞姑娘被迫嫁给年纪像祖父一样年老的萨克依当小妾。她在对唱时，对手当众编唱这事，她羞惭难当，和嫂子抱头痛哭。据该对唱诗叙述，当时玛莞像患病一样，脸色煞白。女阿肯巴蒂什与卡里拜对唱时，也由于这一原因而失败。可见，女阿肯在对唱时不是由于阿肯技艺和智慧，而往往由于社会地位低下而失败，退避三舍，含羞忍辱。女阿肯们的失败和痛苦，实际上反映了妇女在封建部落社会里，地位低下，没有人身自由的状况。

在古代阿肯对唱中，阿肯双方往往以本部落的名义对唱，赞颂本部落的优点，揭露对方部落的过错，以其获胜。因此，对唱在一定程度上带有部落性质。这其中原因则是在当时的社会生活中，人们的部落意识占据主要地位，故大多数阿肯不能超尘脱俗。如19世纪70年代产生的《叙事诗——比尔江与萨拉的对唱》是阿肯对唱的典范，但两位阿肯在激烈对唱时，都着力夸耀自己的部落。萨拉是乃蛮部落的阿肯，她对比尔江的阿尔根部落不服。比尔江曾在好几位乃蛮部落阿肯的手下失败，故在与萨拉对唱中，嘲笑乃蛮部落贫穷，夸耀自己的阿尔根部落富裕，并且有意炫耀本部落名人名秀，指出富贵阔老和著名音乐家塔特木别特和诗人阿拜。他不仅赞颂阿拜的诗歌天才和深邃思想，而且夸耀他的父亲——大封建主库南拜和他的亲家——显赫富贵阿尔申拜。萨拉也夸耀自己乃蛮部落的富贵，并且以18世纪的人民英雄哈班拜和他的后裔们而感到自豪，揭露比尔江夸耀的库南拜暴虐不仁，将他比喻为咬死自己幼仔的狼。这里，两位阿肯都从部落角度看待事物，夸耀本部落，竭力诋毁对方部落，揭露罪过。这说明部落制度和意识在从前阿肯们的对唱中产生了消极影响，同时说明当时的对唱艺术提高到了一定的社会高度。

二、阿肯弹唱的形成与发展

大多数学者认为对唱艺术源自古代文学创作。但唯一的缺憾是关于古代对唱及其历史几乎没有文字记载。这给研究对唱历史带来许多困难。但无论怎样，对唱并非无源之水，无本之木，显然是在古代民间文学和民俗土壤中萌生。它从简单至复杂，从形式到内容，均走过了一个漫长的发展阶段。现今比较完善的阿肯对唱便是古代对唱艺术创作的历史必然。因此，研究对唱艺术的产生和发展过程，不能不与民间口头文学、民间艺术、民俗、信仰的发展历史相联系。若脱离阿肯弹唱发展的历史轨迹，把它当作孤立现象，就会偏离事物的发展规律。对唱和古老民歌、英雄史诗均源自古代习俗歌中，而习俗歌又是诗歌普及时代的产物。若说渊源的话，可以说对唱艺术起源于灶头。有观点认为英雄史诗是习俗歌中最古老的种类之一《挽歌》中发展的。我们认为该观点有道理，《挽歌》在从久远古代相传的《吉尔伽美什》一样的英雄史诗中显而易见。古希腊荷马史诗的某些情景与《挽歌》

特别相似。据历史记载，在作为哈萨克族族源的古老部族塞种和匈奴中均有《挽歌》存在。当匈奴可汗阿提拉在欧洲去世时，匈奴人唱的挽歌使欧洲人感到惊讶。对唱形式中最古老的诗歌和一般诗歌，与哈萨克族古代信仰和习俗相关。这种诗歌大多是群体对唱。在哈萨克族民间文学遗产中，与古代人们的幼稚思想、神话思维相关而产生的表现信仰的诗歌，其中之一是《百得克歌》。《百得克歌》的内容反映了古代人们祈求神灵保佑，以求人畜平安的思想。因为人们分成双方轮流唱，所以有些学者将它称为"百得克对唱"。从内容上来说，不能把《百得克歌》称为争执的对唱，它作为非常久远时代的诗歌形式，其中就反映了类似对唱形式的因素。《百得克歌》[①] 它以姑娘们和小伙子们分为两方轮流吟唱，将有关信仰、劳动、狩猎的内容以民歌形式集体表现，将艺术和信仰、习俗、劳动浑然一体，这自古以来是民间艺术的一个特点。当时这一类民歌不仅是为了娱乐，而且也是出于"功利"（普列汉诺夫语）而演唱的。因此说，哈萨克族的《百得克歌》不是一般意义上的诗歌，它要由两方轮流唱，其表现形式则是古老的《喀依木歌》[②] 样式。在《百得克歌》中，双方唱的诗句内容相互补充。将这种民歌分成两方轮流唱，对于体现民歌特色，人们的习俗仪礼以及劳动生活中的实用功能和娱乐作用都具有显著的优势。同时它对古代人们背记和编造诗歌的能力也产生了影响。像《百得克歌》一样，古老民歌在形式方面也开始出现了双方的某种配合和竞争的最初因素。当然，《百得克歌》的最初创作不见得相传至今。在此后的时代，尤其在中世纪，民歌得到了充分的发展。民间出现了综合艺术家——巴克思（巫师）、占卜家、吉劳吾（民间艺人）等。民歌的种类丰富，篇幅增大，在民间广泛地演唱战歌、英雄歌、挽歌、报丧歌、遗言、哲理歌、习俗歌、纳吾鲁孜歌、牧歌等。这些民歌的大多数内容反映了人民的社会生活、劳动、战争、习俗、信仰等，它们尚未与生活需求、功利性完全脱离。在这类民歌普及和广泛演唱的时代，对唱也随之出现。就当时演唱的对唱而言，《百得克歌》发展比较快，对唱、竞赛的

---

① 百得克歌：是哈萨克族阿依特斯的一种形式，产生在萨满教盛行时期。百得克歌是驱赶牲畜身上的疾患时说唱的一种。
② 喀依木歌：是哈萨克阿依特斯的一种形式，男女各组成一组，形成一个团队进行对唱。

因素增强了。据著名学者毕丘林记载，公元6世纪的突厥人将民歌相互对立、轮流演唱，但这种民歌没有相传至今。不过，将民歌分为双方轮流演唱，当然也就包括了对唱的因素。从近年发表的一些文章中不难看出，哈萨克族人们大张旗鼓地迎接纳吾鲁孜节，是自古就形成了的传统。据说他们在纳吾鲁孜节前夕，在举行群众性娱乐活动的夜晚，与其他娱乐活动（如：荡秋千、用绳子捆手、姑娘与小伙子相见、射银元、用火祛灾及给牲畜祛疫病等）一起，也举行死者与活者的对唱。在现代民间文学中亦可见到像死者与活者对唱、死者与活者交友的变体，但很难将这一类对唱称为最古老的变体。从这些零星的依据可知：在古代民歌中，对唱种类的诗歌开始出现并发展。在哈萨克族民歌资源中，可见到保存古代诗歌特征的对唱诗变体。其典型变体是与婚姻相关的《加尔—加尔阿依特斯》①、《巫师歌对唱》和在民间广泛流传的《喀依木对唱》。学者们认为，历史上相传的民歌的一个共同特征总是与人民的劳动、生活、习俗相结合。对唱之所以尚未失去特征而相传，与习俗仪式、祭祀、狩猎、祛除牲畜疫病等作为内容来源被演唱息息相关。在哈萨克族民歌中这种古老时代的诗歌特征一直延续至今。这些尚未失去古老特征相传的民歌种类是《加尔—加尔阿依特斯》、《巫师歌对唱》等。其中《加尔—加尔阿依特斯》无论在广大牧区、农村或现代都市都是哈萨克族婚姻习俗中不可缺少的民歌。它与习俗仪式相关的实用性和娱乐作用有机结合。在民间口头和古老英雄史诗中保存着《加尔—加尔阿依特斯》的精彩变体。《加尔—加尔阿依特斯》民歌是小伙子们和姑娘们的集体对唱。它有某些固定唱词（尤其在古老的变体），在采用《喀依木歌》形式演唱等方面，与《百得克歌》相同。但较之《百得克歌》、《加尔—加尔阿依特斯》的争辩意味较强，即姑娘们一方以新娘的名义与小伙子们一方争辩。她们诉说自己年纪轻轻就出嫁，舍不得离开父母、乡亲们和故乡的情愫。小伙子们一方则说："若你是好人，在你去的地方也能获得这些"，而姑娘们一方则竭力反驳小伙子们的观点，构成对立而有趣的场面。与嫁女娶亲习俗相关而演唱的习俗歌不止一种，还有其他单独演唱的种类。但它们之中至今较多演唱的是《加尔—加尔阿依特斯》，可见其不

---

① 加尔—加尔阿依特斯：是哈萨克族阿依特斯种类之一，源于哈萨克族的婚礼习俗，男女两方屋里屋外地进行对唱。

衰的生命力。当然，现代演唱的《加尔—加尔阿依特斯》与其古老变体有一定的区别。在哈萨克族古老民歌中，与对唱密切相关的民歌种类之一是《喀依木歌》。我们之所以这样说是因为在古老民歌中用对唱形式演唱的民歌，从对唱民歌产生的许多"哈拉约令"几乎都是《喀依木歌》。《喀依木歌》是在民间广泛普及的诗歌形式。如果说对唱艺术的萌生，其最初的变体、基础、土壤在民间的话，那么构成对唱民歌基础和艺术形式的是《喀依木歌》。俗话说："骑骆驼的人也会唱几句民歌。"在民间每逢婚礼、祝贺婴儿出生仪式、宴会、聚会时，人们唱的民歌数不胜数，但仍大多是《喀依木歌》，并且是用对唱形式演唱的。《喀依木歌》有背记的，也有新演唱的。在地区和部落之间演唱的《喀依木歌》的结构有一定的区别。人们将重复回答头两行的《喀依木歌》加以发展，只重复其头一行，甚至创作了只重复每一节头一个词汇的对唱民歌。有些歌手对唱时，用《喀依木歌》开头，激动时抛开《喀依木歌》形式即兴演唱。在《喀依木歌》对唱中没有竞赛，不强调胜负。它有时演唱得很长，甚至通宵达旦。可见在对唱过程中《喀依木歌》逐渐发展，开始进入"哈拉民歌"阶段。

由此可见，歌手们在对唱创作中逐渐成熟起来。若没有这样对唱的深厚土壤和《喀依木歌》，就不可能上升至这样的高度，专门的阿肯对唱艺术及其发展与成熟。至今，最古老的《喀依木歌》对唱按原貌保存的变体少见。从某种意义上说，我们只继承了它的形式。对唱作为一种古老的艺术形式传承至今，它是逐渐发展成熟起来的。因此，不能将对唱传统最初的萌芽与现代成熟、完美的变体相提并论。若只看到现今的对唱艺术和阿肯对唱，不看其产生、发展的过程，那么就要落入无根无据的境地；不能立足于发展的高度，也无法解释对唱在民间的深厚基础和发展过程。从历史唯物主义角度看问题，对唱艺术是对唱传统从简单至复杂发展的成果。我们认为在谈论对唱艺术和对唱诗时，不能不考虑到这一点。

从广义的民俗学角度来说，可以说对唱是与民俗一起产生、浑然一体的艺术。民俗学的涉及面广泛，凡是与大众的社会生活、物质文化和精神文化相关的现象，几乎都属于它的研究范畴。广大人民的传统信仰观念、迷信、祝福仪式、每一时代的宗教信仰，以及各种艺术、智慧、道德标准、习俗、语言文化等都属于精神文化。据此，可以说对唱艺术也是整个民俗的重要组成部分。

当谈到对唱艺术与民俗的关系时，首先要考虑的是整个对唱是在人民中产生和传播的。其产生和传播与人民的古老习俗不可分割。实际上，对唱的最初种类与祛除牲畜疫病仪式、婚姻习俗密切相关。某些方面只有实用性。古老的对唱一般在宴会、聚会、祭奠、婚礼、节日、交易会等场合进行。它除了娱乐、竞技之外，还发挥一定的社会作用。哈萨克民族酷爱喜庆，这也许是草原生活所致，喜庆总与欢乐相联系，哈萨克族的许多习俗都集中于喜庆。如"祝贺婴儿出生仪式"是哈萨克族的一个特殊习俗。其间人们要唱很多对唱。以最初的"哈拉"歌和"对唱"歌作为表现形式，甚至通宵达旦地唱。这已成为一种习惯。而在婚礼中，人们不仅演唱像《加尔—加尔阿依特斯》一样具有实用性的民歌，而且举行阿肯对唱。许多古老对唱歌的典范便是婚姻喜庆的产物。众所周知，哈萨克族最古老和隆重的习俗仪式之一是祭奠。它是古代隆重祭祀战死英雄的延续。祭奠是象征服丧人家哀悼结束和新的欢乐生活开始的特殊仪式。期间要为死者唱最后的《挽歌》，降下致哀的旗子，宰杀死者生前经常乘骑的剪去颈尾鬃的马。富裕人家则会尽量把祭奠举行得隆重。这被认为是新生活的开端。在隆重的祭奠中，通常要举办哈萨克族群众喜闻乐见的赛马、摔跤、美男美女比赛、射银元、叼羊、姑娘追等传统活动项目，以及阿肯对唱。许多对唱是在专门集会、交易会或宴会、聚会中举行的。过去在哈萨克族草原，人们的一般对唱大多与劳动生活紧密结合。目前，从民间搜集记录的对唱诗看来，人们在草场放牧或夜间看守牲畜时，在旅行或在商道时，在某一人家住宿时，在草场剖草时，往往与偶然遇见的人对唱。这在当时哈萨克族人看来并无非礼可言，人们均习以为常。

对唱是哈萨克族民俗古老种类的产物。民俗与对唱艺术的这种一起产生、紧密结合的传统，至今按其自己的轨道传承。随着社会生活的更新变化，尽管全体人民中广泛、自由对唱的某些方面有所减弱，但对唱艺术与民俗的融合都在目前规范、隆重的阿肯对唱会得到集中反映。从中可见对唱艺术与习俗歌、哈萨克民族文化传统的相互结合。这实际上也突出了对唱艺术的民族色彩。酷爱诗歌是渗入哈萨克族人民血液的草原传统文化。对唱艺术是草原人民酷爱诗歌的产物，同时也是对唱艺术与哈萨克族民俗结合，审美情趣深层次的一种反映。

目前隆重举行的阿肯对唱会的全部过程是哈萨克族民俗的集中体现。确切地说，我们在阿肯对唱聚会上可以观赏到哈萨克族毡房文化、商贸活动、哈萨克族传统手工艺、哈萨克族的服装服饰、饮食种类、民族体育项目等。不仅如此，在阿肯对唱会上也集中了在喜庆场合举行的"撒礼"、祝福、赠骏马、长袍等古老习俗。在阿肯对唱会，虽然这一类哈萨克族民俗与对唱艺术没有直接关系，但它们却是阿肯对唱会的组成部分。这些民俗和活动一方面反映了哈萨克族承前启后、保存民族色彩和价值的优良传统，另一方面也反映了传统民俗的更新形式，从中可见哈萨克族的古老民俗与新时代的发展趋势相结合，并且正日趋明显地受着市场和商品化的影响。

从内容方面来看，对唱无论旧新都渗入了大量民俗的因素。它就像对唱艺术的血液，使对唱的民族特色凸现而出。受草原文化的影响，每一首对唱诗都反映了草原风光和畜牧生活，散发着草原生活的气息。当然，我们还可以从古老的对唱中感受到哈萨克族古老信仰的痕迹。例如：火崇拜、对超自然力的崇拜、对自然界和祖先之灵的崇拜；关于对季节的认识，以及古代动荡不安生活的遗迹，古代社会关系，尤其部落结构和与之相关产生的认识等。在较早创作的个别宗教对唱中，曾系统地阐述了哈萨克族的伊斯兰教信仰。在古老的谜语对唱中，反映了哈萨克族对自然界的认识。在系谱对唱中讲述了祖先、部落氏族和子孙后代。关于道德规范、礼貌准则，也自然地渗入到哈萨克族阿肯对唱中。民间阿肯在对唱时往往以问候平安、打听来意为开头；若对唱一方违反这一规矩直接对唱，那么另一方就指责他不懂规矩和礼貌。哈萨克族的箴言艺术、说话习惯、语言文化也是对唱艺术的一大反映。

新中国成立以来，哈萨克族人民的对唱传统和对唱创作一直相传。在阿吾勒的婚礼、聚会、娱乐场合，人们常用民歌对唱和争执，且丝毫没有减弱的迹象。目前的对唱艺术是古代对唱艺术传统的自然延续。它继承了古代对唱艺术的体裁特点、演唱形式、人民性和范例的养分，并体现出了与时俱进的特征。20世纪50—60年代初，对唱传统在哈萨克族民间相当盛行。

阿肯对唱的真正开展和繁荣是在党的十一届三中全会以后，尤其是在20世纪80年代，阿肯对唱作为民间文化和传统艺术得到全面普及。中华人民共和国成立30周年时，阿勒泰地区的阿肯们在美丽的喀纳斯湖畔举行了对唱会。塔城地区的阿肯们在孔格尔窝巴地方举行了对唱会。1981年7月，伊犁哈萨克自治州阿肯对唱会在新源县的一个美丽夏牧场举行。诗歌似洪流奔泻，将阿肯对唱推向一个高潮。此后，各地每年都举行阿肯对唱会。随着商品经济的发展，有时阿肯对唱会与草原的交易会、集市活动结合在一起。近年来，我国的哈萨克族阿肯们还跨出国界，与哈萨克斯坦的阿肯们对唱以显示口才。在阿吾勒、县镇、地区、州级隆重举行的阿肯对唱会上，产生了大量新的对唱诗。阿肯对唱水平提高，阿肯队伍不断成长壮大。对唱艺术不仅像以前一样促使民歌（"哈拉民歌"）大量产生，而且保存了在其艺术土壤培养阿肯的特征，成为现代哈萨克族民间文学中具有强大生命力、富于鲜明民族特色的主要体裁。

应当肯定，随着时代变革，科技和文化、文学的发展，以及人民文化水平的不断提高，阿肯对唱艺术也有了显著变化。首先，它的内容更新。从前，阿肯们往往以本部落的名义参加对唱，现在则赋予了新时代的精神。在阿肯对唱中，基本上是男阿肯和女阿肯对唱，这是历来相传的习惯。在从前的对唱中，由于妇女社会地位低下，女阿肯往往处于被动状况，现在不存在这种现象。在现代对唱中，阿肯们大多歌颂团结和睦、经济发展、故乡和时代进步，谈论社会问题，但也有揭露和批评。如《居玛别克和拉甫罕的对唱》就揭露了哈萨克族民间对婚姻和婚姻法的错误理解，批评了买卖婚姻现象。这对哈萨克族人民群众来说，既是一种宣传，更是一种教育。它体现了为社会主义、为人民服务的方向。因此说，阿肯们论及这一问题非常必要，也非常及时。

现在，阿肯对唱的组织、举行、传播比以往更科学，也更加合理。尤其是当地政府的介入和大力支持，为对唱注入了活力。阿肯对唱的地位得到提高。过去那种偶然、稀少对唱的状况发生改变。从前的对唱主要口头流传，流传过程中发生变异，而现在的对唱当即被记录、录音，并在电视屏幕实况播映，直接与广大人民群众见面。现代对唱广泛传播，促进了交流与发展，发挥着重大的美学作用，并使其舞台特征进一步巩固。

三、阿肯弹唱的表现形式与特点

在对唱艺术中，阿肯与歌声，阿肯与冬不拉，歌声与冬不拉互不分离。不放声唱的对唱不是对唱，就算有不放声唱的阿肯对唱，顶多也只是箴言，抒情序诗一类的"小品"，不为正宗的对唱，是脱离了民间概念中真正的对唱意义。因此在对唱艺术和阿肯对唱中，悦耳的曲调是不可缺少的因素之一。将想说的思想通过演唱表达并用冬不拉伴奏，这是整个阿肯对唱的本质。那么，在激烈对唱时，对唱与曲调、对唱与冬不拉的具体关系究竟如何？其实，对唱艺术中阿肯对唱的核心是阿肯双方的争执和相互补充，是在这一过程中反映歌者思维敏捷性的诗歌章节。不过在对唱进行的现场，不能忽视曲调和冬不拉伴奏的作用。若没有优美的曲调和冬不拉伴奏，对唱就会缺乏生气，缺乏艺术魅力。从某种意义上说，对唱缺少曲调与冬不拉琴声的和谐，阿肯对唱这种极富哈萨克族民族特点的艺术瑰宝便会大为暗淡。因为，在对唱中，阿肯的唱诗是用哈萨克民族的特有曲调表现，并以特有的民族乐器冬不拉为伍，而这恰恰又是不同于其他民族的地方。正因为如此，哈萨克族群众才对只属于自己民族的曲调演唱风格感兴趣。听众和观众喜爱这种曲调及冬不拉的和谐伴奏，往往入迷倾听，从中获得精神上的享受。从所熟悉的曲调中，人民好像看到自己生活的画面，听到草原的余音。从某种意义上来说，哈萨克族对唱既是历史的独白，又是现实生活的倾诉。它大多以民歌中叫人心领神会、优美悦耳的曲调演唱。据记载，出众的阿肯在对唱时歌声越唱越高亢，是感人肺腑的民歌曲调。而真正富于灵感的阿肯，有时即兴演唱时能创作出精彩的民歌曲调。目前对唱阿肯大多用民歌曲调演唱，也有使用快书曲调，或缓慢曲调的。古代阿肯用什么曲调演唱没有具体记载，但根据继承他们风格的后世阿肯们的习惯对唱方式不难看出，每一个阿肯在对唱过程中都有自己喜欢和经常采用的曲调。

对对唱艺术来说，冬不拉的意义更大。冬不拉和阔布孜是哈萨克族先辈神圣的遗产。现在一说冬不拉，人们就会首先想到哈萨克族。冬不拉和阔布孜均为哈萨克族民族乐器的典型代表。当头戴宽大、绣花分叉毡帽的男阿肯和头戴华丽凤冠、身穿锦缎外衣、坎肩和双襟裙的女阿肯登上对唱台时，他们都会携带用猫头鹰羽毛装饰的冬不拉，这对观众来说何等美哉！对唱尚未开始，你的眼前就会浮现出一幅美丽而又动人的画面：在辽阔草原，人们骑着骏马，赶着牛羊，在放牧劳动或间歇之际弹奏冬不拉，用歌声使原野沉浸于欢乐之中的哈萨克族生活场景。你就会不由得心潮澎湃，惊叹不已。此刻，你往往会注意阿肯们手中用猫头鹰羽毛装饰的漂亮冬不拉。对唱中首先吸引你注意力的神秘之音也是冬不拉之声。这种古老的民间乐曲声音浑厚激昂，优美动人。当你留神阿肯们唱什么，怎样唱时，阿肯们清亮的对唱便拉开序幕——阿肯们开头的客套诗句就开始了。在对唱过程中，双方阿肯歌连歌、诗连诗、对唱连对唱。冬不拉与歌声一直不断。其间，阿肯们用手中的冬不拉伴奏对唱，同时在一节诗和一节诗的间隙弹奏冬不拉。即兴创作的诗歌用冬不拉之声润饰。古代巴克思、占卜家、阿肯和吉劳吾用冬不拉或阔布孜伴奏，口若悬河、兴奋不已演唱的传统，通过以对唱艺术为纲相传，且不断发扬光大。

冬不拉在对唱艺术中是突出哈萨克民族色彩，提高其地位和声望的标志。同时冬不拉又是阿肯的精神支柱。当轮到他唱而突然唱不出来停顿时，他就会自然地拨弄冬不拉。在这种情况下，阿肯们的冬不拉琴声就会起到唤醒灵感的作用。在琴声中，阿肯的头脑中就会涌出成串的诗歌。早先出众的阿肯在灵感迸发时，乐于疾速地弹奏冬不拉。即兴创作诗歌和乐曲。对这些真正的阿肯来说，冬不拉之声不仅是歌声的依托，而且是思维、编造诗歌灵感的召唤力，也可称其为兴奋剂。若没有冬不拉的伴奏，整个对唱就会显得苍白。其民族特点和吸引力就会大大减弱。由此不难看出，冬不拉在哈萨克族阿肯对唱中具有非常重要的地位。不仅现代对唱阿肯，而且古代阿肯和吉劳吾几乎都把冬不拉作为自己的助手。中世纪的克普恰克——哈萨克族阿肯（如：阔尔克特祖爷、阔特布哈、阿山卡依赫等）大多将自己的歌用阔布孜伴奏，但后来变成了冬不拉。哈萨克族真正的民间阿肯出口成章，且手不离冬不拉。他们弹唱技艺高超。即兴创作、歌声、琴声三位一体，其和谐程度往往令人称奇。将歌曲用冬不拉伴奏是哈萨克族民间阿肯自古相传、渗入血液的传统习惯。没有冬不拉的阿肯（包括对唱阿肯）就不是完美的阿肯。缺少冬不拉琴声的对唱，就像失去翅膀的鸟儿一样不敢飞向天空。换句话说，冬不拉是对唱阿肯和民间阿肯的知心伙伴。早先的阿肯认为，冬不拉是阿肯具有创作精神的遗产。因此，出色的阿肯和冬不拉手在晚年往往把自己积累的经验加以传授,并将演唱技巧与"亲密伙伴"——冬不拉,通过吟诵真挚的祝辞赠送给自己信任的继承人。从中可见在阿肯创作中冬不拉具有重要意义。阿肯们常唱:"我的冬不拉有两根弦,一根柱,干木头为啥不能说话。"当阿肯们抑扬顿挫地弹奏用老柳树或松树制作的冬不拉开口嘹亮地唱歌时,草原便会沸腾,原本缺乏生机的干木头也会开口说话。这一能够说话的干木头就是冬不拉。

对于哈萨克族来说,冬不拉这一富有民族特色的乐器,既感亲切,又感到神圣。冬不拉琴声响起,既感到熟悉,更感到振奋。冬不拉琴声响起,往往使人沉浸在欢乐与幸福之中。阿肯们在台上气宇轩昂的神情与民族服装的相互映衬,既突出了对唱艺术的民族特色,同时也大大增强了对观众的吸引力。

在哈萨克族群众中,对唱艺术具有一种惊人的吸引力。它往往使观众和听众着迷。无论是老人、青年或是城镇居民、草原牧民,凡是哈萨克族一员,只要听说对唱就会心旷神怡,急于耳闻目睹。当对唱进行时,你会对观众和听众的浓厚兴致感到惊讶。几千人目不转睛,倾耳聆听。当对唱激烈时,会场便充满一片掌声和喊叫声。那种响彻云霄的响声,仿佛给整个大地都注入了生机活力。人们纵情忘我,往往会对自己赞同的阿肯一方脱口大喊:"啊!是啊!好样的!"而对另一方阿肯则会遗憾地说:"哎呀!真可惜!离题啦!"等等。无论在草原、城镇举行的大型对唱会,还是在阿吾勒举行的小型对唱会,都会出现这样群情激昂的场面。对哈萨克族人民来说,对唱艺术吸引观众的魅力胜于其他艺术种类。这一点儿都不是虚夸。对唱有一种神秘的力量。那么这一神秘力量何在?我们认为这在研究对唱艺术时也是一个值得注意的情况。对唱艺术的这种吸引力较之其他艺术种类确实有其独特之处。确切而言,这与对唱的突然争执、只有竞争性、当众即兴创作,以及双方阿肯的创作演唱相关。在阿肯对唱中不许背记或预先编造诗句,而是届时双方阿肯要把自己的思想和表达思想的诗句,当众即刻编出来并流利地演唱。演唱时要求缓慢不停顿,口若悬河,层层加码。对唱时的阿肯创作虽然是即兴演唱,但要求伶牙俐齿。它不像单个阿肯和吉劳吾的创作需要服从某一现象,或是像用箴言、祝辞形式吟诵的自由诗歌创作。它是回答对方提出的问题,回击进攻,相争相斗的诗歌创作。从某种意义上来说，对唱不以阿肯编造诗歌的意志为转移。阿肯双方要相互遏制，相互牵引，相互排挤。他们不能一人唱一人附合，必须思想高度集中，脱口有词、出口成章，一句接一句地创作并表现出来。这样对唱才能进行和达到激烈，并以此吸引观众和听众。哈萨克族是一个历来酷爱诗歌的民族。许多人听对唱后获得极大享受的同时，还会对对唱诗进行一些探讨。因此，哈萨克族民间有很多阿肯，并且有很多想当阿肯的人。这些都是把对唱艺术的火焰烧旺，增加其热度的客观因素。

对唱艺术吸引力的又一方面是具有幽默、滑稽的性质。对唱的喜剧性反映在争辩和争执上。哈萨克人大多诙谐，因此阿肯们对唱时尽量多讲玩笑内容，激动时相互戏谑。双方阿肯的玩笑戏谑接二连三，不停顿地答复。对唱中往往夹杂诙谐的唱词，使观众忍俊不禁，精神振奋。掌声和笑声往往会成为阿肯对唱高潮迭起的助力。用著名阿肯库尔曼别克的话来说，对唱中的玩笑戏谑诗句像对唱的调料，若没有它，对唱就不够味，也缺乏热闹气氛。

阿肯对唱是哈萨克族传统文艺的一种典型形式。它代表着哈萨克族独具的民间文化特色，同时在民间具有广泛而深厚的群众基础。目前，作为一种传统民间文艺形式的阿肯对唱在市场经济条件下，激发出了新的生命力，越来越受到广大群众的欢迎。因此，进一步认识和发展阿肯对唱艺术，从而使它能够更加适应新时期广大人民群众对精神文化生活的需求，这已成为我们面临的新课题。

哈萨克斯坦共和国著名学者 T. 卡克索夫对对唱艺术作了比较高的评价。他在 1999 年举行的一次座谈会上，谴责鼓吹在世界文化中只将欧洲作为中心的欧洲中心论，列举亚洲文化为中国文化和印度文化，反驳亚洲文化落后的认识，并提到哈萨克族文化中的对唱艺术，指出它是在其他民族（尤其欧洲）文化中没有或没有成熟的艺术。他说："我们男女老幼都去观听，以尊重的心情珍惜。现代对唱艺术不仅在哈萨克民族，而且在整个社会和其他民族中都是引起注目的特殊艺术。"关于对唱的民族特点，著名学者尼·蒙加尼也多次强调过。近年来，关于这一点提出论证的还有作家 S. 江波拉托夫。他在一篇关于阿肯对唱的文章中强调："我们不要降低自己的高峰，我们不要贬低自己的珍品"。历史学家苏北海、民间文学家贾芝等人都认为对唱艺术是哈萨克民族文化的典范。

阿肯对唱较之民间文艺的其他种类特点何在？关于这一点研究者大多着重注意其演唱形式、即兴创作、出口成章的技艺、机敏、善于辞令、阿肯灵感的竞赛等。这当然正确，不过在对唱艺术之谜的深层次还有一个特点。世界传统文化遗产，如著名神话、大型史诗、音乐作品等，自古对人类的文化发展都产生了重大影响。它们一直被搜集研究，奥秘被揭开，保存于人们的记忆中被珍惜，但它们不会再产生。哈萨克族的对唱艺术历史悠久。它是自古相传的遗产，是与人民紧密联系、根深蒂固的传统艺术。但它令人惊叹的特点像其他艺术种类一样并没有停滞不前、原封不动，而是随着时代、社会环境的变化而变化，随着社会的发展而发展。它与时代的精神、人民的要求、精神的需求相适应。其形式更新，范围更广，内容更加充实。古老对唱的优秀变体保存于人民的记忆，同时，对唱继续产生新变体。其数量随着时光流逝而丰富，成为永不穷尽的财富。此外，对唱以其人民性和大众艺术性而自成一体。它较之其他艺术和民间文学遗产，在民间更具有广泛普及的特点。哈萨克族人民对对唱兴趣盎然，并从中获得艺术享受。对唱使人民群众满足的神奇力量在于其历来旺盛的生命力，以及当众表演和新创作的灵活性。目前的阿肯对唱是轰轰烈烈的诗歌节日。每一届对唱会都能产生一部对唱诗集。这是大集体创作的产物。同时，目前的对唱会不是单纯的对唱，它已经变成了综合艺术舞台。

从某种意义上来说，民间文学的其他体裁至今保留了优良的传统特点，并以反映古老内容和当时的崇高精神而显眼，但它们不能直接反映当代精神，这是它们的特点和局限性。但目前的对唱却能直接反映当代生活和时代精神。换句话说，对唱艺术在产生、发展和普及过程中，在古代和近代都反映了时代精神。它与新文化的前进方向相适应，并以此吸引观众和听众。可以说，对唱艺术的特点和生命力就在于其传统形式根据时代要求而更新，并保存古老的民族形式和特点，同时随着现代文艺的发展而发展。

总之，阿肯对唱是哈萨克族传统文艺的典型形式，它代表着哈萨克族独有的民间文化特色。其舞台形式多样，且常以美丽的大自然为背景。阿肯弹唱内容广泛，多以现实社会生活为主题。它最为鲜明的特点便是唱诗的即兴创作及冬不拉琴声与歌声三者的有机统一。阿肯弹唱有个人弹唱与群体弹唱，但更为主要的则是双人对唱的表现形式。

四、阿肯弹唱的代表人物及其影响

众所周知，阿肯弹唱（对唱）艺术的高度和程度以阿肯对唱的水平为衡量标志。这与过去哈萨克族文学史中的对唱艺术密切相关。因为，当时我国哈萨克族文学家的主体是阿肯，而阿肯对唱和对唱艺术相辅而行，浑然一体。当时不像现在这样划清了书面诗人和对唱诗人、职业诗人和民间诗人的界限。

19世纪至20世纪上半叶我国的哈萨克族文学史，基本上可以说是诗歌史和阿肯创作史。在当时的阿肯创作中对唱诗占有重要位置。最近我们按照国家研究计划要求，在中国《哈萨克族文学史》第3卷（包括《19世纪至20世纪上半叶的文学史》）论述了每一阶段有代表性的人物。例如：阿克特·乌林木吉、艾赛提·纳依曼拜、唐加勒克、卓勒德等13位文学家的创作。在一个半世纪的漫长岁月中，作为我国哈萨克族文学史主体的阿肯文学家，他们最初都在对唱艺术的人民学校受过教育。当他们学会对唱，翅膀长硬后就成了对唱阿肯。也有人在成长过程中翱翔于诗歌的其他体裁领域。当时，成为对唱阿肯才被认为具备阿肯才能的基本素质。著名的阿肯文学家都参加过多次对唱，都曾留下使听众满意、赞佩的对唱诗。若调查他们的作品不难发现：对唱诗往往占据一定的篇幅，成为他们创作的组成部分。在后来的创作中，他们将对唱诗的形式作为另一种创作形式而接受，开始创作专门的对唱诗。谈到这一时期的阿肯和阿肯对唱时，我们首先想到的是在哈萨克族人民中产生显著影响的诗人居素甫别克霍加·沙依赫斯拉木。我们认为，哈萨克族对唱艺术在19世纪就有相当快的发展，并达到新的水平，为民族色彩鲜明的人民艺术奠定了坚实基础。而代表这一时期对唱艺术高度的典范是著名的大部对唱诗《叙事诗——比尔江与萨拉的对唱》。从激烈竞争的对唱角度来说，这一对唱罕见。自20世纪30—40年代以来，研究对唱的学者和文学家都充分肯定了该对唱的社会、思想、诗歌、即兴创作的特点。据说该对唱文本的首先记录者和出版者是居素甫别克霍加·沙依赫斯拉木。这一对唱诗于1898年首次以《叙事诗——比尔江与萨拉的对唱》一书出版，至1913年在喀山出版社多次再版。它广泛传播于哈萨克族民间。《叙事诗——比尔江与萨拉的对唱》是近代阿肯对唱最优秀的典范。

19世纪末至20世纪初，烧旺对唱艺术火焰、作出最杰出表率的阿肯之一是艾赛提·纳依曼拜。他是在我国近代哈萨克族文学史方面作出显著贡献、产生深远影响的文学家。在他炽热、无畏的诗歌中对唱诗占有一定分量。他的诗在哈萨克族民间广泛流传。2000年6月民族出版社出版了他的两本作品集，其中包括70多首诗歌，30首左右歌词，近20首长诗、对唱诗。迄今，我们已知艾赛提、额勒斯江、巴克提拜、玛丽克、艾力甫江、克孜尔托烈、萨麦提托烈、叶先胡尔、卡里拜·哈里、阔斯木拜、坎甫尔拜、阔特拜·阔什克尼什、什尔比·艾里玛洪以及四位阿肯（阿克特、达吾特、阿合买提、阿布都拉）的对唱和对唱文学创作能力。

艾赛提曾游历新疆的塔城、博尔塔拉和阿勒泰地区并创作诗歌和长诗。他的对唱作品也成为民间对唱艺术的优秀典范。艾赛提是出口成章的阿肯。他不仅用古老的"苏热"形式创作了对唱诗，而且用谜语、书信、简短争执等形式创作了精彩的对唱诗。他在即兴创作、暴雨般倾泻诗歌方面，以令人惊叹的才能树立了不朽典范。他在对唱诗中严厉批评、揭露当时社会的残暴不仁，尤其谴责了贵族的作威作福。穆—艾维佐夫院士等学者高度评价了艾赛提与额勒斯江的对唱。

著名民间阿肯奥塔尔拜·杜先比，1834年出生于现阿勒泰地区萨吾尔草原唐巴勒塔斯（隶属吉木乃县）。1931年在现昌吉回族自治州吉木萨尔县三台阿吾勒以97岁高龄谢世。他在阿勒泰地区和叶连噶布尔戛（天山一带）度过了自己的一生。他一生演唱民歌，从事即兴创作，自幼就参加了对唱。据老人们讲，他在漫长的一生中曾参加过多次激烈的对唱，是一个才思敏捷、技艺超群、无人能超过的对唱阿肯。1849年—1850年，他与阔特拜·阔什克尼什一起演唱了在阿勒泰萨吾尔草原发生的关于英雄阿尔卡勒克的事件；指责了阿吉托烈的蛮横无理。遗憾的是奥塔尔拜阿肯的这一创作在民间已无传声。据零星记载，民间在保存奥塔尔拜阿肯创作的大量诗歌的同时，也保存了他与乃蛮姑娘古丽加孜拉（约1852）、哈依莎（约1878—1880）的对唱。此外，听说他与阿加丽娅姑娘和同时代人——最初演唱《英雄阿尔卡勒克》的阿肯阔特拜·阔什克尼什对唱过。但我们不知道这些对唱诗在后人的背记演唱和口头相传过程中有多少加工补充或被遗忘的诗句。但尽管如此，这些对唱文本也相当清晰地反映了当时的时代风貌和社会特征。《富蕴县民歌》收入了奥塔尔拜阿肯与乃蛮姑娘的对唱。这是早先民间阿肯对唱的精彩文本。奥塔尔拜阿肯参加对唱的过程有一个奇异的传说。据说他13岁时听说乃蛮部落有一个阿肯姑娘，便请求父亲准许去和那个姑娘对唱，但父亲不准，说："你还小，会丢克烈部落脸的。"父亲担心他逃跑，于是晚上睡觉时把他裹在一件大皮袄里，把后襟夹在自己的大腿上。但奥塔尔拜在一天夜里溜出来，给自家的黄牛在角上戴上猫头鹰羽毛后，便骑上去找那个姑娘对唱并且取得了胜利。得胜之后，他骑着按规矩获赠的一匹深栗色马回到了家。他的这次成功产生了极大的轰动效应。他参赛的对唱诗只有40节，是一节一节简短重复的《喀依木歌》。双方各自以克烈和乃蛮两个部落的名义对唱。该对唱诗明显地保存了19世纪阿肯对唱的风格、诗歌形式和语言规范，这一对唱诗在19世纪中叶产生，现在阿勒泰地区和叶连噶布尔戛（天山）一带民间广泛流传。

从《奥塔尔拜与乃蛮姑娘的对唱》中，我们可知当时对唱艺术传统的某些特征，即阿肯从小就重视培养自己的才能。人们一听说对唱就兴致勃勃。阿肯听说哪里有高强的阿肯就急于找他（她）对唱决胜。同时，也可知对唱艺术在部落和人民中处于很高地位。阿肯对唱取胜能够提高本部落的威望。从内容上说，对唱艺术超越了一般审美情趣的范畴。它对社会关系、部落氏族关系、甚至阿肯们的命运都会产生显著影响。

在我国哈萨克族文学史上产生显著影响的阿肯之一阿斯尔汗·蒙加萨尔，他于1893年出生在伊犁地区尼勒克县，1918年不幸中毒身亡。阿斯尔汗英年早逝，但身后留下了丰富的文化遗产。据研究者马麦提汗·舒克曼说：阿斯尔汗6岁时就编造诗句，13岁时参加对唱。从现有资料看，他除了一些寓言对唱外，还有与努丽帕、扎黑帕、塔尼（两次）的对唱和争执，其中与阿肯塔尼的对唱特别引人注目。这一对唱于1913年或1914年在伊犁萨散比（人名）的阿吾勒举行。时逢萨散比之子麦提卡斯木娶亲。阿斯尔汗与塔尼对唱之后，根据自己的记忆记录整理了这一对唱。阿斯尔汗在该对唱诗的前面和最后部分，以较大篇幅谈了这一次对唱在何地、怎样举行和结束等，详细叙述了全过程。对唱之前，阿斯尔汗将自己当伴郎赴女方阿吾勒时见到的给新娘送新毡房之习俗，与塔尼夹杂玩笑的进行了争执。阿斯尔汗与塔尼的对唱从婚礼之夜延续至次日清晨。这一对唱20世纪初在伊犁地区，尤其在"三河"（特克斯河、喀什河、巩乃斯河）一带的哈萨克族民间反响之大，相传甚广。

在现代我国哈萨克族文学史上创作大量作品并产生巨大影响、充满激情的诗人是唐加勒克·卓勒德（1903—1948）。他的最初创作也以即兴创作诗歌、献辞和对唱诗开始。诗人在10岁就创作了诗歌。当步入血气方刚的成人阶段时，他参与对唱，并投身于对唱艺术研究。他身后留下了许多精彩的对唱诗，树立了对唱艺术的典范。当时，他的对唱风格轰动一时，至今不失其艺术价值。现民间流传的诗人与乌丽加尔哈斯、努丽拉（342行）、拜木卡买提（170行）、艾列肯（44行）的对唱，以及他创作的《吐尔德与艾列肯的对唱》（574行）均为上乘作品。诗人的《唐加勒克与阔依德木的对唱》篇幅最大。1990年出版的《尼勒克县民歌》收入了由木拉提·苏来曼和穆斯里木别克·萨尔克特拜所记录的一种变体，共650行。该对唱诗还有一个变体，1992年在《木拉》杂志上发表。

唐加勒克对唱的佳作之一是与乌丽加尔哈斯的对唱。它收入1985年出版的《唐加勒克选集》。1990年出版的《尼勒克县民歌》又收入了一个310行的变体。后来，民族出版社又将这一变体收入一个专集。据搜集研究唐加勒克创作的乌拉赞拜·叶高拜说，这一对唱是于1934年4月在伊犁新源县阿都温格尔草原阔克木沙阿吾勒额勒木别克的婚礼上举行。1939年唐加勒克根据记忆重新演唱记录。该对唱诗也称《唐加勒克与绍克帕尔部落女人的对唱》。

事实上，不同年龄的阿肯有不同的特点。老阿肯们的一个共同传统特点是背诵。他们的记忆能力很强，篇幅很大的长诗都凭民间阿肯们的这种神奇的记忆力世代相传。不过，这些作品在口头相传、重新演唱，甚至相互转抄、润色加工过程中形成不同的变体。这一状况不仅表现在19世纪和20世纪初的民间文学作品中，而且在20世纪20—30年代生活的书面诗人唐加勒克的对唱诗中也曾出现。上述唐加勒克的两部对唱诗，就是他五六年之后根据记忆重新演唱记录的。五六年是一个相当长的时间，他不一定能够按原样记住三四百节长的对唱诗，可能是记住了其中的曲调、生动引人的章节。从大量的文献资料可以看出，古老的对唱诗产生的年代久远，人们不可能按原样相传至今。

哈萨克族的著名阿肯是巴蒂什（亦称巴蒂玛）·阔木沙。她的芳名犹如远方的回声，频频相传。关于这位女阿肯的生平已不见具体记载。她生活的时代约在19世纪末至20世纪初。当阿勒泰地区的哈萨克族人迁徙时，巴蒂什的一家人也随着迁居叶连噶布尔戛一带。当她长大出嫁返回阿勒泰，巴蒂什与许多阿肯对唱竞赛过。她的确是一个舌锋如火的对唱阿肯。她与马合木提·克勒什、拉玛赞（亦称什巴尔）、阿萨维等人的争执对唱诗均已发表。阿肯什巴尔曾两次使巴蒂什张口结舌，而巴蒂什则在一次谜语对唱中设置圈套，从而大胜什巴尔。她以实力表明自己是机智的阿肯。传说1913—1920年，克烈部落人为了逃避，陆续从阿勒泰萨吾尔草原迁向叶连噶布尔戛一带。阿肯阿萨维之兄哈里乌库尔台将贾合甫安班派来收税的五个走卒绑架交给众人，自己先迁走了。这时巴蒂什的父亲阔木沙的阿吾勒也在迁徙，在哈里乌库尔台阿吾勒的附近扎营（地点在呼图壁县城之南天山一带）。阿萨维听说阔木沙有一个名叫巴蒂什的阿肯女儿，很想和她见面对唱。一天，他突然遇见一个挑着两桶水的姑娘，就走过去和她对唱，原来这个姑娘就是巴蒂什。他们俩人当场进行简短的对唱。由此不难看出，哈萨克族阿肯对唱并不拘泥于时间、地点，阿肯们兴致所在，对唱便可开始。总之，对唱艺术已渗入哈萨克族人民的血液之中。哈萨克族人任何时候都不认为有机会用对唱争执是错事。对在辽阔草原自由搬迁居住的哈萨克族人民来说，在任何场合对唱都不是非礼。《巴蒂什与阿萨维的对唱》反映了20世纪初阿勒泰、塔城地区的广大牧民由于各种原因（尤其是当地统治者的横征暴敛）迁徙叶连噶布尔戛、博格达、木垒、巴里坤等地历史事件的情形。在巴蒂什·阔木沙生活的时期，伊犁地区有过阿帕克·马依塔班（1904—1961）、塔城和博尔塔拉地区有过玛哈吾娅·奥罗斯拜（1898—1949）等有影响的阿肯。20世纪20—40年代，这两位女阿肯用诗歌反映自己所处时代的社会生活环境，产生了广泛的社会影响。阿帕克出生于现伊犁地区霍城县凯尔塔斯草原的阔克约则河畔。她一生都演唱歌曲《阔克约则》。尽管她没有在任何学校读书，但聪明的阿帕克出类拔萃，年纪轻轻就成为多才多艺的阿肯。据记者、诗人阿丽玛·斯卡克说，阿帕克在青年时代谁都不敢前来与她对唱。她是一个泼辣的阿肯，人们说她"附有诗仙"。约在

1931年，20多岁的阿帕克和四方出名的阿肯小伙子拉克木江·麦什佩特对唱。两个阿肯对唱到天亮都不分胜负。众多的听众把毡房都挤倒了，于是对唱只好留到下一次。第二年夏天，对唱在阿帕克堂兄绍拉的婚礼继续进行。这一次对唱激烈异常，场面也非常壮观。听众成千上万，结果支持两个阿肯的听众又把毡房挤倒了，对唱又未能结束。第三年夏天，对唱又在拉克木江阿肯的叔父捷铁拜嫁女的婚礼继续。这一次是在草原绿茵举行。对唱进行了很长时间。当激烈时，两个阿肯相互倾吐真情，当着众人、乡亲们和亲戚们的面用诗歌表白爱情，并请求支持。后来，这两个出众的阿肯通过对唱相识和相爱。当时依照传统习俗，阿帕克并非无主姑娘。她年轻时订婚的小伙子死亡，按照"艾明格尔"习俗（即妇女死了丈夫后，要嫁给亡夫的兄弟、近亲或本部落某一人）她要嫁给一个已经送来彩礼，年纪比她大许多的老汉当小妾。按古老部落习惯，这是必须恪守的。但当时阿帕克不服从"艾明格尔"，并大胆地进行反抗。她在艺术道路上找到了自己的情侣。她珍惜缘分并不断付出努力。她根据当时"六大政策"有关妇女自由的条文，决心摆脱"艾明格尔"的束缚。为获得人身自由，她去找政府官吏。但政府官吏摆出"艾明格尔"和彩礼的事实而蛮横拒绝。阿帕克怒火中烧，长时间用诗歌唱出自己的申诉和愿望。最后在乡亲们的帮助下，阿帕克退还彩礼，摆脱了"艾明格尔"，终于和心爱的情人拉克木江阿肯结亲，并一生从事阿肯创作。阿帕克的一生与对唱艺术紧密相连。现已发表了她年轻时与伊玛纳里、努克尔别克和卡尼别克等阿肯对唱的对唱诗。这些对唱诗是她的儿子巴拉提拜保存的。阿帕克不仅是一个阿肯，而且还是一名创作歌曲的艺术家。她为故乡而创作的歌曲《阔克约则》在民间脍炙人口，广泛流传；同时她在妇女中也是少见的冬不拉手，据说她能演奏像《带绊索的棕黄马》等四十首难度较大的民间乐曲。

随着对唱艺术以崭新的面貌开展，20世纪70年代以来新一代阿肯茁壮成长。在这支强劲的阿肯弹唱队伍中，库尔曼别克·再廷哈孜、贾玛丽汗·哈拉巴特尔、穆斯林木别克·萨尔克特拜、别尔迪汗·阿拜、居玛哈里、库依卡巴耶夫、布比玛丽、库兰、穆拉特、卡连、卡麦什、阿克丽玛等阿肯，都给人们留下深刻的印象。他们不仅继承了前辈阿肯的创作传统，而且将其进一步发展，为振兴阿肯对唱艺术作出了很大贡献。他们作为专门对唱阿肯崭露头角，这一点已成为他们的显著特点。

现代对唱艺术的优秀代表之一是库尔曼别克·再廷哈孜。自1980年以来，他创作的大量作品受到人民群众的赞誉。库尔曼别克登上地区级、州级的阿肯对唱台并不偶然。他生长在诗歌之乡——阿勒泰地区的青河县，他从小就对民歌、民间传说感兴趣，汲取民间文学的有益养分，并孜孜不倦地学习、探索民歌创作艺术。1959年—1979年库尔曼别克成为一名阿肯。"文革"期间，民间对唱艺术和传统文化处于被扼杀的年代，库尔曼别克被无故诬陷而受到排挤和监视。在当时心中抑郁、生活贫困的情况下，库尔曼别克成为俐齿伶牙的阿肯，确实难能可贵。这位阿肯曾说："当时我小心谨慎，创作了许多出色的诗歌使众人称羡。"库尔曼别克的创作成果不断地在报刊发表，在广播和电视中播放。目前已出版的《阿肯对唱》（第一集）是库尔曼别克创作成果的荟萃。这本对唱集中包括了他与其他阿肯的17部对唱诗和近50首诗歌。这些作品中反映的炽热创作风格令人称快，尤其是他那据理力争、出口成章的艺术创作水平给读者留下了极为难忘的印象。因此，我们说库尔曼别克是一位真正的对唱阿肯。

纵观阿肯弹唱的历史与发展，我们不难看出：阿肯弹唱在我国哈萨克族文学史上具有非常重要的地位。阿肯弹唱的代表性人物在弘扬哈萨克族传统文化方面作出了重要贡献。从19世纪的艾赛提·纳依曼拜等老一辈到今天的库尔曼别克·再廷哈孜等新一代，这些成绩卓著的阿肯们均为社会留下了宝贵的精神财富，同时，也在哈萨克族民间产生了积极而又深远的影响。

哈萨克族的"阿依特斯"

毕 桪

2006年5月20日国务院批准文化部确定的第一批国家级非物质文化遗产名录，共计518项。哈萨克族的民间对唱以"阿依特斯"的音译被列入遗产名录，这是一件值得高兴的事情。

"阿依特斯"是哈萨克族珍贵的非物质文化遗产之一，对于哈萨克族人来说，那是再熟悉不过的一种民间文化活动。然而，对于其他民族来说，恐怕就比较陌生了，甚至完全不了解。为此，本文就将"阿依特斯"的有关问题向不了解这一文化遗产的读者做些说明，以期更多的人了解哈萨克族的"阿依特斯"。

哈萨克族的"阿依特斯"是指有问有答的歌唱，但是它不同于有些民族的"对歌"。"阿依特斯"是哈萨克语"aytes"的汉语音译。"aytes"来自动词"ayt –"（诉说、告诉、讲述），词缀"– es"表示"互相、彼此"的意思。因此哈萨克语的"阿依特斯"含有彼此诉说、争论，相互盘诘、问答之意。"阿依特斯"作为一种歌唱形式，它是在乐器伴奏下有词有曲的歌唱。但是，从歌唱形式的名称就可以知道，"阿依特斯"的核心是所歌唱的内容，也就是它的词，而不是曲。通常，可以称这种"阿依特斯"形式的词为"阿依特斯诗歌"，也表明了"阿依特斯"是民歌的一种。有一种意见认为，阿依特斯作为一种歌唱形式本由古代的裁决诉讼、排难解纷方式演变而来。因此，哈萨克族的"阿依特斯"至今仍保持着比赛、竞争的意义。根据目前所知道的材料，哈萨克族的"阿依特斯"已经有了相当长的历史。在哈萨克古老的爱情叙事诗《少年阔孜和少女巴颜》里，在后来的同类作品

《吉别克姑娘》里都有对"阿依特斯"的描述。据哈萨克人认为，至迟在10世纪以前就已经有了这种"阿依特斯"形式。在哈萨克汗国时代，"阿依特斯"曾经繁荣一时。但是，目前所保留下来的"阿依特斯"材料大都是19世纪以后的作品。

"阿依特斯"或称对唱，在哈萨克民间有广泛的群众基础。无论男女老少，无论是否民间歌手，他们都是"阿依特斯"的热心参与者和欣赏者。哈萨克族"阿依特斯"一般不受时间、地点的限制。但它通常是庆祝集会、重大祭典、仪礼仪式、喜庆节日等群众性活动当中必不可少的项目。在我国哈萨克族聚居地区，每年到了夏季，人们往往专门举行具有比赛意义的阿肯①对唱或阿肯阿依特斯活动。

哈萨克的对唱（阿依特斯）可以根据参加者范围的不同分为群众性对唱和阿肯对唱两种。阿肯对唱只由阿肯参加，它是阿肯艺术生活当中一项重要的艺术实践活动。群众性对唱是一种有广泛群众基础的普及性对唱，歌唱者无须有歌手的身份，但这并不意味着歌手们不可以参与这种对唱活动。群众性对唱活动，除直接对唱者外，对唱时往往有众人的伴和。同时，无论男女老少，任何人都有可能参与群众性对唱活动。不过，一般说来，它是年轻人经常参与的一项活动；同时，它应该在同辈人中间举行；此外，对唱者双方通常不应该是同部落的人。

群众性对唱在哈萨克语里一般称做"风俗习惯对唱"或"生活习俗对唱"，表明人们较多地着眼于它同生活习俗的联系，特别是同仪式的关系。但是，群众性对唱实际上是很广泛的。这种群众性的对唱也可以分做两部分：一部分与仪式活动相关，一部分与仪式无关。

同仪式相关的群众性对唱是伴随着仪式演唱的，或者是仪式的组成部分；诸如嫁女仪式上的"加尔—加尔"（嫁女仪式上，女亲在屋内男朋在屋外对未来生活用对唱方式表达的一种习俗）、信仰习俗里的"百得克"，以及其他有关仪礼仪式、迎宾待客、民间节日等活动中的对唱。一般说来，这部分对唱较少或基本上没有比赛赋歌技巧与能力的意义。例如"加尔—加尔"，虽然在有的部落，"加尔—加尔"对唱到最后有胜负之说，但它是出于转换仪式程序的需要，其目的并不是

---

① 阿肯：哈萨克民间诗歌保存、传播和创作的骨干。他们尤其善于即兴演唱。阿肯在哈萨克民歌（短歌和长篇叙事诗）的各个领域都有重要贡献。请参阅毕桪：《哈萨克民间文学概论》，北京，中央民族大学出版社，2006。

赛歌。这些同仪式相关的对唱当初大都是为了完成某种仪式而展开的。按照习惯，它在男女之间展开，相互对唱，或许还有群众伴和；所唱内容与相应的仪式内容、目的相吻合，并且多是在世代延续当中传承下来的。歌里有约定俗成的套式、套语、套句；歌唱者虽然是现场即兴编唱诗句，却有俗例可循，甚至是信口唱出现成的词句。但是，这种同仪式相关的对唱在发展过程当中，从歌唱内容到歌唱目的都在发生变化。

其中，"百得克"对唱的变化无疑是最明显的。它本来是驱邪治病的对唱，其内容表现出强烈的萨满教信仰意识，后来却变成洋溢着嘲弄鬼神信仰的反宗教精神，打诨逗趣、嬉戏娱乐的歌唱活动，青年男女则利用它来表达爱情。例如下面的百得克对唱：

男子唱：

> 灰蒙蒙的山连着灰蒙蒙的山，
> 山头上掀起一场暴风蔽日遮天；
> 听说你们家里要有一场百得克，
> 我们阿吾勒倾巢出动马叫人欢。

女子答：

> ……
> 让咱俩用百得克来一场对唱，
> 不唱不过瘾让歌声连连不断。①

在这首对唱里已经不见信仰的痕迹。不仅"百得克"，其实"加尔—加尔"也在变化。"加尔—加尔"作为婚嫁仪式的一部分，歌者一方为新郎方面的男青年，所唱内容基本上是劝嫁；另一方为新娘方面的年轻女子，所唱内容基本为哭嫁。到了近世，"加尔—加尔"在原来双人对唱的基础上，又有了男女个人之间的对唱，所唱内容为抒发歌唱者个人的情感。

---

① （哈萨克语原文）穆合塔尔·艾维左夫：《哈萨克文学史》，阿拉木图，作家出版社，1991。

歌唱时虽仍沿用传统曲调，也仍然有"加尔—加尔"的高声呼唤，但内容同嫁女仪式本身关系不大。"百得克"和"加尔—加尔"是有代表性的群众对唱。学者们在谈到同习俗仪式相关的群众性对唱时经常以它们为例。但是它们的变化却表明了同习俗、仪式有关的群众性对唱的一个普遍的发展趋向，即随着社会生活和民俗生活的变化逐渐同习俗仪式相脱离。事实上，许多这类对唱最终都变成了一般的群众性歌唱活动。

群众性对唱的大部分是同仪礼仪式无关的对唱活动。它可以在任何场合、地点展开，内容多为嬉戏娱乐，打诨逗趣。歌唱者为同龄男女，但不能是同氏族的人。所唱的歌可以是即兴的，也可以是人们熟知的。此外，还有一种形式叫"四畜歌"①，以四畜口气对唱，成为游戏式的对唱（竞技）。

阿肯对唱是在阿肯之间展开的一种经常性的语言艺术活动。在日常生活当中，善唱的阿肯们常常彼此以歌唱的方式来交谈，交流思想感情，表明对各种人和事的态度和观点。例如，凯木卜尔拜病重期间，艾谢特前往探望，两位著名阿肯就是以歌唱的方式倾心交谈的。但是，通常所说的阿肯对唱则是指在阿肯之间展开的语言艺术竞赛，而不是这种以歌代言的普通谈话。对唱是对阿肯个人即兴赋诗作歌才能和技巧的考验。才华横溢的年轻歌手通过成功地参加这种对唱可以一举成名，从而获得阿肯的身份和资格；成名阿肯也可以因为一次又一次获得这种对唱的成功和胜利而不断提高声望。因此，参加这种对唱是阿肯艺术生活当中必不可少的一项活动。哈萨克许多著名阿肯往往都从5岁时登场对唱（一般从娃娃起开始登场对唱），并且从此走上了阿肯的艺术道路。他们在自己的一生里"身经百战"，参加过无数次的阿肯对唱。阿肯对唱给他们带来了荣誉，更带给了他们创造丰硕艺术成果的机缘。此外，也有的阿肯专门以这种对唱为活动舞台。他们还常被称做"对唱阿肯"。这些阿肯一般不从事其他的歌唱活动，也不演唱民间的长歌，仅仅以参加阿肯对唱为专长。

阿肯对唱有自发的和有组织的两种形式。前者有以歌会友的性质。

---

① 四畜歌：从内容上看，属哈萨克寓意性阿依特斯种类，借助于人与兽、动物与动物、生与死、冬天和夏天等物种的规律或现象进行竞技，其目通过这种方式说明某种社会现象、解释某种道理。

阿肯们为了提高技艺，考验自己的水平，以至为了提高自己的声誉，常常不辞辛苦地远途跋涉，主动登门同有声望的阿肯对唱，彼此切磋技艺。著名阿肯碧尔江曾经"骑垮了六匹乘马，奔波了十五天"，慕名找到著名阿肯萨拉，并与之对唱，留下了脍炙人口的佳句；艾谢特倾慕额尔斯江、唐加勒克仰慕硕克帕尔，因而登门造访，与之对唱，传为美谈。类似的事例，不胜枚举。另一些阿肯对唱则是在祭典礼仪、喜庆节日、盛大集会上由主持者或东道主有意安排的。在这些场合里，阿肯对唱经常是必不可少的项目。但是，无论在哪一种情况下，阿肯对唱都会吸引众多的听众。这些听众既是阿肯对唱的欣赏者、助威者，也是对唱的集体公证者。尤其在后一种情况下，虽然登场对唱的是阿肯个人，但他们总是代表着本氏族、本部落来对唱，他们对唱的成功与否既关系着个人的，更关系着本氏族、本部落的荣誉，因此听众总是为自己一方上台的阿肯呐喊助兴，这种有组织的阿肯对唱尤其显得紧张热烈，就如同体育比赛一样。而对唱的优胜者也因此得到更大的声望。目前，我国哈萨克族聚居地区每年在夏季牧场都要举行地区性的阿肯对唱。参加对唱的阿肯往往代表自己所属地区和单位。

　　阿肯对唱不像群众性对唱那样在年龄、辈份、性别上对歌唱者双方有某种习俗规定。它只要求参加对唱者有阿肯的造诣，有即兴赋诗作歌的语言艺术积累和功底。男女阿肯之间的对唱如艾谢特和额尔斯江的对唱，男阿肯之间的对唱如巴克提和巴依吐杨的对唱等都是历史上很有名的。著名阿肯加纳克一生中胜过许多的阿肯，最后竟败在一名少年阿肯手下。但是，重大的阿肯对唱活动通常在不同部落、不同地区的阿肯之间展开。这种阿肯对唱一般采取淘汰制的办法，由两名歌手上场一对一地比赛。对唱的时候，阿肯各自演奏着冬不拉（或者阔布孜，或者其他弦乐器）为自己伴奏，相互盘诘应对歌唱。他们彼此间你来我往，互不相让，竞相炫耀自己的才华，竭力从气势上，从即兴歌赋技巧上，从驾驭语言的能力上，从才智上，甚至从人品上等等压倒对方，直到一方自愧不如，主动甘拜下风时，双方对唱才告结束。

　　阿肯参加对唱有如骑手参加赛马、摔跤手比赛摔跤一样地精神抖擞、情绪激昂。对手如果是不知名的新手，通常要从盘问对方姓氏等等开始。但是，只要一开始歌唱，即便是这种形式的开场，也要以急风暴雨般的歌唱向对方发起猛烈进攻，设法让对方难以招架，竭力从气势上压倒对方。过去时代的阿肯对唱，每个阿肯在对唱时总是要自我炫耀、竭力褒扬、吹嘘自己及本氏族或本部落，语句多戏谑、嘲讽挖苦，以至揭人隐私，进行人身攻击。按照对唱的规矩，不管对方言词多么激烈、刻薄，自己都不得恼怒发火，只能运用语言技巧，发挥聪明才智，设法回敬对方。而一旦有一方服输，双方都会表现出谦谦君子风度，握手言欢。胜者不会再提起自己对唱时的得意唱段，败者则会记起对唱的过程和双方的唱段品味对方何以得胜，琢磨自己何以失败。这已经成为一种传统。哈萨克族历史上许多阿肯对唱的著名唱段之所以能够保存下来，多半要归功于对唱的失败者。隋因拜在同女歌手孔巴拉对唱时败北，他从不隐讳，而是经常说起自己的失败，并且让自己的徒弟江布尔把当时的唱段背诵下来，把自己的失败指点给他。后人对这场对唱的细致了解，就是从江布尔那里得到的。阿肯对唱无疑给胜者带来了荣誉，但它给失败者带来的未必是耻辱。那些有心的阿肯总是善于从失败中总结经验，进一步提高即兴赋歌的技艺水平。

　　哈萨克族的阿肯对唱主要是一种技巧和才智的比赛。过去时代的阿肯对唱其内容总离不开自我吹嘘、相互贬责。新时代的阿肯对唱冲破了这种局限，歌唱内容有了许多变化。此外，根据歌唱内容，阿肯对唱还有谜语、隐语对唱和谎歌对唱。

　　哈萨克族的阿依特斯又可以分为"苏热对唱（syre aytes）"和"吐热对唱（tyre aytes）"两种。这是近似于对唱级别或层次的分类，但它也是从歌体上做的分类。

　　苏热对唱是一种高层次的、规范的，或者说是本来意义上的正统对唱。参加这种对唱的都是成熟的阿肯。他们有娴熟的演唱技巧和出色的即兴赋歌才能，歌唱起来往往口若悬河，滔滔不绝，格律自由。

　　吐热对唱可以说是一种初等的、普及型的对唱，前面所说的群众性对唱大体上可以被看做是吐热对唱。这种对唱在阿肯的成长道路上具有重要的意义。每一个希望自己成为阿肯的人都会积极参加这种对唱活动。他们在不断参加吐热对唱的过程当中学习对唱技巧，掌握赋歌的本领，培养即兴作歌对答的应变能力。每一个成名的阿肯也都必然经过吐热对唱的培养和训练。同时，吐热对唱在成名阿肯当中也很流行。吐热对唱在歌体上又可以分为喀拉约令和喀依木约令两种。喀拉约令即4个歌行为1个歌段，11个音节为1个歌行，取AABA尾韵。在一般情况下，歌唱者每一次唱1个歌段，或者说唱4个歌行。但这不是绝对的，却也不会少于4个歌行。喀依木约令在格律上同喀拉约令没有什么区别，只是歌唱形式不同。它也可分为两种。

一、对唱双方每次起始唱的两句除人称需要变化外，整个句子不变。例如：

（国际音标转写）

qəz：

    atəmdə ʃeʃem syjip qojʁan erkin
    toj bolsa tyzetemin qamʃat bɸrkim
    qoləŋda erkiŋ bolsa meni alʁandaj
    neʃe dʒyz yjiŋde bar seniŋ dʒəlqəŋ

dʒigit：

    atəŋdə ʃeʃeŋ syjip qojʁan erkin
    toj bolsa tyzetesiŋ qamʃat bɸrkiŋ
    er kyʃinen taw awdarəlar degen bar ʁoj
    alarmən bolmasa da dʒalʁəz dʒəlqəm

qəz：

    atəmdə ʃeʃem syjip qojʁan erkin
    toj bolsa tyzetemin qamʃat bɸrkim
    qajratə kewde dʒarʁan sen er emes
    maŋəma dʒolamajtən sendej ʃirkin

dʒigit：

    atəŋdə ʃeʃeŋ syjip qojʁan erkin
    toj bolsa tyzetesiŋ qamʃat bɸrkiŋ
    ereges eki talaj bolʁan dʒerde
    qəzdarʁa sendej bardəwr erkinim[①]

[①] 哈萨克语原文据《哈萨克文学史》，阿拉木图。

汉语意译：

女方：

  我妈爱我才给我取名额尔芹①，

  出嫁时我要换上海獭皮圆帽；

  好像你自己能做主把我娶走，

  你自己在家里能乘几百匹马？

男方：

  你妈爱你才给你取名额尔芹，

  出嫁时你要换上海獭皮圆帽；

  好男儿掀倒大山因为有力气，

  纵然不乘一匹马我也得娶你。

女方：

  我妈爱我才给我取名额尔芹，

  出嫁时我要换上海獭皮圆帽；

  像你这样说大话算什么好汉，

  不敢跟我亲近你也真够可怜。

男方：

  你妈爱你才给你取名额尔芹，

  出嫁时你要换上海獭皮圆帽；

  你在这里争吵不休胡搅蛮缠，

  姑娘像你这样唠叨那才可怜。

  在上面的例子里，双方都用同样的两个句子歌唱前两句，歌者每次都只需即兴编唱后两句。由于四行体的歌通常用 AABA 尾韵或者它的变化形式 ABAB 尾韵，所以歌者每次也只要找到第四个歌行的韵脚即可。

  二、喀依木对唱的另一种形式歌唱起来难度稍大，例如：

（用国际音标转写）

er：

  qajəmnəŋ ajtqannan soŋ dʒoralʁəsən

---

① 额尔芹：女人名。

tabajən ottə ɸleŋniŋ oramdəsən

æjel：

murasən ultəməzdəŋ dʒalʁastərsaq
bizderge dʒawdəradə el alʁəsən
aqənnəŋ dʒoləqsam dep marqasəna
kelip em dʒemenejden qattə asəʁa

er：

ɸleŋniŋ keŋ ʃalqarən dʒyzip kelem
baqəttə el dʒurtəmnəŋ arqasənda
basta deseŋ ɸleŋniŋ basə bəlaj
bætijma aŋsap kepsiŋ asələm aj

æjel：

kelgeli amandasəp tanəspaʁan
qajtein aqən qajənəm dʒasəʁəŋdə aj
mundaj da oj adərnam tartəlatən
dʒebedej uʃqər ɸleŋ atəlatən

er：

murəna azattəq ʃomədmasaŋ
dʒan ediŋ bes bajtalʁa satəlatən
ɸleŋdi basta dese bastaʁanəm
dʒɸn bolmasa køŋilimdi aʃpaʁanəm

æjel：

køŋilimdi dʒelpindirseŋ aqən qajənam
aspanda ʃarəqtajdə asqaq ænim①

汉语意译：
男方：

唱起祖传的喀依木有板眼，
热情的歌唱得人们心喜欢；

---

① 哈萨克语原文见《遗产》杂志，乌鲁木齐，1987（1）。

女方：
>民族的遗产由我们来继承，
>我们将博得众乡亲的赞叹。
>因为跟阿肯相会喜出望外，
>我急忙忙从吉木乃县赶来；

男方：
>能在歌的海洋里尽兴遨游，
>只因为生活在幸福的时代。
>让我起唱我就从这里起唱，
>帕蒂玛什①一直在翘首巴望；

女方：
>彼此见面还没有相互问候，
>无奈我的歌友实在太慌张。
>其实我也已经是思绪万千，
>禁不住曲曲欢歌飞出心田；

男方：
>若不是沐浴着解放的阳光，
>五匹马就能把你卖到天边。
>让我起唱，开头就得是这样，
>不说出真话我心里不舒畅；

女方：
>歌声要使我振奋，我的歌伴，
>我的歌豪迈要在空中回荡。

从上面的例子可以看出，这种形式的喀依木对唱在男方起唱时只唱两个歌行（原文押尾韵），之后女方接唱4个歌行，她的前两个歌行同男方起唱的两个歌行组成一个完整的歌段；从她的第三个歌行开始重新起歌段（并且另外起韵）；接下去，男方接唱的前两个歌行同前面女方唱的后两个歌行组成一个完整的歌段。以下类推，如此回环下去，直到最后女方的两个歌行结束。全部对唱没有词句重复的歌行，每一个歌段都是由对唱双方各唱两行合作完成的。歌者不但要从内容、词

---

① 帕蒂玛什：女人的名字。

句和歌韵上同对方配合，能够迅速应答对方，还要同时立即起段，它既是给对方的，也是给自己的考验。这就要求对唱者有较好的应对能力和即兴赋歌的技巧。它的难度显然比前一种喀依木对唱要大一些。

　　阿依特斯同哈萨克的民间生活密切相关，是有代表性的哈萨克非物质文化遗产。它不仅仅是一种有广泛群众基础的娱乐活动，更是人生仪礼、节日庆典活动的重要组成部分；而且它还非常强烈地体现着哈萨克人对哈萨克语的价值评价，非常强烈地表现着哈萨克社会崇尚语言、崇尚语言技巧和语言运用能力的一种普遍的民俗心理。目前，阿依特斯已经被列入第一批国家级非物质文化遗产名录，这是哈萨克族民众引以自豪的事情。但是列入遗产名录并不就意味着它已经得到了保护。保护阿依特斯这份珍贵的非物质文化遗产还有许多理论和实践问题亟待解决。例如，在保护阿依特斯的过程中，如何贯彻"以人为本"的保护、"整体性"保护、"原生态"保护、"活态"的保护、"再生性"保护等诸项原则就还没有得到解决，这无疑直接关系着阿依特斯是否能够得到真正的保护。而为了切实解决保护阿依特斯这份珍贵的非物质文化遗产的一系列理论和实践问题，首要的是认认真真地、仔仔细细地、扎扎实实地做好关于阿依特斯的调查，通过实地调查得到第一手真实资料，为贯彻保护原则，为制定保护方案和措施提供可靠的科学根据。同时，应该切实加强对阿依特斯的理论研究和说明。例如，究竟什么是阿依特斯，阿依特斯的本质是什么，哈萨克族在适应周围环境以及与自然和历史的互动中阿依特斯是如何被不断创造、被传承的，阿依特斯原有的文化氛围和原有的生存土壤是什么，以及如何在保护其原有的文化氛围和原有的生存土壤中来保护阿依特斯等等，解决诸如此类的理论问题对于保护阿依特斯具有现实的指导意义。

哈萨克族文学的金摇篮——阿依特斯

布兰太·多斯加宁著,师忠孝译

今天哈萨克民间多种形式的对唱,最普遍的是两男两女的对唱,即阿依特斯(Aytes)。在哈萨克语中"Aytes"一词有两种含义,"对唱"是诗歌的对唱,是即兴妙语的竞赛;另一指纷争辩论。本文所谈的是前者,即对唱。它是那些出口成章的即兴阿肯(诗人、歌手)们诗才的比赛。据民间系谱学家所述,最早的对唱源于姑娘出嫁时,男女青年分成两方所唱的"加尔—加尔",以后演变成两人对唱、两男两女对唱的形式,并广泛流传。

多少个世纪以来对唱在哈萨克的生活中一直是一泓清洌的甘泉。但在旧社会它失去了自己应有的社会意义和作用,变成了供巴依老爷、台吉乡约(富人)们娱乐的工具,因而日趋衰败凋零。新中国成立以后,党和政府对于这一诗歌艺术形式极其珍视,给予高度的评价,使对唱得到恢复和发展并在县与县、村与村之间和州规模的阿肯对唱一直不断。对唱是与哈萨克人民的日常生活息息相关的一种优良传统,堪称哈萨克民间诗歌的金摇篮。

一、阿依特斯在历史中的社会影响

在哈萨克人民中,对唱是一种今天已经难以考查的,从非常久远的年代起一代代传到今日,生动活泼并且富于生活气息的文学体裁。对唱是哈萨克口头文学最珍贵的宝库。假如把从古到今所有的对唱诗歌都搜集起来,可谓汗牛充栋众所周知,对唱在古代不仅存在于哈萨克、柯尔克孜、塔塔尔·维吾尔等民族,在汉民族中对唱也一度盛行。

古代许多东西方国家都曾流行过对唱。如：阿拉伯国家的"穆哈勒拉卡特"对唱①，印度、伊朗等国家的"穆夏伊拉"② 对唱；维吾尔族的"买西莱甫"③ 等也同哈萨克的阿肯对唱相类似。所不同的是"买西莱甫"中，对唱有伴舞，且不计胜负。塔塔尔的吉尔对唱酷似哈萨克民间阿肯的对唱，只限于男人同男人的对唱，输了的一方则要给对方赠送纪念品，塔塔尔的吉尔对唱，除了唱原版歌词以外也有即兴创作的，这说明了类似柯尔克孜、哈萨克、维吾尔和塔塔尔等这些民族的对唱形式，从古代开始在世界许多国家和民族中曾流传过。但今天在那些国家和民族的对唱艺术似乎已经衰落，唯独哈萨克的阿肯对唱一直深受群众喜爱，永葆青春，不断发展，并注入了新的内容，扩大了使用范围。

任何一个民族，在古代不管有没有书面文学，都不可能没有口头文学。但是，由于这些诗歌当时都没有收集下来，形诸笔墨，我们对于哈萨克18世纪以前的对唱并不了解，也无具体资料。尽管如此，当时对唱艺术的盛行却是确定无疑的。因为那时没有别的娱乐，唯一的娱乐便是才能与思辩的比赛、歌的比赛——也就是我们所说的对唱。

从18世纪后半期到19世纪、20世纪这一期间，对唱是哈萨克民间口头文学中最丰富、最富于生命力，具有最广泛的群众基础的文学样式。这一期间名手如云，出现了比尔江、玛良阔特、苏云拜、库力玛木别特、雪洁、江布勒、艾赛提、热斯江、凯木普尔拜、马纳特克孜、土别克、萨比尔拜、托依巴拉、托合加特、克孜包勒克、耶边太、阿克苏鲁、坎西木拜等著名歌手。

原始阿肯对唱是当众进行，曲调由各人自选，不求一致。每个阿肯可用自己最习惯的曲调，也可辅之以冬不拉或库布孜伴奏。对唱双方以歌对答，唇枪舌剑，互不相让，把对唱推向高潮。阿肯们多半是在毫无准备的情况下参加对唱的，直至阿肯们互相见了面，作为一方并肩而坐，或者作为对手面对面而坐的时候，才产生激情。大家不期而遇，所以所唱诗歌都是当场即兴之作。对唱时听众也不仅仅是听众，

---

① 穆哈勒拉卡特：盛行于12世纪阿拉伯国家的民间说唱，形式与哈萨克阿依特斯相似，通常艺人以诗歌为载体，即兴对歌。
② 穆夏伊拉：是印度民间诗歌对唱竞技形式之一。
③ 买西莱甫：又称"麦西莱甫"，维吾尔族的麦西莱甫是一种以歌舞为载体的民间娱乐活动。

同时也是拉拉队、评判员,谁胜谁负全由在场听众裁决。与此同时,听众也总是分成两派,各自支持一个阿肯,为他(她)助威、打气,希望他(她)能在这场用诗歌进行的舌战中取胜。

那些名震四方的阿肯多半从小就显露出众的才华。如著名的贾纳阿肯,曾来到乃蛮部落,战胜了以土别克阿肯为首的几个阿肯,但却被乃蛮部落斯斑氏族的少年阿肯——萨比尔拜战败。对唱除了这种在大庭广众之中举行以外,在欢庆婴儿诞生的时候,在婚礼的喜筵上同辈之间的对唱,青年男女之间的对唱更是不可胜数。对唱是不分男女老幼,人人参加的活动,是人民喜闻乐见的艺术形式,是使人精神振奋,心旷神怡的娱乐。因此,对唱在逐水草而居的哈萨克人民当中世代相传,历久不衰。

对于对唱的传播,哈萨克女阿肯作出了很大的贡献。哈萨克的女阿肯往往比男歌手更加才思敏捷,长于以诗应对。封建时代,妇女由于没有人身自由,不能与自己的意中人结为夫妻,往往含怨终身。而这一点最易被对唱对方的男歌手视为致命弱点,并在对唱中当众揭短。加之妇女碍于礼教,必须注意言语分寸,不可逾规,不可放肆、粗俗。这样,女歌手尽管诗才横溢,都往往被那些专门攻其痛处的男歌手击败,或者比成平局。

对唱历来分为两类:一类是习俗对唱,一类是阿肯对唱。

习俗对唱源于嫁姑娘时对姑娘的劝慰、开导,称做"加尔—加尔"或者"阿吾加尔"。它因曲中反复咏唱的"加尔—加尔"而得名,可译做"劝嫁歌"。内容多为"你已经长大了,进入了人生的新阶段"以及"你就要亲吻情人了,你也成了情人"之类。"加尔—加尔"由新郎带领一帮未婚青年与新娘带领的一帮姑娘、媳妇轮唱。男青年一方以欢畅的曲调劝姑娘出嫁,告诉姑娘她的公婆、婆家乡亲邻里一点也不比她自己的父母和故乡差。姑娘一方则多半唱哀怨凄楚的歌。唱"加尔—加尔"时,双方不比输赢,听众也不作评判。因为这已成为一种仪式,有其固定的曲调和比较固定的歌词。婚礼主人会给唱"加尔—加尔"的人赠送纪念品或在其帽子上插上猫头鹰的羽毛。例如,"加尔—加尔"的歌词是这样的:

小伙子们：
高唱一声加尔加尔我们开了腔，加尔—加尔
叫声小妹你可要细听端详，加尔—加尔
祖先留下老规矩女大当嫁，加尔—加尔
只愿真主把幸福给你赐赏，加尔—加尔

青年齐把劝嫁歌放声高唱，加尔—加尔
世上哪比这一刻更加欢畅，加尔—加尔
不能嫁给心上人那才倒霉，加尔—加尔
窝窝囊囊一辈子多么惜惶，加尔—加尔

你像一只小雏鸟羽毛刚满，加尔—加尔
又像崖顶老鹰蛋纯白光亮，加尔—加尔
只要你的新家乡是块福地，加尔—加尔
等于爹妈守着你同把福享，加尔—加尔

爹妈想你会落泪是人之常情，加尔—加尔
到了那边还可以回来探望，加尔—加尔
别老发愁离开妈你该咋办，加尔—加尔
公婆疼爱好媳妇没有两样，加尔—加尔

姑娘们：
我们新房可搭在绿草地上？加尔—加尔
可有一面小圆镜供我梳妆？加尔—加尔
别人母亲终归是别人母亲，加尔—加尔
再好怎能比得上我的亲娘！加尔—加尔

柳枝入水身更轻有啥分量，加尔—加尔
柳叶迎风任风摆哪有定向，加尔—加尔
别人的父亲终归是别人的父亲，加尔—加尔
有谁对我像我爹那样慈祥？加尔—加尔

风吹头巾呼啦拂我面庞，加尔—加尔
撒娇耍赖哪能像在家一样？加尔—加尔
遇上一位好婆婆还倒好，加尔—加尔
婆婆不好尽受气不死身亡，加尔—加尔

天空顶上四根绳都能绑上，加尔—加尔
这里为啥没有我容身的地方，加尔—加尔
尽管爹妈心太狠把我远嫁，加尔—加尔
要离爹妈我还是痛断肝肠，加尔—加尔

可以看出，"加尔—加尔"唱出了在封建宗法社会中，哈萨克少女们的苦难、忧伤和愿望。它不仅仅是被迫出嫁的姑娘的眼泪和忧伤，而且是所有哈萨克妇女多少世代以来的悲伤，是哈萨克少女希望能同自己意中人结成眷属这一良好愿望的反映。各地流行的"加尔—加尔"虽然各式各样，但其内容都差不多。新中国成立以后，"加尔—加尔"的演唱者们已经不再受原词的限制，而是给它注入了新的内容，使其有所发展。

二、阿肯对唱的方式

阿肯对唱历来以两种方式进行，一种叫"吐热"对唱，一种叫"苏热"对唱。

"吐热"对唱是双方一段对一段的对唱方式。具体还可细分为两种：一种是习俗式对唱，一种是学舌式。学舌式每段四行中前两行为双方多次重复演唱，就是说回答的一方在前面两句只简单地重复对方的歌词和歌曲，唱到后两行才现编新词、新内容。因而也叫做"互相学习"、"互相模拟"，不算真正的对唱。

"苏热"对唱不受限，可以随意发挥，才思敏捷，出口成章的歌手，为了压倒对方，常常采用这种形式。在对唱中的每位阿肯各具特色，各有千秋，但也有大家共有的"套路"，比如对唱伊始，每一个阿肯都是先极力抬高自己的诗才，把自己比做雄鹰、鸽鹰、夜莺、骏马，比做奔腾的江河，摩天的峻岭，以此引起听众的注意，同时设法贬低、挖苦对方，力图以犀利的词锋先声夺人，挫败对方的锐气，对唱之中又处处捕捉对方的弱点，伺机猛攻。如，在比尔江和萨拉的对唱中，刚刚交锋，比尔江就先向萨拉宣示自己的诗才和名气：

论我的见识四座惊，不需夸口。
既然来了不获胜不会甘休。
今天叫你碰上了阿勒泰猎手。
小白鹿啊，我看你怎么逃走？

对此，萨拉毫不示弱，像猛隼直冲蓝天，她这样炫耀自己的诗才：

我父名叫塔斯坦别克，我叫萨拉。
多少男子败在我的手下。
十五岁起手拿琴四处对唱，
从未叫人抓住过半句错话。
我是伊朗御园里一朵鲜花，
生来专为众姐妹鸣冤说话。
老时才尽到这里专来出丑，
我早就想把你的威风煞煞。
我的腰身比柳枝还要轻盈，
我的胸膛装满了诗意诗情。
我的歌喉像夜莺千鸣百啭，
一唱起来像时钟常走不停。

"苏热"对唱一般可分为开场、交锋、高潮、鏖战，一方获胜，结束几个阶段。参加对唱的阿肯总是全力以赴，使出全部技艺以争夺荣誉，只要可以用来战胜对方之处，不管是好是坏，也不管与对方有多大关系，总是毫不留情地压倒对方。阿肯对唱有其优良的传统，这表现在以下几个方面：

1. 对唱中，平日不能说的一些尖酸刻薄的话，甚至互相攻击的话都可不加避讳，就是对王公贵族、巴依老爷、毛拉、霍加也可在对唱中把暴风雨般的讥讽、冰雹般的嘲弄倾泻到他们头上。因而对唱曾经是对统治阶级进行嘲讽的工具，当然，除了借对唱诉穷人之苦、替穷人说话、站在人民一边的阿肯之外，也有替领头人、巴依说话的阿肯，他们极尽阿谀奉承之能事，美化本部落、部落领头人和巴依。

2. 对唱中不分男女，不论长幼，也不管是大名鼎鼎的阿肯，还是无名小辈，抑或初出茅庐的后生，都可以无拘无束、自由自在地对歌，大家平起平坐，不分尊卑。因对方"不是对手"而拒绝对唱，或者指责某人越位对歌，都是违背对唱传统的。哈萨克人民在对唱中遵照的是这样的格言："游艺中不分大小"，"只要玩笑得当，对岳父或公公也但说无妨"。

3. 对唱中获胜的一方并不夸耀自己的胜利，而唱输的一方倒经常讲述自己的失利，说自己某时某地同某人对唱时如何输给了对方，对自己的失败津津乐道。赛输的阿肯，往往并非输于诗才，而是输于事理。因对答不当，说理不足而输掉。输于事理的阿肯总是心悦诚服地认输而停止对唱。在对唱中，不管词锋多么犀利，用语多么尖刻，听众也不会认为失礼，对唱双方也不会发火、急红眼。

4. 获胜的一方总是利用对手的弱点以高超的技巧据理力争，压倒对方，直到对方无言可辩，无语可对为止。而听众总是高呼："谁有理服谁！"对赢方加以肯定、支持，作出公正的裁判。不管对唱双方舌战如何激烈，如何短兵相接，互不相让，也绝不反目。相反，输方要给赢方赠送礼物作为纪念，同时双方互赞对方的诗才，最后依依握别。

在哈萨克民间文学中，"苏热"对唱是一个广阔的天地，是诗歌的汪洋大海，不论是俗歌、学舌唱、习俗歌、戏谑曲、宗教歌、马歌（关于马的问答）、谜语歌、山歌、水歌、地歌、鱼歌无不产生于对唱。其内容涉及哈萨克人民社会生活的各个方面，极其丰富。大多为穷人争自由，为部落争地位，为妇女争平等，谈论天理人生。还可论述个人悲欢、风俗习惯，赞美家乡和家乡的物产，传授技艺、知识，赞叹诗人的天赋，无不是对歌的话题。

活跃在20世纪前半期的著名诗人唐加勒克最早使他脱颖而出崭露头角的正是"苏热"对唱。唐加勒克还在少年时代就跻身于对唱者之中，他的对唱诗，至今还有许多保留在民间，为许多人所熟记成诵。其中，他与两位著名妇女阿肯阔伊德木和巧克帕尔的对唱最为精彩。阔伊德木是久经沙场的老将，她出口成诵，从未败北。初露锋芒的唐加勒克特意前来一试，两位才华横溢而又势均力敌的阿肯约定竞技，各方家乡父老分别为自己出赛的骏马（选手）祝福壮行。

阔伊德木的乡亲唱道：

乃蛮那边过来个唱歌的青年，
大家赶快一齐来祈求上天。
在这黑寨他不会有多大能耐，
三言两语就叫他滚下马。

唐加勒克的乡亲唱道：

唐加勒克你已经长大成器，
只待令发你可要奋力扬蹄。
今番要能制服了阔伊德木，
整个部落会因你而扬眉吐气。

这次交锋，不仅是两位阿肯个人之间的交锋，而且也是两个部落之间的交锋。

对唱一开始，唐加勒克采用了阿肯们惯用的扬己抑人手法，先故意奚落对方：

阔伊德木女魁大概是这一位吧？
难怪全体阿勒班为你保驾，
花布衫子叫胖肉差点撑破，
珠光宝气这一身照得人眼花，
久闻大名别亲友专程请教，
把你的本事一股脑儿亮出来吧！

阔伊德木也不是好惹的，她唱道：

哪里来的这么个毛头娃娃，
刚一开口就这么叽里呱啦。

就是把你放到了高塔顶上。
也难跟我一般高，这你懂吗？
跟你老子一样的，我也踩过。
难对付的多少人，我也赛过。
今天你这小黑仔还想赢我，
告诉你吧，今年活到三十一还没败过。

对此，唐加勒克毫不畏缩，立即反唇相讥，驳了回去：

别一个劲儿在这里自卖自夸，
几句大话，你以为我就害怕？
你先赛歌夺了标，慢慢吹去，
谁大老远跑来听这些废话。
喜好自夸不为奇，女人家嘛，
我倒担心你这会儿已经害怕。
像你这样自大的，可别忘了，
骆驼虽大，十二相偏不要它。

阔伊德木毕竟是久经考验的征战老手，连珠炮似的歌像冰雹一样打来：

唐加勒克你从小就有诗才，
为何喜欢一个人飘泊在外？
大概忘了这里是什么地方，
说话也不留后路只顾痛快。
要不是你还年小毛头毛脚，
叫你肚子不化食一头栽倒。
高喊"乌孙"冲过去真动刀枪，
吓你吓得来不及叫声"哎哟"。
你这小小流浪汉，哪儿来的？
倒像一匹未驯服的马连踢带咬！

她虽然内心佩服唐加勒克的诗才，但是为了挫败对方的锐气，战而胜之，便用奚落挖苦的办法设下圈套，不料这一圈套反倒套住了自己。唐加勒克见对方自己说出了短处，马上抓住不放：

你说我是流浪汉闲游乱荡，
你可知道你祖辈来自何方？
你说别人流浪汉飘泊在外，
你们怎么来到了伊犁地区。
刚一上来就抓住我到处流浪，
大概你求胜心太切，晕头转向。
与其这样我劝你赶快住口，
不如叫你吃不了也得兜着走。
我从小就爱对歌，人人称奇。
歌泉滔滔如哈斯河水泻千里，
不信不能把你的气焰浇灭，
我才偷偷离了家跑来找你。

他这么一唱，捅到对方的痛处，阔伊德木立即慌了手脚，不知所措：

你这句话刺得我真不好受，
我们部落的老底细你也摸透。
你这滑头小黑仔啥都知道，
入骨三分一句话我难还口。
我的搭档奴丽拉偏偏不在，
她要来了或许还不会出丑。

到此，阔伊德木无言可对，甘拜下风。唐加勒克事后提到这次激烈的交锋时说：

当时我们夺了标起身告辞，
阔伊德木愧难当只把头低。

坐在地上起不来浑身冒汗，
　　旁边过来两个人把她扶起。

　　在哈萨克族的"苏热"对唱史上，除了上面讲到的这些对唱以外，艾赛提和卡力群以对唱、巴克特拜同铁再克王爷、苏云拜和哈塔安、阿克坦别尔地和阔凯姑娘、阿斯勒汗和乃比、卓巴来和塔玛、耶尔买克拜和库拉什、奴素普霍加和拉孜帕的对唱，以及其他许多才华横溢或者老练沉着或者锐气逼人的歌手对唱都占有突出的地位。

　　新中国成立后，对唱进入了黄金时代。对唱的大门开了，歌手们有了广阔的天地，像夜莺飞出鸟笼，到了青翠的园林，像雄鹰向着高峰奋飞，像骏马在辽阔的草原上纵横驰骋。

　　对唱在今天已经流出峡谷，涌向广阔的原野，已经跳出部落、族群的范围，走向社会。歌手们的队伍壮大了，特别是青年妇女歌手可以自由自在地参加对歌了。出现了一批才华横溢的女歌手，一批锋芒初露的新秀。如加玛丽汗、比比玛丽、古丽仙、迈伊拉木汗、扎坦、卡莲、依再提、阿克丽玛、库兰、巴蒂玛、瓦依斯汗等人的名字，她们像山间的夜莺，像凌空的雏燕活跃在各地的歌坛，哈萨克民族口头文学宝库中的这些源于对唱的诗歌宝藏，大部分要归功于她们。与此同时，那些历史上的名手，在赛歌中初露锋芒的男歌手的队伍也在不断壮大。"小伙子啊，艺是艺，歌也是艺，真正的快马爬坡时更有力气。"在奋力攀登对唱艺术高峰的男歌手中，别尔地汗、库尔曼别克、朱马哈里、买买提汗、木拉提、阿勒克德尔、朱马西、瓦力别克、耶勒森汗等人的名字开始引起大家的注意。

　　如果我们把哈萨克民族以前的对唱和新出现的对唱作一番比较的话，我们就会发现，现在对唱题材不断扩大，内容不断丰富、更新。

　　最初的对唱中，部落色彩、宗教迷信色彩相当浓厚，而现在的新对唱则面目一新，歌手们歌唱党，歌唱社会主义，歌唱祖国，歌唱民族团结，歌颂各族人民的幸福生活，歌唱祖国和家乡的美丽富饶，他们认为这才是诗歌的筋骨，诗歌大厦的支柱。

　　阿勒泰歌手库尔曼别克和塔城歌手加玛丽汗在全州举行的一次阿肯对唱会上这样表达了他们对祖国、对家乡的热爱。

库尔曼别克：
> 最美的花园美不过我们的祖国，
> 一提到祖国多少歌冲出心窝。
> 边陲三区是祖国一块宝地，
> 我们生活在这里多么快活。

加玛丽汗：
> 我的家乡——伊犁州花团锦簇，
> 花团锦簇全仗着解放的时代。
> 党领导着全中国各个民族，
> 节节取胜向前进多么豪迈。

她把库尔曼别克的诗意向前推进一步，把伊犁哈萨克自治州的成立和繁荣归功于伟大的中国共产党的领导。加玛丽汗在地、州一级对唱会上除了与著名歌手库尔曼别克对歌之外，还经常与别尔地汗、朱马哈力、买买提汗、木拉提、阿勒克德尔等老练的歌手较量。她的歌清新隽永、耐人寻味。

新中国成立以后，特别是在打倒"四人帮"之后，不仅青年歌手踊跃参加对歌，老歌手们也老当益壮，不减雄风，为口头文学宝库增添了新的篇章。

歌手们在自己的歌中热情讴歌，为把祖国建设成为实现四个现代化的社会主义国家而呕心沥血的科学家和文学巨匠，赞美这些伟大人物是各族人民的共同骄傲。新中国成立后，群众性的对唱，不仅具有较高的思想性，而且对唱的艺术性也在逐步加强，民族色彩也越来越浓。这从青年阿肯瓦力别克和巴蒂玛的对唱中可以看出来。

瓦力别克：
> 你的才干充满了你的胸膛，
> 我的才干使出来不同凡响。
> 伊犁河的千里马纵横驰骋，
> 阿勒泰的大海鹫展翅飞翔。
> 你的性情多温柔，你多美貌，

一双脸蛋红扑扑，实在俊俏。
今天碰上能和你一起对歌，
千金赏给报喜人也觉太少。

巴蒂玛：
歌手出名只出在自己家乡，
你是好人我岂能怕生怯场。
今天和你来对歌真有运气，
一时之间不由我心花怒放。
夏牧场上涂麝香，香气真浓，
阿勒泰猎鹰今天要跟你交锋。
只要你再真心地扶我一把，
猎鹰，骏马两相当不分伯仲。
阿肯朋友你的歌实在不错，
不过你要对不上可别怨我，
我在天上展翅飞，你在地上，
看见我的翅膀可别哆嗦。
……

请看，这是多么巧妙的比喻，多么生动的描绘，两人谁都难以轻易取胜。他们真不愧为伊犁的骏马、阿勒泰的猎鹰！

从上述中我们可以发现民间歌手的对唱包罗万象，涉及生活的各个方面，对唱是翱翔在哈萨克草原上空的雄鹰，是园中鸣唱的百灵，是哈萨克草原上五彩缤纷的鲜花。我们之所以说对唱是多少个世纪以来一直哺育着哈萨克文学的金摇篮，原因就在这里。对这个宝库，这个金摇篮，我们难道不应当用我们生命中的阳光去照拂吗？

论哈萨克族阿肯和阿肯阿依特斯

张昀　阿里木赛依提　达丽哈

"阿肯阿依特斯"是哈萨克族的一种民间对唱形式，是哈萨克民间文学的重要内容之一。据一些专家考证，这种形式至迟在10世纪以前就已经出现，迄今至少已有1000多年的历史了。然而在人类进入新纪元的今天，这种民间文学、艺术形式非但没有消亡，反而方兴未艾。正如一位学者所说："对于西部的许多民族来说，当今真是一个奇特而又令人万分振奋的时代。阿肯阿依特斯同西方后现代的流行文化并存，游牧的传迅方式同因特网并存。这是现实生活对'文化转型'所做的最生动具体的注释。"①

历史上哈萨克族活动的地域是从祁连山西部沿天山北麓、阿尔泰山向西，直至里海、伏尔加河。这里有水草丰美的大草原，哈萨克人民世代在这片草原上放牧牲畜、繁衍生息。富有诗情画意的草原、群山、河流、湖泊，陶冶了哈萨克人正直、豪爽、淳朴的性格，同时也赋予了他们独特的诗才。哈萨克的伟大诗人阿拜的名言"歌儿替你打开世界的大门，你的躯体又伴随着歌儿被埋进坟茔"，是对哈萨克人民的真实写照。哈萨克族被誉为"诗歌民族"，因此要了解哈萨克就必须了解哈萨克诗歌，而要了解哈萨克诗歌，首先应该了解阿肯。因为哈萨克诗歌正是历代数以万计的阿肯创造的。

"阿肯"是哈萨克语"aken"的音译，其意为"诗人"，但又不能简单地理解为诗人。哈萨克族的阿肯与汉语意义上的诗人有着很大的差异，阿肯的外延远比诗人要广泛得多。阿肯是智者的化身，阿吾勒

---

① 《从未来汲取诗情——哈萨克族文学创作突破论》，代序，乌鲁木齐，新疆人民出版社，2000。

（村庄）中最博学、经验最丰富、最受人尊敬的人是阿肯。阿肯在哈萨克历史、文学、艺术、社会功能方面所发挥的作用是巨大的。苏联时期的哈萨克共和国学术界对阿肯的范畴进行过讨论。学者们从不同角度进行论证，众说不一。比较集中的看法是：阿肯的范畴应当包括诗人、歌手、说书人、即兴演唱者。应当说，这基本涵盖了阿肯这一概念的范畴。汉语现在则直接采纳了哈萨克语的"阿肯"一词。

哈萨克人民造就了自己的阿肯。在每个哈萨克部落中，任何人，只要他有诗歌的天赋，愿意创作并演唱，到处都可以给他提供习艺的场所。这里没有性别之分、年龄差异、水平高低、门第之见，所有的人可以同台竞技，一决雌雄。初出茅庐的后生可以向须发斑白的老者挑战，名手败在小将手下的例子也并不罕见。赛场上，听众既是欣赏者，也是评议者。对唱中，不仅锤炼了阿肯的艺术才华，同时也培养了思想修养和道德情操。参加一次阿依特斯，对于任何歌手都是艰苦的攀登。历史上许多著名的阿肯，都是从大大小小无数场阿依特斯大会上走过来的。他们的名字是：唐加勒克、硕克帕尔、额尔斯江、艾谢特、比尔江、萨拉、苏方拜、江布尔、托尔加特、克乌勒克、耶连泰……

哈萨克人民尊重阿肯，是因为在这个诗歌民族的历史上，几乎所有的思想家、教育家、艺术家、民主主义的先驱者都是阿肯，或者说和阿肯的作用是密不可分的。正是他们，用自己的智慧和才华，用他们的歌声激励、鼓舞和引导哈萨克民族摆脱了历史上的苦难、战争。19 世纪杰出的阿肯阿拜之所以受到全体人民的崇敬与爱戴，是他用睿智的思考、犀利的语言揭示了封建宗法制度的虚伪性，把人们从痛苦中拯救了出来；阿肯江布尔用自己嘹亮的歌喉，歌唱了列宁和他所领导的布尔什维克党，号召人们坚定不移地走正确的道路；阿肯唐加勒克则通过他的演唱提醒新疆各族人民：个人野心家盛世才只能给人民带来痛苦和灾难，各族人民要团结起来追求进步和真理。人们敬仰阿肯，是因为他们用自己的艺术内涵滋养了哈萨克人民的心灵，充实了人们的精神文化生活。回顾哈萨克族的历史，清楚地表明：20 世纪以前的哈萨克文学史实际就是阿肯的艺术活动史，或者说，是以阿肯的活动为中心的文学发展史。20 世纪后的哈萨克文学艺术中，阿肯的影响也占有相当大的比例。因此不难理解，在创建和发展哈萨克文化中，阿肯这个创作群体所发挥的巨大作用，他们受到人民群众的拥戴是理所当然的。哈萨克族历史上曾经有过无数的英雄人物和可汗，他们生前曾叱咤风云，闻名遐尔。但随着斗转星移，岁月流逝，在人们的记忆中他们形象逐渐模糊。而那些著名的阿肯，以及他们脍炙人口的诗句却永远留在了人们心中。全世界的哈萨克人，无论他属于哪个国度，没有不知道阿拜的，也没有不会吟诵他的诗歌的。这就是"诗歌民族"的含意，首先是整个民族的性格里所具有的诗的气质。毫无疑问，最能体现这种诗歌气质的必然是阿肯。因此，可以认为阿肯是哈萨克人民的骄傲，是"诗歌民族"的杰出代表。

阿肯阿依特斯，哈萨克语称作"aken aytes"，其实际意义为阿肯对唱。"aytes"一词，含有彼此诉说、争讼、相互盘诘问答的意思。有人认为，"aytes"作为一种歌唱形式本由古代的裁决诉讼，排难解纷方式演变而来。因此，阿肯阿依特斯也保持着比赛、竞争的意义，引申为"用诗歌进行智慧的较量"或"诗艺的比赛"。除了大自然给予了诗歌民族的诗才以外，"逐水草而迁徙"的生活方式是形成"阿肯阿依特斯"这种独特形式的重要因素。一年四季，哈萨克牧民赶着畜群从一个牧场到另一个牧场，在长途的跋涉中，歌声是他们驱赶疲劳、战胜困难的伙伴；七八月份，当水草丰美、牛羊肥壮、气候宜人之时，是一年中的黄金季节。这时，人们从四面八方来到夏牧场，夜晚点起一蓬篝火，阿肯们弹起冬不拉，敞开歌喉，开始相互对唱。这既是阿肯显技能、比才艺、相互切磋的好时机，同时歌声给人们带来了欢声笑语，歌声让人们增长了聪明才智，歌声使人们对未来充满了希望。一代又一代的哈萨克人伴随着歌声从过去走到今天。

严格地说，阿肯阿依特斯分为三种形式：即兴吟诗、弹奏冬不拉演唱叙事长诗（包括史诗）以及阿依特斯。

第一种，即兴吟诗，是展示阿肯创作才华的形式，它不同于古典诗人的"月下独斟"，也不同于触景生情的"感慨万千"，必须要当众表演，出口成章。请看一位阿肯在一次阿依特斯大会上的赞歌：

阿尔达克妹好似月亮洁白丰满，
前额明亮小嘴圆又圆；
唱起歌好像夜莺悠扬婉转，

说出话叫我心里又暖又甜。
阿尔达克妹我第一次和你相见，
那时你住在美丽的阿勒玛勒草原。
黑眼睛含情脉脉向我顾盼，
从那天你把我的爱火点燃。

第二种，演唱叙事长诗（包括史诗），是阿肯的重要活动。但这不是每一个普通阿肯都能胜任的，这只能由少数专门从事长诗演唱的阿肯担任。演唱时使用的乐器主要是冬不拉或阔布孜。阿肯在演唱时，同一首长诗每次所唱的内容不尽相同。另外，不同的阿肯演唱同一首长诗，内容也有差别。出现这种情况的原因有三，其一，阿肯弹唱是一种即兴表演，所以总要表现出演唱者个人的思想和艺术倾向；其二，哈萨克民间叙事诗基本上是靠口头演唱来传播，靠口传心授来传承和保存的，所以免不了出现许多变体。流传越广，传承越久，变体越多，彼此差异就越大；其三，有些阿肯对原作进行加工、整理，甚至部分地改编。1981年新疆人民出版社出版了史诗《英雄阿尔卡勒克》，这是根据当代阿肯阿斯哈尔·塔塔乃的演唱本翻译的。从该书的前言，可以看出阿肯在改编这部长诗时所付出的辛勤劳动："阿斯哈尔·塔塔乃同志对哈萨克的文化遗产，特别是对《英雄阿尔卡勒克》进行了多年的调查研究，对搜集到的大量资料，在不违背历史事实的前提下，经过去糟取精，进行了艺术加工，使这部作品更加充实、丰富。"[①] 应该指出的是，这里所说的任何阿肯的搜集、整理、改编长诗都需要群众的参加。离开群众的欣赏和鉴别就无法判断一部长诗是否达到了应有的艺术高度。因而阿肯的每一次演唱实际就是听取群众的意见，因此，一部作品演唱的次数越多，演唱的人数越多，该作品就越成熟，越完美，就越受群众喜欢。历史上阿肯演唱的主要篇目有：英雄叙事诗《阿勒帕梅斯》、《阔布兰德》、《英雄塔尔根》、《康巴尔》；充满神话色彩的《先祖阔尔诗特书》的12部叙事歌；以真实历史人物而成就的壮丽诗篇《萨巴拉克》、《别根拜》、《哈班拜》、《阿尔卡勒克》；被誉为"东方的《罗密欧与朱丽叶》"的爱情叙事诗《少年阔孜和少女

---

① 阿斯哈尔·塔塔尔：《英雄阿尔卡勒克》（汉译本前言），乌鲁木齐，新疆人民出版社，1981。

巴颜》，以及《少女吉别克》、《阿依曼和硕勒潘》、《萨丽哈与萨曼》；为哈萨克引为自豪的所谓"四大歌"《克里木的四十位英雄》、《巴克蒂亚尔四十章》、《四十个大运》、《鹦鹉故事四十章》等，据统计有250余部之多。

第三种，通常阿依特斯分为三种形式：群众性阿依特斯、苏热阿依特斯和吐热阿依特斯、阿肯阿依特斯。

群众性阿依特斯在哈萨克语里称做"salte aytes"，即习俗阿依特斯，表明人们较多地着眼于它同生活习俗的联系，特别是同仪式的关系。这种群众性的对唱也可分做两部分：一部分与仪式活动相关，一部分与仪式无关。

同仪式相关的群众性对唱是伴随着仪式演唱的，或者是仪式的组成部分：诸如婚礼仪式上的"加尔—加尔"；信仰习俗里的"百得克"以及其他有关仪礼仪式、迎宾待客、民间节日等活动中的阿依特斯。一般说来，这部分阿依特斯较少比赛赋歌技巧与能力的意义，更多的是抒发情感，表达喜、怒、哀、乐的情绪。

群众性阿依特斯的另一大部分是同仪礼仪式无关的阿依特斯活动。它可以在任何场合、地点展开。内容多为嬉戏娱乐，打诨逗趣。歌唱者为同龄男女，但不能是同氏族的人。所唱的歌可以是即兴的，也可以是人们熟知的。

苏热对唱和吐热阿依特斯，哈萨克语为"sürê aytes"和"tūrê aytes"，这是近似于阿依特斯级别或层次的分类，也是从歌体上做的分类。苏热阿依特斯是一种高层次的、规范的，或者说是本来意义上的正统对唱。参加这种阿依特斯的都是成熟的阿肯。他们有娴熟的演唱技巧和出色的即兴赋歌才能，歌唱起来往往口若悬河，滔滔不绝，格律自由，演唱的内容往往是即兴的。可以是具有时代特点的，赞美家乡，赞美大自然歌唱幸福生活的；也可以是回忆历史，教育年轻人求知上进；还可以是关于生产、生活、生老病死等生活常识以及家庭、社会、伦理道德、互助友爱等方面的内容。

吐热阿依特斯可以说是一种初等的、普及型的阿依特斯。前面所说的群众性阿依特斯大体上可以被看做是吐热阿依特斯，它在阿肯成长的道路上具有重要的意义。每一个希望自己成为阿肯的人都会积极参加这种阿依特斯活动。他们在不断参加吐热阿依特斯的过程当中学习阿依特斯技巧，掌握赋歌吟诗的本领，培养即兴作歌对答的应变能力。每一个成长的阿肯都必然经过吐热对唱的培养和训练。

阿肯阿依特斯，是在阿肯之间展开的一种经常性的语言艺术活动。阿依特斯是对阿肯个人即兴赋诗作歌才能和技巧的考验。才华横溢的年轻歌手通过参加这种对唱可以一举成名，从而获得阿肯的身份和资格；成名的阿肯也可以因为一次又一次获得这种阿依特斯的成功和胜利而不断提高声望。从这个意义上讲，每一次阿肯阿依特斯实际都是一次智慧的较量，知识的竞赛，人格的考验，艺术的升华。

阿肯阿依特斯有自发的和组织的两种形式。前者有以歌会友的性质。阿肯们为了提高自身技艺，考验自己的水平，以至为了提高自己的声誉，常常不辞辛苦地远途跋涉，主动登门同有声望的阿肯进行阿依特斯竞技。据说著名阿肯布尔江曾经骑垮了6匹乘马，奔波了15天，慕名找到著名阿肯萨拉，并与之进行阿依特斯，留下脍炙人口的佳句；像艾赛提倾慕额热斯江，唐加勒克钦佩燿克帕尔，因而登门造访，与之对唱，由此成为绝好的对手与搭档，传为美谈，为后人所传颂。另一类阿肯阿依特斯则是在祭典礼仪、喜庆节日、盛大集会上由主持者或东道主专门安排用来表演助兴的。在这种场合里，阿肯阿依特斯成了必不可少的保留节目。但是，无论在哪一种情况下，阿肯阿依特斯都会吸引众多的听众。这些听众既是欣赏者，助威者，也是公证者。尤其在后一种情况下，虽然登场阿依特斯舞台的是阿肯个人，但他们总是代表着本氏族、本部落的荣誉，因此听众总是为代表自己一方的阿肯呐喊助威。阿依特斯场面紧张而热烈，精彩好看，经常是成百上千的人在观看、呐喊。那种场面的确让人们感受到了阿肯阿依特斯艺术所带来的巨大感召力。

阿肯阿依特斯没有年龄、辈份、性别上的规定，只要求参加者有阿肯的造诣，有即兴赋歌作诗的语言艺术积累和功底。男女阿肯之间的对唱如艾赛提和额热斯江的对唱，男阿肯之间的阿依特斯：如巴克提和巴依吐羕的阿依特斯等都是历史上很有名的。著名阿肯加纳克一生中胜过许多阿肯，最后竟败在一名少年阿肯手下。重大的阿肯阿依特斯活动通常是在不同部落、不同地区的阿肯之间展开。这种阿肯阿依特斯一般采取淘汰制，由两名对唱者上场一对一地进行比赛。阿依特斯时，阿肯各自弹奏着冬不拉（或阔布孜及其他弦乐器）为自己伴奏。他们彼此你来我往，互不相让，竟相炫耀自己的才华，尽力从气势上、从即兴赋歌技巧上、从驾驭语言的能力上、从才智上，甚至从人品上等多方面压倒对方，直到一方主动甘拜下风时，双方的阿依特斯便告结束。

阿肯参加阿依特斯犹如骑手参加赛马，摔跤手比赛摔跤一样，精神抖擞、情绪高昂。阿依特斯往往是从问候语开始，接下来就进入了剑拔弩张的阶段。双方凭借自己广博的知识，设法提出难题，让对方无言以对。另外从气势上压倒对方。双方在阿依特斯时总要自我炫耀、竭力褒扬、吹嘘自己及本氏族、本部落，语言多尖锐、刻薄、戏谑、嘲讽，以至揭别人隐私，进行人身攻击。按照阿依特斯的规矩，无论对方言词多么激烈，自己都不能恼怒发火，只能发挥聪明才智，运用能言善辩设法战胜对方。一旦一方服输，双方都会握手言欢。而后，败者要给胜者赠送礼物，小到手帕，大到马匹不等。

哈萨克的阿肯阿依特斯主要是一种语言才能和才智的比赛。过去对唱的内容主要是自我标榜，相互诋毁。解放后，阿肯阿依特斯冲破了这种局限，多以歌颂家乡美景、幸福生活、真挚爱情和表现生产劳动、风俗习惯为主要内容。大体归纳为：比喻、问候、说教、赞颂、思念、戏谑、申诉、告别、谜语等作为相互交替的阿依特斯内容。其中穿插谜语内容进行的阿依特斯很有特色，它是由女阿肯提出一个谜面，由男阿肯揭开谜底作为应答。比如；

加玛丽汗问：
我赞美你是灵敏的雄鹰，
你是否就能展翅翱翔？
我用谜语麻痹你的思想，
你是否还能掌舵舌川？
你猜一猜世上那七个宝缺什么？

胡尔曼别克的应答：
亲爱的，让我一一告诉你，
七个宝贝身上缺少的部分。
一是女婿得不到岳丈的祝福，

二是天上的鸟类没有哺乳功能，
　　三是奔驰的骏马体内没有胆囊，
　　四是狗的进化没人说得清楚，
　　五是流淌的水无法阻拦，
　　六是风儿没有落脚点，
　　七是石头没有根和茎，
　　你来说说我指的是否正确。

　　阿肯阿依特斯在男女一对一地进行竞技较为常见，也可以是双双迎战，也有一个男阿肯和几个女阿肯同时进行竞技；男性之间的也可以进行一对一或双对的阿依特斯竞技，但是很少见到女性之间进行的阿依特斯竞技。

　　纵观阿肯阿依特斯，我们不难发现，其发展变化大致经过了这样几个阶段。

　　1. 阿肯阿依特斯的初期阶段，主要通过这种形式解决部落与部落之间的纷争，从而达到和解为主要目的。

　　2. 19世纪以阿拜为代表的先驱者们，代表着先进的思想文化，体现着时代的精神，揭露封建主义思想，提倡男女平等，唤起了民族的觉醒，奠定了阿肯阿依特斯这种民间文化的坚实基础，对后世产生了深刻的影响。

　　3. 进入20世纪，主要以提倡科学，歌颂祖国、家乡为主题，这一时期涌现出以唐加勒克为代表的大批的著名阿肯，多以阿依特斯的方式进行先进思想的宣传。

　　4. 改革开放以来，阿肯阿依特斯得到了空前的发展。主要标志是：一大批具有较高学历的新一代哈萨克青年加入了阿肯的队伍。他们观念新、思想新、知识面广、接受信息快。同时，他们注重向老一辈阿肯学习，踊跃参加各种阿依特斯大会，积累了经验，锻炼了自己。近年来涌现出的新秀有：叶尔肯和海拉提，夏肯和古丽迪亚，阿依哈妮西和祖拉古丽，加克斯勒克和加克甫努尔，马汗和额勒斯别克等都受到广大牧民的喜爱。此外，表演形式也有了很大的改变。由过去的民间自发的个人行为，变成了由政府组织的群体行为。各县（市）每年举办一次阿肯阿依特斯大会，各地州每两年举办一次，并且由政府拨专款筹办。目前，阿勒泰地区已举办了14届阿肯阿依特斯大会，伊犁地区已举办了12届。现在的阿肯阿依特斯大会就是一次民族文化的博览会，演出期间还举行叼羊、姑娘追、赛马、摔跤等各种民间竞技比赛。近年来随着新疆旅游业的开发，阿肯阿依特斯作为旅游项目受到了中外游客的青睐。与此同时，阿肯阿依特斯的内容更加丰富，如：新事新办、移风易俗、改革开放、市场经济、生态保护、科学放牧、卫生健康等都涉猎其中。另一方面，阿肯阿依特斯的创作与传承方式也发生了变化。阿肯们不再局限于口头创作，已有许多人开始用笔写作，有的阿肯把自己的作品直接寄给报刊发表。人们喜称他们为"书信阿肯"，以区别于进行口头创作的阿肯。应该说他们的工作为阿肯阿依特斯文本的保存与研究起到了重要的作用。若能将其翻译成汉文或外文，可以让更多的人了解和认识阿肯阿依特斯的文化价值。

论阿依特斯阿肯吟唱褒贬诗及进谏诗

哈 拜

按照哈萨克诗歌的分类习惯，吟唱褒贬诗和进谏诗包括在即兴吟诗中，这里分开叙述的原因是：（1）吟唱褒贬诗和进谏诗是历史上阿肯的重要活动。它有许多特殊性，不分开叙述无法阐明它的特点。（2）即兴吟诗有鲜明的文娱色彩，而吟唱褒贬诗和进谏诗除文娱性外，更表现为阿肯的进取和斗争手段；而后者往往占主导地位。（3）吟唱褒贬诗和进谏诗不一定总是即兴的，它往往是阿肯创作计划中的有目的的活动。

吟唱褒贬诗，在历史上常和阿肯的进谏活动联系在一起，因而有的褒贬诗和进谏诗的界限不易划分。18及19世纪的著名阿肯和吉饶，如布喀尔、厥结、苏云拜等，有的曾是部落领头人和执政者的幕僚或贵宾；有的则因某种偶然机会接近领头人和执政者。他们在进谏时一般都采用吟诗的方式，所吟的诗总是有褒有贬。有的一首诗中同时包含褒贬两种内容；有的前一首为褒扬诗，而另一首为贬损诗。有的阿肯在揭露领头人和执政者的劣迹后，还要劝他们改邪归正。下面试举一首杜拉特阿肯为领头人克涅斯拜吟的褒贬诗：

噢！克涅斯拜老爷，请仔细听，
是时候了，我该讲出真情……
你祖父是白卡拉富翁，
牧场上有数不完的畜群；
他常周济贫苦人家，

是善良而又公正的人。
　　凡是由他排解的纠纷,
　　必定会作出公允的结论。
　　他多次资助民众的事业,
　　孤儿寡母至今还在感恩……
　　你父亲的口才更无人相比,
　　常在众人前发表议论;
　　他讲的话令人折服。
　　对事理的分析精辟中肯。

阿肯在褒扬了克涅斯拜的家族后,紧接着又吟道:
　　虽然你出身于望族,
　　却成了荣誉的叛徒……
　　像一头饲养的鹞鹰,
　　随猎人的手套环顾①。
　　羽毛虽然很丰满,
　　内脏像结冻的冰库,
　　实际是赃物的贮藏室,
　　容藏量却无法揣度。
　　你一张口能吞下母马,
　　吞一峰骆驼也不会噎住,
　　你的胃口越撑越大,
　　贪欲永远不会满足。②

　　历史上可能有过只吟褒扬诗,不吟贬损诗的阿肯。这种人多属于被领头人和执政者豢养的阿肯,他们的职责就是粉饰太平,为领头人和执政者装潢门面。但他们的诗留下来的不多,因为人们并不喜欢缺少艺术个性,一味媚俗的作品。连身为苏丹的白麻干别特都认为"赞美诗人人会唱"。因而这种诗多被历史的激流淹没了。
　　褒贬诗是一种特殊体裁,这种体裁的产生有历史的和现实的多种

---

① 猎人的手套是指猎人驯鹰和架鹰时用的皮手套,长及肘关节。
② 引自《18—19世纪哈萨克阿肯诗集》。

原因，它和当时的社会制度、诗歌传统、民族风尚都有某些联系。翻阅阿肯的褒贬诗不难看出，在许多篇章中褒是虚的，贬却是实的。褒常常作为一种铺垫，因而诗句多华而不实。如切尔尼牙孜在回答白麻干别特苏丹的诗中吟唱的："你的前辈是擎旗的阿日斯坦别克，就连他也没有你这样的风度。"而贬却是切尔尼牙孜诗歌的主题，这些贬损的诗句，利剑般刺向苏丹的致命处："依沙太是好样的，你哪能和他相比！""你不配做汗，是该绝嗣的泼妇。"前一句不但表达了阿肯的立场，也说明依沙太——苏丹的对立面是正确的；后一句明确指出白麻干别特不配做领头人。

在阶级社会里，吟唱褒贬诗是阿肯们必不可少的斗争策略和手段。因为领头人和执政者不会允许只唱贬损诗、天天咒骂他的人接近自己。为了斗争策略的需要，在吟唱贬损诗的同时还必须吟唱一些闪烁其词的褒扬诗。有时褒扬的篇幅会超过贬损部分，但仍然是空洞的铺垫和陪衬。

在文娱活动中，吟唱贬损诗的现象也是常见的。有趣的是这种贬损诗的吟唱往往由被贬损的人自己来邀请。这是因为某些领头人和巴依（富人）自恃有权有势，为了在群众面前表现豁达开朗，指名请某一位阿肯吟唱贬损诗，挑剔自己的毛病。不过一般来讲，被邀请的阿肯是和自己接近的或对自己没有恶感的，因而挑剔也不会是恶意的。阿肯懂得如何掌握分寸，内容上不会越过邀请方所允许的范围。但有时会出现这种情况：群众认为阿肯的贬损诗不够味，不痛不痒，要阿肯加码。这时阿肯会在群众的激励下，唱出具有实质性的贬损诗，批评领头人和巴依。被贬的领头人和巴依因为是自己邀请的，即使心里不舒服，也得强作笑颜，以免失去颜面。

还有另一种情况，由于领头人和巴依对某一位阿肯的态度把握不准，又因为仰慕他的名气，企图通过这个阿肯在众人前吟几句似贬实褒的诗句，以抬高自己的身份。这时正直的阿肯在吟过一段序诗后，会毫不掩饰地直陈领头人和巴依的劣迹，包括他们欺压人民的罪行。这时领头人和巴依也只好如哑巴吃黄连，听任阿肯奚落。

从上述情况可以看出，褒贬诗（对唱时互相揭露对方不应当属于吟唱褒贬诗）是要当着被贬损者、当着群众吟唱的。这就决定了这种艺术活动的特殊性。尽管阿肯可以在不同的场合分别吟唱褒扬诗和贬损诗，而且这两种诗可以分开单独成篇，但对一位阿肯来说，一味吟唱贬损诗是不可能的。由于缺少有关哈萨克阿肯活动的历史资料，无法通过实例说明历史上是否有过专门吟唱贬损诗的阿肯。但根据当时的条件分析，即使曾有过这样的阿肯，他唱贬损诗的活动是会遇到阻力的。可以认为，阿肯们吟褒贬诗是为了斗争策略的需要，而所吟褒扬诗和贬损诗的内容是互为条件的。这样就可以充分理解，历史上像厥结、苏云拜这样杰出的阿肯，为什么在吟唱贬损诗的同时还要唱些褒扬诗。有理由充分肯定这些阿肯在历史上所起到的正面作用，不能认为曾吟过褒扬诗是他们的污点。当然，某些被上层豢养的阿肯一贯吟唱褒扬诗，只为了遮人耳目偶尔吟几行略有贬意的诗，却属于另一种情况。另外，阿肯们对开明的领头人，对贤达的执政者所唱的赞美诗却属于另一种性质。

　　褒贬诗这类体裁，在其他兄弟民族的民间文学中并不罕见。然而像哈萨克阿肯这种奇特的吟唱方式，也许是哈萨克民族所独有的。

　　至于进谏诗，前面已讲过，有时很难和褒贬诗区别。这是从体裁的分类讲的。如果从内容来分析，褒贬诗中的进谏部分当然很容易区分。至于专门为进谏而吟的诗，因为目的在于告戒、劝导、谏阻，甚至鼓励，因而主题非常明确。有的阿肯一开唱即提出"我吟诗是为了劝戒，"或者"我的诗是为了向您提出警告"等。进谏诗顾名思义就可理解，不再赘述。

哈萨克族口传文学瑰宝——阿依特斯

古丽娜尔·强巴依娃

众所周知,世界上的任何一种形式艺术都是以转化成精神财富为目的。艺术为人们服务,艺术人生是人们推崇而产生的。哈萨克阿依特斯艺术以及它的传承者也将这个目的作为自己发展辉煌的动力。因此哈萨克阿依特斯是群众性的艺术,它与哈萨克民族的发展前进息息相连。阿依特斯是哈萨克诗人与他的观众自始至终都在相依为命,一同经历曲曲折折的发展道路。

当今阿依特斯沐浴着时代的垂青,在党的关心、领导的重视、专家的关注、人民的爱戴的大好时光,阿依特斯艺术随之步入了它发展的春天。因此阿依特斯艺术的发展空间会更加宽阔,甚至成为庞大的族群文化艺术的盛典。阿依特斯艺术会充分发挥它的号召作用、教育作用、指引作用,通常在阿依特斯艺术舞台上,通过两位弹唱诗人的阿依特斯所点亮的精神智慧的灯盏,像太阳一样,用自己的光芒沐浴着所有的听众。而广大听众则鼓励、鞭策着自己喜爱的艺人,给他们的灵感插上翅膀,使他们在艺术天地中像雄鹰一样凌空飞翔,并给予他们崇高的地位。这种互补的关系,就是支撑该艺术终身不衰的唯一因素。

一、从文学史发展上研究阿依特斯

文学史上,许多博学多才的圣贤们曾经提醒我们:"艺术之首是语言。"作为文学艺术的一个门类,阿依特斯也是语言艺术。与其他语言艺术相比,阿依特斯语言艺术家是——阿肯。阿依特斯艺术以阿肯们在语言上的不断创新为起点，以语言的犀利幽默为重点，以出口成章、脱口成诗为魅力，在阿依特斯进行时，双方在语言交锋中互不相让、针锋相对，步步为营，具有鲜明民族特色的一种语言艺术。许多阿肯们会为舌战群儒和争雄夺冠的豪情而努力奋斗一生。阿依特斯不是阿肯们独处一隅的简单说唱，而是必须在大庭广众面前展现才华的艺术过程。在这个过程中，我们既能看到阿肯们的思想、艺术、语言、应对等方面的才能，也能看到阿肯们所暴露出的弱点。

  在人类文明发展史上，希腊诗人荷马的叙事长诗《伊利亚特》、《奥德赛》被称为人类的"哲学凝乳酸"，一直传到了我们这个时代。还有苏美尔人创造的《吉尔伽美西》、《摩诃婆罗多》和《罗摩衍那》等叙事长诗，蒙古族的《江格尔》，柯尔克孜族的《玛纳斯》，以及哈萨克族的《英雄塔尔根》、《阔布兰德》、《阿勒帕米斯》、《阔布兰德》、《英雄叶斯别姆别克》、《英雄哈姆巴尔》等。这些早期精品之作让世界上各族人民不仅认识了艺术的重要价值，而且从中汲取了很多养分。它们是人类文明永不枯竭的源泉、永不熄灭的灯盏。阿依特斯也是哈萨克民族传承下来的艺术精华。

  从文化的整体结构上来看，阿依特斯在民族文化中的地位包括文化活动、文化环境、文化优势和文化需求等几个因素。阿肯阿依特斯艺术无法脱离这几种因素，它正是在这样的氛围中不断发展完善，并提升到一定高度的。行为是人类社会生存发展的主要形式，也就是说，行为是生活的支柱。阿依特斯本身并不产生行为，它只是逻辑意义上的泛指。只有参加阿依特斯的人才产生行为。参加阿依特斯的人，也就是阿依特斯阿肯，为了使听众达到聆听和享受的目的，创造性地生产和传播阿肯阿依特斯这种艺术，为了提高听众和自己的文化素养而尽力。

  当然，这种崇高而进步的活动与文化环境有着内在的紧密联系，而文化环境又与大自然有着共同的语言。无论是文化活动、文化环境、文化优势和文化需求都不能远离每个民族的习俗而独立存在。因为，每个民族的习俗是这个民族的语言和文化的源泉。从广义上来讲，所谓的文化就是这一代人传授给下一代人的生存方式和人文精神。实现这种文化传承，并使之得以升华的就是民间习俗。尤其是在没有文字，仅靠口头传授的古时候，文化只能依赖民间习俗、占卜、信仰及传统观念而存在。阿依特斯艺术也经历了这样的命运。哈萨克民族的阿依特斯艺术源自于民间习俗歌——《加尔—加尔》、《谎言歌》及其他民间歌谣就是佐证。所谓的民间习俗就是"……一个民族的哲学思想、数世纪所积累的经验经过千锤百炼而形成的精华。简言之,就是这个民族的艺术形象。"①那种认为民族民间习俗对作为哈萨克民族民间口头文学形式之一的阿肯阿依特斯艺术的形成与发生不能产生影响的说法纯粹是无稽之谈。而我们可以从阿依特斯艺术的整个过程中找到民族民间习俗清晰的脉络,这才是合乎情理的发展规律。

二、研究阿依特斯的艺术形式

人类文明最崇高、最美好的组成部分就是艺术。没有源自于远古时期的岩画、习俗舞蹈,并逐渐与伟大的艺术家们永恒的艺术作品相互衔接融合的,所有民族共同创作的,无以计数的,精美绝伦的艺术作品,整个艺术世界是无法显现的。艺术是文明的金柱子,是一株能充分表现人类伟大创造精神的参天大树。大自然赐予艺术美丽绝伦的魅力和摄人魂魄的神秘特质。阿肯阿依特斯属于艺术门类中的语言艺术。创作即兴迅速,才思敏捷犀利,语言通俗诙谐,形式生动活泼的阿依特斯是大自然赐予哈萨克民族的独特的艺术方式。

从整体意义上来看,阿依特斯艺术首先作为文化及精神的活动,可以得到各级政府和群众无私的支持。就像人需要空气一样,它也需要观众和文化环境。阿依特斯艺术的美学优势转换为群众需求的整个过程就是各级各类文化中心和经济组织直接支持和重视的过程。其中,最重要的就是源自于精神文化财富的精品意识的逐渐形成与不断完善。因为阿依特斯艺术的文化价值与它的群众性不仅仅是这种艺术生存的方式,也是它的源泉。只有产生阿肯阿依特斯这种文化活动,它才能成为属于文化与文明的精神财富,显示出神圣而又神奇的力量。

以口头传承的形式得以发展的阿依特斯艺术,通过那些热情主动参加的广大听众的口耳相传到四面八方,深深铭记在听众的心里。随着时间的推移,阿依特斯艺术逐渐成为人们的记忆珍藏。通过数百年的历史在人们心灵深处占据了一席之地。犹如汹涌澎湃的大海不断掀

---

① [哈] 穆孜力江·阿克帕尼叶提:《哈萨克民族的世界观》,36页,阿拉木图,1993。

起波浪，它使人们沉浸在精神的愉悦之中。诚然，我们很难在任意时间从其他艺术门类中找到这种美好的回味。因为，哈萨克阿依特斯艺术从一开始就给予它的观众深邃的思想、美好的心理愉悦、审美的享受，同时把各种与时代、社会、生活、人的命运直接相关的核心问题，客观地摆在听众眼前，让听众的文化素质不断得到净化。使听众的文化需求获得升华。从阿依特斯艺术和听众的这种亲密关系不难看出，所有的哈萨克人把阿依特斯和精神享受的过程作为理想系在一条绳子上了。

三、从哈萨克民族习俗分析阿依特斯

任何一个民族的文化都源于并繁荣于这个民族历史上所形成的习俗。从某种程度上说，习俗就是语言与文化的母亲。因此我们才会从习俗歌谣中去寻找阿依特斯艺术的源泉。所以说，从广义上讲，阿依特斯艺术就是这一代人传授给下一代的生存方式。而且这种传承绵绵流长，从而形成了民族文化的核心内容。尤其是在没有文字的古代社会，阿依特斯艺术基本依赖于习俗礼仪、占卜问卦、禁忌与信仰，所以，我们不能从古老的习俗之中只看到愚昧和庸俗，而应当看到当代哈萨克民族相当发达的阿依特斯艺术灿烂的光芒。

从某种意义上讲，由于数世纪以来，哈萨克民族从事游牧生产，过着居无定所的生活，所以，我们在文化艺术的某些领域处于落后地位。我们从民间口头文学的灿烂阳光、茂密的森林中自由自在地汲取营养，为繁荣我们的精神文化财富创造了条件。在此期间，作为民间口头文学最直接产品的阿依特斯艺术不仅仅处于口头创作，口口相传的水准，而且这种草原文化受到了社会和群众极大的支持、赞美和传承，并有了长足的发展，它不再是艺术世界一个极为普通的领域，而成为了哈萨克民族出类拔萃的艺术门类。广袤的哈萨克大草原的文化氛围为我们宣传和传播阿依特斯这种神圣的草原文化创造了很好的条件。这样，与语言艺术的其他门类一样，阿依特斯艺术也成为了直接影响人类智慧和情感的一种现实存在，并用敏捷的才思，清醒的认识，流畅诙谐的语言，灵动活泼的形式表现了人、生活和社会之间错综复杂的矛盾及其发展，创造了文化价值和精神价值，创造了民族美学永恒的楷模。如果说哈萨克民族神话的产生、发展和升华源自于氏族部落时期，那么阿依特斯艺术的萌芽也与这一时期密不可分。因为，艺术的每一种门类都各有自己形成发展的特定时期和地点，并且会过渡到经典发展时期。但是，达到像希腊神话那样令人赞叹的完美艺术高度，从而成为整个人类的艺术审美典范的民族艺术凤毛麟角。否则，世界上有上百个，甚至上千个民族都有造型艺术、建筑艺术、雕塑艺术和音乐艺术等艺术门类存在，但都没有能发展升华到经典之高度，只停留在了最初的水平。

  人类的文明史就证明了这一点。从这个角度来讲，哈萨克民族的阿依特斯艺术源自于习俗歌——《加尔—加尔》、谎言歌等，就像经过神话发展时代的民族那样，经历了许多世纪的洗礼和熏陶，在民间文学的非凡环境中得以千锤百炼，又经过了相当漫长的经典发展时期，成为当代哈萨克民族文化的瑰宝，哈萨克民族精神永不枯竭的源泉，成为了艺术世界一条汹涌澎湃的大河，令人欢欣鼓舞。许许多多的学者们都认为哈萨克民族的阿肯阿依特斯艺术自古萌芽，渐渐发展繁荣成为一片绿茵，很自然地得到口口相传，代代延续，成为了滋润民族精神的甘露美汁，也成为了传承给后代的艺术瑰宝。深深根植于大地的阿依特斯艺术以自己的美学价值，精湛的艺术内容，犀利诙谐的语言魅力代代相传，用自己耀眼的光芒沐浴着人类。

  诚然，人类智慧的成熟、筛选，科技的产生和创新需要漫长的时期，在久远的年代，人类的智慧完善能力较为低下。所以，除了专门从事研究的专家学者们之外，极少有人能充分了解和认识文学和历史遗产的真正价值。而当代，人类智慧和科技成果领域发生着日新月异的变化，创新成果令人目不暇接，瞠目结舌。人类智力的改变已经不能以年、月、日为单位计算了，而需要用分秒来计算。对广大知识分子来说，这不是什么值得大惊小怪的事情。当然，这并不是夸大其词，而是现实存在。这种现实存在告诉我们必须刻不容缓地保存、保护、整理人类智慧所衍生的历史、文化遗产和精神财富，并完好无损地传给我们的后代，使他们从中汲取美学精华，并发扬光大。在此期间，我们的民间文学研究人员、文学家、历史学家、文化传播者和音乐家等人文学科的专业人员们肩负着重任。

  尤其应当强调的是"还没有脱离民间口头创作传统的民族"（学者克·维·齐斯托夫语）需要从本民族的文化中汲取营养，为世界闻名的艺术宝库提供具有审美价值的文化遗产。而我们也已经认识到了哈萨克民族还是一个没有脱离民间口头创作这一传统的民族。正由于我们认识到了这一点，所以认为哈萨克民族还有许多可以送进世界文明宝库的艺术珍品。经过进一步筛选，我们可以毫不羞愧地将哈萨克阿肯阿依特斯艺术作为珍贵的文化遗产奉送到世界文明宝库之中。无可掩饰，在显示人类精神和美学方面，能与阿肯阿依特斯艺术并驾齐驱的其他艺术形式少之又少。因为阿肯阿依特斯艺术以自己优美的诗性、旋律，具有逻辑性、戏剧性的语言魅力和美学价值出现在世人面前。美丽的自然环境，复杂的人类生活，各种社会现象，以及人的梦想，人的困惑，人的享受都是这种艺术所要表现的内容。在当今世界，艺术领域显得无奇不有，光怪陆离。但是，没有人敢说阿肯阿依特斯艺术不是其中最崇高、最独特、最有魅力的组成部分。

我们承认精神文化是一种普遍的社会现象。从这种社会现象的内在规律来看，它有着三种生存条件，即它的产生、保存和传播。这三种条件互为因果，形成三足鼎立的局势。一方受损，其他两方就会染疾，甚至停滞不前。从这个角度来讲，精神文化是由产生、保存和传播等三种因素组成的有机整体。而在哈萨克民族文化中，阿肯阿依特斯艺术数世纪以来用自己灿烂的光芒照耀着民族的后代。虽然世纪更迭，星转斗移，但是，阿肯阿依特斯这种包括产生、保存和传播之内容独树一帜自成一体的艺术一刻也没有停下它的发展脚步，反而在漫长历史的长河中不断完善、壮大，具备了独特的美学价值和艺术魅力。这说明这种民族艺术不仅不会破败衰落，反而会与世俱荣，犹如太阳一样更加灿烂。现在，阿肯阿依特斯艺术已经从民族民间艺术的水准上升到了国家级艺术的水准。今后，还会向世界级艺术的水准升华。

哈萨克族阿依特斯研究现状综述

王 亮

从 20 世纪 80 年代开始，很多学者、专家展开了对哈萨克族民间文化遗产的普查、搜集工作，已收集到较为完整的原始文本、录音、图片等资料和实物。笔者对国内现存的与哈萨克阿依特斯艺术相关的历史文化及其阿依特斯本体的研究专著、论文及哈萨克民歌进行了搜集和整理，下面将把哈萨克阿依特斯相关的文献做一回顾：

一、关于哈萨克族阿依特斯文本方面的文字搜集

我国有关阿依特斯诗歌的搜集、整理工作起步于 20 世纪 50 年代初期。先后出版的阿依特斯集有：《哈萨克古代的阿肯阿依特斯》（1985 年），《阿肯阿依特斯》（共六本，1993 年、1995 年、1999 年、2003 年），《诗歌艺术》（1999 年版），《哈萨克现代的阿依特斯》（2000 年），《草原抒情诗》（2001 年），《巩乃斯草原上的诗歌庆典》（2002 年），《海拉提弹唱选》（2003 年）等。此外还有不少从古至今流传的阿依特斯诗歌都刊登在哈萨克文期刊，如：《木拉》、《曙光》、《阿勒泰春光》、《伊犁河》、《塔尔巴哈台》、《哈密》等。仅《木拉》从 1982 年创刊到 2003 年共发表了 175 首长短不一的阿依特斯诗，而且这些诗歌几乎都是在伊犁、塔城、阿勒泰等地区广为流传的阿依特斯诗歌及变体，这些诗歌的数量也足以证明阿依特斯在哈萨克传统文化中占据了主导地位。此外，新疆人民出版社、伊犁人民出版社和新疆青少年出版社收录并出版了包括 17 个阿肯作品的《哈萨克古代的阿肯弹唱集》。新疆人民出版社还用哈萨克文出版了由著名阿肯艺人库尔曼

别克、贾马丽汗、别尔德汗、布比玛丽等人主唱的《阿肯对唱选》，这些都是对阿依特斯文本的搜集，是研究阿依特斯文化的重要依据。

二、关于阿依特斯的历史渊源、种类、体裁特点及特征等方面的研究

（一）著作类

1980年起，国内学者就阿依特斯的体裁特点、种类、历史渊源及地方特征等方面在以下著作中作了比较全面地研究。哈萨克文的著作有1. 阿吾里汗·哈力所著《哈萨克民间文学》（1985年）一书中，从较新的角度探讨哈萨克族民间文学的基本特征，将它与其他民族民间文学进行比较，从民间文学发展史角度，对哈萨克族民间文学基本特征作深入细致的分析。2. 别克苏勒坦·凯塞著《哈萨克阿肯弹唱研究》，民族出版社，2005年出版，是到目前为止在国内出版的第一部研究哈萨克阿依特斯的专著，共分六章二十一节，2006年由佟中明译为汉文，以《哈萨克族阿肯弹唱》之名出版，全书主要对阿依特斯在国内外的研究概况以及它与哈萨克文化的关系，还有阿依特斯现存状态、未来的发展等方面提出了自己的见解。

关于哈萨克族阿依特斯方面研究的汉文著作主要有：

1.《哈萨克民间文学概论》，毕桪著，中央民族学院出版社1992年出版。本书对哈萨克族历史文化、民间文学的渊源发展，哈萨克的神话与传说、民间故事，以及民歌、谚语、民间叙述诗等方面都进行了详尽而全面的梳理与研究。它是研究哈萨克阿肯弹唱具有指导性价值的一本重要的著作，其中，文中对于阿肯弹唱的音乐形态及其内容方面进行了较深入的研究。

2.《哈萨克文化史》，苏北海著，新疆人民出版社1989年出版。本书从哈萨克族的起源、名称、宗法制度概况，历史、文学、宗教、习俗等方面出发，重点梳理和研究了不同时期哈萨族文化的发展概况。以史为线索论述了哈萨克族文化发展，主要从草原的原始文化到近现代文字与文学。

3.《哈萨克文化研究》，赵嘉麒主编，新疆人民出版社2004年出版。这本书是以文集的形式编写而成，共收录58篇论文。毕桪称这部

著作是《伊犁师范学院学报》的文萃，也是中国哈萨克学的研究成果之一。书中历史篇 10 篇，大都为哈萨克的族源及其形成，以及乌孙居住地的探析；文学篇 27 篇，是关于阿拜、唐加勒克的诗歌评传，哈萨克英雄传说以及草原诗人的创作特色等方面的研究；语言篇 11 篇，其中黄中祥等专家教授深入探析了哈萨克词义演变的民族特点，关于惯用语的构成特征及其修辞特色，以及哈萨克谚语、谎言诗的修辞特点和手法；民俗篇 10 篇，其中关于哈萨克族中萨满部族的遗迹研究较多，其余还有礼俗调查、猎鹰初探、地名规律、人名的时代特点以及哈萨克族的食奶习俗及其文化的探究。

4.《哈萨克英雄史诗与草原文化》，黄中祥著，由中央编译出版社 2007 年出版。这本书对草原文化大背景下哈萨克英雄史诗的形成、类型分布、演唱艺人、部族特征和宗教特征等方面及其与哈萨克草原文化的相互关系进行了系统研究，深刻揭示了哈萨克族英雄史诗的内涵和演化规律。这也是国内外第一部全面系统研究哈萨克英雄史诗的专著。

5.《中国哈萨克》，由夏木斯·胡马尔、赛力克·加尔曼合著，新疆人民出版社 2010 年出版。这部书通过介绍哈萨克民族社会生活各个方面的情况，向我们展示了哈萨克族的历史沿革、地理分布、语言文字、文化传统、科学教育、医疗卫生、宗教习惯、风俗礼仪、衣食住行等方面的内容，是我们了解哈萨克民族的一个窗口。

6.《哈萨克阿肯》，阿拜著，民族出版社 2007 年出版。这本书旨在评介哈萨克族阿依特斯阿肯和他们的对唱活动，为启动国内阿肯文学的研究作出了贡献。为了使人们全面了解阿肯这个特殊的创作群体，了解他们特殊的创作方式和创作过程，这本书还特地选译了几部有代表性的对唱诗作为下编，其中前四部为古典对唱诗。

（二）论文类

哈萨克文的主要有：

1. 阿兹穆罕·特善《关于哈萨克的阿依特斯艺术》，载《文学研究集》，新疆人民出版社 1994 年版。文中由哈萨克族文化展开，记述了阿依特斯艺术的发展历史，主要就阿依特斯艺术的传承价值和社会功能作出了分析。

2. 卡哈尔曼·木汗《阿依特斯与阿依特斯艺术》，载《新疆社会科学》1993年第3期。文中把阿依特斯根据内容的不同分作了具体的分类，如：阿肯对唱（阿肯阿依特斯）、传统对唱等，并就分类作了一一论述，对阿依特斯诗歌的文学艺术性作了细致的分析。

汉文论文主要有：

1. 毕桪《哈萨克的"阿依特斯"》，载《伊犁师范学院学报》，2008年第2期。文中主要描述了阿依特斯的形式历史，演唱内容，并从歌体上作出分类。重点对哈萨克族阿依特斯这门古老的艺术，在今天该如何更好地传承下去提出了合理的建议，同时对当前保护措施提出了一些新的看法。

2. 莱再提·克里木别克《新疆哈萨克族阿肯弹唱的形式、内容与保护》，载《新疆艺术学院学报》，2007年第4期。文中描述了阿肯弹唱在哈萨克草原文化中的重要作用，重点论述了哈萨克族的阿肯弹唱的形式和变化，为保护和发展阿肯弹唱这一草原文化提出了相应的对策。

三、对哈萨克族阿依特斯传承方式的研究

1. 娜斯拉·阿依拖拉的《论哈萨克阿肯阿依特斯及其传承特点》，中央民族大学2007年硕士论文。本文正文部分共分四章，首先论述阿肯阿依特斯的体裁特点和它在国内外的研究概况，其次通过观察与访谈富蕴县代表性阿依特斯阿肯，从民间文艺学的角度，对他们学习、演唱阿依特斯诗歌进行了探讨；然后结合实地调查材料，对阿依特斯从三个方面进行了分类，而且指出了赋予现代特色的电话阿依特斯和网络阿依特斯等新的类别，之后对阿依特斯的产生、发展进程作出了阐释；最后，对于阿肯阿依特斯活跃在今天这样一个信息化时代，依然在语言和文化方面保留的特征给出了归纳性的结论。

2. 张昀、阿里木塞依提、达丽哈的《论哈萨克族的阿肯与阿肯弹唱》，载《青海民族研究》，2003年第3期。在当代社会，"阿肯弹唱"这种哈萨克人民独特的文学艺术形式出现了新的发展与变化，作为哈萨克民族的象征，这种传统文化随着时代的发展焕发出生机与活力，并将成为21世纪草原文化的重要传播途径。

3. 牛媛媛的《新源县砍苏乡哈萨克族阿肯弹唱传承现状的考察与

研究》，新疆师范大学 2007 年硕士论文。这篇文章是在田野调查的基础上，将哈萨克族阿肯弹唱的传承这一音乐事项，放在坎苏乡这一特定的空间来进行考察与研究。主要以哈萨克族阿肯弹唱在新疆伊犁州新源县坎苏乡的传承行为为主线，并将这些音乐传承行为真实而系统地描述出来。

4. 黄中祥的《哈萨克族口头文学的传承方式》，载《中央民族大学学报》(哲学社会科学版)，2007 年第 1 期，文中提出了哈萨克族口头文学从最初的无意识的血缘传承方式发展到有意识的业缘等传承方式这一观点，并就其如何形成了血缘、业缘、书面和巡回等颇具特色的传承方式作了一一论述。

四、对哈萨克族音乐方面的研究

国内哈萨克族音乐搜集整理与研究工作，自从 20 世纪 80 年代起许多音乐工作者开始着手进行，通过多年的努力，使哈萨克族音乐理论探讨取得了一定的成效，为哈萨克族音乐进一步深入研究打下了基础。但哈萨克族分布地区较广，族群支系复杂，其音乐也呈现出多样性等原因，造成哈萨克族音乐研究尚有某些方面存在着薄弱环节。

1. 专著类主要有：

新疆卷编委会在 1994 年收集出版的《中国少数民族民歌集成》(新疆卷)、《哈萨克民歌》、徐辉才的《哈萨克民间歌曲集》、木垒县民间文学集成编委会编撰并出版的《中国歌谣集成新疆卷·木垒哈萨克自治县分卷》，以及蒋青、管建华、钱茸卞编的《中国音乐文化大观》中收录的赵塔里木《游吟人生：哈萨克族传统音乐文化》。此外还有 2006 年伊犁人民出版社出版的《哈萨克族民歌选编》、《哈萨克族阿肯弹唱》等。

2. 论文类主要有：

(1) 汪菁的《阿勒泰地区哈萨克族婚礼及其仪式歌研究》，新疆师范大学 2007 年硕士论文。文中主要以哈萨克族整体民族文化为依托，运用民族音乐学、民族学、人类学、民俗学等学科的理论与方法，对阿勒泰地区哈萨克族婚礼仪式及其仪式歌作了较全面的研究和分析，并提出一些新的观点。(2) 谢万章的《哈萨克民歌歌词格律与音乐节拍的关系》，载《新疆艺术学院学报》，2004 年第 4 期。通过文中对哈萨克民歌词格律中各音步的组合方式以及音步内各音节组合式的分析发现，哈萨克诗歌格律的基础是音步，音步以音节的数目来划分，三音音步和四音步中，音节的组合方式是影响哈萨克族民歌音乐节拍的重要因素。(3) 韩育明的《独具一格的哈萨克族婚礼组歌》，载《伊犁师范学院学报》，2006年第2期。文中主要论述了哈萨克族民俗类的民歌中最具特色的婚礼歌，婚礼歌的曲调基本固定，多以即兴性、讲唱性、简约性、歌舞性为特点，具有浓郁的草原音乐文化特点。

五、关于阿依特斯阿肯艺人的调查研究

对阿肯弹唱中的民间阿肯艺人的调查研究，相对来说起步较晚。研究成果多以人物传记的形式集中发表在《遗产》、《绿草》等哈萨克文期刊上。有海拉提·库勒穆卡麦提的《哈萨克的演唱艺人江布尔·贾巴耶夫》，载《遗产》杂志，1996年第3期。本文记录了苏联时期一个大名鼎鼎的哈萨克族阿肯江布尔·贾巴耶夫的学习与创作历程，他对哈萨克民间艺术的巨大贡献进行了介绍，主要对他在卫国战争爆发后创作的歌曲作了描述，这也是我们了解国外阿依特斯阿肯的一篇代表文章。此外，还有鄂德热斯·艾迪里汗诺夫的《阿肯的生命是歌，良心也是歌》，载《遗产》杂志，2001年第2期；扎黑汗·麦吾提的《黑萨格尔》，载《遗产》杂志，1992年第1期。此类文章多是进行传记式的描写，如对个人经历、演唱作品描述的较多，对阿肯本人的即兴创作特征、作品风格的分析等研究则相对较少。而至今国内第一部论述哈萨克族民间演唱艺人的汉文专著有黄中祥的《传承方式与演唱传统——哈萨克族民间演唱艺人调查研究》，于2009年由民族出版社出版。这部专著对哈萨克族民间演唱艺人的所处环境、传承方式、演唱形式和社会职能进行了实地调查，结合访谈案例及19世纪以来各个时期的研究成果，基本上把哈萨克族民间演唱艺人的嬗变过程、发展历史和所处状况展现在了我们的面前。

此外，有一部分学者在哈萨克文版《新疆日报》、《阿勒泰日报》、《伊犁日报》、《塔城日报》、《奎屯日报》等报刊上，对举行阿依特斯弹唱会时的评分标准、组织及培训阿肯等一系列问题，发表了各自的意见及建议。

综观国内与阿依特斯有关的著作和论文，我们不难发现，相关的

内容的搜集、整理、出版等工作在20世纪80年代初期就拉开了帷幕，但大多数探讨了与阿肯、阿依特斯相关的基本理论，即阿依特斯的体裁特点、种类。总之，这些文章仅仅说明了阿依特斯在哈萨克文化中的主导地位，而对阿依特斯传承方式、实地调查情况的研究则偏重于民间传承中，对它的传承传统、历史渊源及阿依特斯所存在的问题和解决措施等重要问题涉及较少；此外，随着逐水草而居的游牧生活方式逐渐向定居生活方式的转变，当前越来越多的阿肯艺人正接受着政府、学校的培训，传承方式也在发生着变化，而对政府、学校有计划地开办阿依特斯、组织教学这一新的传承方式亟待进一步加以研究。

第二篇　阿依特斯教育传承研究

浅析阿依特斯人才培养模式

古丽娜尔·强巴依娃
节肯·哈吾提

2004年，新疆伊犁师范学院奎屯校区首次创办了阿依特斯专业，①这标志着高等院校第一次将阿依特斯这一民族民间艺术，作为一个专业进行招生教学，截至目前，我国高等院校专门培养哈萨克阿依特斯阿肯人才的机构仅此一家。②据调查，原新疆伊犁州教育学院是以培训哈萨克教师为主的成人教育类学校，哈萨克语言文学的师资相对比较强。合并到伊犁师范学院后晋升为普通本、专科教育学校。通过对哈萨克族聚集县、市文化市场的调查研究，学校提出了开办阿依特斯艺术专业的设想，并在原有的哈萨克文学专业师资力量的基础上，对阿依特斯专业提出了新的教育理念，制定了培养目标。为适应社会文化市场的发展和传承艺人的自身特点，设置了有别于其他普通专科教育的培养方案，创建了特色教育课程体系，实施了多样化的培养教育方式。

一、大学生阿依特斯培养模式的背景与目标

1. 阿依特斯专业的创办背景

阿依特斯是哈萨克族传统民间口头创作形式之一，广泛流行在哈萨克草原。哈萨克族文化史上的习俗歌、谜语歌、马歌、山歌、水歌，

---

① 教学点设于该校区文理系。
② 阿勒泰师范学校、新疆教育学院于2005—2007年联合开办过一届该专业，为两年成人（脱产）大专学制，目前该专业已停止招生。

赞美大自然的民众情怀，牧歌、渔歌以及宗教信仰、戏谑歌等已都在阿依特斯中得以体现，是一种有着广泛群众基础的民间艺术。阿依特斯的真正繁荣是在党的十一届三中全会以后，尤其是在20世纪80年代，据统计在阿勒泰地区已举办了16届阿依特斯大会，塔城地区也相继举行了17届阿依特斯大会，伊犁地区同样举办了14届阿依特斯大会，伊犁州直属各县（市）也举办了两次阿依特斯大会，自治区级阿依特斯大会举行了两次。① 可见阿依特斯大会的组织、举行、传播比以往更加科学、合理了，同时，阿依特斯活动在社会地位上也逐步得到各界政府部门的重视，阿依特斯形式从简单的毡房走向美丽的草原舞台，从草原舞台走进了城市，再通过媒介传播到了千家万户，这一民族民间艺术已经深受广大民众的喜爱。可是，历届阿依特斯大会之后，在选手总结经验、相互借鉴、专家评价等讨论活动的过程中都会出现一种焦点：即如何让他们接受科学知识，用新世纪多元化的教育理论武装自己的头脑，尤其是阿依特斯传承人该怎样进行系统、规模化的培养和教育，这一问题正日益突出。

2. 创办阿依特斯专业的指导思想

以扎实的基础知识，增强学科与社会进步、科技发展、学生经验的联系，拓宽视野，使理论与实践相结合，培养目标与社会需要挂钩，使学生个性方面得到发展，构建重基础、有层次、综合性的课程培养体系，创设有利于学生学习和终身发展的环境。提高学生自主学习、合作交流以及分析和解决问题的能力，建设和发展适应培养对象的综合课程体系，改进对学生技能的训练方式，推行学生成绩与技能发展的过程相结合的评价标准，建全特色教育质量检测机制。为学校因地制宜地开发地方性学科建设提供有利的保障。

开办阿依特斯专业不仅要有创新的教育理念和培养目标作指导，而且还要有对各地文化市场是否需要这类艺术人才进行跟踪调研的大胆精神作铺垫。使每位具有传承天赋的年轻一代阿依特斯艺人得到了学习深造的机会。并且通过设置系统的教育培养方案，为适应社会文化市场的发展和传承艺人的要求，促进了培养教育方式的多样化，全面考虑到阿依特斯人才能够自主获取知识的愿望；创建了特色教育课

---

① 吾哈普·努拉合买提主编：《丝路明珠——哈萨克族阿依特斯》，117页，哈尔滨，黑龙江人民出版社，2008。

程体系，为阿依特斯专业面向社会文化市场提供了有利条件。

3. 阿依特斯专业人才的培养目标。

阿依特斯专业人才培养的目的与高等教育、中等职业技术教育、特殊教育、义务教育有所区别，它更注重学生的思想品德、才能、见识、学问、身心等素质方面，它具有基础性、大众性、独特性、定向性的多方位综合的特点。

在思想上要让阿依特斯阿肯人才形成正确的世界观、人生观、价值观，培养他们高尚的审美情趣，使他们拥有适应各地各种文化市场的竞争能力、职业意识、职业精神和职业道德。促使他们努力掌握科学文化知识和人文素养，提高创新精神与实践能力。

学习上以培养学生的学习能力为主，使其适应社会的不断发展，坚固自己的基础天赋和艺术技能，学会收集、判断和处理信息手段，实践过程中注重对学生认识自己，尊重他人的训练，并培养其团队精神。使其能够胜任基层文艺工作，成为阿依特斯的普及推广的工作者、少数民族地区的优秀民族文艺人才。

二、与传统的课程相比，阿依特斯专业课程体系体现的变化

阿依特斯专业班的课程与以往的语言文学类课程相比较，最突出的转变是从传统的教育向特色教育的转变。其最重要的是教育观念的转变使阿依特斯班的课程培养方案的确立体现了教育改革的新动向，切实从根本上扭转了原有的少数民族语言文学类课程的传授局面，它既要求学生素质综合发展，又强调为学生在个性发展方面创造空间，发挥了新世纪的人才观、质量观和教育观。具体表现在以下几个方面：

（1）课程体系的培养功能发生了转变。针对以往课程过于注重知识传授的倾向，阿依特斯专业班的课程体系强调形成积极主动的学习态度，将学习过程变为学生积累知识的同时，而且让学生在学习过程中学会合作、学会生存、学会做人的道理，打破传统的靠天赋发扬精英主义思想的顽固价值观，改变以往的课程教学大纲所要求的内容过于"难、偏"的情况，把培养的重点放在关注学生的技能得到发挥。

（2）课程体系在结构上发生了转变。对以往的语言文学各门课程进行了对比调整后，把课程的培养方案转向了关注学生技能的开发，

建立了由学习领域、科目、实验模块三个层次组成的课程结构。

（3）课程的内容发生了变化。不再像以往的单纯的以学科为中心的教学内容，不再刻意追求学科体系的严密性、完整性、逻辑性，而是从阿依特斯传承人的发展角度为出发点，结合社会和各地文化市场的需求量，精选学生技能得以发展必备的知识，课程从内容上体现了时代性，又反映了科学知识的基础性，同时还强调了培养对象所需要的选择性，以便满足不同年龄段阿依特斯阿肯综合素质发展的需要。

（4）课程实施方案发生了变化。阿依特斯班课程由必修和选修及公共课程三部分组成，研究性学习手段就成为了阿依特斯班学生的技能开发课。以往少数民族语言文学教学大纲关注的是教师的教学，缺乏对课程实施方案是否激发学生学习过程中的兴趣的关注。首先设置了有利于学生个性发展的课程，鼓励学生能够对感兴趣、有利于提高潜能的课程中，选修适合于自己的课程，使学生实现了能够表现个性发展空间。

（5）学习成绩在评价方面发生了变化。阿依特斯班课程方案要求实行学生技能与成绩挂钩的综合评价手段，这给予学生更大的技能展示的平台，学校根据培养目标的功能建立了良好的评价原则，如综合运用观察、交流、测验、实际操作、作品展示、自评与互评等多种方式方法。为阿依特斯班建立了既综合又动态的成绩手册，全面反映了该专业学生在技能训练和实际文化知识水平上所创造的优势。

三、阿依特斯专业课程的结构和内容

阿依特斯专业课程体系在编制过程中所依据的客观问题：首先是各地文化市场的大力需求，我们以课程体系以适应当代社会进步和各地文化市场的发展为培养目标；把反映各学科的发展趋势和关注学生的天赋和经验紧密结合起来，增强了课程内容与社会生活的联系。其次是阿依特斯艺术传承的要求。强调学生掌握专业理论知识的同时，要求他们利用灵活运用的实践教学活动提高技能，并把培养的力度放在注重学生应具有丰富的舞台经验、旺盛的求知欲、积极的探索精神、坚持真理的态度上来，使他们能够共同交流和合作发展。最后是目前社会对具有多元文化人才的普遍需求，为了满足不同等次的学生技能得到共同发展，课程方案在培养体系中保证了每个学生能力能够提高的基础内容作铺垫,设计了多样的、可供那些具有不同技能的学生能力发展的课程内容,满足了学生对课程的不同选择和需求。

四、阿依特斯专业课程的整体结构与特点

我们根据特色教育的培养目标对阿依特斯班的课程分三个层次进行了规划:一是学习领域,学习领域下设学科科目,科目下设模块,学习领域、科目和模块构成了特色专业课程的基本结构。

阿依特斯专业课程结构主要表现为:该专业的课程主要在语言文学课程的基础上增设了一些新的学科,如:音乐基础知识、声乐、乐器演奏等,使学生在丰富文学知识的基础上突出了创新技能方面的培养。阿依特斯专业的课程设计上强调了两个层面:"哈萨克文学与音乐表演",其目的就是要保护少数民族民间文化、弘扬民族艺术,所培养的学生必须有较为深厚、全面的民族文学素养,以适应当代飞速发展的社会;在音乐表演方面侧重于多演绎、传唱民族乐曲,多创作民族作品,在这个基础上尊重、理解、学习世界的多元文化。

五、阿依特斯专业课程所体现的价值

阿依特斯专业课程方案是根据文化市场发展的新要求所设置,我们在培养目标上作了一些必要的调整,它既改变了过去文学课程在教育中片面强调服务于"社会"价值取向所带来的缺陷,也避免了片面强调"学生"以"知识"价值取向所面对的局限性,它较好地体现了社会市场、个体和天赋二者的有机结合统一,这样既有利于学生面向社会性发展的要求,也有利于学生自我成长的要求。

课程重视了实质结构的彻底改变,加强了艺术课程和技术课程内容。课程整体关注了结构的多元化,力求学科在结构上的新突破。课程设置上给了学生更多的选择余地,真正体现了重视学生技能的发展。课程体现了文学与艺术类学科的自然整合。

与传统的文学类课程结构相比,阿依特斯班的课程结构发生了彻底改变。

变化一:课程在结构上突出了三个层次。

阿依特斯班的课程为了适应社会市场的需要,采取了多样化的知识点作为学生技能发展的基本,构建重基础、多样化、有层次、综合

性的课程体系。从最上层的学习领域，学习领域下设学科科目，科目下设实践课模块。为特色教育创造了新的研究方向。

变化二：课程在规模上突出了灵活选修。

设置课程整体框架的时候，我们首先以学生的实际需求为出发点增设灵活多样的选修课，并且以学生技能发展为前提，对学生自身原有的特长存在的差异作为相互比较的依据，在设置和实施课程方案中，给予学生充分选择学习的余地，以实事求是、优化组合的指导思想规划了许多选修课程体系。为学生提供了以自己的需求可选修课程的可能性。

变化三：课程在内容上突出了实践模块。

阿依特斯专业课程实施过程中在内容上增设了实践课模块，目标具体而明确。为了促进学生身心得到全面发展，我们通过选拔对学生阿依特斯能力、音乐技能的掌握程度、学生天赋的相互差异等因素进行了比较，在专业必修课程设置中，供学生研究性学习的必修课程（文学类和艺术类）占50%，而实践模块占35%，其他占15%。两年的理论学习与实践巩固，使学生能够在每学段都可以获得技能展示的空间，这为我们防止学生过早低估自己的能力，过早评价自己有否可持续发展的可能性提供了良好的观察窗口。

变化四：课程在时间安排上突出了相对集中。

每学期18周，其中教学时间14周，社会实践2周，假期（包括寒暑假、节假日和农忙假）2周。每种模块平均72学时，一般按每周4学时安排，可以在一个学段内完成课程。①

六、阿依特斯专业课程体系的基本特点

课程体系在规划中彻底遵循了各地文化市场的综合要求，确定了知识与技能的相结合，使文学和艺术类学科能够自然交融，达到情感、态度、表演等方面三位一体的培养目标的形成。加强了实践模块的教学力度，精选出能够使技能得到充分发挥的基础知识作为重点去抓。课程改变了以往学生的学习态度，要求他们把学习的过程与阿依特斯艺术的传承紧密结合起来，树立正确的人生观。统一了培养目标的标

---

① 根据伊犁师范学院奎屯校区阿依特斯专业教学计划表、各年级课程表统计而来。

准，以弹性较强的学科为指导，以擂台赛选拔为核心，对学生能力的培养提高了要求。

当前，新疆各地文化市场的快速发展以及非物质文化遗产的保护工作进程的加速，对哈萨克族阿依特斯提出了前所未有的挑战，具体表现为：一是日益增长的文化市场需求与阿依特斯阿肯艺人供给不足之间的矛盾，这给高校的开发教育资源带来了重大的挑战；二是当前教育改革理念的需求与特色教育课程体系供给不足之间的矛盾，目前盲目扩大教育投资去开设阿依特斯专业不符合实际情况，更不允许我们任意选择、任意发展；三是社会日益增长的人文意识的需求与课程体系供给不足之间的矛盾，在这种情况下更不容忽视阿依特斯人才质量的提高。

阿依特斯专业是我们初次迈入创新教育的一个开端，我们坚信只有推进阿依特斯专业的教育改革，才能进一步推进哈萨克口头文化的稳步传承，并且为各地文化市场大力培养阿依特斯人才。在实施阿依特斯专业教育目标中，我们从根本上贯穿了我国创新教育从传统的基础教育向多元化的新教育体制转变过程的新理念，在强调科学文化理论知识传授的同时，树立以人为本的思想，加强了人文教育和个性化教育，促进了阿依特斯专业学生能够身心得到和谐发展。纵观对大学生阿依特斯专业人才培养模式，目前还有许多工作有待于在实践中不断研究和探索，而且需要全社会的共同关注和检验。只有这样才能够为社会主义文化事业、各地文化市场提供一批具有文化知识素养的优秀人才。

研究当代阿依特斯阿肯的培养

胡尔曼古丽·阿斯平

随着哈萨克社会从游牧逐步转向定居和半定居，在游牧业基础上形成的生产和生活方式，以及同游牧业生产直接相适应的衣食住行诸习俗、观念、价值取向都发生了相应的变化。过去热闹沸腾的阿吾勒（村落），现已不复存在，阿吾勒当中频繁举行的赛马、摔跤、阿依特斯等活动已经很少举行，阿依特斯呈现由过去自发性组织的形式向由政府组织的形式发展的趋势。失去了生长土壤和环境，民间阿肯也不像以前那么涌现，造成了培养阿依特斯阿肯的新途径——教育培养。教育培养即是政府、学校有目的的、有组织地培养年轻的阿依特斯阿肯。在各级政府和领导的支持和关怀下，新疆教育学院与阿勒泰地区师范学校联合起来，于2005—2007年在阿勒泰地区师范学校开办了一期阿依特斯艺术班，但该班只招一届后没有继续招生。伊犁师范学院奎屯校区从2004年到现在一共开了5期阿依特斯艺术班，培养出一批又一批年轻的阿依特斯阿肯。

一、伊犁师范学院阿依特斯艺术班

（一）阿依特斯艺术班的开办

伊犁师范学院的前身为1948年成立的新疆省伊犁专科学院，1980年5月经国务院批准为本科学院，更校名为伊犁师范学院，隶属自治区管理，是自治区设在北疆的一所以培养各民族师资为主的全日制普通高等师范院校。该校充分发挥地缘优势，以传承和发展哈萨克民族文化为特色，先后成立了哈萨克文化研究所、阿依特斯研究中心、中亚研究所以及新疆唐加勒克研究会等学术研究机构。学院校本部位于新疆维吾尔自治区西北部伊犁哈萨克自治州首府所在地伊宁市，奎屯校区位于北疆交通枢纽奎屯市。

伊犁师范学院的领导在上级领导和各界人士的支持帮助下，决定开办培养阿依特斯艺术传承接班人的阿肯艺术班。"万事开头难"，如果没有各级领导和相关部门的重视和资助，阿依特斯艺术班的成功开办也无从谈起。阿依特斯研究中心的负责人节肯老师在接受采访时，回忆阿依特斯艺术班开办的经历，感慨地说："在阿依特斯艺术班的开办过程中，我们不能忘记合德尔拜、加纳布尔、艾斯海提等领导的支持和帮助。2004年，塔城地区举办伊犁哈萨克自治州第14届阿依特斯大会并取得了圆满的成功，阿依特斯大会开完不久，塔城地区当时的行署专员、新疆维吾尔自治区现任副主席铁力瓦尔地·阿布都热西提亲自给伊犁教育学院当时的院长，伊犁师范学院现任党委书记赛尔江打电话说要开办阿依特斯艺术班，为塔城等地区培养阿依特斯阿肯，学员的学费由政府承担。之前，在历届阿依特斯大会上新疆维吾尔自治区政协前任主席加纳布尔和中共中央委员、新疆维吾尔自治区政协主席艾斯哈提·克里木拜等领导十分重视并强调阿依特斯阿肯的培养问题。在这些领导的支持和鼓励下，伊犁师范学院的相关领导和负责人开始着手办理相关的手续，在不辞辛苦的努力下终于在2004年10月份开办第一期阿依特斯艺术班。"

伊犁哈萨克自治州政府办公室下发的［2005］117号文件①里指出："阿肯弹唱（阿依特斯）在我州是深受哈萨克民族喜爱的群众文化活动，近年来，阿肯弹唱活动对阿肯弹唱水平和整体素质的要求越来越高。在自治区、自治州举办的阿肯弹唱活动中，自治区领导多次强调，要不断提高阿肯人员的文化素质和创作、弹唱水平，并对阿肯的培训工作作了具体指示，为落实领导指示精神，伊犁师范学院奎屯校区于2004年已开办了一期哈萨克语言文学（阿肯方向和群众文化）班，此班无论在办学质量，还是在教学的管理方面都有了一定的经验，社会效果较好，并得到了认可。因此，现决定开办哈萨克语言文学

---

① 资料由伊犁师范学院奎屯校区文理系的节肯老师提供。

（阿肯方向和群众文化）班，为了使培训具有广泛性和连续性，要求阿勒泰、塔城地区以及州直各县（市）人民政府给予大力支持，做到每一期各县（市）都要选派2—3名阿肯参加培训，并承担学员的学费。选派工作由各县（市）文体局具体办理，州文体局负责督促落实。"该文件包括了开设阿依特斯艺术班的意义、目的、重要性及具体要求等，体现了政府和领导对培养阿依特斯阿肯工作的重视。

阿依特斯艺术班设在奎屯教育学院校区文理系。就开设阿依特斯艺术班的目的问题，笔者采访了伊犁师范学院前任党委书记、新疆阿依特斯研究会副主席鲁合塔尔汗，他的回答是："历史上从未有过专门开设阿依特斯艺术专业来培养阿依特斯阿肯的情况，但为了更好地传承和发展阿依特斯传统，我们开设了哈萨克语言文学专业阿肯方向。由于阿依特斯艺术班的学生大都来自农村，文化水平普遍较低，因此，培养的重点在提高阿肯们的知识水平。"

（二）阿依特斯艺术班的调查

阿依特斯艺术班从2004年10月开办到现在，伊犁师范学院奎屯校区已经培养出150多名阿依特斯专业人才。其中，2004级阿肯艺术班有26人、2005级有38人、2006级有30人、2007级有30人、2008级有32人（09级拟招30人）。阿肯艺术班学制两年，是成人大专班，2700元的学费由阿肯所在的地方政府出，但由于各种原因个别阿肯的学费是自费的。学员来自新疆伊犁、阿勒泰、塔城、哈密、昌吉等地的各个县和乡村，大部分都是农牧民出身。从招生原则上看，学员必须是有一定的阿依特斯艺术功底、有发展潜力的，在自己所在地区范围内群众公认的阿肯，但阿肯的选送工作由当地政府负责，有时候难免有些不按照要求选送的或者学员为了拿到大专学历而选该专业的情况。

为了进一步了解阿依特斯艺术班学员的学习、生活情况，笔者先后四次到调查地点进行调研，由于阿依特斯艺术班学制为两年，所以四次调查过程中只能调查到2007级和2008级的学生。作为调查对象的2007级阿依特斯艺术班，从笔者访问到的24个学生的情况来看，学员年龄从16岁到30岁不等，年龄最小的16岁，年龄最大的30岁，全班27个学生中有25个是哈萨克族，其他两个学生当中一个是柯尔克孜族的，来自伊犁特克斯县，另一个是乌孜别克族，来自塔城地区，他俩从小就在哈萨克族居住地区长大，几乎已同化为哈萨克族，并接受哈萨克民族民间艺术的熏陶，热爱阿依特斯艺术。学员在上该专业之前从事的职业各不相同，其中有4个初中生、3个高中生、5个农民、3个牧民、4个在家待工的、3个演员、1个厨师、1个营业员。

笔者后一次去阿依特斯艺术班调查的时间为2009年9月14日到20日。接受访谈和调查的有2008级阿肯艺术班的32个学生当中的20个（笔者去调查的时间正值各地区和县乡举办阿依特斯大会，因此12名学生为参加阿依特斯大会回家乡）和2009级已报到并开始上课的14个新生。在此次调研中笔者围绕阿依特斯艺术班相关的问题与阿依特斯艺术班的教师进行了座谈，参加座谈会的有鲁合塔尔汗、节肯、额德尔斯、努尔兰、古丽娜尔（小）、沙吾列等老师。本次调查首先涉及阿依特斯艺术班学生学艺方式。接受调查者一共有45个学生，其中有2008级阿依特斯艺术班20个学生、2009级的14个学生，还有已毕业的11个学生。调查结果显示他们大部分都是通过家族传承方式学阿依特斯艺术的，他们当中认为自己的阿依特斯天赋通过血缘传授的有32个，其中通过父母亲熏陶的有7个，从爷爷、奶奶传承的有6个，认为从亲戚或所属部落那里传承的有9个，通过旁系亲属传承的有10个，都认为是通过母系亲属传授习得的。另外有6个学生认为自己的阿依特斯艺术熏陶是从哈萨克族特有的艺术天赋传承来的，有2个是师授传承方式，有1个是受邻居的影响对阿依特斯产生兴趣的，2个学生认为他们天生就有这个天赋，是安拉赐予的，2个学生回答不知怎么传承的。

通过对2007级和2008级阿依特斯艺术班学生的问卷调查得知学员的学习动机，最关心的问题，对学校的学习、生活条件的看法，对课程安排的看法，对学校或其他部门的建议和意见等重要信息。调查问卷一共70份，涉及的问题一共有20个，分四个小部分，第一部分主要针对学生的学习目的，最关心的问题，对自己的评价，对未来的打算等。第二部分包括学生对学校的收费，学习、生活条件的满意度，对教师的评价，认为哪一门课比较重要等问题。第三部分是怎么安排课外时间，阅读什么样的书等。第四部分为开放式问题，内容涉及学生对学校和相关部门的意见和建议，对阿依特斯艺术和阿依特斯艺术班的建议等。

　　第一部分的结果："选择该专业的目的是什么？"2007级选"为了自己的爱好"的学生占75%，2008级的占93%，2007级选"掌握更多的知识"的占25%，2008级的占7%，这就表明他们有明确的学习动机；"你目前最关心的问题是什么？"2007级79%的学生和2008级89%的学生选择"自己的知识水平"，2007级13%的学生和2008级2%的学生选择"就业"，2007级8%的学生和2008级9%的学生选择"获得群众的认可"，这就意味着他们很需要掌握更多的知识来武装自己；"上学以来自己有无进步？"2007级58%的学生选"有了一定的进步"，42%的学生选"自己的进步很大"，没有人选"无进步"，2008级60%学生选"有相当大的进步"，36%的学生选"进步很大"，4%的学生选"没有进步"；"你和民间没机会上该专业的阿肯相比，哪个比较强？"62%的学生选"自己比他们强"，即阿依特斯水平比他们要高，4%的学生选"他们比我强"，33%的学生选"双方不分上下"，2008级选第一个选项的占40%，选第二个选项的占16%，选第三个选项的占44%；"你认为群众对你的评价怎样？"2007级选"好的、肯定的"的占46%，选"一般"的占33%，选"不知道"的占21%，2008级的选"好的、肯定的"的占42%，选"一般"的占27%，选"不知道"的占29%。"毕业后有何打算？"2007级33%的学生打算回去当民间的阿肯，58%的学生打算毕业之后继续深造，25%的学生现在还没决定毕业去向，2008级选第一个选项的占13%，选第二个选项"从事其他行业"的占4%，选第三个选项的占78%，选"不知道"的占5%。

　　调查显示全班所有的学生对学校的教学条件、收费、课程设置都比较满意。"您认为学校的教学条件怎样？"2007级选"非常好"的占75%，"比较好"的占25%，2008的选"非常好"的占36%，"比较好"的占60%，"不太理想"的占4%；"学校的学费及其他收费合理吗？"2007的96%的学生选"合理"，4%的选"比较高"，2008级的89%的选"合理"，9%的选"比较高"，2%的选"比较低"，选"比较高"的学生基本上都是自费上学的学生。"您对学院的课程安排的看法是什么？"2007级"课程安排得科学、合理"的占54%，"有些课程安排得不合理"的占13%，"课目较少"的占33%，2008级选"安排得科学、合理"的占64%，"有些课程不合理"的占18%，有16%的学生选"不知道"。"您怎么评价授课教师整体的教学效果？"2007级选"特别好"的占38%，"比较好"的占54%，"一般"的占8%，2008级选"比较好"的占51%，选"一般"的占47%，选"不太好"的占2%。从多选题"您认为哪一门课比较重要？"的回答来看，学生认为最重要的科目是阿依特斯实践，其次为阿依特斯理论、汉语、音乐等。

"您在课外时间从事什么样的活动？"2007级42%的学生选"读书"，33%的选"查有关阿依特斯的资料"，4%的选"背诵诗歌"，21%的选"进行阿依特斯实践"，2008级71%的选"读书"，7%的选"查有关阿依特斯的资料"，16%的选"进行阿依特斯实践"。"您觉得两年的学习时间短不短？"2007级88%的选"太短"，13%的学生选"正好"，2008级78%的学生选"太短"，22%的学生选"正好"，由此可以看出绝大部分学生渴望继续上学，增长知识。

阿肯们对阿依特斯艺术班以及阿依特斯艺术的建议和意见有以下几种：

1. 两年时间太短，需要延长至三年或四年，这样才能学到更多的知识。

2. 多请著名的阿肯和阿依特斯研究员给他们上课、讲座。

3. 除了专业课之外，还要重视汉语、计算机、法律等课程。

4. 继续改善他们的学习、住宿环境。因为他们要弹乐器、唱歌、练歌，所以学校必须把他们的教室和寝室安排在另外一个地方。

5. 阿依特斯的形式和内容要多种多样，不应太多的受到内容和形式以及时间的限制。

6. 阿依特斯评委要公平公正评价阿肯。

7. 关心他们的学费问题，个别学生在自费上学。阿勒泰、伊犁、塔城地区之外的地方来的学生（昌吉、巴里坤等地）基本上都在自费上学。

8. 利用语言优势派遣阿肯们赴哈萨克斯坦学习、参加比赛、观摩，从而开阔他们的眼界，交流经验。从目前的情况来看，哈萨克斯坦的阿肯来我国访问的比较多，而我国的阿肯几乎没有去哈萨克斯坦观摩学习的机会。

9. 各县每年至少举办两次阿肯阿依特斯大会，这样阿肯们参加比赛、吸取经验教训的机会也会增多。

以上是阿肯们对学校以及上级政府反映的要求，是阿肯们多年从事阿依特斯实践，特别是受到学校教育，思想认识有所提高的基础之上提出来的宝贵的意见，其中一些问题和需要短期内急需解决，以便提高他们的综合水平。

阿依特斯艺术班学生的文化水平和阿依特斯功底也不一致，但总的来说他们普遍有一种与众不同的性格特征，即开朗，直爽，比较喜欢热闹的环境，平时互相之间随时随地比赛言语技能，乐此不倦。绿色的校园到处都是阿肯们进行阿肯弹唱的好场所。他们不仅在教室里弹唱，但大部分都在草地上弹唱，回到宿舍他们的主要活动还是弹唱、练歌。课余时间他们主要做的就是看书和查找相关的资料，晚上学校图书馆三层的民族阅览室里可以看到他们刻苦学习、努力钻研的学习气氛。

（三）阿依特斯艺术班教育方式和课程设置

阿依特斯艺术班的学员当中有一部分都是中小学毕业后在社会上待了很多年的，也有一部分是初中或高中刚毕业的年龄较小的学生，而且他们都具有一定的艺术功底，针对他们的教育不应该等同于大学里的高等教育，而应是成人脱产教育。笔者在与阿依特斯艺术班任课教师的座谈中了解到，阿依特斯艺术专业是从未开设过的专业，没有现成的教学方案，因此针对该专业制订教学计划、教学方案会有一定的难度。然而在伊犁师范学院奎屯校区文理系的一些教师和相关领导和专家的共同协商、一再讨论与修改的基础上，最初制定了29门课、1968课时的试行教学方案，此方案在后来的教学实践中有所更改，最终确定了适合培养哈萨克语言文学专业阿依特斯方向学生的一套科学、系统的方案。

阿依特斯艺术班所开设的专业课大致分为文学、文化、音乐三个方面。文学方面的课程包括哈萨克民间文学、哈萨克古代文学史、哈萨克民间民谣作品、东方文学、写作概论、中国哈萨克现当代文学等；阿依特斯艺术知识课包括阿依特斯理论、哈萨克诗歌创作、阿肯艺人研究、哈萨克口才艺术、阿依特斯实践等；音乐技术课有冬不拉演奏技巧、声乐、音乐基础知识等。另外还有文化、历史课,包括哈萨克民俗与礼仪、哈萨克简史、哈萨克文化史、人类文化学等课;政治课和应用性课程有邓小平理论、计算机操作技术、基础汉语、教育学等。

在针对学生的问卷调查中设置了这样一个问题:"您认为哪一门课比较重要?"(可多选),结果请看下图:

图 学员认为重要的课程

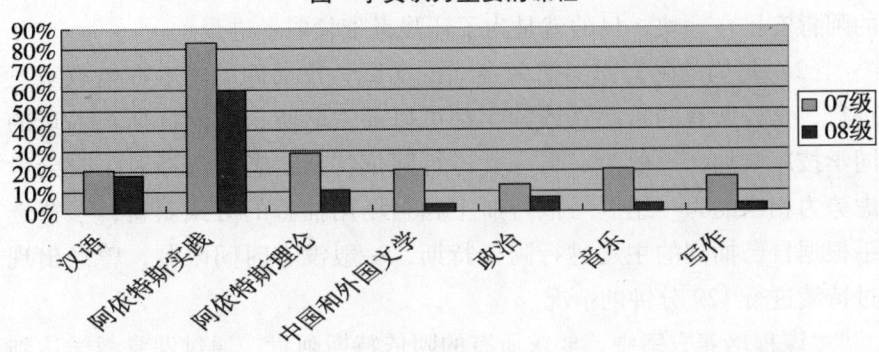

学员认为最重要的课程是阿依特斯实践,其次为阿依特斯理论、汉语、中国和外国文学音乐等。下面我们简要介绍有重要意义的一些科程。

1. 阿依特斯实践

根据教阿依特斯实践的努尔兰老师的介绍,阿依特斯实践课分为课堂实践和阿依特斯擂台赛两种。在阿依特斯专业教学中实施实践教学活动的重要意义主要表现在以下几个方面:A. 改变学生以往单纯地接受师傅传授技能为主的学习方式。B. 为学生构建了开放式的学习环境,提供多渠道获取知识、将学到的知识在实践中加以综合应用的机会。C. 促进学生形成积极的学习态度和良好的训练习惯,培养创新精神和实践能力。D. 通过综合实践教学的磨练,使学生获得参与研究性学习探索的过程;培养他们发现问题和解决问题的能力;收集和处理各种信息的能力;学会适应各地文化市场和参赛的能力。E. 培养传承能力的不断开拓,使学生成为族群文化的一代精英。①

(1)课堂实践:①通过播放阿依特斯视频,学习别人在阿依特斯中采取的技巧、方法、语言等。②亲身体验:两个班的阿肯合班上课,

---

① 节肯·哈吾提:《关于阿依特斯专业实施实践教学活动的意义》,载《新西部》,224页,2009(10)。

在教室的讲台上搭建一个简易的对唱舞台，一个班的学生按照入学的名次随机上台，一般都是男生，然后由男生邀请本班或另一班的女生上台进行阿依特斯，必须用歌声邀请，阿依特斯的时间一般为20分钟，也有30—40分钟的，最后由任课教师（努尔兰）点评。每年春暖花开的季节，任课教师特地把阿依特斯地点从教室搬到校园树林草地上，以便焕发阿肯们的灵感，而且把阿依特斯功底较好的阿肯与较差的阿肯安排在一块，目的就是为了让强者带领弱者进步。

（2）每周的阿肯弹唱擂台赛式的实践：每周四的晚上在电教室里进行，全校所有的哈萨克族师生都可以前去聆听，阿依特斯艺术班的同学按序参加，一般为一男一女进行阿依特斯，老师选择对手时会考虑势力相当的为一组。阿依特斯主题当场用抽签的方式获得，参赛选手根据自己抽到的主题进行阿依特斯，一般没有时间限制，曾经出现过持续进行129分钟的情况。

"课程培养方案中，要求所有的阿依特斯阿肯，通过课堂教学达到一定的水平为前提，提倡课程在结构中，必须考虑到为学生创造展示自己技能和发展强化技能的空间，让他们学会能够独立选择学习目标，主动发展。在承认学生个性差异、年龄差异的同时，把大学生阿依特斯阿肯个性差异作为一种独特的智力资源进行研究挖掘，其目的不求所有阿依特斯阿肯在传承基础上达到统一，而求他们的潜能有所提高，为他们综合能力和才艺真正得到发挥，提供尽可能多的学习途经。"

据阿依特斯艺术班教师节肯的介绍，自从阿肯艺术班成立以来，已经举行了二十多次阿依特斯实践擂台赛了，每次都有记录，这些都已成为阿依特斯研究中心的宝贵的资料。

2. 音乐课

音乐本体的科目开设了声乐课、冬不拉弹奏技巧课、音乐基础知识课。这些课和音乐学院的有些相同，但是又有着自己的地方性特色。阿依特斯艺术班的声乐课分练声、学习歌曲、练阿依特斯曲调三大板块。练声：教师讲要点，作示范，学生随钢琴练，教师里专门设了一架钢琴，学生在课外时间随时都可以去练。学习歌曲：使用的教材是托汉·斯马古力编的《新疆民族声乐独唱曲选》，由新疆人民出版社出版。练曲调：前面两项进行完后，在声乐课上就开始阿依特斯，学生主动报名参加，在阿依特斯中，如果出现歌唱技巧方面的问题，老师会让他们暂停下来进行现场指导。

阿依特斯艺术班开设的乐器课就是冬不拉，总的课时为144节，可以看出对这一科目的重视。冬不拉在阿依特斯艺术中是突出哈萨克民族色彩，提高其地位和声望的标志，同时冬不拉又是阿肯的精神支柱，当轮到他唱而突然唱不出来停顿时，他就会自然地拨弄冬不拉，在这种情况下，阿肯们的冬不拉就会起到唤醒灵感的作用。早先出众的阿肯在灵感迸发的时候，乐于急速地弹奏冬不拉，即兴创作诗歌和乐曲，对这些真正的阿肯来说，冬不拉之声不仅是歌声的依托，而且是思维、创编诗歌灵感的召唤力，若是没有冬不拉的伴奏，整个阿依特斯就会显得苍白，其民族的特点和吸引力就会大大减弱。由此不难看出，冬不拉在阿依特斯中具有非常重要的地位。

音乐基础课包括乐理知识和视唱练耳，所用的教材和师范类音乐学院的教材是一样的，伴奏乐器是钢琴。在音乐基础课上，老师按照教材中的内容进行教授，有节奏练习、听音练习、视唱练习等。

3. 写作

写作概论课课时为54小时，任课教师古丽娜尔·胡安别克是一名从事书面创作的诗人。根据任课教师的介绍，该课程在文学理论的基础之上进行，大多数都以写诗为主。阿依特斯阿肯一般都从事口头创作，通过写作技巧的学习和掌握，有一部分学生成为了从事书面创作的阿肯。写作课对作品的思想、内容、情节、韵律等都有严格的要求。

4. 专题讲座

在学院领导的支持下，文理系特邀一部分在新疆哈萨克阿依特斯艺人中的佼佼者和新疆社会科学院对该艺术有专门研究的专家、诗人给阿依特斯艺术班的学员传授理论知识和技能。他们是著名的阿肯胡尔曼别克·再屯哈孜，著名的女阿肯加马丽汗·喀拉巴图尔，创作阿肯合德尔汗·穆哈太，新疆社会科学院教授、阿依特斯研究者别克苏勒坦·凯赛，新疆文联副主席、作家夏木斯·胡马尔，中国社会科学院研究员黄忠祥教授，著名铁耳麦其马哈吾亚·拜穆哈买提等。他们主要给阿肯们讲述阿依特斯技术和阿依特斯文化方面的知识以及个人的经验教训。

5. 汉语、计算机、政治等课程

通过对全班学生的问卷调查，得知他们认为比较重要的科目除了与阿依特斯专业有关的课程之外，还有汉语和计算机、政治等科目。问其原因时，来自昌吉的阿尔孜古丽同学回答说："汉语和计算机课不能不上，因为这是时代的要求，毕业之后工作岗位需要我们掌握这些应用知识，汉语跟我们的日常生活密不可分，在这样一个新时代，不懂计算机基础知识就会被视为文盲"，楚瓦克同学则认为法律基础课比较重要，她还说："我们哈萨克族农牧民的法律观念很差，要是我们这些阿肯能够学到更多的法律知识，将会在阿依特斯当中宣传这些内容的。"

在跟班听课过程中，我发现他们的汉语水平彼此之间有很大的差别。年纪小的，或者刚初中、高中毕业的学生汉语水平比较高，毕业后在社会上待了好几年的、年纪较大的学生汉语基础比较差，针对这一情况，系里特地安排了基础汉语这一门课，时间为每周两节，共72学时。

政治课与阿依特斯有密切的联系，因为阿依特斯内容涉及社会生活的各个方面，一对阿肯一起歌颂团结和睦、经济发展、故乡和时代的进步，谈论社会问题，有时也会揭露和批评不良的社会现象。这对哈萨克族群众来说，既是一种宣传，更是一种教育，所以阿肯们需要掌握有关的政治知识和时代趋势，政治课科目由外聘专家来讲授。

由于时间、资金等各种原因，计算机、法律等基础课程还未开设，但阿肯艺术班的同学们对学计算机基础知识的愿望很迫切。

从伊犁师范学院奎屯校区阿依特斯艺术班的教学情况来看，课程设置和教育方式科学合理，对此学员都比较满意。课程大致分为文学、文化、音乐等三个部分。与阿依特斯有关的课程阿依特斯理论、阿依特斯实践、阿肯艺人研究等课程体现了该专业的特色，尤其是阿依特斯实践课采用课堂实践、每周擂台赛等形式有效地进行，对学员阿依特斯水平的提高起到了十分重要的作用。此外文学知识和音乐知识，还有历史文化知识、政治等通过相应的课目教授，对学员综合水平的提高起到一定的积极作用。

（四）阿依特斯艺术班毕业生的去向和主要活动

从2004年10月开办以来，伊犁师范学院奎屯校区培养出124名阿肯人才，他们具有大专学历，有较高的阿依特斯功底，作为新一代的阿依特斯阿肯，他们具有观念新、思想新、知识面广、接受信息快等特点。然而，从目前的情况来看，全国范围内就业问题十分严峻，别说是大专生，本科生、研究生的就业问题也不太理想。因此，阿依特斯艺术班的毕业生也正面临这个现实。从他们就业的现状来看，有一部分阿依特斯艺术班的毕业生在基层文艺部、文化站等单位找到了自己的位置，有一部分没有偏离所学的专业，以在民间主持婚礼、为旅游文化服务等渠道来谋生，有一些学生去哈萨克斯坦继续学习或在那定居。有的为了生活的需要，从事商业、农业、牧业等。总的来看，他们当中专门从事阿依特斯的占少数。

从伊犁师范学院奎屯校区2004、2005、2006、2007级阿依特斯艺术班毕业生的就业情况来看，各届阿依特斯艺术班毕业生中2004级学生的就业率相对高，26名学生中在县级文化单位有正式工作的有10个，临时工作的或在其他单位找到工作的有3个，待业的10个，2005级有正式工作的5个，待业的16个，2006级有正式工作的4个，2007级学生于2009年7月份毕业，安排正式工作的还没有一个。从总体情况来看往届毕业生中待业的人数较多，进行个体营业的、农民、牧民人数也不少，当教师、当村官、在文化部门临时工作的占少数。像新疆师范学院阿勒泰地区阿依特斯艺术班毕业生一样，奎屯校区的毕业生也主要从事婚礼主持、在当地歌舞团随团下乡演出等活动。2007级学生乌木尔别克、别杰恩汗等于2009年夏天在阿勒泰地区行署的安排下到阿勒泰哈纳斯旅游风景区为旅游业服务，给来自国内外的游客表演阿依特斯节目，一边展示民族文化的精髓，一边获得相应的报酬。

从毕业生的就业情况来看，民间来的阿肯回到民间，各地区按照自己的经济状况，将阿肯分配到县、乡、村的文化馆、歌舞团、文化站等单位。在目前全国上下都存在就业困难的大局下，阿依特斯艺术班毕业生的就业难问题也是社会现实的一面。阿依特斯阿肯本身就掌握了一种民间的艺术，在自己生活的区域内充分利用自身具备的优势，通过婚礼主持、民间民俗节日里的表演、为特色旅游服务等方式创造属于他们的就业之道。

二、新疆教育学院阿依特斯艺术班的经验教训

阿勒泰地区在地委、行署的大力支持下，阿肯弹唱艺术得到大力

弘扬和发展，地区连续举办了十五届阿肯弹唱会，培养出了一批老中青结合的阿肯队伍。2004年，自治区党委副书记、政协主席艾斯海提·克里木拜在伊犁州第十四届阿依特斯大会上指出："要不断提高阿肯艺人的文化素质和弹唱、创作水平"。为响应这一指示，阿勒泰地区决定利用已有的教育教学资源，开办两年制哈萨克语言文学阿肯方向大专班（脱产）并决定由地区师范学校具体负责办班。由于新疆师范学院拥有雄厚的师资力量、丰富的教学经验，因此决定由阿勒泰地区师范学校与新疆师范学院联合开阿依特斯艺术班。

在"招生简章"中①对招生对象要求坚决拥护党的路线、方针、政策，热爱共产党，热爱祖国，能旗帜鲜明地反对民族分裂主义和非法宗教活动，维护祖国统一和民族团结，有培养前途的阿肯；身体健康，年龄在40岁以下；有一定的文化艺术功底。录取办法：凡报名学习的学生，入校后，学校负责文化课考试的辅导，统一参加成人高考，由新疆教育学院负责录取；凡完成新疆教育学院所规定的教学计划，成绩合格者，由新疆教育学院颁发哈萨克语言文学大专毕业证书；学费2400元/学年，预交教材费200元，住宿费400元/学年；采用哈萨克语言授课，主干课程由新疆教育学院承担，并聘请区内外知名专家进行讲学、指导。

新疆教育学院是一所以教师教育为特色的成人高等院校，1978年在原乌鲁木齐第一师范学院的基础上正式成立的。根据阿勒泰师范学校招生办主任、阿依特斯艺术班当时的负责人阿依托拉老师的介绍，新疆教育学院人文分院哈萨克语言文学阿依特斯艺术班于2005年3月11日正式开课，学员人数起初为52人，由于个别学生因家庭条件不允许、跟不上课等原因而辍学，也有个别学生不遵守学校的规章制度被开除，后来定为42人，学员中学历高低不同，年龄大小不一。从学历层次看，大部分是小学、初中毕业的，从农牧区来的农牧民，很少一部分学员具备高中、中专、大专的学历，从年龄上看，也参差不齐。学员大部分都来自阿勒泰地区，也有几个外地的学生，即来自塔城地区的1个，来自昌吉州的1个，来自哈密地区的1个学生。

该班专业课与专业选修课共28门，主要课程分文学、音乐、语

---

① 资料由阿勒泰师范学校招生办主任、阿依特斯艺术班的负责人阿依托拉老师提供。

言、阿依特斯、公共课等几个部分。与文学有关的课有哈萨克文学史、民间文学、诗歌写作、口才艺术、阿拜诗词、诗学知识、外国文学；音乐课包括声乐、音乐理论、名曲欣赏、冬不拉、旋律写法、音乐史、视唱练耳等；语言方面的课有现代哈萨克语、修辞学；阿依特斯包括阿依特斯研究和阿依特斯实践；公共课有汉语、计算机、邓小平理论三个代表思想、民族理论与地方史及各类讲座。还开设了逻辑学、民俗学、旅游文化、社会伦理美德等课程。

任课教师大多数为阿勒泰师范学校的教师，另外有哈布迪西·加纳布尔、别尔德别克·胡尔吉海、哈德尔·居玛汗、哈尼开·阿里江、波拉提·哈再孜、阿斯哈提·阿布勒哈斯木等外聘专家。28门课分4个学期教，每学期都有期中考试和期末考试。据阿依托拉老师的介绍，当时阿依特斯艺术班的教学效果相当好，圆满完成了预期的教学目标。在采访该班的任课教师胡尔曼别克（大）时，他表示"开办专门的阿依特斯艺术班不论是对学员的综合知识水平的提高，还是互相交流经验方面都起到了非常重要的作用，从该专业毕业的胡扎尔别克、哈力汗、木拉力、乌拉尔别克、努尔孜亚、叶尔加那提等阿肯都是在各届阿依特斯大会上取得好成绩的杰出阿肯。"

从阿勒泰地区开的阿依特斯艺术班毕业生的就业情况来看，就业率较低。正式工作的只有6个人。他们是阿依特斯功底较好，在各级阿依特斯大会上取得名次的优秀阿依特斯阿肯。临时工作的有6个，在家待业的有8个，从事牧业的有6个，从事农业的有2个，从事商业和个体营业的有6个，去哈萨克斯坦的有2个，当村官的有1个。

新疆教育学院人文分院哈萨克语言文学（阿肯方向）班从2005年至2007年只办了一届，没有继续招生的原因有以下三个方面：1. 该班只针对阿勒泰地区招生，因此没有足够的学员资源，而且，2004年10月伊犁师范学院奎屯校区开办阿依特斯艺术班，招生范围包括全新疆，阿勒泰地区也有很多阿肯到奎屯的阿依特斯艺术班去学习。2. 根据当时阿依特斯艺术班的负责人的反映，办一届后相关部门和领导的支持力度逐渐减少，导致学校和学生都负担不起相关的费用。3. 在教学质量、教学管理方面存在一些不足，大多数学员年龄较高，而且小学或初中毕业后一直在社会上自由生活，不习惯校园生活和学校的制度，因此，有些学生不遵守学校的规章制度，被学校开除，严重破坏了该专业、该班的名誉。由于缺乏培养阿依特斯阿肯方面的经验，出现这些问题也是难以避免的。尽管只开办一届后没有继续下去，但就这一届毕业生的情况来看，新疆教育学院阿依特斯艺术班办得相当成功。

众所周知，当今提倡的非物质文化遗产保护的重点在传承人的保护。当代哈萨克阿依特斯阿肯的处境决定了通过学校教育培养新一代阿依特斯阿肯的必要性。从伊犁师范学院奎屯校区阿依特斯艺术班的办学经验和教学实践当中可以看出，高等教育对当代阿依特斯阿肯的知识技能的培养，思想观念、逻辑思维的培养等方面具有现实的意义。首先，学员可以通过正规的学校教育学习更多的文化、文学、音乐等方面的知识和时事政治、汉语等跟生活密切相关的知识，提高个人素养与综合修养；其次，学员不但可以提高阿依特斯水平，还可以学到冬不拉弹奏技巧、阿依特斯文化、舞台形象等与阿依特斯相关的知识，储备成为当代阿依特斯阿肯必须具备的条件；再次，学员通过特定环境下的一起学习、交流，彼此学习阿依特斯技能、阿依特斯经验，了解到自己的真实水平，从而达到各自的预期目标。

从伊犁师范学院奎屯校区阿依特斯艺术班教学情况来看，课程设置和教育方式科学合理，对此学员都比较满意。课程大致分为文学、文化、音乐三个部分。与阿依特斯有关的课程阿依特斯理论、阿依特斯实践、阿肯艺人研究等课程体现了该专业的特色，尤其是阿依特斯实践课采用课堂实践、每周擂台赛等形式有效地进行，对学员阿依特斯水平的提高起到了十分重要的作用。此外文学知识和音乐知识，还有历史文化知识、政治等通过相应的课目教授，对学员综合水平的提高起到一定的积极作用。

把阿依特斯引入学校，在学校教育中得以传承，它的深远意义不仅是通过高等民族艺术教育更好地传承哈萨克族传统的文化，更在于探索和建立一套完整的传统艺术人才培养的方案和方法，这一点是很有难度的，而伊犁师范学院所作的试验性探索、实践，刚刚拉开序幕，并初步获得了成功。通过5年的努力，该校积累了不少经验，也正在实践中完善教学条件和课程建设。但还存在着不少问题，比如有些课程安排得不合理、缺乏实用教材，学生的积极性和学习成绩的不理想以及学制太短等。从该专业毕业生的就业情况来看，就业面窄，就业率低等问题存在。我们相信在以后的教学实践当中，伊犁师范学院奎屯校区阿依特斯艺术班会不断地自我完善，为哈萨克阿依特斯艺术的发展作出更多的贡献。

学校教育对当代阿依特斯阿肯的影响

胡尔曼古丽·阿斯平

阿肯阿依特斯大会（阿肯弹唱会）是传承阿依特斯艺术、培养阿依特斯阿肯的主要途径之一。从目前的形势来看，各县（市）每年举办一次阿依特斯大会，各地区每两年举办一次，州级阿依特斯每三年举办一次，自治区级的阿依特斯每五年举办一次，都由政府拨专款筹办。在每一届阿依特斯大会的开幕式中，都有摔跤、赛马、姑娘追等传统的节目，是哈萨克族民俗的集中体现。从历年阿依特斯大会的情况可以看出阿依特斯阿肯队伍发展的趋势。阿依特斯是民族性、群众性特点很强的艺术，群众不但是阿依特斯艺术的创造者、继承者，也是评价阿依特斯阿肯的权威者。下面简要介绍2000年以后的历年阿依特斯大会和两届大学生阿依特斯大会的情况。

一、从历年阿依特斯大会来看阿依特斯阿肯的发展

进入20世纪的80年代，我国的阿肯阿依特斯进入了一个崭新的发展时期，也对传统的阿肯阿依特斯形式发起了挑战。20世纪80年代初，分别在阿勒泰地区布尔津县的哈纳斯湖畔、塔城地区托里县的孔格尔窝巴夏牧场和伊犁哈萨克自治州新源县的巩乃斯草原举办了阿肯对唱会。从此，各县（市）每年举办一次阿依特斯大会，各地区每两年举办一次，州级阿依特斯每三年举办一次，自治区级的阿依特斯每五年举办一次，由政府拨专款筹办。现在的阿肯阿依特斯大会可以说是哈萨克族民俗的集中体现，因为在阿依特斯大会中，人们可以观赏到哈萨克族的毡房文化、传统手工艺、哈萨克族服饰服装、饮食种类、

民族体育项目等。近年来，我国的阿肯还跨出国界与哈萨克斯坦的阿肯们对唱以获得交流经验。

伊犁州第 13 届阿依特斯大会于 2001 年在伊犁新源县举办，这次阿依特斯大会阿勒泰、伊犁、塔城三区共有 40 名阿肯参加。叶尔肯、阿布杜哈尼、祖拉、加依达尔汗等四位阿肯获得一等奖，阿依哈尼什、哈孜依扎、恰坎、古丽努尔、努拉合买提艾力、木拉力等六位阿肯获得二等奖，巴合提艾力、署格拉、阿依木汗、加科斯里克等四位阿肯获得三等奖。这些阿肯里面叶尔肯、恰坎、木拉力等三位阿肯后来去阿勒泰师范学校开的阿依特斯艺术班接受了正规教育。

伊犁州第 14 届阿依特斯大会于 2004 年在塔城地区举办，共有 50 名阿肯参加，其中哈孜依扎、恰坎两名阿肯获得特等奖，获得一等奖的阿肯有四名：叶尔肯、阿依哈尼什、祖拉、阿布杜哈尼，获二等奖的有加依达尔汗、肯杰阿里木、古丽努尔等。获得三等奖的阿肯分别是加娜尔、木拉力、阿依木汗、阿莱等。参加这次阿肯弹唱活动的阿肯中，已经有些年轻人和大学生了，这也是这次阿肯弹唱会的一大特点。过去，哈萨克的阿肯们大多来自民间，虽然有比较深厚的民族文化积淀，但是没有接受过多少正规教育，或者说文化素质相对低些。现在有大学生出现了，他们眼界宽，接受的信息多，思想认识和境界也有很强的时代气息，无疑会给阿肯弹唱增加新的内容。从另一方面来看，大学生的参与，说明了现在的年轻人开始注重民族文化传统了，他们已经认识到，这是不可多得的文化资源，需要后人对其进行保护、发扬、光大。

自治区第二届阿依特斯大会于 2005 年在乌鲁木齐党校举办，来自阿勒泰、塔城、伊犁、昌吉、哈密、甘肃（阿克塞县）、博尔塔拉等地区的 60 名阿肯参加了此次大会。叶尔加纳提（当时是教育学院阿依特斯班的学生）、古丽森阿依、纳合曼（当时是奎屯校区阿依特斯艺术班的学生）这三个阿肯获得了一等奖，叶尔肯（当时是教育学院阿依特斯班的学生）、恰坎（当时是教育学院阿依特斯班的学生）、卡德尔汗、努尔孜亚（当时是教育学院阿依特斯班的学生）等阿肯获得二等奖，阿布都哈尼（当时是教育学院阿依特斯班的学生）、哈那提别克（当时是奎屯校区阿依特斯艺术班的学生）等十名阿肯获得三等奖。

伊犁州第 15 届阿依特斯于 2007 年 8 月在阿勒泰哈巴河县白桦林公

园举办,这次阿依特斯加米哈、加尔肯别克、阿布德哈尼、恰坎、祖拉、纳合曼、古丽森阿依七名阿肯荣获一等奖,叶尔肯、热依汗、阿依木汗、迪娜、叶尔加纳提、努尔孜亚、哈那提别克、阿莱等八名阿肯获得二等奖;乌拉尔别克、古丽加依娜尔、帕特哈力、木拉力、阿依哈尼什、哈孜依扎、巴合提艾力等七名阿肯获得了三等奖。其中获得一等奖的加米哈和纳合曼是2006届阿依特斯艺术班的毕业生,加尔肯别克是2007届毕业生,获得二等奖的哈那提别克、阿莱是2006届毕业生,热依汗是2007届毕业生,叶尔加纳提和努尔孜亚是新疆教育学院阿依特斯艺术班的毕业生,获得三等奖的帕特哈力是奎屯校区2007届毕业生,木拉力是新疆教育学院阿依特斯艺术班2007届毕业生。

由《木拉》杂志社主办的第九届新疆哈萨克、柯尔克孜文学"飞马奖"颁奖盛会之际的"民族文化遗产——哈萨克阿肯阿依特斯"大会于2008年10月26日在乌鲁木齐举办。加米哈(2006届毕业生)和哈那提别克(2006届毕业生)、以及塔城地区的古丽森艾三人获得一等奖。恰坎(教育学院阿依特斯艺术班的毕业生)、木拉力(教育学院阿依特斯艺术班的毕业生)、拉合曼(奎屯阿依特斯艺术班2006届毕业生)三人获得二等奖;努尔孜亚(教育学院阿依特斯艺术班的毕业生)、别克图尔(柯尔克孜族)、阿娜尔(奎屯校区2008届毕业生)等获得三等奖。

木垒哈萨克自治县庆祝新中国成立60周年阿肯阿依特斯盛会暨第十六届少数民族传统体育运动会于2009年6月27—28日在木垒县赛马场举办,这是全国三个哈萨克自治县首次联合举办此类文化交流活动。阿依特斯结果如下:拉合曼(奎屯校区2006届毕业生)获得了一等奖;阿里木别克(奎屯校区2009届毕业生)、古丽娜尔(奎屯校区2007届毕业生)、波肯(奎屯校区2008级学生)、古丽拜拉木、合孜买提(奎屯校区2007届毕业生)获得二等奖;喀格巴提、叶尔肯别克(奎屯校区2008级学生)、别坚(奎屯校区2009届毕业生)、叶尔克别克(奎屯校区2009届毕业生)、努尔道列提等阿肯获得三等奖。

从以上的信息可以看出近几年阿依特斯大会的参赛选手和获胜者基本上都是年轻人,很少有老年或中年阿肯参加,从获奖阿肯名单可以看出,近几年阿依特斯大会中的佼佼者都是伊犁师范学院奎屯校区阿依特斯艺术班或者新疆教育学院阿依特斯艺术班的毕业生和在校生。

这表明阿依特斯艺术班的开办具有现实意义，虽然阿依特斯阿肯的启蒙在民间，但学校教育在阿依特斯阿肯的培养过程中起到了举足轻重的作用。

二、两届大学生阿依特斯大会

为了将所学的理论结合实际，检验阿依特斯专业教育的实践效果，伊犁师范学院奎屯校区于 2005 年 12 月 22—23 日举办了首届大学生阿依特斯大会并召开了阿依特斯艺术研讨会。会上自治区政协主席艾斯海提·克力木拜关于如何发展阿依特斯艺术、培养大学生阿依特斯阿肯等问题发表重要讲话并提出了中肯的建议。制定这一次阿依特斯大会所需的阿依特斯评分标准给学院大会组委会带来了一定的困难，因为参加这次阿依特斯的选手都是受过正规教育的、具有较高知识文化水平的青年阿肯。通过学院领导和大会组委会的不懈努力，最终成功地制定出了阿依特斯评分标准。其内容包括以下三个方面①：

1. 阿依特斯内容、技巧方面：要求阿依特斯内容健康向上，生动有趣、观点新颖、具有鲜明的思维性和教育意义；词句优美，语言丰富、才思敏捷、形象生动、押韵谨严、歌词凝练；对唱内容、对唱形式有所创新，特色鲜明；对唱双方通过某一事理的透彻理解，相互盘诘应对歌唱，做到现场即兴编唱诗句，在瞬间对答如流，以理以才服人，不允许唱出千篇一律、空洞无味的现成诗句。

2. 曲调与弹奏技巧：所选曲调美妙动听，特色鲜明；对唱者具有娴熟的冬不拉弹奏技巧；对唱诗歌与曲调和谐。

3. 舞台形象：衣着打扮得体，舞台形象大方，表情亲切自然，举止文雅，谦恭有礼，符合阿依特斯阿肯职业道德；尊重评委、尊重群众；切忌伤害对手自尊心和对对手进行人身攻击；不允许出现低级庸俗的言词；要尊重传统习俗和民族风情；准确把握演唱时间。

阿依特斯评分标准大致分以上三个内容，评委也按以上标准分三组，每组 7 人，一共 21 人。经过公平公正的评比，最终 2004 级阿肯哈那提别克（来自阿勒泰青河县）和包尔江（来自塔城托里县）获得一等奖；热依汗（2005 级，塔城沙湾县）、加尔肯别克（2005 级，伊犁

---

① 资料由伊犁师范学院奎屯校区节肯老师提供。

新源县）、迪娜（伊犁师范学院哈萨克文学专业学生，伊犁尼勒克县）、肯加力木（2005 级，伊犁察布查尔县）等获得二等奖；加米哈（2004 级，阿勒泰青河县）、阿莱（2005 级，伊犁尼勒克县）、热合曼（2004 级，昌吉木垒县）、努尔苏坦（2004 级，伊犁新源县）等阿肯获得第三名；纳合曼（2004 级，塔城沙湾县）、巴提哈利（2005 级，伊犁新源县）、木合亚提（2005 级，塔城乌苏县）、吐尔汗拜（2004 级，伊犁特克斯县）、巴合提汗（2004 级，伊犁新源县）等阿肯获得优秀奖。

伊犁师范学院奎屯校区于 2008 年 1 月 25—28 日召开了新疆阿依特斯研究会第一届会员代表大会暨首届学术研讨会，并举办了诗歌艺术节"雪莲杯"第二届大学生阿依特斯大会。自治区政协主席艾斯海提·克力木拜、自治区人大常委会副主任达列力汗及州政协、自治区文联、自治区民政厅等相关部门的领导到会。来自全疆各地的领导、专家学者、民间艺术家共 195 人参加了会议。会议审议通过了《新疆阿依特斯研究会章程》，并选举产生了第一届阿依特斯研究会会长、副会长、名誉会长、顾问、秘书长和副秘书长。

此届大学生阿依特斯大会体现了与首届大学生阿依特斯大会不同的特色，那就是除了阿肯阿依特斯之外，还有如今在阿依特斯大会上少见的男女对唱（qəz–jigit ajtəsə）、喀依木阿依特斯（qajəm ajtəs）、谎言对唱（ɸtirik ɸleŋ ajtəsə）等阿依特斯种类。

比赛结果如下：来自昌吉木垒县的 2004 级阿肯热合曼获得了特等奖，古莱夏（2006 级，来自伊犁特克斯县）、巴合提江（2007 级，来自伊犁尼勒克县）获得一等奖，阿娜尔（来自塔城托里县）、阿孜古丽（2006 级，伊犁昭苏县）、叶尔兰（2006 级，伊犁昭苏县）等阿肯获得二等奖；唐努尔（2007 级，阿勒泰哈巴河县）、叶尔克别克（2007 级，哈密巴里坤）等阿肯获得了优秀奖。

以上两届阿依特斯大会相当于对伊犁师范学院奎屯校区文理系教育教学工作的大型检阅，通过文理系师生共同努力，两届大学生阿依特斯大会都取得圆满成功，初步肯定了伊犁师范学院奎屯校区教育教学工作。参加阿依特斯的阿肯在每周阿依特斯擂台赛的基础上自由发挥，展示了当代阿依特斯阿肯的风采，赢得了广大听众和各界人士的好评。

三、群众对当代阿依特斯阿肯的评价和期望

阿依特斯艺术能够深深溶入哈萨克族社会生活的方方面面,是因为它具有群众性特点。群众不仅是阿依特斯的听众,另一方面是评价一对阿肯的"裁判"。群众不仅在阿依特斯大会上评价阿肯,而且平时也在关注阿肯的成长和发展,关注阿依特斯艺术的发展变化。如果一名阿依特斯阿肯赢得群众的好评,那么这就表明他在自己的艺术生涯中取得了一定的成就,成为了整个民族的骄傲。要是一名阿依特斯阿肯没有得到众人的认可,不管他有多高的学问,也不能算真正的阿依特斯阿肯。

为了更好地了解广大哈萨克族人民对当代阿依特斯阿肯的看法和意见、建议等目的,笔者针对各地、各行各业的哈萨克族民众进行了问卷调查和访谈,调查情况如下:

(一) 问卷的发放范围及被调查者的信息

此次问卷调查是在 2009 年夏天进行的,共发放问卷 230 份,回收问卷 193 份,其中回答完整的问卷有 140 份,回答不完整的有 53 份(包括个人信息不全的调查问卷有 13 份)。在回收问卷中阿勒泰地区的 76 份,塔城地区的 27 份,伊犁地区的 22 份,昌吉的 10 份,巴里坤的 9 份,中央民族大学哈萨克语言文学系学生的问卷共 38 份,(其中发给民考民[①]学生的问卷数为 25 份,发给民考汉[②]学生的问卷数为 13 份)。受调查者当中有男性 108 人,女性 72 人;年龄从 10—20 岁的有 14 个,20—30 岁的人 60 个,30—40 岁的 36 个,40—50 岁的 30 个,50—60 岁的 24 个,60—70 岁的 5 个,70 岁以上的 3 个;文化程度为小学的 23 个,初中文凭的 16 个,高中文凭的 25 个,中专文凭的 18 个,大专文凭的 40 个,大学文凭的 61 个;职业为牧民的 20 个,农民 19 个,公务员 21 个,教师 36 个,文化工作者 28 个,退休人员 18 个,学生 38 个;

(二) 调查内容及结果

问卷内容分为选择题和问答题两部分,选择题主要涉及年轻一代

---

① 民考民指的是从小用母语(哈萨克语)授课的少数民族学生。
② 民考汉指的是从小用汉语授课的少数民族学生。

阿依特斯阿肯与民间的老一代阿依特斯阿肯及哈萨克斯坦的阿依特斯阿肯相比较，哪个较强；民间的阿依特斯阿肯进学校学阿依特斯专业以后有无进步；当代阿肯在阿依特斯中主要弹唱的内容是什么；对当代阿肯的满意度；当代阿肯在阿依特斯当中会不会有提前准备或背熟的情况；问答题包括学校教育对阿依特斯阿肯的培养有无促进作用，原因是什么；对您影响最深刻的阿依特斯阿肯有哪些；您对当代的阿肯有什么建议和意见；您对阿依特斯艺术及传承人的未来有什么看法等问题。

调查结果："您认为老一代阿依特斯阿肯与年轻一代阿依特斯阿肯相比，哪个比较强？"及"我国阿依特斯阿肯与哈萨克斯坦阿依特斯阿肯相比，哪个比较强？"的回答如下：

表一 部分问题及答案

信息＼比例	老阿肯与青年阿肯相比哪个优秀？			我国阿肯与哈萨克斯坦共和国阿肯比较，哪个优秀？		
	年老的阿肯	年轻的阿肯	两者差不多	我国的阿肯	哈萨克斯坦的阿肯	两者差不多
阿勒泰布尔津县	70%	0%	30%	10%	70%	20%
塔城沙湾县	90%	10%	0%	20%	70%	10%
塔城额敏县	76%	16%	8%	21%	32%	47%
伊犁尼勒克	86%	14%	0%	14%	72%	14%
伊犁新源县	33%	67%	0%	13%	67%	20%
哈密巴里坤县	67%	33%	0%	25%	25%	50%
昌吉玛纳斯县	10%	70%	20%	40%	50%	10%
公务员	74%	13%	13%	0%	0%	100%
教师	5%	85%	10%	43%	19%	38%
农牧民	33%	44%	23%	44%	23%	33%
退休人员	25%	50%	25%	17%	25%	58%
文化部门的	23%	50%	27%	45%	14%	41%
07级哈萨克语系学生	36%	54%	10%	14%	61%	25%
哈萨克语系民考汉	69%	8%	23%	15%	54%	31%

以上的数字表明，阿勒泰布尔津县、塔城沙湾县、额敏县、伊犁尼勒克县等地方的人群和公务员、农牧民、民考汉学生等人群认为老一代阿肯比年轻一代阿依特斯阿肯强，伊犁新源县、昌吉玛纳斯县等地的人和职业为退休人员、文化部门工作人员、教师、2007级哈萨克语系学生等人群认为年轻一代阿依特斯阿肯比老一代阿依特斯阿肯强。对于"我国阿依特斯阿肯与哈萨克斯坦的阿依特斯阿肯相比哪个较强？"的问题，除了教师、农牧民、文化部门工作人员以外的都认为哈萨克斯坦的阿依特斯阿肯较强，公务员100%认为两者差不多。

表二 部分选择题答案

	开玩笑较多	人民关心的问题	没有思想	满意	不满意	说不清	有进步	没有进步	没注意	很多	没有	个别现象
布尔津	80%	10%	10%	40%	10%	50%	67%	0%	33%	30%	10%	60%
沙湾县	70%	20%	10%	50%	20%	30%	70%	0%	30%	10%	0%	90%
额敏县	38%	33%	29%	29%	18%	53%	6%	0%	35%	41%	0%	53%
尼勒克	72%	14%	14%	14%	14%	72%	86%	0%	14%	29%	7%	71%
新源县	33%	33%	34%	53%	7%	40%	80%	13%	7%	27%	7%	66%
巴里坤	80%	10%	10%	33%	0%	67%	67%	0%	33%	44%	0%	56%
玛纳斯	30%	60%	10%	50%	0%	50%	100%	0%	0%	40%	0%	60%
公务员	53%	12%	35%	47%	0%	53%	80%	13%	7%	47%	7%	46%
退休	75%	8%	17%	71%	5%	24%	100%	0%	0%	38%	0%	62%
老师	56%	22%	22%	89%	0%	11%	67%	11%	22%	22%	11%	67%
文化系统	18%	55%	27%	50%	0%	50%	100%	0%	0%	25%	8%	67%
农牧民	22%	78%	0%	82%	0%	18%	89	11%	0%	45%	0%	55%
民考民	46%	18%	36%	32%	22%	46%	50%	11%	39%	39%	0%	61%
民考汉	38%	31%	31%	0%	8%	92%	62%	8%	30%	15%	0%	85%

"当代青年阿肯在阿依特斯当中什么样的内容弹唱得较多？" A. 玩笑、笑话之类的内容较多 B. 人民关心的问题较多 C. 没有什么思想的话语较多；"您对当代阿依特斯阿肯的阿依特斯水平满意吗？" A. 满意 B. 不满意 C. 说不清；"民间的阿依特斯阿肯进学校学阿依特斯专业以后有无进步？" A. 有很大的进步 B. 没有进步 C. 没注意过；

"您认为当代阿肯在阿依特斯当中会有提前准备或背熟的情况吗？" A. 很多　B. 没有　C. 个别现象

我们在做问卷调查之前，在很多地方，很多次听到人们对阿依特斯阿肯在阿依特斯竞技中相互贬损、开一些露骨的玩笑表示不太满意的话题，不管什么地方，从事什么职业的人都普遍认为当代阿肯在阿依特斯竞技中相互贬损对方的现象比较严重，占阿依特斯内容的很大部分，而涉及人民群众直接利益的问题则少。但是，问卷调查的数据也显示得很清楚，对这种现象的指责者几乎占多数。比如：昌吉州玛纳斯县的人、阿勒泰青河县文体局的工作人员，也有一部分农牧民认为阿肯对人民群众关心的问题唱得较少。但是，出乎意料的是各地农牧民认为阿依特斯阿肯在阿依特斯当中唱出了他们的心声。

对"您对当代阿依特斯阿肯的阿依特斯水平满意吗？"一题的选择中发现，绝大部分人都选"满意"，尤其教师和农牧民的满意度很高，分别为89%和82%。大学生里面21%的学生选"不满意"，沙湾县人中选"不满意"的有20%。对"民间阿依特斯阿肯进校就读阿依特斯专业以后有无进步？"这一题，选"有很大进步"的占大多数，比如：昌吉州玛纳斯县人当中退休人员、文化工作者达100%，也有为数不多的人选"没有多大的进步"，比如：新源县人当中属公务员的13%的人选"没有进步"。

对"您认为当代阿肯在阿依特斯竞技中有没有提前准备诗词或提前背熟自己所要对唱的诗词的情况？"一题的调查结果的分析当中我们发现，绝大部分人认为这是个别现象，也有一部分人认为有这样的现象。比如：巴里坤44%的群众，额敏县41%的人都认为这是个别现象，不能一概而论。其中公务员占47%，农牧民占45%，这表明人民群众普遍认为阿肯阿依特斯的素质在不断提高，但是还存在一些不良现象，就像提前做好准备上阵的现象，希望在评价阿肯的文化素质的时候一定要严厉，对赛前背熟诗词者给予严肃批评。

对"如果你的孩子或亲戚喜欢阿依特斯艺术，你会同意他（她）上阿依特斯艺术专业学习吗？"的问卷调查结果如图1显示；

从图1看出同意孩子（亲戚）上阿依特斯艺术班的占大多数，哈密巴里坤县的民众和农牧民、文化部门工作人员等人群100%都选此项，另外，伊犁新源县有一少部分人选择"不同意"，一部分教师和大学生（民考汉的和民考民的）选择"选择其他方式来培养"。问答题"学校教育对阿依特斯阿肯的培养有无促进作用，为什么？"的答案大部分都是肯定的，原因概括起来就是：学校里能学到更多有关历史、文化、文学方面的知识，这些有助于他们阿依特斯水平的提高。也有少数人认为学校教育对阿肯艺人的发展没有积极的作用，反而会限制他们的天才。

图1　群众对教育培养的支持程度

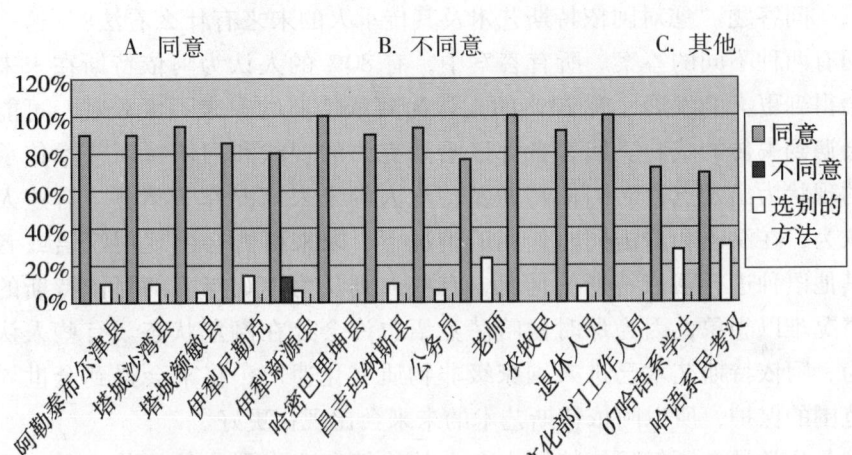

从"对您影响最深刻的阿依特斯阿肯，尤其是青年的阿肯有哪些？"从这一问题的回答来看，各地和各行各业的人都回答加米哈、哈那提别克、木拉力、叶尔加纳提、哈力汗、古丽森艾、纳合曼、拉合曼、胡扎尔别克、热依汗、努尔孜亚等阿肯。另外有些答案是具有地方性特点，比如伊犁地区的民众觉得加尔肯别克、帕提哈勒、巴合提艾力、阿莱等阿肯比较有影响力，哈密巴里坤县的有些人提到叶尔克别克。

从"您对当代的阿肯有什么建议和意见？"的回答情况来看，大体上都一致，概括起来有以下几点：

1. 阿依特斯阿肯应该不辞辛苦地学习、适应时代的要求，熟知世界历史、中国历史及哈萨克历史，国际国内的要闻，学习其他民族的优秀文化知识。

2. 多跟老一辈阿依特斯阿肯交流，学习他们的经验教训，学会唱出人民的心声，揭露和批评不良的社会现象。

3. 在阿依特斯当中要注意用语，有些阿依特斯阿肯在阿依特斯当中运用不健康的语言，或者开玩笑会过分，所以在阿依特斯当中应非常注意这一点。

4. 上台表演时注意衣着打扮，阿依特斯曲调和唱词互相协调，应该选取具有哈萨克民族风格的曲调。

5. 有些阿肯在阿依特斯之前写好并背熟唱词，这一现象必须要消除。

问答题"您对阿依特斯艺术及其传承人的未来有什么看法？"这一问有两种不同的答案。所有答案中，有80%的人认为阿依特斯在未来会得到更大的发展，有20%的人认为阿依特斯的未来不太乐观，可能会遇到失传的威胁。回答者都以哈萨克语的现状和阿依特斯艺术传承的现状为出发点，对阿依特斯及传承人的未来情况作了猜测，有些人认为，在汉语和母语同时使用的情况下，未来可能会出现用汉语或者其他语种进行阿依特斯的情况，有些人则认为100年后的阿依特斯的情况难以想象，因为那时候哈萨克语也许会处在濒危状态。有些人认为，阿依特斯艺术已进入国家级非物质文化遗产，将来会得到全世界范围的保护，所以阿依特斯艺术的未来会比现在更好。

从学员在历年阿依特斯大会上的成绩和广大群众的评价来看，阿依特斯艺术班的毕业生证实了当代阿依特斯阿肯的水平在提高，赢得了广大听众（观众）和各界人士的认同和好评。但是与哈萨克斯坦的阿依特斯阿肯相比，我国当代阿依特斯阿肯的水平还不如他们，原因还是在于他们文化知识水平的差别当中，哈萨克斯坦阿肯的文化知识水平普遍高，大部分都是具有学士或硕士学位的阿肯，相比之下，我国阿依特斯阿肯的水平还只限于大专水平，这一问题需要进一步提高。

对阿依特斯专业的音乐课程调查分析与理论设想

王 亮

2004年新疆伊犁师范学院奎屯校区的"哈萨克阿依特斯研究中心"承担起了对阿依特斯阿肯人才的培养工作，开创性地创办了阿依特斯艺术专业，先后招收了120多名学员，承担起了哈萨克阿依特斯艺术教育传承的重任。从此，千百年来在民间口传心授、自生自灭的优秀艺术，正式纳入新疆的高等学府，使得阿依特斯在当代的传承、弘扬有了保证。两个学术研究机构先后在学院成立：新疆阿依特斯研究会、阿依特斯研究中心，为开展阿依特斯的研究工作提供了条件。这是高等院校第一次将阿依特斯这一民族民间艺术作为一种专业进行招生教学，对于这样的胆识和高瞻远瞩的举动我们怎能不欢呼雀跃！截至目前，我国高等院校专门培养阿依特斯阿肯人才的机构仅此一家。伊犁师范学院奎屯校区阿依特斯阿肯专业的创办，体现了对民族艺术传承方式的大胆探索。这些年来，学院在构建阿依特斯教学、科研、艺术实践等方面均做了一系列工作，尤其在教学中取得了丰硕的成果。

一、对伊犁师范学院阿依特斯专业音乐课程的调查

笔者在对伊犁师范学院阿依特斯专业的具体了解与调查的基础上，对阿依特斯专业2009级的实际教学状况进行了实地考察，并且对声乐、冬不拉、音乐基础知识等课程进行了现场采录。我们可以看到，这些课程是请伊犁师范学院奎屯校区音乐系专业教师授课，授课教师全部为哈萨克族。采用院校式的课堂授课，在教学内容、教学模式与教学方式方面与一般音乐专业的授课相同。

阿依特斯艺术班的声乐课分为三大块：A. 练声，教师讲练习要点，作示范，学生跟着钢琴集体做发声练习，也有选用哈萨克民歌片段做发声练习。B. 学唱歌曲，教材使用的是新疆艺术学院托汗．斯马古力编写的《新疆民族声乐独唱曲》，由新疆人民出版社出版，钢琴伴奏谱，里面很多是耳熟能详的哈萨克族歌曲，如《毛斯木江》、《布尔江的赞歌》、《胡斯妮—霍尔兰》等，歌词有哈萨克文和汉文两种文字。C. 完成前两项教学内容后，课堂上就开始练习对唱，演唱过程出现了声音技巧方面的问题，老师会在一旁作记录，唱完后再进行指导。

阿依特斯艺术班的乐器课是冬不拉知识。冬不拉是哈萨克族重要的民族乐器之一，在阿依特斯比赛中，每当轮到阿肯对唱而"卡壳"时，他们便会在此时自然地弹奏冬不拉，这种情形下，阿肯们的冬不拉就会起到唤起灵感的作用。2004—2008年间专门聘请了著名的演奏冬不拉的专家，居马力克副教授担任该课程的教学，从2008年至今由音乐系2007年从哈萨克斯坦国立音乐学院冬不拉专业毕业的青年教师努尔波力担任，在演奏上要求更加规范、严谨。努尔波力老师与笔者交谈中得知，课堂上他把学生分两组，一组弹主旋律，一组伴奏，由于学生层次有一定悬殊，老师经常作范奏，大部分学生能进行即兴的伴奏，老师在学生的伴奏中穿插不同的伴奏类型进行指导，每节课都要求学生从音阶练起，然后作单旋律演奏。根据笔者与学生的访谈了解到，他们也非常喜欢这种教学，大部分学生冬不拉演奏技能普遍提高很快。

阿依特斯艺术班的音乐基础知识的教学内容依然是以西方音乐体系为基础的，并没有加入以新疆各少数民族的不同音乐文化特点为目的，或是阿依特斯学习所需要的相对应的练习，现今阿依特斯班乐理知识课的内容并未对学生音乐价值观的形成及表现提供实质性帮助，更不能指导他们的音乐实践活动。因此，这不能不说是一种缺憾。

从笔者对学生的访谈中我们可以发现，无论是过去还是现在，阿肯们大多来自民间，虽然有比较深厚的民族文化积淀，但是接受过正规教育的阿肯不多，文化素质相对低些，这与当前全球知识经济飞速增长的社会形式是不相符的。在校的阿依特斯班的学生们通过系统的学习，使得他们的眼界宽了，思想认识也在提高中，他们对知识的渴求也显得更为迫切。在通信科技手段发达的今天，他们的演唱变得更具有时代气息，无疑会为今后的阿依特斯艺术增加新的活力。

二、阿依特斯音乐教学中的问题与分析

在音乐基本知识的教学中，首先是该课程安排在时间上需要进行调整。第一学年的上学期就开设有冬不拉知识的学习，而音乐知识课却开设在第一学年的下半学期。据冬不拉教师努尔波力介绍：在第一学期冬不拉知识的教学中，教学中出现的读谱慢、节奏感差等问题恰好与学生的音乐基础知识不牢固，或者说是知识空白有极大的关系。其次，在音乐知识的课堂中，教师成了教学活动的主体，学生则是被灌输知识的对象。这种方式压抑了学生的主动性、积极性和创新性，同时也使学生无法将音乐理论知识与阿依特斯实践结合起来。最后，该课程与其他相关学科教师交流不够充分，尤其是对学生在后续课程的学习中，所反映出来的有关音乐知识课程中的教学上的可改进的问题，还缺少针对性的总结。如第二年开设的声乐课程，由于声乐教材是五线谱钢琴伴奏，这对于音乐知识学习成绩较差的同学的学习有一定困难，学生对这门课的学习积极性受到一定影响。

声乐教学中必须考虑结合少数民族语言的发音特点来进行教学，否则就会造成教学上的浪费。哈萨克族民歌的演唱方法和西洋美声唱法有相似的地方，有人误认为哈萨克族民歌的演唱方法采用的是美声唱法，实质上那本身就是哈萨克族演唱本民族歌曲固有的方法。关键问题是哈萨克语言发音位置偏高，共鸣位置也高，因此它的发声特点和"美声唱法"有相似之处，而且哈萨克民歌中女声部带花腔的歌曲也非常之多，因此哈萨克族本民族的唱法其自身仍是有其特点的。如哈萨克族男高音歌唱家哈米提的演唱就充分说明了这一问题。比较而言，维吾尔族语言发音位置偏低，这就表现出许多维吾尔族民间歌手大都以天然的本嗓来演唱本民族的歌曲。这些都足以充分说明语言和本民族歌曲的演唱是密切相关的。

在生源问题上最突出的问题就是学生入校前水平层次不齐，影响教学效果。如伊犁师范学院2005届阿依特斯艺术班足以证明这一点，这个班共有23名阿肯学生，其中大部分有中专和初中文凭，该班年龄最大的28岁，最小的15岁，由于学生年龄悬殊较大，加之个体学习能力有所差异，对日后的教学效果也产生了不利影响。

教材是传播知识的重要载体，是进行教学的基本工具。阿依特斯专业教材建设中沿用老教材的建设思路已不能适应当前教育改革形势发展的要求和实际教学的需要，目前教材建设工作相对滞后的矛盾正日益突出。阿依特斯专业是伊犁师范学院的新办专业，有些课程没有现成的教材可供教学使用，如所开设的课程中，阿肯弹唱知识、阿肯艺人研究这两门课就由任课教师参考大量国内外文献，并根据多年教学经验编写出教材，由于资金不足制约了教材的出版问世，随着教育改革的不断深入和教学工作的不断改进与提高，我们有理由相信资金问题不再会成为教材建设中的难题。

此外，师资队伍和科研力量上也显得较为薄弱，而高校科研工作要扩大规模、提高质量，要出更多的原创性科研成果，就必须建设强有力的科研创新团队。截至2007年，阿依特斯专业现有教师16人，副教授3人，讲师7人，助教6人，目前的师资队伍建设并不容乐观，实质性的科研团队建设也未成气候，跨学科、跨部门的科研团队更难以形成。教育决策者要从战略高度认识师资培养的重要意义，做到提前规划，全面部署，并使教师及科研者有机会结识学术大师和专家，建立学术联系，及时了解学术发展的最新成果。我们也看到学院在这方面作出的一些努力，如2010年6月，由新疆师范大学音乐学院教授巴合达提带队的德国洪堡大学、慕尼黑大学、波恩大学的课题组专家一行7人来到伊犁师范学院奎屯校区，和该校区的老师们就阿依特斯的特色文化进行了研究，这无疑是一个对外交流的窗口。这些学术组织、学术团体的交流，为教师的成长创造了条件，也为优秀人才的培养、提高、施展才华提供了平台。

三、哈萨克族阿依特斯艺术在学校教育中的运用（设想与对策）

在新疆少数民族多元文化教育理论体系的建构，就不只是在原有的音乐课程基础上做简单的修补，而应考虑新的起点和新的音乐课程设计。首先要认识到这一课程建设是以少数民族音乐文化为主体的，不能把音乐与它的社会文化背景相分离，将音乐创造所依赖的社会文化资源结合到新的音乐课程中去。其次，学习者不仅通过该课程的学习能掌握少数民族音乐母语、音乐语法、形式与创造等等。

1. 课程体系的建构

由此笔者初步提出在哈萨克阿依特斯学校教学中，应突出民族化的特点来进行教学计划与课程安排。加大民族音乐文献、史论及古典音乐欣赏类教学的比例。具体可以从以下几个方面考虑课程设置：

人文课程：音乐人类学；多元文化教育；少数民族历史；少数民族哲学；民族学；民俗学；语言学；中国哲学；中国文化史等。

少数民族音乐概论课：新疆少数民族音乐概论；少数民族音乐史；少数民族音乐介绍及欣赏等。

音乐实践课程：新疆少数民族舞蹈；新疆少数民族乐器演奏等。

应该指出的是这一课程系统与现存的西方音乐课程系统是并行不悖的，根据不同的专业在必修、选修、课时及内容程度上可作调整。

2. 积极编撰专业课程中的音乐教材

教材是实现教育目的的重要工具，是提高教学质量的关键。教学计划、课程设置及教材的编写过程中，应广泛收集和利用我国民族音乐学界对新疆各民族优秀传统和音乐理论体系的研究成果，特别是中亚国家阿依特斯的研究成果，制订将其转化为本土民族音乐教材的规划。

音乐知识的教学内容力求反映少数民族音乐体裁、音乐形式、音乐风格。通过学生熟悉的音乐来进行音乐基础训练，选用具有少数民族代表性的调式类型、节奏类型、旋律类型的音乐片断引入各知识点。声乐教材主要以哈萨克族语言的歌曲作为主要的声乐教材，在此基础上再了解和学习中外民间、古典、艺术歌曲，以本民族语言的歌曲演唱为主，并借助熟悉的母语来理解掌握音乐理论的一般原理。在文字教材编撰后，还可以运用高科技视听手段，为民族音乐赋予多媒体、多视角特色，拉近传统审美和现代审美的距离，使教学内容更丰富。

3. 重视与加强师资培养

要实施上述的课程模式，首要的条件便是拥有一支能按此课程模式运作的教师队伍，而我们现有的师资（音乐教师）如果没有理念上的更新调整和知识结构的深化、拓宽以及实地的学习研究，是难以做到把少数民族音乐文化作为母语来进行教学，更无力将其与文化背景、哲学等联系起来。这就提出了一个师资结构和教师培养的问题，教育决策者应紧紧围绕办学的定位方向，整体考虑师资在教学中的合理布局，有选择地安排教师去进行所需专业的学习和研究，逐渐实现广大教师积极适应新的教学体系运作的局面。

在当前，新的音乐教育观念对于所有少数民族音乐教育者来说，都极具挑战性。如何引导学生真正领悟和感受不同文化中的"灵魂"音乐，卓有成效地通过这些音乐学习，使受教育者持有各种优势进入未来的社会，在一个熟悉的世界里操纵自己的音乐创造过程，并成为一个积极的创造者和贡献者，是每一位教师必须思考的，也是教育决策者们更须思考的。

学校教育作为当代教育活动的核心部分，是一个国家和民族音乐文化发展程度的重要标志，它不仅是民族音乐文化的依托，更是当代各民族音乐文化最重要的传承领域。学校传承这门艺术的目的之一就是使阿依特斯阿肯能系统化、规范化、科学地得到给养，同时我们应当唤醒人们的"本土音乐文化意识"，积极寻求对策，使学校教育作为少数民族音乐文化传承的重要组成部分，在当今多元文化的世界音乐教育中寻找新的路径。

阿依特斯艺术班实施实践教学活动的意义

节肯·哈吾提

一、阿依特斯艺术班实施"阿依特斯实践"教学模块的意义所在

在课堂教学活动中,我们把符合阿依特斯阿肯个性特点,既灵活又有创意的"阿依特斯实践"模块列入到培养目标中,具体实施在教育计划里,体现出教育内容和形式统摄为一个整体的基本规律,充分发挥了实践教学在熏陶和磨练学生综合素质和个性发展中的决定性因素。通过比较分析、综合评价、细致地观察他们在理论知识和实践积累过程中的每一次表现,我们初步意识到实施"擂台赛"教学模块的重要性。我们根据阿依特斯阿肯自身原有的基本功和传承特点,建树了一套比较完整的培养计划和具体实施方案。其操作手段如下:

1. 根据教学培养目标和计划的具体要求,我们在校区领导的大力支持下,分别在每学期初的第二、第三周,特邀 1~2 位在新疆哈萨克阿依特斯艺术中享有艺人称号的专家和学者以及诗人作为客座教授,帮助我们带动专业技能训练课程。2005 年的 3 月 25 至 4 月 10 日,我们邀请到阿依特斯阿肯胡尔曼别克,在为期两周的时间,给学生进行了阿依特斯实践课程的培训,其效果十分显著。当时,我们只有一个班级,学生人数 26 人。他认为:我们这个班的 5 位有天赋的学生中,将来会出现几位出类拔萃的阿依特斯阿肯。或许是胡尔曼别克看到了他们日后成为阿肯的天赋和才智,或许以神奇而豁达诗人的感知能力让他预感到,他们足以胜任阿依特斯阿肯。在他的鼓励和帮助下,有 5

位学生以突出的成绩，引起了人们的观注。他们是新疆阿勒泰地区青河县委派的学生加米哈和哈纳提，塔城地区沙湾县委派的纳合曼和热依汗，木垒县来的热合曼等同学。值得欣慰的是，他们不仅在学校的学习成绩突出，而且，在校区举办的第一次大学生阿依特斯大会中他们分别以第一、第二、第三名的成绩获得了最佳奖项。此后，根据跟踪调研报告发现，这 5 位学生在各地各县举办的阿依特斯大会中的成绩也都名列前茅。

2. 我们在教学手段上采用邀请专家授课、专项指导的措施，得到了很大的收获。看来我们的选择和采取的方法是比较合理的，这对我们展开教学研讨以及据此学科创新带来了机遇。也就是说：我们借阿依特斯实践教学过程中所取得的一些经验，大胆的迈出了阿依特斯实践教学模块的第二步——"擂台赛"。以"擂台赛"作为平台，我们研究出初步的评价体系，为学生充分施展才艺创造了一个空间。我们把擂台赛放在每星期四下午的 7～8 节课进行，有专门的老师组织，竞赛时间由参赛的阿依特斯选手们的应对能力决定。此外，我们专设评委老师，当场进行评比，进行系统记录。有实力的选手竞技的时间最长达到了 90 分钟，时间最短的则有 30～40 分钟。90 分钟是我们擂台赛中最长的时间纪录。在制定擂台赛的过程中，我们遇到的难题也不少。其一，在时间上因没有办法预测参赛对手能够应对到哪一步才算胜负，所以不能占用正常的上课时间，因此，只能借学生的晚自习时间。其二，因为擂台赛毕竟是一种赛式，也不好正式把它纳入常规教学的计划中。它只是阿依特斯实践课的一个特殊的延续，所以，参赛选手的次序和评价标准较为灵活，有是由实践课程的老师指定，有是由学生自愿选择竞技的对手。而评价标准也相应的要根据应对者的情况、发挥的技能以及唱词内容决定。唯一能明确的评委老师们的评比结果、竞赛过程的比较分析要在赛后现场公布，让选手和聆听的学生、教师们当面提出问题，作为参考参与点评。其三，擂台赛毕竟还没有正式进入教学培养目标中，只是在阿依特斯实践课程的基础上实施的一种创新手段。

3. 我们通过实践教学为主线，大力推广实施"擂台赛"这样的实践模式；动态地去描摹大学生阿依特斯阿肯的真正水平，并给予他们充足的展示技能的时间和空间，以公正的评比标准为范式，使参赛者的综合能力得到了充分发挥。

总的指导思想是：以创新特色教育的基本指导思想为基础，以我院的实际教育教学情况为出发点，贯彻执行理论与实践相结合的原则，精心组织调研，抓住重点，分步推进，认真研究理论知识和实践模块的有机统一规律，使课堂教学的每一环节形成研究的目标体系，把教育教学的重点放在如何提高阿依特斯艺术的研究领域里，为特色教育的全新发展创造有利条件。

二、推广"擂台赛"，抓教学管理工作

1. 对阿依特斯专业实施实践课、以"擂台赛"模块为培养目标，创效益

目前，我们为阿依特斯专业班课程培养目标所定的基本要求，具体表现在以下几个方面：

（1）阿依特斯阿肯必须学会能够独立选择学习目标，主动提高技能，主动发展。课程培养方案中，要求所有的阿依特斯阿肯，以通过课堂教学达到一定的水平为前提，提倡课程在结构中，必须考虑到为学生创造展示自己技能和发展强化技能的空间，让他们学会能够独立选择学习目标，主动发展。在承认学生个性差异、年龄差异的同时，把大学生阿依特斯阿肯个性差异作为一种独特的智力资源进行研究挖掘，其目的不求所有阿依特斯阿肯在传承基础上达到统一，而求他们的潜能有所提高，为他们综合能力和才艺真正得到发挥，提供尽可能多的学习途径。

（2）通过多方面的调研，把阿依特斯阿肯生活的环境以及地方习俗和传承风格进行相对比较，找出一个正确的评价范式。对学生生活环境和地方习俗进行调研是我们培养目标中具有研究性价值的问题之一，要改变陈旧的地方观念不是一件容易的事情，要求我们去摸索和关注每个学生的各种兴趣爱好、习惯及演艺经验，这样才能增强阿依特斯阿肯对生活和地方习俗的整体意识，使他们学会生活，学会积极主动地去创造健康向上的审美价值观。

（3）培养的过程要与陶冶阿依特斯阿肯向崇高的人格境界以及完美的艺术美感意识靠拢。当前哈萨克阿依特斯人才的培养目标还局限在课堂教学中，局限在提高学生认识能力的培养中。因此，需要我们

不断去研究教育教学实践，不断巩固发展教育教学环境，为打破单一的知识灌输的陈旧方式的培养体系，要研究加强技能和思维能力的训练与培养模式，让这种创新理念取代今天的培养目标，对大学生阿依特斯人才进行能力的培育观取代今天的课程教育体系，正是我们所要达到的最终目标。

（4）培养的过程要与现代哈萨克阿依特斯阿肯真正成为传承该艺术的主体要挂钩。课堂教学的结果不在于教师"教"得如何，而在于学生"学"得如何。以往，我们的教学常常被教师全堂主宰，导致学生失去探究实践和亲身领悟技能的机会，因而难以使学生整体素质得以发展。所以，我们力求把课堂教学的着眼点放在实践教学活动中，通过多种模型让学生积极主动地参与到教学活动中来，并通过"擂台赛"的磨练形成一个双向互动的提高氛围，从而使阿依特斯阿肯的潜能得到了相应的发挥。经验告诉我们，在教学中实施"擂台赛"，我们制定的培养目标和赛场制度，彻底推翻了以往只关注"知识"或"能力"单一目标实现的老套观点，让灵活而可持续发展的现代创新教育模式运用到具体教学实践活动中是正确的选择。但是需要我们继续努力，不断开拓研究的新领域。

2. "擂台赛"的标准富有创意，但是还有待于不断摸索和改进

阿依特斯专业设置的"擂台赛"活动标准，有以下几种特点：

（1）通过"擂台赛"我们指定所有的阿依特斯阿肯能够有参与技能的展示空间。

（2）通过"擂台赛"的平台，参赛双方在争夺擂主的同时，要求双方保持和平有效的互动过程。

（3）"擂台赛"有效地教会了我们大学生阿依特斯阿肯在主动建构相互学习的同时，在时间和空间上都有了一定的保障（可以占实践课或晚自习时间进行阿依特斯，双方争执到获取当天擂主为止）。

（4）"擂台赛"使参赛双方对学到的知识真正理解和有效运用。

（5）"擂台赛"使参赛双方学会必须关注对自己以及对方技巧有效的反思和评价。

（6）"擂台赛"使参赛双方领悟到对该艺术传承必要性的认识，从正面体验到自己所担负的责任，从情感上陶冶了他们坚信自己能够成为具有现代多元化知识能力的新一代阿依特斯阿肯。

3. "擂台赛"与教学管理制度的关系

（1）在教学管理中，我们首先创造了场地、设备等硬件，丰富了擂台赛活动的内容。

（2）在实施实践教学模块的背景下，"擂台赛"以实践模块形成了一个整体，结合整个实践模块设计"擂台赛"的活动范围，避免了"擂台赛"过于发散，导致主题的迷失。

（3）在实施"擂台赛"过程中，我们在关注学生的知识与技能、过程与方法、情感态度及价值观的同时，对以上目标进行了有机统一的研究。

（4）以"擂台赛"方式锻炼和选拔，促进了学生对该艺术学习方式的转变，尤其是正确引导了学生自主学习、合作交流、提高分析和解决问题的能力。

（5）平时鼓励和指导学生参与"擂台赛"也是教学实践课的重要研究内容之一。

4. 通过"擂台赛"观察学生的审美能力

（1）大学生阿依特斯阿肯是该专业栽培和发展的未来。通常一个人的身心发展是有规律的。我们依据观察阿依特斯阿肯每学段的发展提高过程和来源地域环境特点以及生活习俗等不同阶段的活动规律，从而发现他们具有的巨大的发展潜能的可能性。他们的确是潜藏着巨大发展能量的个体，是有培养价值的，我们坚信培养这一批大学生阿依特斯人才是可以获得成功的。

（2）大学生阿依特斯阿肯是该艺术独特的传承人才。我们培养的每个大学生阿依特斯阿肯不是单纯的抽象的学习者，而是有着丰富个性的阿依特斯人才，他们不仅具备普通人的智慧力量和人格力量，而且体验着哈萨克草原文化生活载体阿依特斯艺术的唯一传承艺人。我们不仅要在教学环节上重视他们的精神生活，而且要给予他们全面展示个性力量的时间和空间；每个大学生阿依特斯阿肯都有自身的独特性。而这种独特性也意味着他们具有差异性，而且我们要承认他们的差异，使每个大学生阿依特斯阿肯在原有技能的基础上都能够得到完全、自由的发展；我们要相信每一位大学生阿依特斯阿肯是具有独特技能和天赋的艺人，我们要把大学生阿依特斯阿肯当做不依自己的意志为转移的客观存在，而且要当做具有独特性才艺的人来看待才行。

这样才能使教育和教学适应他们的情况、条件、要求；让他们的技能时常有发挥和发展的余地。总之，"擂台赛"给全体阿依特斯阿肯创造了施展锋芒的机会。

三、采取对各地文化市场性质进行多方面的调研，为培养大学生阿依特斯阿肯提供更好更快的发展条件

我认为公益性与志愿性服务是该艺术发展的最大空间，因此我们要不断引导培养的人才把自己的志愿和义务奉献给社会文化市场，主动参与社会公益活动，理解社会组织的重要性和它的发展途径，鼓励他们为非物质遗产的保护和抢救工作出一份力。我们要严格要求大学生阿依特斯阿肯定期参加社区文艺演出活动，这样既可以展示自己的技能，又可以使自己生活上有一定的独立。因此，学校在指定的节假日期间，必须要求他们提交一份活动计划材料，其内容包括对象（机构或对唱选手的名字、活动日期、服务时间、服务项目或内容、自己签名、对唱选手的签名及联系方式）以及自己的体会，这样才能全面提高大学生阿依特斯阿肯的素质，并且也能够全面证实我们工作的社会价值。

第三篇　阿依特斯及阿肯艺人的研究

论哈萨克族阿依特斯特色

王景生

"对唱"一词,在哈萨克语中叫做"阿依特斯",为"竞争"、"争辩"之意。在古代,哈萨克族由于从事游牧生活,逐水草而居,形成了很多个部落和宗族。这些部落和宗族之间,为了争水源,争牧场,经常发生一些纠纷和冲突。每当这时,人们就请有威望的长者或宗教领袖来调停,解决争端。在调解过程中,争论的双方都力求阐明自己的理由,于是便形成了"阿依特斯"。开始时,双方是用白话争辩,后来发展到用带有韵律的诗歌进行争论,这样就产生了哈萨克族最早的对唱形式。这种形式,在人们口头上经过长期流传,到16世纪便在哈萨克族中间形成了一种群众性的文艺活动。尽管到17世纪,这种独特的文艺活动在广大的哈萨克草原上已有相当规模的开展,但是,哈萨克对唱作为一种文艺形式和民间文学被记录、整理,那是18世纪以后才开始的。由于封建社会的历史条件严重地束缚了这一文艺形式的开展和阿肯(歌手)们的思想感情,使对唱在发展过程中受到一定的影响。新中国成立以后,在党的民族政策和文艺方针的指引下,哈萨克族的诗歌对唱才彻底摆脱了封建宗族和宗教迷信的羁绊,在哈萨克草原广泛地开展起来,真正成为哈萨克人民喜闻乐见的文艺形式和具有独特风格的哈萨克民间文学。

哈萨克族民间诗歌对唱,既不同于历史上一些阿拉伯国家举行的"赛诗"、"唱诗",也不同于我国其他少数民族的"对歌"、"歌圩"等。哈萨克族的诗歌对唱别具一格,有以下几个特点:

一、形式多样、别开生面

哈萨克族阿依特斯，不像其他的对歌那样形式单一，方法简单，它可以通过各种各样的形式来进行。既可以两个人组成对手，进行对唱，也可以由两个集体分庭对垒，进行较量；不仅有名望的阿肯可以进行对唱，而且一般群众都能上阵赛歌。例如，在哈萨克族的婚礼上经常进行的一种传统对唱"加尔—加尔"，就属于集体对唱。这种对唱是在将要举行婚礼的姑娘家进行。对唱时，男女青年各为一方，摆开阵势进行较量。在对唱过程中，姑娘们表现了与新娘难舍难分的缠绵感情，而小伙子们则以劝慰的姿态出现，向姑娘进行挑战。每方唱一句诗以后，都要重复地唱上两遍"加尔—加尔"，所以这种对唱被称为"加尔—加尔"对唱。在一次婚礼上，曾经记录过一段这样的对唱：

男青年：
月儿到十五就该圆，
加尔—加尔，
姑娘不能老在家里边，
加尔—加尔，
莫因舍不得母亲而难过，
加尔—加尔，
那里也有你的好婆婆，
加尔—加尔。

女青年：
草原上搭毡房一根一根架，
加尔—加尔，
抚养自己的母亲呀谁能舍得下！
加尔—加尔，
你们说那里有个好婆婆，
加尔—加尔，
婆婆再好也好不过亲娘啊！
加尔—加尔。

因为这种对唱主要为了使婚礼进行得隆重、热闹，所以不太注重对唱的胜负，其娱乐性较强。

哈萨克诗歌对唱的另一种形式，是分组对唱。这种对唱，近年来在哈萨克草原流传较广，受到人们的热烈欢迎。对唱时，四人分成两组，往往是两名男青年对两名女青年。每组中有一名主角为领唱，一名配角为伴唱。领唱和伴唱配合默契，机智灵活地与对手进行较量。为了使对唱更有情趣，有时领唱和伴唱还可以调换，使对唱的形式更生动、活泼。

阿肯对唱，是哈萨克最著名、开展最广泛的对唱。有名望的阿肯对唱时，往往要惊动周围几十里草原，有的牧民甚至从百里之外扬鞭策马赶来听对唱。阿肯对唱分两种形式：一种叫"推列"对唱，另一种叫"岁列"对唱。进行"推列"对唱时，阿肯们只唱一些短小精悍、节奏明快、韵律铿锵的短诗，轻松自如。所以青年阿肯都喜欢采用这种形式进行对唱。"岁列"对唱比较讲究，它要求阿肯要具备渊博的知识，卓越的才能，良好的技艺。因此，这种对唱往往在有名望的阿肯中间进行。如阿勒泰地区两位著名阿肯进行了一次描写家乡巨大变化的"岁列"对唱：

卡伯力汗：
  我们的民族像宝石一样发光。
  我们的人民有雄鹰的翅膀。
  乡亲们现在过着怎样的生活，
  你能否向大家讲讲？

买吾列提别克：
  乡亲们播下金色的种子，
  阿吾勒呈现一片春光；
  乡亲们放牧着雪白的羊群，
  草原上像撒满珍珠一样。

两位阿肯一问一答，展开了一场友谊竞赛。

哈萨克族对唱，除形式多样外，在对手之间不受年龄性别的限制。

银须皓首的老阿肯,可能遇到十几岁的小姑娘;大妈、大婶也许碰上活泼、调皮的小伙子的挑战。这也是对唱能在草原上广泛开展起来的重要原因。

二、内容丰富、题材广泛

哈萨克族对唱的内容极其丰富,天文地理,花鸟虫鱼,传说史诗,现实生活都可以作为对唱的内容。这些内容从性质上看,大致可分为以下几个方面:

赞颂:歌颂、赞扬是对唱中的重要内容。歌手们可以赞扬劳动人民的优秀品德、聪明才智,可以歌颂吹绿草原的春风,融化雪山的阳光,苍翠茂密的森林。有时歌手为了说明自己来历不凡,往往通过《山之歌》、《水之歌》来歌颂家乡优美的自然风景,在对唱时以贬低对方。新中国成立以后,在对唱中歌手们怀着深厚的感情歌颂了毛主席和共产党的恩情,赞扬了祖国社会主义建设中的伟大成绩和各民族之间的亲密团结,如"旧社会像吃人的野兽,吸尽了贫苦牧民的血汗;社会主义像千里骏马,飞驰在辽阔的草原。"

讽喻:在哈萨克对唱中,讽喻的内容占有较大的篇幅。同时,它也是对唱中的幽默、风趣的部分。在新中国成立前的对唱中,讽喻的对象主要是牧主、千户长、百户长、毛拉等人。歌手们通过对唱,用含蓄的语言鞭答了这些人的罪恶活动,揭露了他们的丑恶嘴脸,无情地嘲弄了他们贪婪、无知、愚蠢的行径。这种对唱内容,在反抗反动统治中能起到匕首投枪的作用。如:新中国成立前的一首讽刺牧主的对唱:"你的牧羊狗虽然勇猛,比不上你的手段高强;它只会夜间守护畜群,你却能牵走牧人的牛羊。"对唱时,歌手们除了抨击旧社会的黑暗以外,也采用讽喻的手法批评对手的缺点和错误,使对手处于被动,陷入窘境。新中国成立后,批评、讽喻社会上的不良倾向和歪风邪气,提高了思想觉悟和道德品质,也成了对唱的内容之一。

比拟:这是哈萨克对唱中比较生动、活泼的内容。歌手们凭借自己的聪明智慧和丰富的想象,用比拟的手法来描述自然界和人类社会中的各种现象,这种生动的比拟,往往使歌手的对唱内容更加丰富多彩。他们经常把故乡比做金色摇篮;把羊群比做草原上滚动的珍珠;把共产党比做融化雪峰的阳光,逐走黑暗的启明星;把勇敢的青年比做草原上的雄鹰等。对唱中的比拟手法，不仅可以考验歌手的聪明才智，也是衡量歌手生活经验的丰富，经多见广，对各种事物有深刻的了解，所用的比拟就会十分贴切、恰当；相反，则会漏洞百出，甚至不伦不类，使自己在对唱中陷于不利的境地。在对唱时，久经沙场的歌手，往往先发制人，一开始就把自己的形象说得高大，比做高入云霄的山峰，光华四射的圆月等，而把对手说得十分渺小，比做无足轻重的小鸟，随风摇曳的小草等，想从精神上压倒对方，使自己处于居高临下的地位。这也是歌手在对唱中采用的一种战略战术。

谜语诗：哈萨克族的谜语数量之多，内容之广泛，足以与其他兄弟民族并肩媲美，因此，有关日月星辰，山川河流，花草鸟兽及牧畜、庄稼的谜语，在哈萨克对唱中都占有一定分量。用谜语做对唱的内容，对歌手来说又是一种更大的考验。一方唱出谜语以后，对方不仅要准确地猜中，而且还必须果断地用诗的语言唱出来，没有过多的思考余地。这就要求歌手反应迅速，灵活机智，出口成章，做到对答如流。所以人们称谜语诗的对唱是歌手智慧和语言艺术的试金石。因为这种对唱有一定的启发趣味性，更能引人入胜。如：在伊犁地区的一次对唱中，一位女歌手唱出这样一首谜语诗：

我头顶上流着一条无边的大河。
河中有无数的航船驶过。
两个金色的天鹅在河中嬉戏，
无数珍珠在河中闪烁。

男歌手稍加思考，立即唱道：

头顶上那是蓝色的天空，
航船已化作空中的云朵。
金色的天鹅是太阳和月亮，
只有星星才在夜空中闪烁。

对唱中的一些谜语诗，被记录整理后保存下来，成为哈萨克族民间文学的组成部分。

英雄史诗：哈萨克族历史悠久，民间文学比较繁荣，在人们中间流传着数以百计的长篇英雄史诗，给哈萨克族文学史增添了夺目的光彩。有些史诗其篇幅之浩大，内容之深刻，在世界文学史上也是不多见的珍品。因此，歌手们都以能在对唱中引用史诗而自豪。一些著名的歌手都能背诵几首甚至十几首长篇史诗。他们掌握了其故事内容，学习了其生动的诗句，熟记住其英雄人物，在对唱时能信手拈来，运用自如，和对手进行一场比知识、赛智慧的较量。这种对唱感情激荡，心情振奋，伴着冬不拉琴声，能把听众带入奋力厮杀的古战场，历史上一幕幕壮丽的画卷仿佛又闪现在人们的眼前。它使大家不仅能欣赏到歌手们高超的技艺，而且能获得丰富的历史知识，受到深刻的传统教育。如在托里县举行的阿肯弹唱会上，两位著名的阿肯进行过一次这样的对唱。

别尔德汗（男）：
  从盘古我们生活在这广阔的沃土上，
  我们的民族有过神圣、尊贵的先王。
  加那别克、耶斯木汗、阿不拉依，
  在历史上都写下过光辉的篇章。

加玛丽汗（女）：
  阿不拉依的名字谁人不晓，
  提起他使人感到无比骄傲。
  卡班拜、加那别克、奎克谢地，
  人们为何赠给他们英雄称号？

接着两人又唱出了很多史诗中的英雄人物，使阿肯的历史知识和语言艺术得到充分发挥，使听众得到一次很好的艺术享受。

三、感悟强烈，爱憎分明

对唱作为一种传统的文艺形式和民间文学，从它产生的时候起，就带有深厚的阶级色彩以及阶级烙印，在一定程度上反映出社会阶级矛盾的发展、变化。哈萨克族对唱的这种阶级性，在新中国成立前表现得非常突出。千百年来，封建官吏、宗教上层和牧主，是压迫、剥削广大牧民的祸首。在经济上，他们巧取豪夺，抢掠牧民的牲畜、财产，雇工剥削牧民。在政治上，他们倚仗权势互相包庇，串通一气欺压广大牧民。在文化上，他们则千方百计用封建迷信思想和腐朽的宗教传统观念来麻痹人们的头脑，束缚人们的思想。因此，他们除了让自己的亲信出面参加对唱，替自己说话以外，还用重金收买一些丧失意志的阿肯，为他们唱赞歌，在对唱中为他们涂脂抹粉，维护牧主的利益，把一些欺压、奴役牧民的坏蛋吹捧成德高望重的善人。在这样的对唱中，阶级阵线分明，爱憎感情强烈。一方替官吏、牧主歌功颂德，而另一方则代表人民的利益，站在大众的立场上，与之进行针锋相对的斗争。随着对唱的深入，经过一番较量，正义战胜邪恶，真理战胜谎言。最后，被收买的阿肯理屈辞穷，牧主的丑恶嘴脸也会被揭露无遗。

　　如在新中国成立前，一位牧马青年阿肯，用自己的聪明才智和锋利的语言，狠狠地教训了百户长的儿媳妇。这个女人自诩为草原上"无敌的阿肯"，非常骄傲、猖狂。在对唱时，青年阿肯刚一坐下，她就先发制人，狂妄地唱道：

　　　　我是高山上挺拔的白杨，
　　　　浑身充满了无尽的力量；
　　　　坐在对面的是哪来的流浪汉，
　　　　看你衣衫褴褛也胆敢上场？

青年阿肯没有被她那狂妄的气焰压倒，立即给予迎头痛击：

　　　　真正的汉子是在破衣服里，
　　　　是雄鹰才能在天空任意翱翔；
　　　　山上的杨树看起来俊秀，
　　　　狂风一卷会把它连根拔光！

那女人一听，顿时气焰大减，一时无言对答。最后竟变换了一幅无耻的嘴脸，向青年阿肯求饶：

> 感谢胡大让我和你今天相遇,
> 你非常聪明又十分伶俐。
> 想与你结成朋友在这里玩耍,
> 望你能领受我这番真情实意。

但是青年阿肯没上她的圈套,反而给了她致命的一击:

> 你的"好心"我完全能够领受,
> 但我绝不会做敌人的朋友。
> 你若真能洗心革面,
> 就该立即闭上腥膻的血口!

那女人张口结舌,无言以对。青年阿肯狠狠地教训了她一顿,为乡亲们出了一口气。

新中国成立以后,对唱中的强烈爱憎感情,表现在歌手们满怀激情地对伟大的党、对社会主义祖国的赞美之中。广大贫苦牧民从被压迫、被奴役的长工,一下变成了国家的主人,主宰了自己的命运,他们压制不住强烈的思想感情,在对唱中唱出了一首首新时代的赞歌。

如前几年,在全国上下声讨"四人帮"的罪行时,哈萨克草原上的歌手们也用对唱做武器,狠狠地批判了"四人帮"的罪行,提高了广大牧民的思想觉悟。

四、语言的较量,智慧的竞争

哈萨克族对唱,大都是即兴演唱,当场作歌,所以每位歌手不仅要有丰富的想象力,渊博的知识,生动、活泼的语言,精湛的技艺,而且要熟知哈萨克族的历史和现状,了解草原牧民的生活和风俗习惯,见山能唱山,见水能唱水,做到出口成章。这样,才能在这个语言较量的战场上临阵不慌,充分发挥出自己的聪明才智,战胜对手。

除了在节日里或婚礼上,为了助兴举行的对唱不太注重胜负以外,在哈萨克对唱中,一般都要决出高低,唱出输赢。对唱的过程分三个部分:开始、高潮、结尾。对唱开始以后,内容逐步深入,歌手的技艺得到充分发挥,便形成对唱的高潮。经过一场激烈的语言较量,一方会取得优势，另一方则处于被动，使对唱一步步进入尾声。这种语言较量，有时因双方水平差距较大，唱上几段以后便能分出高低来。而有时则因为双方势均力敌，唱得难解难分，甚至一连唱上几天，还决不出胜负来。据说，新疆巩乃斯草原过去曾住着一位美丽无比的姑娘。赶着大群牲畜向姑娘求婚的人络绎不绝。但姑娘有一个条件，就是在对唱中谁能胜过她，她才肯嫁给谁。结果一连唱了一个多月，谁也没能战胜姑娘。最后从阿勒泰来了一位青年阿肯，与姑娘唱了三天三夜，终于战胜了姑娘，赢得了她的爱情。

在对唱中，一时语塞词穷，允许歌手思考斟酌，不能判为失败。但唱出的诗如果道理不通，逻辑混乱，判断错误，则会使歌手败下阵来。如前年在新疆乌鲁木齐市举行的第二次哈萨克族阿肯弹唱会上，两位十八九岁的姑娘战胜了两位小伙子。对唱一开始，两位小伙子以教训人的口气唱道：

> 调好了冬不拉琴弦。
> 我们来把政治漫谈。
> 因为生活中充满政治，
> 大家见面先不问候平安。
> 人们只能通名报姓，
> 要严格划清政治界限。

小伙子的诗一出口，两位聪明机智的姑娘马上发现了其中的漏洞，有理有据地进行了反驳：

> 阿肯可以自由演唱诗篇，
> 但不能对别人横加责难。
> 祝福问候是文明礼节，
> 千百年来我们民族中流传。
> 你们还不懂得政治的含义，
> 快回家去查一查字典！

两位小伙子听了姑娘的诗，自知考虑欠妥，马上改口进行解释。

但无论怎样解释，也没能改变在以后几段对唱中的被动地位。姑娘们则越唱越勇，节节进逼，使小伙子乱了阵脚。听众们一致肯定姑娘们的语言和技艺胜过了对方一筹。

目前，由于党的各项方针政策日益深入人心，哈萨克草原上也出现了欣欣向荣的大好形势。对唱在哈萨克草原上更加深入、广泛地开展起来，这一传统的艺术形式和民间文学又获得了新的生命，成为教育人民、维护祖国统一、加强民族团结的有力武器。哈萨克族的老阿肯焕发了青春，青年阿肯如雨后春笋茁壮成长起来。现在哈萨克草原上歌声不断，琴音不绝，牧民们生活在欢乐和幸福之中。

胡尔曼别克阿肯的阿依特斯生涯

乌拉赞拜

一

1985年7月乌鲁木齐市突然哄传着"胡尔曼别克来了"的消息。许多哈萨克青年在街头巷尾兴致勃勃地谈论着这条新闻。和他们走在一起的一位其他民族的青年问：

"是哪位胡尔曼别克？"

看来他可能认识好几位叫"胡尔曼别克"的哈萨克人。

一位常和他开玩笑的抢过话头，带着责怪的口气："如果是一般的胡尔曼别克，哈萨克人有必要这般兴致勃勃吗？当然是我们那位著名的胡尔曼别克阿肯来了！"

胡尔曼别克于1983年曾到过乌鲁木齐，那一次他是带着"肝癌"的恐惧前往的。经过几家大医院名医会诊，排除了那个可怕的疾病，诊断为肝囊包虫并由新疆医学院做了手术。最后他端着插进刀口的引流管和胶管另一头的瓶子回到了家乡。

两年后他又来了。为了探问他的病情并表示慰问，我于7月28日到了他所住的医院。

胡尔曼别克对新疆医学院上次的治疗不十分满意。这次是由他亲自选定住进新疆维吾尔自治区人民医院外科病房的。

我迈进门槛走进病房时，看见胡尔曼别克穿着大号病号服，赤脚穿着拖鞋。他坐在紧挨着病床的床头柜旁，看来是刚开始吃晚饭。

胡尔曼别克脸朝里坐着，没有发觉我进来。说不清是为了表示和他亲近呢，还是为了开玩笑，我像一只猫一样悄悄走到他身边，用双手手指在他左右腋窝捅了一下。

胡尔曼别克猛一抖动，回过头用闪烁的眼睛望了望我。接着向右转过去，蜷缩着身子，疼得讲不出话。

由于愧疚我不知该说什么好，只是呆呆地站在一旁。原来我正好捅在刚动过手术的伤口上。过了一会儿，他才缓过来，笑着吟道：

好兄长，不要捅你带伤的弟弟，
年年开刀只剩下瘦弱的躯体；
不知病魔为什么非纠缠我，
折磨了两年还舍不得离去。

他慢慢挪动着身子。我一边扶他坐到床上，一边向他表示歉意，责怪自己过于鲁莽，同时劝他不要因久病而感到忧伤。

我的话音刚落，他又接着吟道：

我深深理解人民对我的期望，
不曾为自己的身体感到忧伤；
因为已习惯考虑众人的事务，
不能不痛惜无端流逝的时光！

我非常了解胡尔曼别克在诗艺的竞赛中能应答如流，从容地过渡，能出其不意地回敬对手且稳操胜券。但像今天这样在突然相遇时用吟诗代替谈话，我却是第一次见到。他的思路的敏捷使我感到惊异。我心里反复琢磨：这种天才不是说有就会有的，也不是轻易可以遇到的。这时我心里又突然产生了一个新的念头：他的这种吟诵不知有过多少？他是否都保存着这些诗稿？我不禁问道：

"库列克，你这样随兴吟诵的诗该不少吧？是不是都留下了？"

我从他很平静的表情中看到他摇头，我很是可惜，喊到：

"没有……天哪……那些诗……"。

既感到他对这种即兴吟诵的诗不太留心，也感到这种诗的数量确实不少。

为什么有的人不太重视自己的成果和自己的优秀创作？有一位思想家曾讲过：圣人并不认为自己是神圣的；假如他认为自己是神圣的，那他是不会成为圣人的。

假如胡尔曼别克不厌其烦地记下自己的每一句话、每一首诗，认为自己所吟所写的诗句都有黄金般的分量，那他不会成为著名的、能在诗歌的海洋里畅游的多产的阿肯。

尽管他们自己不太重视，但从那些优秀阿肯即兴吟唱的诗中可以看到他们奇特的创作才能，看到一般人所不可能有的机敏；可以体会到他们诗歌中深刻的社会、人生及艺术思想。我们所说的口头文学的累累果实、精彩篇章也许都属于他们。

由于无意中捅他的腋窝引出的这两节诗，竟使我产生了这种想法：我应当把对面坐着的这位讲话和蔼、眼睛炯炯有神、性格豪爽、身材适中、肤色略显淡黄的阿肯在各种场合、各个时期即席吟诵的诗，尽可能地搜集齐全，写好当时的创作背景交给出版部门出版。

二

一个人如果遇到厄运是很难扭转的。胡尔曼别克的父亲宰腾哈孜是青河县有威望、有影响的领导干部之一，曾长期主持该县的财政工作。不知怎地，突然间被指控为"右派"、土匪的总后台，于1959年末被关进监狱。因精神上受到折磨，郁闷成疾，两个月后死在监狱里。胡尔曼别克当时已考上新疆大学文学系，正准备上路。因为父亲的"罪行"受到株连，被当成"反革命的孩子"，失去了上大学的机会。不久和服丧的母亲一同被赶出县城，下放劳动。

整整一冬天，新来的年轻"罪犯"被公社领导派到恰峡牧场去搬运木材，晚上住在叫做塔克尔喀任的地方。

唯一让胡尔曼别克感到宽慰的是，有许多阿肯，如夏合伴、斯拉木、奴尔塔扎等也在这里劳动。胡尔曼别克在专署所在地阿勒泰县读书时，经常在《伊犁青年》、《青河矿区》等报刊专栏上发表诗歌。胡尔曼别克对诗歌的爱好、言谈举止中所表现的憨厚与机敏，赢得了几位阿肯的赏识，很快被拉进他们这个诗人的圈子里。

无论劳动环境何等艰苦，青年阿肯们都不曾放弃吟诗、对唱、互相逗趣，他们会从生活本身去寻找乐趣。胡尔曼别克也不由自主地参加了他们的活动。那时候集体食堂被认为是人民公社的心脏。家庭小灶已见不到了，人们都在大灶里领饭吃。那些木材搬运工的饭食只有炒面。每到炒面吃完时便由莫衣特克老人到公社去代领。老人喜欢开玩笑，总爱用别人的部落称号代替他的名字。有一次在起身前问斯拉木：

"喂，乃曼①，有什么话要说吗？"

"没有，有什么可说的呢！"斯拉木回答得很干脆。

莫衣特克接着问胡尔曼别克：

"乃曼孩子，你呢？"

几位阿肯兄长爽快的言谈，使胡尔曼别克沉闷的心情多少感到轻松。而这位长者的亲切关怀，既使他感到荣幸，又觉得不好意思。他涨红着脸赶紧答应"没有！没有！"再没有说别的话。

莫衣特克转身向上边躺着的奴尔塔扎说：

"喂，萨尔巴斯②，你没有什么要说的吗？"

奴尔塔扎抬起头吟了一段诗：

> 白面袋里见不到白炒面，
> 缺了炒面只觉得浑身发软；
> 我们成天和树墩打交道。
> 我要说的就是"快送来炒面！

他吟着诗从褥子下面抽出不到两尺长的白面布袋交给了莫衣特克。

莫衣特克第三天返回工地，他把盛满了的一口袋炒面交给了奴尔塔扎。

奴尔塔扎的这袋炒面却引起了"口舌"——由斯拉木带头发难：

"奴尔塔扎的这袋炒面来路不明，因为现在无论谁家都不会有属于个人的粮食。人们都依靠集体食堂走共产主义道路，难道就奴尔塔扎一家走私有制的——资本主义的道路！让他自己讲。这分明是莫衣特

---

① 乃曼：哈萨克族部落名称。
② 萨尔巴斯：哈萨克族克热依部落的一个分支部落名称。

克听了奴尔塔扎吟唱的诗，从集体口粮中给他装了一袋面。应当把炒面拿出来给大家分着吃。"

这时莫衣特克站起来问斯拉木：

"喂，乃曼，你认为我会偷吗？如果你能料到我会用一首诗给他弄来炒面，你当时难道让奶疙瘩噎住了不成！"

斯拉木笑着："老大爷，您没有提醒我们要给吟诗的人带炒面来吧！"

"嗯，乃曼，还要我时常提醒不成！"说完他自己也笑了。

莫衣特克只好舒展皱着的眉头自己作出决定：

"你们用不着争！让萨尔巴斯和这位小乃曼对唱。如果萨尔巴斯赢了，炒面属于他自己；如果被这小乃曼挫败，炒面可以由众人分着享用！"

就这样奴尔塔扎和胡尔曼别克由黄昏一直唱到深夜。工地的负责人好不容易才让这两位对手休战，强迫兴奋的听众去睡觉。

早晨一起床他们又交锋了。

出工时间已经临近，可双方都不认输。这时莫衣特克老人又作出决定：

"喂，你们俩都给我停住！我看你们真发疯了。难道要为你们俩误一天工不成！我现在看着表，乃曼，你要在5分钟以内作一首诗谜，必须是别人不曾讲过的。萨尔巴斯，你要在15分钟内解答。在规定时间里，谁完不成，谁就要算输。"

胡尔曼别克屏住气环顾左右。他的眼睛向天棚瞥了瞥，突然向下一转盯着地面。这时听他平静地吟道：

> 两位巴图尔身子又高又壮，
> 不幸被几个人摔倒地上；
> 巴图尔的儿孙有四五十个，
> 直到今天还压着他的脊梁。

奴尔塔扎发慌了。他摸着头皮望着四周。

他们住的这间地窝子原是被洪水冲陷的一个深坑。这里曾有高高耸立的两棵松树。人们从挨近地面的部位把松树锯断，让它们横跨着深坑倒在地上，然后上面压了四五十根小松树做椽子，最后把两头堵严给他们自己盖了间地窝子。方才胡尔曼别克慌忙中一抬头看见了这两棵粗壮的松木大梁，立刻想到用它们作谜底。谜面上的"两位巴图尔身子又高又壮"，正是指两棵大梁，"不幸被几个人摔倒地上"是暗示大树被伐倒，"……儿孙有四五十人"是指上面的椽木。"直到今天"当然是说至今还躺在房顶上。

奴尔塔扎和其他所有人都不曾想到这里。刚过去 15 分钟，老人便朝奴尔塔扎说：

"好吧，我的萨尔巴斯，你自己说，输了吗？"

奴尔塔扎还不好意思认输，他免为其难地说：

"听听谜底再说！他可真快，让他自己解答吧！"

胡尔曼别克用闪光的眼睛看着顶棚上的两根圆木和压在圆木上的许多椽子，向人们揭示了自己的谜语。

这以前胡尔曼别克在这一带的阿吾勒（村落）就有点小小的名气。自从塔克尔喀任这次比试以后，人们已正式认可他是"阿肯"或"宰腾哈孜的阿肯"。他和奴尔塔扎阿肯对唱的消息传得更广了。

三

在"反革命的孩子"这个罪名无法摆脱的日子里，病魔又夺走了胡尔曼别克的母亲。冷酷的现实每天在割裂着他年轻的心。而这次，残酷的命运又给了他致命的一击。胡尔曼别克在这以后，是独自一人扛着破旧沉重的被褥随公社劳动队伍到处流动。

该怎么办？是随着家庭的沉沦而沉沦，像枯竭的泉水永远泯灭呢？还是要努力挣扎，把手伸向岸边，在生活中重新占有一个位置呢？可身上烙有黑色印记，即使伸出手谁又能拉一把呢！

胡尔曼别克想：自己有壮实的身体，按照祖辈的说法还需要"白头巾"（哈萨克语指小老婆之意），最后是"五六头奶牛"（意思是天天都有香浓的奶茶喝）。他经过再三考虑后决定，还是要不断进取。

当时正号召"发展副业生产，增加公社收入"。社员们为挖宝石在阿克确库一带凿了四处山洞，而且按照开工的先后命名为"第一阿克确库，第二……"。工地上尽是妙龄少女和壮实的青年。胡尔曼别克凭他正直爽朗的性格，凭他出口成章过人的才智，以及别有风趣使人感到亲切的诙谐，在他的同辈中慢慢地树起了威信。那时候所有的电影、舞蹈、戏剧已被当做毒草清除。不要说在农村牧区，就连城市里除了《沙家浜》以外再没有其他艺术可欣赏了。这时胡尔曼别克便成了没有银幕的电影、没有舞台的舞蹈和戏剧，调节着山洞里的生活。一旦胡尔曼别克离去，人们就感到寂寞；胡尔曼别克一出现，仿佛他们中间有一颗星星在闪耀，生活中会随之出现欢笑和乐趣。只有当"狠抓阶级斗争"，批斗"反革命的孩子"时，胡尔曼别克才显得孤立，可批斗刚一结束，他那些同龄好友立刻撕毁"阶级界限"，依然像一群马驹在一起蹦跳。

虽然生活在这种特殊环境和反常的人际关系里，胡尔曼别克并没有丢弃心中的"白头巾"，他的爱情火花已经飞向一位温情的姑娘。她似乎也喜欢他，尤其喜欢他的阿肯诗艺。胡尔曼别克感到她比周围所有的人更同情自己。每当他口若悬河即席吟诵时，她会静静地听着。仿佛是惊奇，又仿佛是认可。当积极分子批斗他时，她表现得非常消沉，而且往往叹着气离开会场。他俩最早接触时，她还大大方方在他前面唱歌呢！有时还主动地招呼："来，胡尔曼别克，咱们一同唱！"可是过了一段时间，当他们面对面走来时，她粉白的脸颊上会出现圆圆的两小朵红晕，这时她会迅速地闪开。偶然谈起话来，可以听见她的声音在轻轻颤动。胡尔曼别克心里想，"她喜欢我，不嫌弃我是'反革命分子'的儿子"。正是这种想法驱使胡尔曼别克热恋着那位姑娘。在他眼里，她是女性中最圣洁、最美丽的，是白色鹰隼、白色牝鹿，是风姿绰约的白天鹅，是不可比拟的最理想的情人。胡尔曼别克甚至想到更细微处，她只有母亲和两个兄弟，她也和我一样是孤儿。她母亲也是我母亲，她兄弟也是我兄弟。

有一天工间休息时，人们在一起唱起来了。几个青年先推出了那个姑娘，接着要胡尔曼别克跟着唱。胡尔曼别克听到姑娘的歌中有"亲爱的"一词，认为是在暗示自己，正在心潮起伏。一听到人们说"唱"，立刻用"卡拉卡特"（直译是一种野生果实，叫黑穗醋栗）曲调，传达了他云絮般轻柔的感情：

>阿克确库!① 我高飞是为了更接近你,
>我焦灼地等待揭开你的奥秘;
>听到你的颤音,知道你并不遥远,
>我初次听你呼唤着"我亲爱的!"
>巍峨的阿克确库哟!
>多少青年在仰望你!
>我的爱情是永恒的,
>其余的全凭你自己会意!

多数人没有理会胡尔曼别克第一次唱的这首歌里隐藏着他心底的秘密。只有少数几个知心朋友曾用工地的名称私下把妙龄少女称"第一阿克确库"、"第二阿克确库"……。也只有他们才知道,胡尔曼别克歌里的"阿克确库"是指方才那位唱歌的姑娘,因此禁不住露出笑意。而其他男女青年只认为胡尔曼别克在他的歌里唱到了"阿克确库"的高峰。

没有多久,这支歌已飞到远近的工地上,成了青年们喜爱的、经常唱的一支歌。

"阿克确库"的秘密终于被揭开了。

不料积极分子中提出了一种意见:不让穷人的姑娘嫁"反革命分子"的儿子。

有人甚至公开指责和严厉警告姑娘:不要忘了你的阶级出身,要考虑你的前途!

在"阿克确库"姑娘的感觉里,胡尔曼别克像一支欢畅的歌、一首轻松的曲调。只有他才是她的幸福、她的前途。他正在向她招手,这是任何人都不可比拟的亲切的生命。接着便是工间休息时断断续续地唱着"阿克确库"的胡尔曼别克出现在她眼前。

积极分子的刁难甚至影响了领导干部。然而在每次的诘难中"阿克确库"从不违背自己的心愿。在她的眼睛里,胡尔曼别克的诗艺和宏亮的歌声就可以代替所谓的彩礼和全部嫁妆。他们终于结成了眷属。

他们所谓的新房只有孤零零的四堵墙,新婚的装饰只有堆积在墙

---

① 阿克确库:山名,在新疆阿勒泰地区青河县。

角的两套被褥。

队里允许新婚夫妇在自己家里做几天饭吃，而且把口粮给了他们。可"阿克确库"发愁了："想擀面吃，没有案板也没有擀面杖！"等等。

姑娘的苦恼像没有毡垫的驮鞍嵌进胡尔曼别克的脊梁里。自己是"反革命的儿子"，即使告诉别人没有固定的住处，缺少床铺、面板等生活用品，谁又能听得进去呢！有的朋友可能心里会同情他们，可那些喜欢搬弄是非、专门和他们作对的、伪善的"喜鹊"却在暗地里监视。如果有谁稍微对他们表现得亲近，向他们伸出同情的手，明天就会和他们一起吃到苦头。该怎么办？等谁来帮助？胡尔曼别克也像俗话说的"女人望着丈夫，丈夫望着地面"，在自己的破窗口下陷入愁思。

纷繁复杂的念头像旋风般迅疾闪过。他最终清醒地认识到：只有自己心疼自己。自己的茅屋虽然别人看着破陋，却是自己温暖的窝，只有靠自己的双手去修补它。那短缺的食品箱、擀面杖、面板等也该由自己来做。所有能精雕细刻的名工巧匠都不是从外星来的，全都是和自己一样长着一个脑袋两只手的人。

自从下了这个决心，不多久胡尔曼别克便成了一名响当当的木匠。他房间里已经摆满了各种家具，在他门口，骑着马驮来木料又驮回各种木箱、小床、小柜的人整天川流不息。

时间在流逝。胡尔曼别克内弟的爱人生了第二个孩子。听到这个消息他连夜在昏暗的灯光下赶制了一架小摇床，第二天清早他就到队上请了假。一般说，"反革命分子"的儿子请假外出时，领导批准他步行去，他就应当步行；批准他骑马时，才可以骑马。这次领导给了胡尔曼别克一头大黑牛。胡尔曼别克骑上牛驮着摇床上路了。

胡尔曼别克正沿着小青河向上攀登，焦急地催动着座下的黑牛。他的想象在飞驰，宛如小青河水流在乱石间跳动的轻浪。可河水激荡着向前流去，而他座下的黑牛，无论怎样催动怎样鞭打，依然不慌不忙，用乏力的喘息声作出反应。

胡尔曼别克前面出现了一群人，她们正在切削路侧的一段峭壁。这是多尔根大队的大寨式妇女组。

她们发现前面骑牛的人正在傍山沿河攀登。等走近时全都认出了胡尔曼别克。这些在旷野上修路的人一见到阿肯就想开开心，哪怕是随便搭讪两句。其中一位比较机灵的出了个主意：

"我们就装做不认识，如果是认识的，他就不会唱了！"

正说着，胡尔曼别克已到跟前。她们突然横在路上挡住他的去路。方才的那一位从人群中走了出来，在工地晒黑的脸上堆着微笑。她挑逗道："说你是男人吧，你前面驮着摇床；说你是女人吧，头顶上翘着麻拉海①。你到底是什么人？不论你是谁先通报个姓名，可通报姓名必须用诗句吟唱！"

胡尔曼别克很理解，常年在戈壁上的这些妇女渴望听听阿肯吟唱。不唱呢，会使她们失望；唱呢，如果这些人中有那么一位明天又跳出来找麻烦该怎么办？胡尔曼别克想了想，随即打消了顾虑，决定亮开嗓门吟唱。就在人们互相吵嚷的刹那间，胡尔曼别克已想好了自己的诗句。他就骑在牛背上唱道：

> 我叫胡尔曼别克，我前面是摇床，
> 谁都理解这里是婴儿的梦乡。
> 因我内弟媳妇刚刚分娩，
> 产婆遂由我爱人充当……
> 听说这乌鹰没有个安适的窝，
> 我自告奋勇做了架摇床。
> 不知这摇床如何触犯了你们，
> 竟然盘问得如此周详？
> 这就是事情的全部过程，
> 想不到会在半路上受到阻挡。

这些妇女放声笑开了，笑声碰到河岸的峭壁又折回来在峡谷的上空回响着。

四

虽然集体食堂停办了，但奶畜还没有发给各户。这时胡尔曼别克

---

① 麻拉海：哈萨克族男士冬天戴的帽子，用狼皮、狐狸皮等材料手工制作。

已经是五个孩子的父亲了。青黄不接时孩子们的吵架声也多起来了，一见到父亲就紧紧地围着：

"爸爸，酸奶！我饿了，我要喝酸奶！"

这些闪动的小眼睛，哪里会理解他们的父亲被当做"反革命的儿子"在社会上受到歧视。更不会理解，连他们自己也被当做"反革命的后代"遭人白眼。胡尔曼别克眼睁睁地望着孩子们娇嫩的脸蛋儿显得苍白，眼睛周围已显得松驰。他再也无法抑制自己，直接跑去找到了会计。

会计是个懂道理的青年人，他解释过情况以后说：

"等收完羊绒毛后，给你四只母山羊。"

因为农活忙，胡尔曼别克没有抽出时间。等他赶到放牧山羊的阿吾勒时，羊群已向夏牧场转移，他走了三天好不容易才赶上。可给他指定的那群山羊已散发完了，总共只剩下两只母山羊。

胡尔曼别克赶着两只母山羊翻过山在草藤中穿行。仿佛是真主特意安排的——会计正迎面走来。

"为什么只要了两只山羊？"互相问候以后会计接着就问。

胡尔曼别克抹了抹前额的汗珠吟唱着作了回答：

> 好孩子，我曾请求你早些考虑，
> 你信手在我的报告上写了批语；
> 跑了三天好不容易得到两只母羊，
> 说实在的，这也要感谢真主，
> 我算是一个命好的人。
> 周围有你这样真挚的领导，
> 相信你嫂嫂会乐得心花怒放，
> 小孩子们今后不会再饿着叫苦，
> 你的帮助我铭记在心头。

这首即兴吟唱的诗深深感动了会计，他果断地对胡尔曼别克说："你跟我来！"

他们走到不远的一处羊群跟前。会计让牧工挑选了两只产奶量最高的母山羊当面交给了胡尔曼别克。

五

轮到了胡尔曼别克浇水的班次。他在望不到边的麦田里疏导着任意漫溢的水流。春水混着泥沙,迈一步都很困难。到了中午胡尔曼别克胃里空得难受,一阵阵呕酸水,可自己的家又离得很远。平时炯炯有神、溢着笑意的瞳孔已变得像沙漠上寒鸦的眼睛般暗淡。他多么想到附近的一户人家去恢复一下"元气"。他仿佛看到一位交往极深,彼此非常理解,又是自己"阿克确库"时代爱情生活的见证人向他招唤:"来吧,到这里来!"

胡尔曼别克扛着铁锹径直向朋友的家走去。在离朋友家不远的地方听到屋里吵嚷的声音。

胡尔曼别克知道这位朋友家里经常有摔盆摔碗的事发生。他曾多次为他们调解,开导他们要互相忍让。可他此刻又听到了这种吵嚷声。胡尔曼别克心里难过地自言自语:"哎,亲爱的,真是忘记了共同受过的苦难!让我用诗给你们驱驱邪!"他的歌喉和嘴唇已在隐隐颤动。

胡尔曼别克一进屋看见这位朋友正在打他爱人,孩子们吓得躲在门的一侧哭叫。胡尔曼别克既没有劝解正在扭打的夫妇,也没有理睬哭叫的孩子,却径直向墙上挂的冬不拉走去。他取下冬不拉,盘腿坐在上首正中,高声吟唱了下面这首诗:

> 想当初如胶似漆地不可分离,
> 全赖真主的恩赐结成了夫妻;
> 如今鬓角上已沾染霜雪,
> 为什么相互间如此厌弃?
> 人不应当像秃鹫那样馋贪,
> 喜新厌旧是因为忘记了过去;
> 但愿你们丢弃轻浮的恶习,
> 夫妻间相敬相爱才是正理。

胡尔曼别克的这一招儿简直像鹰隼扑向自己的猎获物。他的朋友惊呆了,深感自己犯了不可宽恕的错误。阿肯的诗仿佛在发问:你们所说的爱情呢？难道你们是秃鹫不成，在一处啄食时又想着另一处？

吉戈特把皮鞭扔到门外了。他苦笑着：

"请原谅，库列克，请原谅，我再不这样了！"说完猛地坐到胡尔曼别克身旁。接着又转过身用和解的语气向他爱人说："好了，我们都别吵了！你也别吵！"又接着说："给库列克烧茶吧！有引火、劈柴吗？"

假如这对夫妇事先就知道他们之间的纠葛、这种毫无意义的争吵经过胡尔曼别克吟诗和解后不再重犯。之后，这对夫妇为了答谢特地宰一只羊，请胡尔曼别克做客，而胡尔曼别克也吟诗为他们祝愿。

六

有一位和胡尔曼别克较为亲近的老师，他喜欢记录在自己出生和生长的故乡所发生的一切变化。

在寒冷的1964年冬天，青河县白钦山区的居民挖通了都尔本大河。这条河有一段约五公里长的河床是在悬崖的岩层中凿开的石槽。放水以后，河的两岸植满了各种各样的小树，不久这里就成了鸟类的繁殖地，山雀抢先在林木中搭起了窝。千百年来干旱缺水的光秃秃的戈壁，如今已变成粮食生产基地。此刻正在翻滚绿色的麦浪。

无论这位老师如何描述，几年来，写了改，改了再写，日记本上的诗文仍然不能使他自己满意。他知道，胡尔曼别克那只笔能使山水欢笑，使大地和森林轰鸣，使堆起的粮食闪闪发光。他坚信，只要胡尔曼别克动笔，他就会如愿以偿。

1976年6月的一个休息日，这位老师来到胡尔曼别克的家里，他兴致勃勃地说：

"走，带上冬不拉走！"

"做什么去？"

"你吟唱家乡的高山大河，我把它写在日记本里留给我们的后代。"

"您这是在说什么？"胡尔曼别克对老师的话多少感到惊讶。

"坐到河岸，眼睛望着河水，你会诗兴勃发，描绘得更逼真！"

学生拿着冬不拉和老师一同到了河边。胡尔曼别克从来不拒绝别人的请求，他当然会听从老师的盼咐。于是他们在自己挥着汗水开凿的河岸，在芳草泛绿、河水奔泻的五月加入了山中百鸟的合唱：

……
我凝望着奔腾的河水，
如实写出了人民的劳动：
这是一条盘山而过的大河，
谁能不惊叹这巨大的工程！
激流在河床里溅起浪花，
像诗情在阿肯心里翻滚。
青年人也许不理解这里的历史，
干旱的戈壁上不曾有一片绿荫；
我们的祖先做梦都不曾想到，
今天的河水竟能够翻山越岭。
如果没有科学和集体的力量，
挥舞几把欢土镘又有何用！
只有我们能喝令高山让路，
我们才是神话里的真正的英雄。
为了把家乡变成美丽的花园，
才引来河水除掉旱灾的祸根。
这是一个创造奇迹的时代，
不断奋进是新一代的作风。
既然时代在召唤人民进取，
人民会重新安排山河的阵容。
听听河床里流水的旋律，
正向阿肯传递着人民的心声。

记在老师日记本里的这首诗一经配曲，便成了人们集会和青年朋友相聚时合唱的歌。

以后常听人们夸奖："怎么样，我们的胡尔曼别克！"

这首歌颂人们劳动的诗将会和我们生长的土地，和悬崖上的河床永存，将会一代代传下去。即使我们的骨骼被风干，我们的精神也会像繁茂的芦苇一样泛着生命的绿色，永远生存在我们的后代人中间。

七

谢力亚孜书记特意派来的青年刚迈过胡尔曼别克的门槛,就用一只腿跪在一旁,鞭子还习惯地握在手里。他甚至没有完全按礼节问候就忙着:

"谢书记请你马上来一趟!"

来人匆忙的表现,引起胡尔曼别克的诧异。他礼节性地说:"吉戈特,请坐到上边吧,随便些!"

来人又重复了一遍。

"请你马上来!"再没有讲别的就急忙走出去了!

谢力亚孜是红旗公社的第一书记,不久前才从乌鲁木齐看病回来。近来逢人就说:北京召开了中央全会,祸国殃民的"四人帮"已被粉碎,现在要给从前的冤假错案平反。我们县上会给宰腾哈孜这样的领导干部平反。胡尔曼别克父亲的名字已经挂在人们嘴上了。

谢书记叫胡尔曼别克马上去,使他更多的想到上面的传闻。是不是谢书记在去乌鲁木齐的路上曾到专区和县上听到了更确切的消息?是不是要给自己讲这些?这种焦灼的期待使他自己也和方才来的青年一样显得不安。

胡尔曼别克匆忙赶到谢书记家里。可事情完全出乎他的预料。原来谢书记在乌鲁木齐动了手术,但病情已经恶化。医生只得缝合刀口告诉他:癌症已到晚期,最好是回到家里好好休息。

谢书记变得清瘦、苍白,背后垫得高高的半躺半坐着。他把汗水濡湿的手从被子中间伸向胡尔曼别克。

胡尔曼别克感到书记的手掌冰冷,心里有说不出的难受。

"兄弟,我已经到了这程度!"谢书记的手一直放在胡尔曼别克的掌心上。胡尔曼别克明显地感到书记心脏的跳动和他说话的声音一样软弱无力。

"亲爱的!"谢书记勉强地说:"我再不可能康复了,我唯一的儿子叫奥克塔布尔。我要留给他的话,就在心口,但已经没有力量讲出来。俗话说'巧匠的手属于众人,辩士的口才属于众人。'我叫你来,是为了在咽气以前,请你当面给孩子传达我做父亲的遗嘱。请别嫌麻烦,人生就是如此!"

极度悲怆的胡尔曼别克毫不犹豫地接受了这一重托。他仿佛自己就是即将谢世的父亲，一口气吟完了下面的长诗。

父亲的遗言，
是谆谆告诫，
是殷切的嘱咐；
是留给儿女的，
智慧的宝库。
生活是一所学校，
要刻苦去攻读。
一句智慧的箴言，
胜过一大笔财富。
人生虽然短暂，
只要辛勤地耕耘，
必然会有收获。
不断进取的人，
会登上科学的顶峰，
迎来光辉的前途。
不要在困难前面，
沮丧着退步。
不要无偿地索取，
利害要分辨清楚。
夜与昼的区别。
在日落与日出；
人与人的区别，
在做人的态度。
任何人的修养，
任何人的品德，
群众会看得清楚。
上面所讲的一切，
希望你永远记住。
听到妹妹的哭声，

赶快走过去爱抚；
要更多地关心母亲，
解除她心中的痛苦。
还要注意听取，
亲友的劝告和叮嘱。

奥克塔布尔低着头在记录，眼泪已浸透前襟。

八

胡尔曼别克仿佛预感到了什么，显得很高兴。果然，1979年春天组织上通知他：

"你父亲的问题已甄别，宰腾哈孜是真正的革命同志。你们所有的经济损失会得到赔偿，允许你们恢复城镇户口，你已被吸收到县文化馆当干部。"

没过多久，胡尔曼别克要去参加将在阿勒泰美丽的哈纳斯湖畔举行的伊犁哈萨克自治州阿肯对唱会。

从青河县出发的双色大轿车像蹿跳在山岗上的羚羊在草滩上奔腾。可这些心花怒放的善歌的阿肯却被一桩心事折磨着，仿佛一只苍蝇飞进轿车在他们耳边嗡叫了一路。司马古勒阿肯正住在他们将要经过的布尔津县医院里。

车里的人们互相议论着：难道疾病偏要折磨阿肯？他们决定：不能绕开阿肯老人家，要专门去探望和慰问他，要请他为我们祝福，绕开老人家不是我们的风尚。

但大家也不同意所有人都去打扰他，那样会使老人家感到烦躁。

最后一致表示：可以选一名代表，要选就选胡尔曼别克。让他表达我们的问候！

胡尔曼别克领着众人走进病房时司马古勒老人家正枕着双手仰面躺在床上。人们又看到了老阿肯一轮满月似的前额和湖水般柔美的银色长髯。

老阿肯一听到脚步声，立即睁开了眼睛。他抬起头，不停地用手掀动压在身上的棉被。

胡尔曼别克仿佛一位战士突然出现在久别的长官面前。他迅速地立正站定，吟诗表达问候：

山谷里吹来和煦的风，
雨后的原野郁郁葱葱。
您的儿女像辽阔的大自然，
胸怀宽广而又光洁透明。
他们的诗更加丰富多彩，
创作的激情正在喷涌；
全是腾空飞驰的骏马，
从不和驽马连辔并行。
您曾是名震诗坛的阿肯，
您的诗像炮弹飞向敌人阵营。
我们真诚地等待您的祝福，
学习您自然朴素的诗风。
您是明智的令人尊敬的阿肯，
曾用您的诗歌为人民立功。
您是从阿勒泰山起飞的鹰隼，
谁敢和您在长空竞争！
诗歌的精华都属于您，
您的儿女会延续您的歌声。
此刻正当百花盛开、百鸟争鸣，
我要做千里马不停地奔腾。
粉碎"四人帮"要归功于党，
是党给了我新的生命。
老人家，天上的乌云已散，
我特意向您表达众人的心声。
请原谅我的诗过于粗糙，
但愿得到你的指点和斧正。

老阿肯用颤动的手指轻轻抹了抹含着泪花的眼睛，接着张开浓眉下面的眼帘。他把已显得暗淡的慈祥的目光投向前面的青年阿肯表示谢意。他没有讲话，转身拿起枕头旁边棕褐色的冬不拉。琴弦已是调好的，老阿肯弹着琴亮开了歌喉：

  谢谢你们从远路来探望，
  此刻显然等待老阿肯吟唱，
  你们像我的脊椎和手臂，
  是我精神的支柱和希望。
  瞧前面浩淼的哈纳斯湖水，
  愿你们在党的领导下乘风破浪！
  青年时我就搅动过征途的风沙，
  到今天还想着重返沙场。
  我已度过八十二个春秋，
  一旦有天马跑来要接我归去，
  我弥留的时间能不能延长？！

  这时可以清楚地听到老人家的声音在颤抖。而青年阿肯眼眶里快要溢出的泪水，霎时间变成了飞溅的泪花。

  老阿肯轻轻咳了一声又高声吟唱道：

  当我在你们今天的年龄，
  曾挫败无数对阵的阿肯，
  每当青年男女集会的夜晚，
  往往要连夜对唱到天明。
  你们的问候给我带来了安慰，
  我心头的愁云被驱散尽净。
  我像串珠般连起了自己的诗句，
  也许这对你们有借鉴作用。
  如果需要可以随意选取，
  我会毫无保留地献给你们。
  这冬不拉琴就是我的祝福，
  祝愿你们获得更大的成功！

  此刻胡尔曼别克容光焕发，他向前跨进了一步接过了冬不拉。紧跟着把冬不拉横在胸前，向老人家深深地鞠了一躬，前额一直挨上了老阿肯伸展的膝盖，随后又慢慢站起来，把冬不拉双手递给他的同伴。

九

1981年夏天，阿勒泰专区第四次阿肯对唱会正在牧民聚集的两块夏牧场接壤处进行。

胡尔曼别克头上戴着民族式黑色塔合亚，穿着绿色带条纹的民族服装，上衣的前襟和裤腿绣着花边。皮肤显得淡黄，深褐色的眼睛在闪闪发光。他带着笑容毫无拘束地在人群中走动着。他的神采和风度，不禁使人想到布尔渐和当年的艾赛特。

对唱场址的横幅挂在两棵松树中间——这里是大小托尔盖特分界的绿色山梁。各地前来参加对唱的阿肯和群众，在比赛开始前要在这里会晤和交谈。正当聚集的人群翘首盼望时，胡尔曼别克作为第一只信鸽表达了群众的心声。

母亲，我酷爱诗歌的民族，
请接受您儿女的礼物；
这是您日夜思念的诗歌，
也是我们对您的祝福。
真理又重新主宰着草原，
那荒诞的年代已经结束……
吟诗抒怀是我们的传统，
这传统一直伴随着我们民族，
向后代传递这美好的传说，
是先辈责无旁贷的义务。
我们祖祖辈辈追求的理想，
在时代的光照中已成为现实。
人民的阿肯要唱出人民的心声，
优秀的阿肯会得到人民的重视。
来吧！阿勒泰的男女歌手们，
向时代献出我们最好的诗！

在那些凝望着歌台、静听胡尔曼别克吟唱的群众中，有的眼睛里滚动着晶莹的泪珠，有的已冒出泪花，有的在低声诉说：

"在群众前面他总是这样一马当先！"

"他确实是有血性的青年，一提起自己的民族就抑制不住他的感情！"

和胡尔曼别克对唱的阿肯一个接着一个，存心挫败他的阿肯们可遇到了难题，而真正热衷于创作的青年们却急不可待地算计着怎样才能和他单独会面、直接交谈。一到晚上，请他去做客的人家几乎都没有机会。在那些长辈、党政领导干部的毡房里，只要听说胡尔曼别克要去，等着听他吟唱的人会挤得水泄不通。

在早餐和比赛开始前有一段空闲时间。那些追求创作的青年抓住这个机会，簇拥着胡尔曼别克离开了专为客人架设的毡房群。他们围坐在绿色的草地上，争先恐后地说：

"叔叔，请讲讲你的阿肯生涯！怎样才算阿肯？我们怎样才能成为阿肯？"

胡尔曼别克眼睛里洋溢着笑意，他坐在锦缎似的草地上，在充满朝气的年轻人中间，接过冬不拉便唱开了。他似乎自己也按捺不住了：

……
我从小就喜欢吟唱。
它使我产生了远大的理想。
我把创作看成公民的荣誉。
当做我的追求和向往。
我不会放弃自己的职责，
辜负人民对我的期望。
诗的灵感这才回到我身边，
像走失后又返回的羚羊。
假如诗人身后不留下作品，
他只能像过往的驼队一样。
不声不响地活着毫无意义，
只有庸人才这样消磨时光。
阿肯必须坚持真理，

即使他面对着死亡。
可惜我流失的青年时代，
我不能自由自在地吟唱。
仇恨的火焰一直在我胸中燃烧，
遭到践踏时它会燃烧得更旺。
既然飞鸟都哀怨笼里的寂寞，
阿肯岂能放弃对自由的向往。
命运使我保住了舌头和喉咙，
今天还可以自由自在地吟唱。
唱吧，经历了寒冬的黄莺！
该珍惜这难得的美好时光。
如果把时代比做荡漾的大海，
阿肯要像海燕在波浪间鸣唱。
我宁愿听到人们的讥笑和责难，
如果不能像骏马驰骋在沙场。

正在这时，会议主持人在喇叭中的呼唤声振响了远近山谷，也驱散了他们的雅兴：

"请胡尔曼别克快到赛场去！对唱的人正在等着呢！"

青年们惋惜地："他只要一开头就收不住！"他们对胡尔曼别克叔叔的才气简直感到惊奇。

胡尔曼别克骑着东道主特意送来的马，走在许多骑马的乡亲中间。

在离他们不远的地方，特地来参加对唱会的群众围成了人墙。其中有一位长腮短须的在马背上高声向胡尔曼别克喊道：

"喂，吉戈特，请到这儿来！"

胡尔曼别克走近了他们。方才那一位说：

"我们祝你的诗艺获得更大的成就！听了你的对唱，大家都很满意。看来我听到你的名声是晚了些！你以前是做什么的？听人说，即兴吟唱要比对唱更难，你能不能给我们吟唱几句？"

旁边一位和他年龄相仿的显然感到他的话不太礼貌，于是低声反驳说："厥克，你这不是叫他过来受审吗！在半道上要别人吟唱合适吗？"

胡尔曼别克没有管他们如何争论。他用闪光的眼睛看了看那位邀请他的人，随即在马上吟道：

  我不至于像幼稚的孩子那样腼腆，
  我的不幸是出生过早而成熟太晚；
  三十五岁以前还不能自由行动，
  因为先天不足身体发育不全；
  虽然不曾瘫痪和终身残疾，
  左侧的瘸疾却使我受苦多年。
  二十五岁的激情还能不能复发，
  那时的冲劲像瓢泼大雨一般。
  如今正在越过四十的高峰，
  但愿找回那些虚度的时间。
  常言说"迟做总比不做好！"
  持之以恒就能使"水滴石穿"。
  但愿能得到人们的支持，
  我不会像驽马依赖皮鞭。

"真行！"听众中有好几个人同时喊道。

听到人们的喝彩，胡尔曼别克的嗓门更亮了：

  让我心中的诗歌，
  像青鸟般飞出心窝！
  愿它像细雨般不停地飘洒，
  不要让我生命的绿叶焦渴。
  但愿人们生活得更有价值，
  不要像蓬蒿的败絮随风飘泊；
  但愿我躺在大地的摇床时，
  依然有人朗诵我的诗歌！

  人们再一次向胡尔曼别克表示谢意。方才那位邀请他的人也说："祝你的诗艺不断提高，诗的源泉大概就在你这里。前一阵那场大雨以后，托尔盖特草原更显得绚丽多彩。你吟唱的诗也像那场雨一样，浇灌了我们心灵的原野。我已经从你的诗里找到了答案，听到了你的理想。我祝愿它早日实现！"

有一次几位年纪较大的长者和领导同志在餐桌旁议论起阿肯的创作。这时有人提问：我们究竟需要什么样的阿肯？什么样的诗歌？这个话题触动了胡尔曼别克的心思。他眯着眼一笑，弹着冬不拉唱道：

　　阿肯要唱出时代的最强音，
　　创作出纪念碑式的诗文；
　　要有咄咄逼人的雄辩的才能，
　　还要有高尚的情操和人品；
　　要在创作的道路上不断攀登，
　　更要担负起人民委托的重任；
　　切不要让伪善者混进阿肯队伍，
　　提防看风使舵窥伺方向的奸人！

十

在河水环绕的小岛举行的对唱会结束后，胡尔曼别克没有回到县里。他直接赶去参加了伊犁哈萨克自治州在恰布河夏牧场召集的第六届阿肯对唱会。这不径而走的喜讯迅速传播开来，使胡尔曼别克的乡亲们感到格外自豪。正如俗话说的"儿子骑马奔跑时父亲也坐不住"。正当乡亲们兴高采烈地谈论他时，胡尔曼别克带着州、专两级对唱中所获得的荣誉胜利地返回家乡。

群众互相议论着：在自治州的对唱会上，我们的胡尔曼别克曾连着和三位阿肯对阵，一位是塔城专区善辩的贾麻勒汗，另一位是昭苏县善歌的黄莺依泽特，还有一位是新源县被称做骏马的库兰。

还有一种赞誉的说法正沿着青河两岸传播着：在隆重的全州对唱会上，胡尔曼别克领奖时即席吟唱了这样的诗：

　　我光荣伟大奋发上进的民族，
　　我们祝愿你更加繁荣和昌盛！

请接受我内心深处诚挚的敬意,
不仅是诗,我甚至愿献出生命!

当他唱到"愿献出生命"时,在场的群众长时间用掌声向他表示谢意。

一个月后,青河县举行了全县第四次阿肯对唱会,这次胡尔曼别克几乎被捧上了天,这确实是胡尔曼别克所不曾料到的。他嘟嘟哝哝地:"让我们参加对唱,我们就参加了。这又有什么了不起!如果说获奖,荣誉该属于全县人民!"

群众当然不会答应他。他们指着主席台说:"盛会的序幕由你来揭开,序曲由你领唱!"

对于群众,胡尔曼别克从来没有什么想保留或舍不得奉献的节目。他自言自语地说:"既然从故乡的土地上吸取了纯净的养分,既然母亲的爱抚时时触动你的心弦,那就少说废话,胡尔曼别克!快用你的诗歌赞美繁荣富裕的家乡和培育你的人民。"就这样胡尔曼别克接受了这个繁重而光荣的任务。他刚走上主席台,就向台下热烈鼓掌的群众深深鞠了一躬。他胸膛里火一般燃烧的豪情壮语随着有节奏的旋律驾起了诗的风帆。

庆祝你,我的故乡和可爱的人民,
祝你盛大的节日和会议获得成功!
你是荣誉和财富的创造者,
保持着勇敢和一切美好的传统。
像你的儿女所吟唱的诗一样丰富多彩,
你的餐桌上显示着前所未有的丰盛。
巍峨的阿勒泰山、我的阿吾勒、诗的故乡,
学者阿合特曾为你赢得荣誉和名声。
巴彦姑娘插过树枝的别勒哈英岗
已被当做生死不渝的爱情的见证。
苏鲁拜创作的歌曲《优秀的海骝马》,
曾引得山欢水笑大森林静静地收听。
阿尔卡勒克曾在你清澈的急流中饮马,

捷特买克的芦笛曾使所有的山谷响动。
阔孜和巴彦姑娘千里迢迢来到这里,
看到你飞泻的急湍他们才逐渐清醒。
即使聪敏过人的萨曼和萨里哈姑娘,
宁愿辗转千里到你的绿荫下宿营。
看吧,草坪上的盛宴、山里的欢笑和歌声,
曾是他们的幻想,他们所追寻的梦境。
一对姊妹河在你的原野上日夜吟唱,
千万只夜莺用美妙的歌声迎接黎明。
诗和歌是今日盛会中最珍贵的礼物,
今日的盛会真正显示了诗歌民族的传统。
亲爱的故乡,但愿我创作的诗歌,
能收入由你编选的节日的诗丛!

十一

　　慢慢地,一种新的想法开始在胡尔曼别克心头搅动:只顾对唱,别的什么都不管,这样做行吗?不能像燎原的火一样去烧毁生活中的垃圾还算什么阿肯?

　　机会终于到了。1983年9月在沙尔布拉克草原举行的阿勒泰专区第五次对唱会上他终于唱出了长期以来郁结在心里的那些深沉的诗行:

当聚会的人们欢唱的时候,
阿肯们该带头作出示范;
不能只披着阿肯的外衣,
在群众面前闭口不言。
哈萨克人相聚时要尽情地欢乐,
因为聚会绝不是只为了会餐。
阿肯只有唱出清新的诗句,
才能得到群众一致的称赞。
无奈诗的灵感不容易捕捉,

诗神并不常跟在阿肯身边。
我从小就喜欢诗的创新，
不会用土布去充当锦缎。
土布和锦缎的价格不同，
两者的差别难道不很明显！
人的一生一定要有所作为，
难道活着仅仅是为了吃穿！
无论何人都要注意个人的声誉，
不要给自己的名声溅上污点。
不要到权贵家里去做奴仆，
如今还有谁听他人差遣？！
虽说今天的朋友不会背叛，
可有些做法使人感到不安。
只要见别人稍微超过自己，
就会嫉恨地攻击和刁难。
有的人分明看到你的长处，
偏要说成是应当割弃的缺点。
你诚心诚意地向他劝告，
他要你收回这些论点。
密集的马群里必然会有骏马，
可有谁能够精心去挑选！
我自从跨进创作的门槛，
不曾重复过陈旧的语言。
阿肯必须唱出精辟的诗句，
不能凭空洞的喊声赢得桂冠。
上进的青年诗人也要刻意求新，
只有优秀的作品经得住时间的考验。
是黄金就要让它熠熠闪光，
藏在箱底岂不等同于瓦片！
水不流动最终将会发臭，
无所事事是人生的苦难，
……

> 因为父老兄弟们要我献艺，
> 我不得不遵命即席表演。
> 谁能保证不会有人讥笑，
> 阿勒泰的高手竟如此这般！

虽然没有人像胡尔曼别克诗里说的那样讥笑阿勒泰的阿肯"如此这般"，但也散布了一些流言蜚语，如"胡尔曼别克唱的'不要到权贵家里去做奴仆'，是直接针对领导的，他怎么把自己抬得那么高！看来他的腰变粗了，又该他倒霉了；过不了几天会有一位领导同志给他些脸色看。到时候我们再看胡尔曼别克有多大能耐！"——仿佛他亲眼见到了这些。

胡尔曼别克对听到的这些没有在意。当另一次聚会时，那位仿佛"亲眼看到"的朋友正坐在胡尔曼别克对面，睁大眼睛直盯着他。这时胡尔曼别克唱道：

> 我是胡尔曼别克，不是布尔渐和艾赛特，
> 我要按时代的节奏愉快地生活，
> 我是人，因此要挺直腰杆，
> 活着就不能容忍污辱与恐吓。
> 对敌人我像严酷的风雪，
> 对朋友却愿献出所有的一切。
> 我不曾在弱者前炫耀过自己，
> 强者的淫威也不会使我胆怯。
> 对伪装的魑魅魍魉我寸步不让，
> 纵令我的生命受到严重的威胁。
> 我不为生计用诗歌去谄媚别人，
> 不像秃鹫离不开腐尸的诱惑。
> 是大自然赋予我这倔强的性格，
> 我崇尚勤奋，向往富裕和欢乐！

十二

对唱会收尾的时间已经接近了。"桂冠属谁"成了人们议论的话题。可答案也紧跟着来了——主席台上并排站着由胡尔曼别克带头的四位阿肯。四位都由中共阿勒泰地委和专署授予了"阿勒泰地区优秀阿肯"的光荣称号。这时胡尔曼别克激动地向周围的人——马鞍上的、牛背上的、站立的听众吟唱了下面的诗:

  我是高飞的小鸟不怕水流湍急,
  遇到诗的竞赛我从不回避。
  你是我的支柱,敬爱的人民,
  我要为你赢得更多的荣誉。
  我不是生活的累赘和渣滓,
  不曾惴惴不安地仰人鼻息。
  假如有一天我辜负了你的期望,
  敬爱的人民,不要把我当做你的儿女!

这些诗显然是从他欢跳的心中迸发的珍珠般的礼物。

青河县的湖畔夏牧场像它的名称一样迷人,何况正是芳草如茵的六月。几天以来阿肯的歌声、听众的笑声,像荡漾的湖水一浪接着一浪。胡尔曼别克在主持过"青河县第五届阿肯对唱会"正要登上汽车离开时,那些没有听够他吟唱的群众拦住了汽车:

"请再唱几句!"

被人民群众的盛情所感动的胡尔曼别克,蘸着自己的汗水和泪水重新振动想象的翅膀,为湖畔夏牧场还在继续召开的对唱会再一次奉献了他的歌声:

  是故乡赋予我大山的情怀,
  这次又蒙乡亲热忱的接待,
  我将带着乡亲的热吻离去,
  但愿能早日带喜讯回来!

乡亲们让我吟诗以壮行色，
我的心却无法和你们分开。
敬酒时都要和我一一干杯，
又一次次要我听东道主安排……
我不会忘记这火热的情谊，
不会忘记这充满欢乐的年代。
再见。
明天我们要更热情地拥抱，
拥抱幸福，拥抱光明灿烂的未来!

　　汽车开动了，渐渐远离送行的人群。阿肯们兴高采烈地唱着。人们挥动着手臂，跟在汽车后的目光仿佛无法剪断。随着汽车的飞驰，两处的距离越来越远。

十三

　　在乌鲁木齐动过手术后，胡尔曼别克回到自己家里。他眼睁睁地看着引流管里带血的胆汁断断续续地滴嗒。1984年7月伊犁哈萨克自治州为庆祝成立三十周年决定在尼勒克县唐巴勒夏牧场举行第七次阿肯对唱会，也邀请了胡尔曼别克。可肝脏上连着的引流管并没有拔掉，脓水还在不停地滴。医生嘱咐不要多走动，不要剧烈活动。
　　该怎么办？
　　胡尔曼别克仿佛一匹烈马听到密集紧促的蹄声抑制不住自己。他忽而躺在铺展的床上，忽而站起来；忽而走出病房，忽而又走进来。完全失去了睡眠。
　　像草原上奔驰不懈的骏马，一听到喊声就要抻断拴着的缰绳，使劲腾跳——胡尔曼别克终于用绷带缠紧刀口部位，决定冒一次风险。
　　从头一天开始，三个专区的阿肯像鸣唱着飞落在湖心的天鹅，已经集中在一起。突然听人群中喊道：
　　"胡尔曼别克来了！"
　　人们像迎风摆动的芦苇，从老远就唱着歌拥上去迎候他。看到同行朋友，胡尔曼别克也控制不住自己，他激动地唱道：

你们好，各地的朋友和阿肯！
你们的关怀我始终铭记在心；
因为动手术我长期辗转病榻，
此刻还有冷汗浸着我周身！

旁边一位年轻阿肯把夹在腋下的冬不拉琴递了过去。胡尔曼别克接过冬不拉，便以冬不拉为题吟道：

冬不拉，你常常引起我的思念，
因为有病我好久未抚弄你的银弦；
诗的信鸽常飞向我心灵的原野，
怀着对故乡和亲人的眷念！
我因为出血过多感到浑身乏力，
肝脏上还插着拇指般粗的胶管。
朋友们，我本想和你们一起吟唱。
怎奈我未完全康复只觉得气短。
久病的人总感到心中紊乱，
像空中的鸟被关进笼里一般。
病人的心情往往不容易理解，
只有经历相同的人会有同感。
我用力再大也无法抬高嗓门，
莫非这就是阿肯最大的忧患！？
我本该从远处就下马步行。
怎奈这刀口上还插着胶管。

众多阿肯围着胡尔曼别克，像天鹅和野鸭群穿过唐巴勒大海般辽阔的草原返回赛场。

胡尔曼别克这次没有参加对唱。不过对唱会结束前大会给塔城女阿肯贾麻勒汗、伊犁女阿肯布比玛丽和胡尔曼别克同时授予"伊犁哈萨克自治州优秀阿肯"的称号。胡尔曼别克用右手压住插着胶管的部位，即席吟唱道：

对唱的信息一再引发我的创作冲动,
我无法留在家里孤零零地呻吟,
我特意赶来庆祝这盛大的集会,
拖着引流的胶管不顾一身是病。
公民的荣誉对我无比神圣。
我坚信勤奋的人会登上理想的峰顶。
可爱的人民,是你精心培育了我,
我永远报答不完你的恩情!
我的理想是努力尽自己的职责,
你对我的支持使我变得更加坚定,
我从门槛的位置被扶到上座,
我要千百次感谢党和人民的恩情。

　　胡尔曼别克从对唱会回到家还不满一个月,将要在伊宁市举行的伊犁哈萨克自治州成立三十周年庆祝大会又邀请他去参加。这时的花园城市伊宁已被金秋的累累果实装点得婀娜多姿。虽然手术部位没有完全恢复,可面临这样大喜的大庆活动胡尔曼别克已顾不得这些了。庆祝大会的主席台架设得很高,诗歌神奇的翅膀托着胡尔曼别克飞上了这个高处。在色彩纷呈、拔地而起的高台上,胡尔曼别克凭借扩音器亮开了他的歌喉。他用强烈的节奏放唱的歌,仿佛是从伊犁、阿勒泰、塔城群山的峰顶展翅高飞的鹰,震荡着西北边陲的高空:

可爱的人民,我向你千百次致敬,
祝你喜庆的生辰又一次来临!
你的喜事一桩接着一桩,
使我们看到了时代的繁荣。
还不到一个月我被邀请两次,
这难道不是阿肯无上的光荣!
是人民无微不至地关怀着我,
我该为人民留下永存的歌声。
让我再次祝贺你,我们全州的中心,
祝你年年上进,永远繁荣昌盛!

我既然听到了前进的锣鼓声响，
绝不会原地踏步，要奋力攀登。
自治州的基础已如磐石般牢固，
阿肯要责无旁贷地唱出人民的心声。
像额尔齐斯河、额敏河、伊犁河的涟漪，
大会的主席台上正展示着可亲的笑容。
这儿是哈萨克民族诗和歌的盛大集会，
它向全世界炫耀着自己的诗歌传统。
但愿各地参加大会的优秀阿肯，
向三十周年大庆献出最好的作品！
我要从节日的气氛中摄取灵感，
让我的诗句像山泉般喷涌！
我要高举团结友谊的旗帜，
让它在碧蓝的天空迎风摆动！
人民的心如今都想到一处，
没有分歧和旧时的成见作梗；
大小节日一个连着一个，
举国上下到处一片欢腾。
今天的节日我盼了好久，
我是黎明前飞来的一只黄莺。
我要在祖国的高空不停地鸣唱，
要为祖国献出自己所有的才能。
歌唱祖国、歌唱人民是我的理想，
我要不停地唱到生命的最终！

十四

　　我这次到胡尔曼别克这里来是有所求的。中国民间文学研究会（简称"民研会"）年初就确定在乌鲁木齐召开"1985年度全国民间文学学术讨论会"。首都以及全国各省将要出席会议的著名学者们曾建议，为了研究工作的需要，会议期间亲眼看看新疆兄弟民族中维吾族的麦西莱甫、哈萨克族的阿肯对唱，以及蒙古族的《江格尔》、柯尔克孜的《玛纳斯》演唱。民研会新疆分会确定以胡尔曼别克和贾麻勒汗的对唱为哈萨克阿肯对唱的范例进行表演。我正是为了告诉他这个消息，并正式邀请他参加会议为目的来的。

胡尔曼别克听到邀请他的消息，立刻现出笑容，脸上细微的皱纹也随之消失了。我感觉到他时时都在想着参加对唱。这时他吟唱了下面这四句诗，仿佛为了急于作出回答：

  我要像桀骜不驯的鹰盘旋在高空，
  重新返回诗的赛场再次交锋；
  即使有十名高手轮番和我对阵，
  我也相信自己能战胜每一位。

当我看到插在胡尔曼别克肝脏的胶管，经过两年时间已粘在周围的皮肤上。流到胶管外面的胆汁因和空气接触已变成鳞状硬痂，肋骨上的皮肉严重受到感染。我知道，正是由于这些原因不久前为他做过第二次手术。我有点担心地问：

"你的情况怎么样？能否参加这次的会议？"

他支撑着说："不要紧，老兄，我说过，兔子的皮也可以坚持一年，就这一次不会有什么关系！"

可是当我们向医院提出时，主治医生却表示不同意，说：

"第一，住院病人和社会上的健康人互相来往不符合医院制度；第二，对唱时要高声喊，要来回走动。这些都会对手术的伤口不好"。

当我们再往上去找住院部主任医生时，胡尔曼别克像小孩子一样哀求着说：

"医生兄弟，会议已经确定了！这次对唱可能在全国产生影响。您想想，我如果不去，我们哈萨克民族就要失去这次良好的机会。我个人的损失无论多大，要和我们民族的荣誉相比又算得了什么！好兄弟，请您和主治医生商量商量批准我去吧！"

胡尔曼别克的执拗引得主任医生笑了，最后他终于同意了。

对唱时要穿的哈萨克民族服装已准备好。胡尔曼别克完全像一位艺术家，把塔合亚（哈萨克族男士的小圆顶帽）罩在头顶上走出住院部。显然是怕医生为自己担心，他挺直了身子加快了脚步，装做毫无痛感的样子。

（译自《遗产》1985年第3—4期；哈拜　译）

哈萨克族阿依特斯的音乐

王亮　古丽娜尔·强巴依娃

哈萨克民族音乐文化的历史久远，作为表现哈萨克族人民生活的民族音乐，以它鲜明的民族风格和地方特色，完全体现了哈萨克人民的思想感情和审美观念。这个在草原上土生土长的音乐中积淀了哈萨克族人民几个世纪的生活内容。众所周知，哈萨克民族音乐是哈萨克人民在长期社会实践中集体创造出来的一种广泛流传于民间、深受人民喜爱的文化娱乐形式之一。它在产生和发展阶段不断吸取其他文化养分的同时，充分体现了自己的社会文化功能。哈萨克民族音乐以自己独特的表现形式记载了本民族社会生活的每一个画面。因此，哈萨克民族音乐文化历来就不是静止的东西，而是以它本身特有的独特魅力不断展现出极强的生命力。其艺术形式千姿百态异彩纷呈，受到了其他民族音乐家们的普遍重视，并且引起了其他民族的惊奇和羡慕。

哈萨克族的音乐主要是民间音乐，民间音乐大多数是由民间歌手即兴编写创作的，少数是由一些音乐家专门创作的。一般每个曲调都有标题，具有独特的音乐效果。民歌的发展历史与哈萨克族整个历史有着密切的关系，民间艺人创造出来的"声乐"与"器乐"包含的题材不仅丰富多样，而且能够广泛流传、深入人心、人人都爱听爱唱。因为哈萨克民歌的形式短小而深刻、精炼而丰富、浅易而含蓄、感情浓烈而真诚、形象鲜明、耐人寻味。哈萨克民歌一方面为声乐创作奠定了基础，另一方面为哈萨克民歌民谣的发展同样起到了铺垫的作用。

哈萨克族吟诵的黑萨①、托勒哈乌②等都蕴含着哈萨克民歌的传统曲调。

一、哈萨克族阿依特斯音乐概述

在哈萨克族文化历史的长廊中，曾经出现耐人寻味的音乐创作者和歌曲创作者。他们通过自己的智慧和超凡脱俗的音乐天赋给人类留下了不可磨灭的贡献，走到哪儿唱到哪儿弹到哪儿。哈萨克民间流传的大多数歌曲和乐曲实际上都有创作者，但是，因为种种原因没有留下用文字记载的样本，一个个民间创作被人们传唱。哈萨克民间民歌有着自身的艺术特点和独特风格，从内容上可以分为以下几个种类：

1. 歌唱祖国、歌唱时代、歌唱新生活、歌唱故乡和讴歌四蓄、动物、鸟类的歌曲。

2. 歌颂爱情的歌曲，这一种歌曲在民间民歌当中占有相当一部分。

3. 哲理性和教化性很强的歌，主要题材来源于大自然和人类的生活。

4. 歌唱民俗习俗的歌曲，像阿乌加尔、瑟斯玛、别特阿夏尔（掀盖头之歌）、劳动之歌、葬礼之歌、摇篮歌和儿歌。

5. 谎歌，如：

  我骑着蚂蚁奔驰在荒野中，
  有幸在途中遇见了一个骆驼。
  追了三天好不容易把它活捉，
  费劲力气才把它放到蚂蚁背上。
  我自己骑在后面扶着骆驼，
  一路上唱着山歌回到村庄。
  蚂蚁没有察觉我做的一切，
  要是它动了肝火谁都无法解脱，
  它一瞬间就会吞没我和骆驼。

6. 故事歌曲，这种歌曲一般都是有专人创作专人演唱，演唱者的面部表情的变化、动作的转换很重要。

---

① 黑萨：是哈萨克民间口传文学载体之一，韵散综合体，民歌曲调，人人都可吟唱。
② 托勒哈乌：哈萨克族长诗的一种。

7. 生活之歌，这是以劳动和生活为题材的游戏歌，像《纳吾热孜歌》、《加热帕赞》① 等。

哈萨克族的阿依特斯素以资料丰富、内容深刻、艺术性强而占有重要地位。以讲唱为主的曲中的"黑萨"、"帖尔蔑"、"托勒傲"、"杰勒德尔篾"都属于哈萨克族传统的民间曲艺的精品遗产。

针对哈萨克族阿依特斯的音乐深入研究，我们即可发现它的节拍有自己独特表现力。在四行为一段的歌曲中头两段都用套语，后两行才是主题。哈萨克族阿依特斯有自己的副歌，有变化的部分，有重复的部分，通常起画龙点睛的作用。

在历史上哈萨克人信仰萨满教的时候，曾经在民间一度盛行宗教习俗歌，"巴克思"（民间说唱占卜的人）就是这个时代出现的。在宗教信仰比较浓郁的社会里，民间有许多讲究迷信的人们认为，人或牲畜所感染上疾病必须按照教理上所说的那样，通过装神扮鬼、呼风唤雨的形式祛除邪气、驱赶瘟疫才行。每当这时候人们就请教萨满教的巫师来吟哼巴克思歌，为患病的人或动物祛病。巴克思歌通常由信奉萨满教的巴克思们手持阔布孜或阿萨塔亚克（拐杖）来伴唱，其后这种从教习俗歌在民间开始盛行，逐渐演变成青年男女嬉戏和民间娱乐的歌曲。他们采用巴克思歌的曲调伴民间各种乐器可以即兴编撰诗歌，达到娱乐的效果。随着巴克斯逐渐退出历史的舞台，他们演唱的旋律保留至今的已经很少。

目前，真正适合成为阿依特斯阿肯们吟唱诗歌的音调莫过于哈萨克帖尔蔑歌。它可以使阿肯按照自己的即兴编创能力分段落唱，也可以使用连贯韵连续吟哼诗歌。倘若诗歌和音调能够相互合理的搭配，这对竞技的阿依特斯阿肯来说是决定胜负的关键。这不仅有利于阿肯们相互盘问对答，而且有利于阿肯们运用优美的旋律满足聆听者的要求，从另一种角度赢得观众的拥护。

二、新疆哈萨克族阿依特斯音乐的基本特点、形态

主要体现在节奏与节拍、曲式调式特征、旋律特征、音乐结构、

---

① 纳吾热孜歌、加热帕赞：纳吾热孜是很多突厥民族的传统节日，意为春节。每年的3月21～23日举办，均为集体举办。纳吾热孜即加热帕赞，就是节日期间，晚上男女青年聚会时对唱的祝福歌。

演唱特点、音乐风格六个方面。

第一、节奏与节拍

哈萨克阿依特斯曲调的节拍，以二拍子和三拍子最常见。然而整首曲调中节拍从头至尾不变的情况比较少见，多数情况是这种规律的节拍常被突破，成为不规则的混合节拍。这是因为曲调填词常见一字一音格式，它和歌词字节有关。旋律节拍随着词汇字节与音调结合的变化而改变。

哈萨克族阿依特斯的旋律中，以二拍子和三拍子最常见。然而整首曲调中节拍从头至尾不变的情况比较少见，多数情况是这种规律的节拍常被突破，成为不规则的混合节拍。这是因为曲调填词常见一字一音格式，它和歌词字节有关。旋律节拍随着词汇字节与音调结合的变化而改变拍号。演唱中节奏多以前短后长为主要特征。节拍多以2/4、3/4、4/4拍子为主，也有2/4、3/4等不同的混合拍子的组合，例如：《温柔》是由2/4、3/4、4/4拍子混合而成的，而《我怀念的弯眉毛》是由4/4拍子和6/4拍子组成的。还常见到，旋律在五声调式基础上加入Ⅱ级和Ⅵ级音的，具有小调性质的七声调式。20世纪伊犁地区很有影响的阿肯——阿帕柯·马依塔班创作并使用的曲目《阔可沃曾》（蓝色的河）具有这类调式的典型特点：（巴格达提·叶斯特买斯记谱）

这段旋律有五个乐句，主歌四句词，用前两个乐句演唱，副歌四句词用后三个乐句唱。第一乐句还没有完，第一句词已唱完，第二句词从第一句最后一小节开始，副歌最后一句词也是从前一乐句最后一小节开始的，这种类型可称为"歌词前移"。

散拍子和混合拍子改变了强弱的规律，使得旋律的节拍重音多变，显现了草原音乐文化的特点，给人以耳目一新之感。民歌中的衬词别具一格，有时可以发展成为一个乐段的规模，富有浓郁的哈萨克族音乐特色。

第二、调式特征

哈萨克民族民间音乐主要以五声音阶为基础构成各种调式，但同时也存在着与欧洲大小调体系相融合的特征。

由于哈萨克族生活在欧亚腹地的广大地区，因而受到东西方音乐文化的影响，旋律形态既有欧洲大小调音乐的特征，又有东方五声音乐的特点。调式以 do 调式、la 调式为主，以 so 调式、re 调式、mi 调式次之。七声音乐融入五声的旋法又有别于欧洲的大小调体系的音乐风格。旋律中的降七度常与还原七度音混合于曲中，具有古朴的"燕乐"音乐风格。众所周知，哈萨克的先人乌孙最早居于敦煌、祁连山一带，很可能是受到当地西凉乐和龟兹乐的影响而形成的，但是对此还需作深入的研究。音乐旋律进行中还有降 si 的特征音出现，对形成独特的风格，起着重要作用。在民歌中也经常采用特殊的七声音阶调式，它是在五声宫调式基础上加入降 si 和 si 构成的。在一首民歌中五声音阶、七声音阶并存，时有出现。

例如：活跃在哈萨克草原阿依特斯活动中的中玉兹（部落名称），可载依部落的著名阿肯唐加勒克（1904 年出生于伊犁地区新源县）所使用的《阿盖阔克》旋律，就是典型的五声调式。（巴格达提·叶斯特买斯记谱）

以下旋律是以大调色彩音级 I 级音为主音的五声调式，音调具有杰特苏风格（七河流域风格）的旋法特征。I、II、III、V、VI 音级上构成旋律。八三拍，词曲混合运用一字一音式和一字多音式，单乐段曲式，具有前短后长的切分节奏特点。

第三、旋律特征

哈萨克族阿依特斯其旋律多以扩展、模进和重复变化等手法发展变化，也常有跳进。有时有调式交替和转调。旋律常有呼唤性曲首，曲首的音调常为四五度的跳进音程构成；曲首的音调即可成为歌曲的核心音调。旋律优美舒畅，粗犷豪放。富蕴县阿肯木拉力·铁木尔汗使用的《依嘎盖》旋律也有上述特征。

《依嘎盖》的旋律，在大调色彩五声调式基础上，加入Ⅳ级音。由不可分动机、乐节的三个小节构成主题。根据阿肯在对唱中连续增加内容的情况，重复主题若干次，每次都停留在Ⅴ级音上，形成半终止。

最后乐，口J是结束句，是加入副词后形成的补充终止。旋律简便流畅，混合节拍，词曲结合为一字一音式，结束句有概括特征。

2010年3月本课题小组成员在对新疆伊犁师范学院奎屯校区的阿依特斯艺术班进行调查时发现，阿帕柯创作的《阔可沃曾》（蓝色的河，是冬不拉曲）旋律与伊犁地区伊宁县阿依特斯中广泛流传的民歌《胡木可西乌》①（冬不拉曲）在旋律构成上有相似之处。

这首歌曲旋律同《阔可沃曾》有相似之处。如停留的长音（前者小调的Ⅰ级上，后者大调色彩的Ⅵ级上有长音）、四度跳进、副歌部分曲调的构成风格等都是这两种旋律的主要特征。但前者是自然小调、二拍子，后者是大调性六声调式、主音是Ⅴ级音、混合节拍。从这两首旋律中，我们不难判断伊犁的克载部落阿依特斯音调中常用这类旋律，也形成了特定的地域特征。

第四，音乐结构

音乐结构比较自由，多有非方整性特点。乐段常为不等长乐句构成，单乐段基础上加副歌是较典型的结构方式，副歌往往就是主部的扩展和变化重复（或完全重复）。复乐段多为单乐段扩充发展而来，此

---

① 演唱者：叶斯波里森·阿汉，男，克载部落，来自伊宁县哈斯乡西巴尔图别克村。

外阿依特斯音乐结构中还有一个重要的特点，即：曲首长音呼唤。

曲首在哈萨克民间音乐中占很重要的地位，由于单词重音的后置，曲首多采用抑扬格（调式偏高），由相距四度或五度的两个音构成，往往经过加花、扩展等手法，形成首部。在曲首的部分有属音到主音上行四度的"呼唤音型"，音调古朴悠远，贯穿在旋律之中。这种古朴悠远的呼唤音调形成的原因有两种，

1. 源自生活。哈萨克人在草原的居住是分散性的，人与人之间总是在远距离的"呼唤"后，见面寒暄。

2. 来自生产方式。在驱赶牲畜和寻找丢失的牲畜时发出的呼唤声。在分析的过程中还发现这种四度"呼唤音型"有以下三种不同的类型：（1）上行四度"呼唤音型"。（2）下行四度"呼唤音型"。如《揭面纱歌》的曲头部分，c—g构成下行四度"呼唤音型"，旋律通过"u"字形进行，由g—c回到了上行四度"呼唤音型"，形成了民歌中的"呼"与"应"的关系。这一音乐形态的特征普遍存在于哈萨克阿依特斯的演唱之中，如下例两段大家都熟悉的旋律：

乐句最后的长音，在大调中一般出现在第一乐节与第二乐节或第一乐句与第二乐句之间和半终止处，主要停留在Ⅵ级音上。有时Ⅴ、Ⅲ、Ⅱ级音上也有长音停留。小调中主要停留在主音Ⅰ级音上，还停留在Ⅲ、Ⅳ级音上。无论大调色彩或小调色彩，长音停留在于同一个音高上，说明大小调同等音高在哈萨克民间音乐中起着便于大小调色彩的交替使用、便于乐曲发展、便于使曲调推向高潮、便于阿肯下一句诗词如何编排的思考等重要作用。（3）"呼唤音型"是处在两个乐节、乐句或乐段之间，形成了一种连接功能。这是来自草原生活古朴悠远的呼唤音形。以上谱例中的5—i上行四度"呼唤音型"，处在曲调的中间部位，起到一种乐句连接的功能，主要作用有以下两点

a. 在曲首音调之前添加材料，使曲调冠音出现得不至于突然。

b. 在真正的曲首出现之前，先在较低的音区出现一次曲首音调或其变化的形式，为曲首的出现做准备。

第五、哈萨克语发音与演唱特点

哈萨克族民歌的演唱方法和西洋美声唱法有相似的地方，有人误认为哈萨克族民歌的演唱方法采用的是美声唱法，实质上那本身就是哈萨克族演唱本民族歌曲固有的方法。关键问题是哈萨克语言发音位置偏高，共鸣位置也高，因此它的发声特点和"美声唱法"有相似之处，而且哈萨克民歌中女声部带花腔的歌曲也非常之多，故有人误认为哈萨克族歌唱方法与美声唱法完全一样。但哈萨克族本民族的唱法虽与美声唱法有近似之处，但其自身仍有其特点。如哈萨克族男高音歌唱家哈米提的演唱就充分说明了这一问题。比较而言，维吾尔族语言发音位置偏低，这也就表现出许多维吾尔族民间歌手大都以天然的嗓音来演唱本民族的歌曲。如五六十年代就蜚声国内外乐坛的帕夏依夏，她的演唱充分发挥了本人嗓音的特点，以本民族语言的音乐形成了自己独特的风格，她的音域也是较宽的，我们应将这一现象加以研究。当然也有六十年代送往上海音乐学院学习的热比亚，她运用美声唱法的混声方法，并结合本民族的语言待点，演唱维吾尔族创作歌曲，也深受新疆各族人民的喜爱。通过上述例举，充分说明语言和本民族歌曲的演唱是密切相关的。

其实哈萨克族人在运用语音和谐规律，追求干净、明亮、柔和的声音的同时，已在不知不觉中运用喉头向下挡气咬字获得了咽喉腔共鸣的发声技巧。这种发声技巧和哈萨克民族长期生活在清新、广阔的大草原，独特的生活、生产方式，所形成哈萨克语本族语词或介入时间比较久的借词中，词根本身的元音或部分辅音之间，或词根与附加成分的元音或部分辅音之间，都存在一种特殊的相互协调、制约和搭配的规律，这种规律我们称之为语音和谐规律。

1. 元音和谐规律

（1）部位和谐是哈萨克语元音和谐的基础。在本族语词和历史比较久远的借词中，舌位前后不同的两组元音，绝对不能同时出现在一个词根、词干与附加成分中。词根中，第一个音节的元音如果是前元音，后续音节中的元音也必须是前元音；词尾中，第一个音节的元音如果是后元音，后续音节中的元音也必须是后元音。根据这一规律在阿依特斯演唱当中至关重要，因为后缀词语关系到其诗词押韵与否。

（2）唇状和谐是在部位和谐的基础上实现的，只表现在口语中。当词根中首音节的元音是圆唇元音 o、O、u、y 时，后续音节中的元音会有许多音变情况：

第二个音节的窄元音 a、i 和宽元音 e，在口语中发作 u、y 和 a；第三个音节的窄元音 O、i 和宽元音 e，在口语中只有圆唇化的表现；第四个音节以及以后诸音节中的窄元音 ɜ、i 和宽元音 e，在口语中不受唇状和谐规律的制约，和文字上完全一样。当词根中首音节的元音为圆唇的后元音 o、u 时，后续音节中如出现宽元音 a 时，a 也不受唇状和谐规律的制约。

2. 辅音和谐规律

辅音 k、g 与 q、h 是相互对立、排斥的两组，不能同时出现在同一个词中，如 qazaq（"哈萨克"），kek（"仇恨"）等。

哈萨克语独特的语音和谐规律，要求哈萨克语词必须保持较统一的舌位，口的开合大小及唇部圆敛程度也相对统一。使得所有的元音发音很明确地都在喉咽部，辅音的发音也极易保持在后面元音的状态上。当然声音也能保持在相对统一和高的位置，有很明显的咽喉腔共鸣，而且声音格外响亮、清晰、浑厚、圆润、干净而柔和。另外，哈萨克语的重音一般都在词的最后一个音节上。当词干之后缀附加成分时，重音后移，也在最后一个音节上。使得哈萨克族口语抑扬顿挫，生动有趣，极富于表现力。从以上我们可以看到，哈萨克语语音和谐严整，表现为前后元音的和谐和前后元音和谐加圆唇元音和谐两个方面。哈萨克语语音独特的发音优势，使声音较容易保持在相对稳定的状态上，易于上口，轻重、高低运用自如，且声音流畅。

第六、音乐风格

下面是我国哈萨克的著名阿肯、老前辈阿依特斯阿肯胡尔曼别克·再腾哈孜和加玛丽汗·哈拉巴特尔的演唱时惯用的曲调。胡尔曼别克在采访中这样说："我从 1977 年至 1981 年以来一直都引用哈萨克民歌《阿吾勒瑟能尔格勒》的曲调进行对唱。这首歌的特点一开始演唱时就有一气呵成的感觉，每一个诗行为 11 个音节，到后面慢慢演变成 7 个音节的副歌，可重复演唱歌词。对初学者很有利，便于争执、应对。"比如：

> 我从阿勒泰山的东南来，
> 有幸受到你们热情的款待。
> 我此刻的心情像是乌伦古湖，
> 无法掩饰心中的激动和澎湃。
> 赛里木湖啊你也毫不逊色，
> 感谢你向我敞开的宽阔胸怀。
> 你恩赐的灵感让我突发激情，
> 我把诚意将用诗歌向你回敬。

在取样的过程中我们又得知胡尔曼别克从1981年之后，开始用阿依特斯艺人司马胡力的演唱曲调和其他阿肯进行对唱。他告诉我们这种曲调的特点主要表现在以下几个方面：一是它比较适合大型的阿依特斯集会，和应征的对手交锋中如果能够轻松自如地引用司马胡力的曲调，对表达情感、应付对方的设问、采用通俗易懂的诗歌语言都有一定的辅助作用。也可以以十段或更多的歌词段落唱出内心的一切想法。阿肯胡尔曼别克很谦虚地说："到了人们比较能认可我的时候，我开始琢磨自己能否创造属于个人并符合自己演唱风格的曲调，在很多次阿依特斯大会上也大胆的尝试过自己编创的曲调，现在观众也已经熟悉了我的演唱曲调，而且很多年轻的阿肯当中也开始传唱。虽然不是那么婉转动听，但是它适合我的演唱风格，至于晚辈们为何模仿，我自己也不太清楚，也许他们自己有明确的说服力。然而，我还是主张每个阿肯应该有属于自己的阿依特斯曲调，哈萨克民歌民谣这个雄厚的宝藏给予我们的东西很多，每一个人都应该去挖掘、探究，从中获取力量才好。"

加玛丽汗·哈拉巴特尔是深受广大人民喜爱的优秀女阿肯，她为中国哈萨克阿依特斯文化事业的发展壮大立下了不可磨灭的功劳。在研究阿依特斯曲调的过程中，为了取样分析，我们和加玛丽汗·哈拉巴特尔也进行了几次交谈。了解到她早期对阿依特斯演唱曲调问题不是很关注，只是一味的关心怎么去即兴编撰诗歌。只是模仿小时候经常听惯了的母亲哼诵的几首哈萨克民歌的调去演唱。后来自己也逐渐重视起阿依特斯艺术的音乐方面，选择了几个适合自己演唱风格的哈萨克民歌旋律，如《叶卡吾吉》（哈萨克族民歌）、《毛斯木江》（哈萨克族民歌）等歌曲的旋律片段，尤其对哈萨克民歌《波孜巴拉》（一个孩子）（哈萨克族民歌）的旋律引用的时间较长，这些歌曲欢快悠扬，又很适合现场即兴编创诗歌。音乐所起的决定作用很大，它是一个阿肯思辨思想能否有效提升的一个尺度、不能忽视的关键。

按理说每一个阿依特斯阿肯都应该有自己独特的演唱曲调，而且他们运用的曲调应该和他们即兴创作诗歌，弹拉乐器的节奏和音节、音调是密不可分的。但是，目前阿依特斯阿肯们没有能够做到这一点，在做本课题研究中，我们针对问题的关键做了一些统计，经统计发现很多阿肯在曲调的运用上基本上充当了模仿秀的角色，他们普遍认为这种模仿的现象有两种可能性，一种是绝大多数青年阿肯倾向于模仿民间一些有名望的前辈所使用的曲调，他们认为这样模仿一是为了表达自己是他最忠实的粉丝（崇拜者），二是从心理上获取他们的灵感，借助他们的精神去完成自己的使命。第二种是为了赢得观众的兴趣，已经成为演唱的习惯性的引用曲调，根本没有仔细想过创作自己的曲调。可见，研究哈萨克阿依特斯阿肯的曲调，促进阿依特斯曲和词的不同规律的发展，还需要阿依特斯阿肯们提高本身的文化素质。

哈萨克阿依特斯艺术的曲调的产生和发展和以上我们所探讨的各种民谣的旋律以及演唱方式有直接的联系。到目前为止许多阿肯所惯用的阿依特斯曲调虽然没有完全把它们统计起来，进行一一分类。但是，我们在研究中发现了一些规律，为阿肯们对唱时能自如的运用来源于哈萨克民间民歌民谣的旋律提供理论依据和帮助，使他们根据韵文的押韵及诗行的规律选择其中的一段旋律时能有规律可循，以更好地表现这一艺术的独特魅力。

请参照下列谱例，进一步了解库尔曼别克与加玛尔汗的精彩阿依特斯片段。

谱例：

库尔曼别克与加玛尔汗的对唱①

1=E
♩=144

奥丽娅 记谱
库尔曼别克 加玛尔汗 演唱

（乐谱略）

（库尔曼别克）首先让我 向听众问好，如果允许 我会 不停地弹 唱。我的对手 你来到这里 想献什么歌！你应明白 自己 肩上的 重任。

（加玛尔汗）喜笑 颜开 重逢 在（啊 哎） 重逢 在 州庆，让我们 来撑起 毡房的 顶圈，再立好 毡房的 曲 椽，盛 大的 庆祝 已到高 潮。

---

① 叶扎克夫：《哈萨克民间音乐史》，阿拉木图，哈萨克斯坦《科学》出版社，1987年。

浅析哈萨克族阿依特斯阿肯

阿依古丽·夏米夏

哈萨克族阿肯有阿依特斯阿肯、民间阿肯、书面阿肯之分。我们通过研究阿依特斯阿肯的特性，了解阿肯阿依特斯的规律，我们才会懂得如何更好地保护和发展阿肯阿依特斯。目前，阿依特斯阿肯通常是经过民间筛选，被官方组织认可，具有代表乡、县、地区参加阿依特斯的阿肯。

哈萨克族是逐水而居的马背民族，时代生活在青山绿水的怀抱里，过着无忧无虑的悠闲生活，在充分享受大自然的慷慨而逐渐形成宽厚、朴实、豁达的个性。在辽阔的草原上从事畜牧业的牧民条件是分散的居住环境，由于这种距离感更加激发哈萨克族好客习性。每逢佳节、喜丧婚嫁时，人们聚在一起，举行各种各样的活动，期间阿依特斯是人们喜爱的活动内容之一。因此说哈萨克族热爱美丽大自然的千姿百态，酷爱诗歌的习惯，爱好文艺的个性，喜欢歌唱生活的情感，是滋生阿依特斯阿肯的肥沃土壤。哈萨克民族的语言婉转动听、易押韵、易成诗歌的特点是培育阿依特斯阿肯源远流长的源泉。哈萨克民族特有的热情、豪爽的个性，淳朴好客的传统风俗是造就阿依特斯阿肯成长的舞台，诸多的哈萨克民族特有文化是养育一代又一代阿依特斯阿肯茁壮成长的摇篮。

一、阿依特斯阿肯具备多种对唱功能是基本条件

通常哈萨克族阿依特斯的题材既源于阿肯对于实际生活中的点滴，又来自阿肯阿依特斯对于人生情感的各种领悟，如欢乐和痛苦、顺境

和逆流的感悟。阿依特斯以富于的生命气息熔融到人民的生活当中，阿肯们借助阿依特斯形式唱出人们的心声。通常阿肯们依托冬不拉抑扬顿挫的旋律，出其不意的向挑战对唱的阿肯提出各种尖锐的问题，激发对方阿肯的灵感。从心灵上的刺激，到语言的交流，碰撞出不同的感触，唤起阿肯的阿依特斯激情，阿肯们由此对唱出人们的喜、怒、哀、乐。

思想境界崇高的阿依特斯阿肯的诗歌会唤起人们热爱生活的激情，鼓励人们前进的方向，鞭策人们奋斗的决心，激起人们明辨是非的欲望。阿肯在阿依特斯中表现出渊博的知识、高尚的情操、流畅的对唱、优美的诗歌和婉转动听的旋律，以及阿依特斯阿肯面对对唱者的种种提问和责难表现出的沉着冷静、临阵不乱的能力和功能，是人们追捧阿依特斯阿肯的实质。

1. 阿依特斯阿肯具有一种诗人的天赋

根据我调查了解，阿依特斯阿肯有着与常人不同的品性和才智，阿肯通常都出生在阿肯世家，而且从小喜好阿依特斯，对于阿依特斯有一种天生的悟性。本人认为阿肯的阿依特斯遗传基因起到了决定性的作用。其次，是在成长环境中耳闻目染浓郁的阿依特斯文化，从小就观看和参加无数次的阿依特斯活动，环境育人因素是起到辅助性的作用。比如，阿勒泰地区青河县的著名阿肯库尔曼别克·再屯哈孜和伊犁州察布查尔县的著名阿肯布比玛丽·贾合拜，塔城地区托里县的著名阿肯加玛尔汗·喀拉巴特尔等几位当代哈萨克民族最著名的阿肯，获得了哈萨克民族阿依特斯非物资文化遗产传承者称号，这些功勋阿肯们都出生在阿肯世家，他们的父母有一方是大草原中非常有名气的阿肯，而且从小的成长环境中离不开阿依特斯文化的熏陶，十几岁就走向了阿肯的道路，从民间普通阿肯到优秀阿肯的五十年、六十年的人生中都没有离开过阿依特斯，无数次参加阿依特斯活动使他们意气风发、斗志盎然。他们在回忆自己的成长过程中都一致认为自己获得的成功和殊荣，首先是哈萨克阿依特斯文化的根基——群众的爱戴和拥护，其次是前辈阿肯们以及父母的熏陶。对此我们从伊犁州察布查尔县的著名阿依特斯阿肯布比玛丽·贾合拜在整理出版自己在阿肯道路上的部分阿依特斯作品中，① 可以看出阿肯们的天赋和努力。著名阿肯布比玛丽·贾合拜回忆她成名的第一次阿依特斯场景：那是一场声势浩大的婚礼上的阿依特斯，人们拥挤在举行婚礼的宴会上，观看精彩的阿肯阿依特斯（对唱），慕名而来的阿肯哈吾阿恩向布比玛丽·贾合拜展开了挑战。当时只有13岁的少女布比玛丽·贾合拜和当时在大草原上颇有名气的中年（40岁左右）阿肯哈吾阿恩的阿依特斯就这样开场了。其中第三部分有这样一段阿依特斯：

阿肯哈吾阿恩：
　　小妹妹：今天你有几岁呢？
　　将有多少阿依特斯使你成长。
　　我决心将与你唱上一朝一夕，
　　不管你认为有多么无聊难忍。

布比玛丽·贾合拜：
　　你的对手我虽然年方十三，
　　但是明白世事艰辛和曲折。
　　我也想领教你的真才实学，
　　想见识早我25年人生阅历。
　　不用在意时间的悄然流逝，
　　今让你感叹小丫头见识多广。

　　就是这样他们两位在14个回合对唱（阿依特斯）中，草原上有名的阿肯哈吾阿恩彻底输给了少女布比玛丽·贾合拜，少女布比玛丽·贾合拜的名气由此在大草原上响起，成为了家喻户晓的阿肯。
　　塔城地区托里县的著名阿肯加玛尔汗·喀拉巴特尔也有类似的经历，从她在整理和出版自己在阿肯生涯中的部分阿依特斯作品时，② 讲述了当时在家里和慕名而来的蒙古族阿肯吾特那森的阿依特斯。当时阿肯加玛尔汗·喀拉巴特尔的父亲并不知道女儿会阿依特斯，看到慕名而来的阿肯——蒙古族阿肯吾特那森向女儿的挑战，看到女儿因惧

---

① 《阿肯对唱选》第4册，2003年出版发行。
② 《阿肯对唱选》，第2册，1995年出版发行。

怕和羞愧父亲的情形时，父亲喀拉巴特尔马上向女儿了解她是否真的会唱阿依特斯，当得到女儿加玛尔汗肯定的回答后，便鼓励女儿大胆迎接挑战。加玛尔汗·喀拉巴特尔得到父亲的鼓舞，拿起冬不拉就放声高唱，她也在这次阿依特斯对唱中战胜了阿肯吾特那森，名气由此在大草原上传起，成为了家喻户晓的阿肯。其中也有一段关于年龄的对唱，当时只有15岁的少女加玛尔汗·喀拉巴特尔和当时在大草原上颇有名气的中年（45岁左右）阿肯吾特那森的阿依特斯中，有这样一段对唱内容：

吾特那森：
  小妹妹，因阿依特斯使我们相识，
  不懂世事的你才会如此幼稚回答。
  历史上有眼无珠的人还有努依拉，
  初生牛犊不怕虎敢与江布尔交锋。

加玛尔汗·喀拉巴特尔：
  您是受人们尊敬的长者，
  我是一普通的农家小女。
  听说过狐假虎威的故事，
  巧遇是与非凡的您对唱。

  就这样他们两位在14场回合对唱的阿依特斯中，有名气的阿肯吾特那森输给了少女加玛尔汗·喀拉巴特尔，少女加玛尔汗·喀拉巴特尔的名气由此在大草原上响起，成为了家喻户晓的阿依特斯阿肯。

  著名的阿依特斯阿肯唐加勒克·珠勒德小时候的趣事很多，有一次在美丽的大草原上，初夏，哈萨克民族最悠闲的季节（以畜牧业为生的马背民族，搬迁到肥沃的夏牧场，牲畜安全繁殖后的一段舒心的日子），唐加勒克·珠勒德只有7岁，当时在唐加勒克·珠勒德的阿吾勒有一个巴依，要庆祝牲畜的丰收，因他家许多的马顺利产下了小马驹，开始挤下马奶，并且发酵来制作成马奶酒的时候，按照哈萨克族的风俗习惯，宴请亲戚、朋友以及阿吾勒的名门贵族和父老乡亲，举行拴母马挤马奶子并且在公马的臀部擦酥油的庆祝仪式，以期盼在夏牧场里风调雨顺、马肥牛壮的意思。巴依家设宴，摆满了各种好吃的食物，随父亲去的唐加勒克·珠勒德正和小朋友尽情品尝美味佳肴时，看到父亲按照仪式的礼数，在给公马的臀部擦酥油时，不小心被品性狂躁的母马踢中了脸部，父亲的脸瞬间被鲜血遮盖。这时在一边吃着香甜巴吾尔撒克（一种油炸食品）的唐加勒克·珠勒德，脱口而出的四句诗歌：

　　　　父亲珠勒德是咱家的顶梁柱，
　　　　宴会的美味佳肴还没等上齐。
　　　　您怎么会在眨眼间的功夫里，
　　　　鼻子嘴巴被鲜血浇灌成这样？

　　孩子在见父亲满脸的鲜血时，担心父亲的伤势的心情更加沉重。同时，流露出对于强壮的父亲没有征服一匹公马的怪怨和对伤情的担忧，还有自己马上要随父亲离开而失去品尝好吃食物的遗憾。对这个七岁小孩脱口而出这样的诗句，让人非常吃惊。当时在场的群众对于他表现出的阿肯天赋给予了肯定，后来在阿吾勒传开了这段趣事。从这个小故事中不难看出阿肯们的天赋。

　　2. 阿依特斯阿肯是一种勇敢坚强的个性表现

　　阿肯们通常都有过人的勇气和坚强的性格，生性好争和爱打抱不平的个性决定了他们胆大的作风，聪明好强的性格使他们在任何场合都不会却场，而是会临阵不乱地对答对方设计的各种语言陷阱，弹起冬不拉放开歌喉自信迎接挑战，阿肯们不论是在金碧辉煌的宫殿里，还是人山人海的大型盛会上，在各种形式的祭典仪式、婚礼宴会、佳节等多种民俗活动中，面对达官贵族和知深哲人，面对黑压压的人群目不转睛、倾耳聆听的场景，在毫无知晓也无法预测对唱方准备的阿依特斯内容以及对唱方向的前提下，只是凭借自己脑海里蕴藏的智慧，以阿肯具有的一种天赋支撑，以过人的胆识毅然上阵，这是怎样的一种勇气呢？

　　不管是在辽阔美丽的大草原还是在寒风凛冽的冬窝子，不论高朋满座的华丽宴会上，还是在小家庭简朴的仪式上，阿肯们可以手持冬不拉轻装上阵，迎接各种阿依特斯，是何种自信的心态呢？阿依特斯阿肯所唱的每一句对歌，都会被人们关注，对于成功和经典的阿依特斯内容一代一代传唱。也会有许多知识渊博、见多识广的哲人会非常尖锐的评价。但是阿依特斯阿肯还是会在各种场合都跃跃欲试，特别是许多年轻的阿肯会非常主动的挑战有名的阿肯，想通过切磋，提高自己的水平和知名度。有时候个别的阿肯会遇到不被人们认可和其他阿肯不想和他阿依特斯的尴尬处境，但是许多阿依特斯阿肯对此不以为然，他们通常会自信百倍的主动进攻，使用多种办法或者通过语言挑逗迫使对方和自己进行一次阿依特斯，这种坚定的信念和对于阿依特斯执着，最终会打动观众的心，会感染对方和他进行一场互相切磋、相互比试的阿依特斯。从一个无名小辈努力到人们尊敬和仰慕，甚至是崇拜的阿肯，他们在成长道路中付出了多少艰辛和曲折，最终阿肯们的坚强信念谱写了他们成功的人生。

阿肯们通常性格豪爽，感情世界丰富而细腻，气质非凡而高雅，心理素质良好而且充满自信，著名的阿肯在哈萨克民族中有很高的社会地位美誉，他们一般会在任何场合都受到人们的尊敬和爱护。哈萨克族是个敬老爱幼的民族，在许多重要的仪式上，除了各部落的长老以外，受到尊敬和关注的人可谓是阿肯们，就连历史上的官僚和富裕的巴依都会自觉的让阿肯三分，是惧怕阿肯们铁嘴钢牙的威力。通常阿肯们在阿吾勒中的大事要务中担当起牵头羊的作用。

3. 阿依特斯阿肯具有一超强的记忆力

阿肯有着超强的记忆力，在阿依特斯的过程中阿肯们通常都可以把对唱者的每一句话，在听过一次就熟记在脑海里并谱写出应答对唱者的诗句，这于同汉语成语"过目不忘"，而是"听而不忘"，这是阿肯的职业习惯。这种非凡的听力特长、瞬间过滤整理的思维特点，应该是一种天赋的体现吧！本人曾与塔城地区托里县的著名阿肯加玛尔·喀拉巴特尔接触过，发现这个年近七旬的老人，对于自己年轻时参加过的阿肯阿依特斯的场景、内容、对方的阿依特斯特长以及胜出时的表情和失落的眼神都记忆犹新，甚至对于阿依特斯的精彩内容念念不忘，她讲述了去看望身患重病的对唱搭档别尔得汗·阿拜时，两人最后一次的阿依特斯，其中有一段对于流水岁月的彷徨的阿依特斯内容如下[①]：

---

① 《阿肯对唱选》，第二册，第70页。

别尔得汗·阿拜：
> 事到今天才感觉时光的短暂，
> 青春的智慧和强壮叫我留念。
> 最迅猛的鹰和金雕也会衰老，
> 也会因老鼠挑衅而闷闷不乐。

加玛尔汗·喀拉巴特尔：
> 你好似我们的巅峰，云雾缭绕。
> 你好像阿肯的圣人，高瞻远瞩
> 没有和你阿依特斯，三年时光，
> 我似孤燕无法释然，惆然若失。

正如塔城地区托里县的著名阿肯加玛尔汗·喀拉巴特尔在她的《阿依特斯艺术及我的对歌手们》一文中讲到"阿依特斯阿肯的演唱激情首先取决于对唱方，对唱者实力越强劲，越使人精神焕发、思维敏捷活跃，催人奋力争辩，如果二者悬殊，一方就会轻视其对唱者，令其感觉索然无味，结果再好的阿肯都会觉得兴致全无。"从这为久经杀场的的著名阿肯的感触中我们会意识到阿依特斯中阿肯能够幸运遇到一个出色的搭档是多么重要的问题，有一个好的对唱者才会塑造一个杰出的阿肯，就是说能够使阿肯的艺术情怀充分释然。阿肯的才华得到完全展现都需要一个相互和谐、相互融洽、互相激励的对唱对手。阿肯在阿依特斯当中的艺术发挥水平不但关系到挖掘对唱者艺术潜力的问题，这不是个性的问题，而是共性的问题，是在阿依特斯的冲突、融合、矛盾、超越、最终达成一直观点的复杂的对唱艺术形式。

4. 阿依特斯阿肯拥有即兴演唱的才能

伟大的阿肯阿拜·胡南拜曾经说过"美妙的歌声会唤醒沉睡的心灵"，阿肯们的阿依特斯在动听的旋律和美妙的歌声中传颂哲理，人们欣赏音乐的美丽旋律的同时感受思想的冲击。阿肯天生都具有洪亮的歌喉，每个阿肯都会自由选择适合自己的曲调来进行阿依特斯，而且许多阿肯都是业余的"作曲家"，他们虽然不识谱，但是都会创作适合自己弹唱风格的美妙旋律，多数阿肯会弹奏冬不拉，冬不拉的曲调也是随阿肯自己的特点。

不论在历史上还是现在每位阿肯都会有自己创作的弹唱曲目。我认为，在历史上最具有代表性的阿肯们有比尔江、艾赛提·乃曼拜和萨拉、阿克特·乌鲁木击、阿斯勒汗·蒙加沙尔等等，都有自己的创作曲目和独特的演唱风格，都是著名的阿肯、歌手、作曲家。现代史上有名的唐加勒克·珠勒德、苏力坦·买吉提、库尔曼别克·再屯哈孜、布比玛丽·贾合拜、加玛尔汗·喀拉巴特尔等都是著名的阿肯、歌手、作曲家，他们都有自己的创作曲目和独特的演唱风格。

哈萨克族著名的作曲家巴格达提·叶斯特买斯在《哈萨克族阿依特斯曲调的区域性与部落性》中讲到："作为地方文化传承的区域性阿依特斯曲调，其根系于当地部落，作为组成哈萨克族的各部落，他们是当地音乐风格的创造者、传播者。各区域、各部落旋律有共同点，也有不同的构成旋律的技法和独特的风格。短小而简短的曲调中发生微妙的变化，而这些变化往往表现出当地曲调的特征。"所以哈萨克人称阿肯是业余的"作曲家"和天才歌手，阿肯们用冬不拉的旋律唤起自己的灵感，唱出自己喜欢的曲目，思考对唱方提出的问题，并即兴对答演唱，这是几种思维的同时进行，冬不拉的旋律、歌唱的曲目、阿依特斯的内容在同一时刻发生，在同一瞬间进行的思维定势，所以说阿肯具有一种超强的天赋一点都不为过。

5. 阿依特斯阿肯通常具有一种宽阔的胸怀

胜不骄，败不馁。胜者谦和有礼，败者不耻于输。哈萨克族是个幽默的民族，阿肯们非常注意总结前人的经验教训，不断提高自己的阿依特斯水平，他们都善于背诵和传唱前辈的阿依特斯，有些阿肯的绝妙对唱诗句会千古流传下来，有些阿肯的诗句会传为格言名录。有的阿依特斯阿肯还会把自己和某阿肯对唱的失败经历也会很大气唱给别人听，承认自己的不足，善于发现对唱方的闪亮点。阿肯对唱时一般采取扬己抑人，力图先声夺人的方式，语言尖刻，但又互相谅解。就是没有战胜对方也会大大方方的谈笑风生。通常阿肯们在阿依特斯中拜下风，会羡慕对方的机智和完美的对答，谦心接受自己在言语上存在的失误，并且会诚信瞻仰对方的优点。常常"交手"的阿肯会和对方成为莫逆之交。

阿肯给徒弟传授本领方面非常大度，在口头文学时代，多少珍贵的文化遗产就是在阿肯们的传唱中得以保存下来。在阿肯们一代又一代的口头传唱下，人们清楚的了解历史发展过程中的变迁和哈萨克族根基文化——世代家谱的延续，哈萨克族部落文化中多少风俗礼数也传承到现在，生活习俗通过萨仁阿依特斯、阿吾—加尔阿依特斯、巴迪克阿依特斯、喀依木阿依特斯、喀拉约令阿依特斯、谜语阿依特斯、年龄阿依特斯等等古老的阿依特斯形式延续至今。阿肯们延续和保护了我们古老的文化艺术——阿依特斯，使它在今天国家富强、人民幸福、组织重视、领导关心、专家契心研究下更加完善和充实。

在有文字时期传承下来的文化遗产更是丰富，阿肯们会把自己终身创作和搜集的作品毫无保留地传授给徒弟们，希望他们是青出于蓝而胜于蓝，这是何等的一种宽阔的胸怀呢？阿肯们在任何场合都会很用心而且毫无保留地给徒弟传授知识，希望自己的阿依特斯诗歌和演唱风格为后人服务，这是如此高尚的思想境界呢？所以这也是人们尊敬和仰慕阿肯们的原因。当然也有一些阿肯为了生计、名誉、地位，在讨好达官贵族和巴依的思想意识的驱逐下，阿谀奉承和阿其所好的阿肯也有出现过。

不论是在官方组织的大型阿依特斯中，还是在群众举行的各种形式的祭典仪式、婚礼宴会、佳节等多种民俗活动中，阿肯们对人们的尊敬和崇拜保持着平和的心态，人们在欣赏阿肯的阿依特斯、或演唱古老民歌等各种才艺展示后，都会有丰盛的奖品赠送给优秀的阿肯们，官方奖励的是一定数目的人民币或者骏马。百姓也会赠送骏马和其他珍贵礼品，但是，阿肯们通常把这些物品都用于人们的困难和再一次举办阿依特斯活动的经费上，或者是凯旋而归的阿肯在家里宴请大家，感谢对自己的肯定和拥护。

6. 阿肯是阿依特斯文化艺术的传承者

阿肯是阿依特斯的实施者、履行者、传承者，每个时代都是由阿肯们来参加阿依特斯的过程，阿依特斯是阿肯的语言天赋和思想魅力有机结合后唱出的诗歌。从古到今，经过多少阿肯的努力提升和终身奉献，才会使我们有了"诗歌民族"的美称呢？哈萨克民族历史上曾经有过众多英雄人物和可汗，他们生前曾叱咤风云、闻名遐迩，但是随着斗转星移、岁月流逝，在人们的记忆中他们的形象逐渐模糊。而那些著名的阿肯，以及他们脍炙人口的诗句却永远让英雄活在人们的心中，我们通过阿肯们的阿依特斯了解过去、懂得历史上曲折的痕迹，知道先祖的丰功伟绩，明白要珍惜如今的幸福生活，同时树立了自尊和充满自信展望未来的决心。

哈萨克民族有这样的一句谚语："一位卓越阿肯的思想意识领先于他生活的时代早 100 年"，就这样阿依特斯阿肯从人们的生活实际出发，内容贴近人们的生活，所以才从历史长河中传承而来。阿依特斯内容具有展示历史时代的演变，诉说世代英雄的传奇，阐述人间世故的哲理，号召人们前进方向和努力的作用，告诫人们历史当中的经验和教训。阿依特斯阿肯在哈萨克民间有着较大的影响力。他们是思想宣传工作的引领者，更是阿依特斯的传承者。

阿勒泰地区青河县的著名阿肯库尔曼别克·再屯哈孜和伊犁州察布查尔县的著名阿肯布比玛丽·贾合拜，塔城地区托里县的著名阿肯加玛尔汗·喀拉巴特尔、哈斯木汗·瓦特汗等几位当代哈萨克民族最著名的阿肯，获得了哈萨克民族阿依特斯非物质文化遗产传承者称号。

当然，哈萨克族阿依特斯面临时代发展的冲击，反映生活习俗的萨仁阿依特斯、阿吾—加尔阿依特斯、巴迪克阿依特斯、喀依木阿依特斯、喀拉约令阿依特斯、谜语阿依特斯、年龄阿依特斯等等，古老的阿依特斯面临消失。这更需要阿肯的努力保护和继续传承。

二、哈萨克语言特点是造就阿依特斯阿肯的基础

哈萨克语属于阿勒泰语系突厥钦察（克普恰克）语的基础上形成的现代哈萨克语。就如中央民族大学的毕桦教授在《在民间传承中实现对于阿依特斯的保护》文章中提到"阿依特斯得以形成和发展，以及得以'存活'，首先得益哈萨克全民对哈萨克语言的执着追求，追求语言表达的完善，追求语言表达的优美，追求语言表达的犀利，追求语言表达的音韵铿锵与和谐⋯ 有人说哈萨克人'人人都是语言天才'这决不是夸大言词，在哈萨克民族中，有哪一个人不是张口就运用民间谚语？有哪一个人不是张口就滔滔不绝地说出"巴塔"？哈萨克人对于语言的这种热情几乎是与生俱来的，这是长期文化积淀的一种结果"。研究权威的阐述更加充分地说明了阿肯在阿依特斯的语言天赋的重要性。因此说哈萨克语言以它特有的优势缔造了阿依特斯文化形式。

哈萨克族语言是一种词汇非常丰富的语言，尤其是具有鲜明的民族特征，它婉转动听，押韵，易成诗歌，表达事物精确细致，语言构

词千变万化，哈萨克语言中有大量的同义词，一个词有几十个同义词的现象非常普遍，这种特点为创作诗歌奠定丰厚的语言基础。

1. 哈萨克语言构词的多样性，广泛运用派生法、合成法、复合法、重叠法、简缩法构成新词，而运用派生法构成新词最为普遍，哈萨克语言的构词附加成分丰富，涉及到几乎所有词类。哈萨克语言不仅词汇丰富，而且词义的区分非常精细、形象，此外有些词虽然同指一物，但还有语体之分，雅俗之别或者带有某种感情色彩，赋有某种比喻意义，这样就更为准确反映客观事物的规律提供了有利的条件，丰富了诗歌的遐想。

2. 哈萨克语言的成语、谚语、俗语、格言等等熟语非常丰富，这些词类不仅言简意赅而且生动形象，更加幽默鲜活的准确表达了对于万千世界的描述，可以非常直观地显现哈萨克语言的生动性。在诗歌创作中，并且也充实诗歌的生命力。

3. 哈萨克语言的节律，对于音节动静态的分析描述，无凝有助于提高哈萨克语言音变的规律，语素与语素之间、音节与音节之间的相互影响因而产生了语音变化，这些灵活多样的变化使哈萨克语言更加突出了诗歌的婉转优雅。

4. 哈萨克语言中诗歌语音成分即音节、节拍、韵律等调配的整齐匀称，有规律的重复和变化的节奏，使诗歌的表现形式多样性更加广泛，诗歌更加优美婉转动听，诗歌的说服力更强，语言变化更加显现作者的意图。诗歌作品都有一定的格式，句脚要押韵，分句要相应的节拍，音节数要相同，对应要整齐，读起来和谐上口，给人强烈的节奏感，哈萨克语言的特点使诗歌成型的空间更广阔。哈萨克语言在创作诗歌方面的诸多优点是拓宽阿依特斯内容的一个重要因素。

简析哈萨克民间传说的阿依特斯

俄德尔斯·阿里汗诺夫

哈萨克传说既不同于神话，也不同于故事，它是整个哈萨克族历史的纪念和追溯。通过哈萨克传说这个巨大的史料库传播的信息很多，比如：民族的起源、哈萨克民族历史上的重大事件、历史人物、民俗礼仪、原始器具、先民们曾经居住过的古迹等等。毫无疑问，传说中的历史资料不仅很多，而且内涵很强的民族特色和民族情趣。但是，这些内容不是这篇文章所能分析和探讨完成的问题，我只是针对哈萨克民间传说里蕴藏的阿依特斯唱本略作解释。

哈萨克民间传说和其他民族的传说一样是人们的行为文化的一种表现形式，是民间口头传承下来的文学瑰宝。韵散结合的哈萨克传说普遍以语言优美、表述流畅而闻名。其中明显洋溢着哈萨克族人民的阿依特斯诗歌的风格，其中最具标志意义的便是传说中穿插的韵文体的描述。就这一鲜明的文化表象吸引了我的视野，让我有了观察和研究的情趣，尤其，一部分产生于15世纪关于阿桑·海鄂、吉林谢、阿勒达尔·阔谢等历史人物的传说，让我清楚地看到阿依特斯唱本的明显印迹。

在《英雄阿巴特》（哈萨克民间英雄叙事史）中的阿桑·海鄂和蒙古可汗巴尔比俩人口头诗歌进行的交锋就是一个很好的例子。当年蒙古可汗巴尔比看重了努尔汗所居住的地方，他率领自己的人马一步步逼近了努尔汗的地盘，把那里的人逼到了奥拉山一带。阿桑·海鄂当时居住在吉姆河畔，他的儿子阿巴特是当地有名的英雄，遭受到蒙古可汗巴比尔排挤的哈萨克部落派人来找阿桑·海鄂和他的儿子，要求他们给予援助，阿巴特请求父亲救助那里的灾民，当时阿桑·海鄂说:"这件事不能急于求成,蒙古人的势力很强,我们需要观察一段时间才能做出决定。你现在别着急,我去探测一下他们那边的情况再说。"于是,就扮成过路人来到了蒙古人住的地方,并且通过各种渠道打入汗宫,与蒙古可汗巴尔比进行正面交锋。

蒙古可汗巴尔比说:"你要找的人倘若真的在我们手中,他不会出事,这你放心,你也是一个见多识广的人,我想问几个问题,你可以回答我吗?"他们之间形成的一问一答,就是一组完整的阿依特斯唱本。我们一起听一听他们之间的对白:

蒙古可汗巴尔比说:
 你的手下谁是最有胆识的人,
 是谁对你赤胆忠诚。
 我有一个问题想问个清楚,
 男人中有没有不妒嫉女人的人。

阿桑·海鄂的应答:
 我手下最有胆识的人是阿巴特,
 最忠诚我的人还是阿巴特,
 你的问题我来回答,
 从不妒嫉女人的还是阿巴特。

蒙古可汗说:
 你手下的勇士是谁,
 见多识广的人又是谁,
 能够百发百准命中目标,
 让人敬佩的神枪手是谁。

阿桑·海鄂的应答:
 我手下的勇士叫阿巴特,
 见多识广的人也是他,
 任何时候都百发百准,
 让人羡慕的神枪手是阿巴特。

蒙古可汗说：
　　为大众着想的人是谁，
　　受众人敬重的人又是谁，
　　当敌人围堵攻击的时候，
　　敢于上阵保卫百姓的英雄是谁。

阿桑·海鄂的应答：
　　人民的救星、恩人是阿巴特，
　　他一个人就可以压倒一片，
　　当人民遭受敌人的围攻时，
　　奋不顾身冲向战场的英雄是阿巴特。

　　蒙古可汗和阿桑·海鄂俩的应辩，就是一场激烈的口头交锋，采用了许多哈萨克族民谣中惯用的一些套语，而这些套语正是喀依木阿依特斯的标准风格。争执的矛头紧紧围绕提出的问题"是谁？"来进行应答。所有的设问通过指定词"阿巴特"得到了相应的结论。这种现象在早期的喀依木阿依特斯中是常见现象。

　　在哈萨克民间广泛流传的传说还有《阿勒达尔·阔谢》，阿勒达尔·阔谢生活的年代资料不详，有些传说中说他生活在贾尼别克汗时期，另外一些传说中则说他生活在金帐汗时期。实际上关于阿勒达尔·阔谢的传说在整个突厥语民族中都有，这恰好证实了阿勒达尔·阔谢传说的时代久远。这一传说我们看到的都是韵散结合体的作品，其中有人物的许多对白和独白、故事情节的描述，都具有节奏、韵律的美感。

　　传说中阿勒达尔·阔谢的父母都是善良忠厚的人，他们靠自己的双手辛勤劳动，过着平凡的生活。但是，他们经常被别人欺诈，受到多次打击。后来他们有了儿子，起名叫阿勒达尔·阔谢，儿子长大后，父亲对儿子教导：

　　世上因为骗子太多，
　　我几乎不相信有天伦，
　　人间到处都是矛盾，
　　我实在不信任有公道，

生活在这不平等的社会里，
我受到许多委屈，
为了今后依靠你，
给你起名叫阿勒达尔。

阿勒达尔听了父亲的倾诉，在心里埋下了复仇的种子。一次他和父亲闲聊的时候，问父亲谁曾经欺骗过他，父亲把社会上所有欺侮百姓的官僚、地主和代表罪恶势力的人一一说出来，告诉儿子他们都是我们要报复的恶人。传说中，父子俩的对白是用韵文穿插进来的，也是以一问一答的形式展开。比如：

儿：是谁，如此狂妄欺诈您？
父：是无情的牧主欺侮了我，
儿：我会向他们讨回公道。
父：还有那罪恶的汗王欺压着我们，
儿：我一定会严厉的惩罚他们。
父：最可恶的就是那些商人，
　　他们嘴上吐出的全是假话，
　　我曾经蒙受了他们多次敲诈。
儿：我会夺回他们手中的金子，
　　还人民一个公平。
父：社会上还有许多教徒和官僚，
　　巴克思和巫师，
　　再加上妖魔鬼怪和狐狸精，
　　他们各个都在欺骗人。
儿：我长大后要走遍天涯，
　　推翻罪恶的势力造就平安天下。

父子俩的对白本身就是一组完整的阿依特斯形式，其中，父子俩通过一问一答，相互展开设问、追问和应答的内容和形式也十分相似，在《人们叫他阿勒达尔》这篇传说故事中，也有相似的韵文类的争论。据说，早在贾尼别克汗时期，有一个叫霍吉尔的老人，过着十分艰苦的生活。他有三个孩子，等到自己实在没有力气再劳动的时候，他把三个孩子叫到身边说："孩子们，我已经老了，干不了活儿了，现在由你们来养活我了，我不知道你们能干些什么，让我听一听你们今后要干什么？"这时候，三个孩子分别把他们今后要干的事情讲述给他们的父亲。孩子们的回答是用韵文描述的。

大儿子说：
您的话句句有理，
我喜欢当农民，
你觉得我选择正确，
我愿一生去种地。

二儿子说：
我喜欢当牧民，
跋山涉水去放羊，
我的幸福来源，
就靠养畜放牧日夜不闲。

三儿子说：
我愿成为阿勒达尔，
用自己的方式帮助别人，
人间有许多职业，
我想成为正义能手。

这种应答在哈萨克族的阿依特斯中是常见现象，他们在应答的时候就会采取以上的方法，抓住问题的核心及时应对，出口成章，应答如流，被称为哈萨克族民间的"脱口秀"。

在《阿勒达尔和妖怪》传说中，阿勒达尔和两个妖怪的对峙也是一组完整的阿依特斯精品。我们一起听一听阿勒达尔和妖怪们的口头交锋：

托林（妖怪）：
我刚刚出生落地，

我就知道天地不大，
　　手掌般的地面，
　　只有一个柱子顶着，
　　鸡蛋般的圆泥坨。

胡兰（妖怪）：
　　我刚刚出生落地，
　　天地间还没有分裂，
　　别说人和妖魔，
　　这里犹如禁地。

阿勒达尔说：
　　你刚刚出生落地，
　　据说举办了一场盛宴，
　　我那最小的孩子，
　　骑上骏马在欢喜。

　　很显然阿勒达尔和两个妖魔在比年龄，看谁先来到这个世界上。最终是阿勒达尔战胜了两个妖魔。阿依特斯中阿肯们也经常用这样的方式方法，用夸张的修辞手法进行应战，让对方哑口无言。

　　今天我们所阅读到的哈萨克民间传说，虽然经历了不同时代传承者的增减，但是，对哈萨克族民间传说整体框架的审视，我们不难发现，哈萨克民间传说无论在叙事，还是说理，不仅语言均为简练、生动，而且，传说中表露出的辞令和韵律之美，更是令人赞叹。哈萨克传说一般富有极强的生活哲理，它自始至终反映着哈萨克人民对自然环境的、人类生产和文化、科学发展和社会交际等知识的积累过程。

　　韵散结合的哈萨克民间传说的抒情成分，不仅增强了作品的节奏感和音乐美，也为寄情于物、托物寓情、创造出了许多引人注目的文学意象。在描述故事情节，展开人物对话中形成了"触物以起情，索物以言情"的艺术美，这为我们大胆开垦阿依特斯艺术原生态的标本奠定了广阔的信源。

中国近代历史上的哈萨克族女性阿肯

沙吾列·加海

所谓的中国近代阿肯阿依特斯指的是从19世纪后期到20世纪40年代末,在我国哈萨克民族当中已有相当发展规模的阿依特斯艺术活动。这一时期被看作是中国哈萨克阿肯阿依特斯艺术发展的一个巅峰时期。这一时期阿肯阿依特斯艺术的繁荣发展,使得巴德西、俄热斯江、古丽江、乌丽加勒哈拜、加玛丽、努丽拉、哈米拉、库丽拜拉木、依扎提、阿依加米西、努尔比亚、古丽海夏、孜丽哈、巴塔斯、库木斯江、娜斯丽汗、拉孜帕、库丽森、塔妮、阔依德姆、玛高维娅、阿帕克等一批女性阿肯开始陆续登上了阿肯阿依特斯的艺术舞台。这一时期,这些女性阿肯们的阿依特斯内容主要围绕风俗礼仪、民族道德、女性解放以及女性在家庭生活和社会中的地位等一系列问题展开。

塔妮·童哈提拜出生于博尔塔拉蒙古自治州,她后来在伊犁哈萨克自治州新源县去世。塔妮·童哈提拜既是一位贤明的阿肯,也是一个有名的巫师。在她生活的那个年代,塔妮·童哈提拜可谓是一代女中豪杰。她是一个知书达理,能言善辩、性格刚烈、正义的女人。她留给后人的经典作品有《塔妮·童哈提拜与阿斯力汗婚礼阿依特斯》、《塔妮·童哈提拜与阿斯力汗的猜谜阿依特斯》、《塔妮·童哈提拜与哈尼别克的阿依特斯》等几部阿依特斯艺术作品。

塔妮·童哈提拜与哈尼别克的对唱,基本上是按照传统模式,以个人与个人、部落与部落之间的较量为主题展开对唱。而在塔坭·童哈提拜与阿斯力汗之间进行的《关于亲家礼仪的阿依特斯》中,则主要是与传统习俗相关的亲家礼仪为主题展开的对唱。在塔妮·童哈提拜与阿斯力汗的《婚礼阿依特斯》中，也迸发出了国内阶级斗争的些许火花。尤其是让广大群众叫苦不迭的偷盗行为，也成为了在当时的阿依特斯中被反复强调杜绝的主题。在塔妮·童哈提拜所参加过的阿肯阿依特斯中，最为经典的要属她与阿斯力汗之间进行的猜谜阿依特斯。猜谜阿依特斯作为哈萨克民族阿肯阿依特斯中最为常见的对唱形式，其涉及最多的就是宇宙的形成以及宗教教义等方面的内容。例如，著名阿依特斯阿肯朱斯甫别克与拉孜依帕的对唱中，当他俩围绕宗教教义进行猜谜对唱时，拉孜依帕就曾输给了对方。而塔妮·童哈提拜因为精通《诸先知列传》和宗教教义，所以，她不仅能够对答如流，而且还能针对对方提出各种疑难问题，奋起反击，这就是塔妮·童哈提拜阿肯技艺的精湛之处。在这段对唱中，塔妮·童哈提拜时而会向对手提出这样的谜语：

  请你竖着耳朵听好，
  我说的礼物用钱买不到，
  倘若你是一个精明的阿肯，
  我相信你会知道十二个月中有几个礼拜日。

时而，她又针对"真主（胡达）最初的原创是什么？"这个谜题，塔妮的应答：

  胡达（真主）最先造的是光明，
  他在光明的怀抱静养了几万年。
  他从光明的世界抖身站立后，
  继而才创造了太阳和明月。

阿斯力汗感到自己一时无法征服塔妮，便把争论的主题引到神学教条中。但是，阿斯力汗再一次被塔妮的应答震惊了。当时阿斯力汗提出的问题是：

  你今天可是放任自流，
  大庭广众之中得意忘形。

> 倘若你是一个文雅的阿肯，
> 你在世上敬养什么，等候什么？

塔妮的回答：

> 请你牢牢记住我的应答，
> 我期盼胡达能让我长寿，
> 如果你的智商不够我来解释，
> 我会遵循教义在来世等候。

曾经用诗歌名扬整个伊犁地区的女阿肯塔妮·童哈提拜，由于还身怀坐师技艺，所以，她逐渐形成了一种与众不同的独特个性。她唇枪舌剑紧紧抓住那些金口玉言的雄辩阿肯们的要害和弱点，发起猛攻，让对方遍体鳞伤，一败涂地，威信扫地。我们可以在她与哈伊萨尔、江达吾列提、博斯坦、乌孙等人的对唱中看出她的这种独特个性。在她与海萨尔的对唱中，海萨尔看到很多姑娘围在塔妮左右，为塔妮喝彩助威的情境，灵机一动吟唱道：

> 你让我唱我也就不推辞，
> 听说阳光充足的山坡上竟长甘草，
> 如果可能从这些女孩中挑选一个当马骑，
> 尽情地在甘草中嬉戏。

听到海萨尔充满诙谐而幽默的诗歌，为此恼羞成怒的塔坭顿时诗兴大发：

> 比候鸟先来的都是野鸭，
> 没有主的姑娘或许在娘怀里，
> 海萨尔，你休想从这些姑娘中选一个当马骑，
> 倒不如回去骑上自己老马，没人去追你。

以上我们所提到的塔妮·童哈提拜阿肯与其他阿肯们所进行的简

短且经典的对唱,句句如闪电般迅猛且激烈。然而,当塔妮·童哈提拜遇到彬彬有礼的对手时,她也会遵循礼尚往来,以礼相待的原则,以谦逊温和的态度和口气与对方对唱。

总之,塔妮·童哈提拜是一位精通宗教教义和民俗礼仪,能言善辩,且性情泼辣的女阿肯。

阔依德姆·达茹拜（1894—1942）

阔依德姆·达茹拜出生于哈萨克斯坦纳仁阔勒县。1932 年,阔依德姆·达茹拜一家随着磨破脚板的大迁徙,举家搬迁到了中国境内。她曾经于 1925 年与唐加里克阿肯进行过精彩的对唱。这段经典的阿依特斯,也曾经被唐加里克本人以《唐加里克与阔依德姆·达茹拜的阿依特斯》记录下来,并得以在民间广泛传播。

在唐加勒克与阔依德姆·达茹拜的对唱中,这两位对唱高手依照传统模式,起初都以自我标榜开始展开对唱的。轮到唐加勒克唱的时候,他这样唱道:

唐加勒克:
  阔依德姆收起你的狂言,
  看你自夸自大没有边缘,
  我对你了如指掌不用介绍,
  你的一举一动早被我揭穿。

唐加勒克的言辞好像刺激了阔依德姆,她采取以子之矛,攻子之盾的方法,斩钉截铁应答如流。

阔依德姆:
  敬爱的你是否小看了阔依德姆,
  她从小思如涌泉有金玉良言,
  争执中被我甩在身后的人很多,
  每一回冲锋夺冠的不就是我。
  对我而言,单枪匹马的你算不了什么,
  我还有过打败一个团队的先例。

> 看来你还是乳臭未干的毛孩,
> 到现在还没有得到相应的荣誉。
> 倘若你是受众人尊敬的豪杰,
> 他们怎能让你浪迹四海。

她压倒了来势凶猛的对手,尽显威风。在这段对唱中,阔依德姆·达茹拜并没有仅仅向对手唐加里克厉声厉色地显露威风,反而紧紧抓住唐加勒克曾经只身一人从中国来到哈萨克斯坦的事实,揭示他"独鸣不成声,单行不起尘"的孤苦处境,也不断显露出自己身处强大的社会主义国家所具有的幸福和自豪。比如,阔依德姆:

> 唐加勒克,别以为自己抓到了把柄,
> 无休止地采取攻击和贬损之技。
> 你认为我不知道柯宰①的底细,
> 就拿阿勒班部落寻开心。
> 你可能对我看法很轻薄,
> 我对柯宰部落了如指掌。
> 谁都知道你们的头领吸着鸦片,
> 整天卧房不出臭气熏天。
> 为了弄到芝麻大点的官职,
> 把所有的钱财都塞在他的腰包。
> 柯宰的头领是个吸血鬼,
> 你们还要奉养他多久?
> 唐加勒克你还想让我说什么,
> 你不就是憎恨这一切离家在外。

在对唱的过程中,双方结合各自国家所发生过的重大历史事件,深入探究并揭露了两国哈萨克民族自身所存在的一些缺点和弊病。在这场对唱中,双方所展开的部落较量,不只是为了彼此奚落和挖苦,而是为了讽刺和抨击给百姓带来不幸的那些自古传承的恶风陋习和社

---

① 柯宰:是哈萨克族部落名称。

会顽疾。在这次的阿肯阿依特斯中，聪慧机灵的阔依德姆·达茹拜阿肯将唐加勒克只身前往国外的原因，归结为当时那个时代和社会环境，而并非唐加勒克本人的原因。而这一点也正体现了阔依德姆·达茹拜阿肯是一位拥有远见卓识、心胸宽广的贤明阿肯。不仅如此，她还拥有非常敏锐的洞察力。

无论对唱过程如何的激烈精彩，两位博学多才且才思敏锐的阿肯始终都没有偏离哈萨克民族传统的风俗，没有丢弃亲朋好友之间关系和尊老爱幼的优良传统，而且彼此毫无恶意，以诙谐幽默的形式进行着较量。阔依德姆·达茹拜以长辈自居，称对方为"亲家小子、侄子"，唐加勒克则以晚辈自居。毕恭毕敬地称她为"小姨"。两人追逐较量，不分胜负，涉及到了很多内容。双方最终通过协商结束了这场比赛。才思敏捷的阔依德姆·达茹拜阿肯这样结束了对唱：

我并不是因为惧怕黑宰部落而善罢甘休，
我只是尊敬先祖高尚的亡灵而就此打住。

通过这场对唱，我们可以发现阔依德姆·达茹拜阿肯具有以下这些特点：

（1）阔依德姆·达茹拜是一个在历史、社会以及传统习俗方面，涵养颇丰，见多识广，博学多才且拥有着敏锐的洞察力的杰出女性阿肯。

（2）阔依德姆·达茹拜是即兴赋诗对唱的高手。在对唱过程中，她可以轻松自如，毫无差错地以一种韵律，一口气联唱十句。

（3）阔依德姆·达茹拜是一个言辞条理清晰，总能一针见血地击中对手要害的阿肯。

玛高维娅·俄罗斯拜（1898—1949）

玛高维娅·俄罗斯拜生于塔城地区托里县，自幼被人们称为"阿肯玛卡依"。1940年，她用自己优美动人的诗歌尽情歌颂了三区革命以及广大民众团结统一，奋起抗敌的精神，博得了群众的广泛赞誉。

玛高维娅·俄罗斯拜阿肯创作的《夜莺与乌鸦》、《隼》、《谁是孤儿》、《悼念克孜尔》、《致故乡》、《关于科学》、《国民党的罪恶》、

《革命政府建立以后》、《致人民解放军》、《写给斯迪克长官的信》、《我得到的答复》、《与光头毛拉阿合买提的阿依特斯》等诸多作品，均以手写稿的形式广泛留传于民间。

从《阿合买提与玛高维娅的阿依特斯》所体现出的精密构想和缜密思路，以及所表现出的阿肯技艺，我们可以发现比起光头阿合买提，玛高维娅·俄罗斯拜的确是一位思想敏锐，能言善辩的阿肯。她一路穷追不舍，越战越勇，最终使对方乖乖地束手就擒。这段对唱最有价值的地方在于，阿肯以不能与自己心爱的人结合为内容，反应了依照落后的婚姻习俗和长辈之命不可违抗的老传统，迫不得已嫁给了一个自己并不真爱的男人，阿肯玛高维娅·俄罗斯拜为了获得自由，奋起与命运抗争的亲身经历写照。这段阿依特斯成为了我国近代阿肯阿依特斯史上尤为经典的即兴对唱之一。在对唱过程中，每位阿肯依照传统模式首先从个人较量开始，逐渐趋向以部落较量和地域较量为主题展开精彩激烈的雄辩，将对唱一次次引向高潮。在对唱过程中，两位阿肯不仅只是限于将双方各自地域出现的那些名流显贵直至小偷强盗通通探究论说一番，而且还将婚姻自由和男女平等作为一面旗帜高高举起，极大地丰富了对唱的内容。

"和秃头阿合买提毛拉的阿依特斯"在民间流传的变体很多。这场争执中，玛高维娅阿肯表现异常突出，以自己独特的说服能力、感人能力，以及创造能力征服了秃头阿合买提毛拉。立论中，玛高维娅通过叙述自己悲惨的爱情经历，痛斥了包办婚姻给许多哈萨克姑娘带来的痛苦。在迄今为止的许多对唱中，玛高维娅和秃头阿合买提毛拉的阿依特斯属于典型诗歌。无论在内容上还是在艺术水平上都达到了前所未有的突破。玛高维娅和秃头阿合买提毛拉的阿依特斯和传统的阿肯们一样，也是通过相互贬损对方的相貌以及地方风土人情开始的。

秃头阿合买提毛拉：
　　你不就是一个破坏家风的女人，
　　搅乱了人心践踏了旧规。
　　婚姻是天赐人间的幸福，
　　你竟敢抗拒神圣的使命。
　　你已成为人们议论的话题，

听说你行为举止不检点。
为了惩罚和戒除你的罪恶，
我用咒语将你变成牲畜不可。

在这里阿合买提毛拉依照宗教戒律和旧习礼节，指斥玛高维娅争取爱情自由的进步意识，阿合买提毛拉认为，哈萨克妇女要认可命运的安排，不能反抗旧俗，这样的诽谤和侮辱没有压倒玛高维娅争取自由恋爱的决心，她为了捍卫正义寸步不让，抓住对方的不实之处，乘机反驳，给对方一个措手不及。

玛高维娅：
别用无凭无据的谎言中伤我的心，
你的舌头是否长满了刺针。
你不也是打肿脸充胖子，
我的诗魂看来不会轻饶了你。
我从来没有失去做人的原则，
我相信公正能够为我解围。
我期盼平等自由的姻缘，
为此我坚守纯真的评判。
你说我行为举止不检点，
你是否亲眼目睹到了什么？
否则收回你不着边际的谎言。

玛高维娅在争论中，把自己的清白无辜用诗歌全部倒了出来，她认为自己是一个封建买卖婚姻的牺牲品，她坚决反对社会上的不良习惯和不正之风，在每一次竞技中，她把提倡自由恋爱、主张妇女解放等重大的社会问题作为主要的立论主题，呼吁哈萨克姐妹要珍惜自己的青春，捍卫自己纯洁的爱情，为追求婚姻自由而努力奋斗。在这一回分辩中不甘心输给一个女人的秃头阿合买提毛拉：

你是头发长见识短的妇道人家，
我可以用钱财买到的礼品。

倘若你意识到自己是女人，
赶紧收住口嘴别在这里撒野。

很显然阿合买提毛拉在做最后的挣扎，他自己也意识到了已经败给玛高维娅。但是，玛高维娅没有放过他的意思，她攻坚到底，步步紧逼，使对方没有喘息的机会，直至征服。

玛高维娅：
你不配做忠诚的教徒，
你用无耻的手段欺骗了公众。
你使用宗教权利危害无辜，
你的罪孽会让你粉身碎骨。
你不知道阿肯和勇士是人民的骄傲，
你轻视女人愚昧无知，
我认为你的看法更无耻透顶。
池塘里的青蛙哪能适应草地，
你别用短浅的目光衡量周围。
在很多事上女人比男人还能干，
克烈部落的阿巴合母亲，
乃曼部落的柯宰妈妈，
她们都是哈萨克女中豪杰，
你的名誉有她们那样响亮吗？
你怎么敢抵毁妇女的形象，
你忘了还有天法要惩治坏蛋。
你若是教徒希望你宽厚做人，
教条中的戒规都很纯真。
我始终敬仰家乡的父老乡亲，
他们是大海，我只是水中受伤的天鹅。

玛高维娅的诗像倾盆大雨，洗净了针对哈萨克妇女的全部诽谤和侮辱。她的诗歌中的"妇女"二字从普通到复杂，意义愈来愈深刻，最终以"母亲"慢慢进展到能够反映"母亲大地""故乡之情"等双重意义的概念中，达到了一气呵成的语言力量。玛高维娅在争辩中把哈萨克历史上的伟大母亲形象拿来对证，使阿合买提毛拉瞠目结舌，无话应对。

这场阿依特斯的艺术价值和审美价值都达到了一定的高度，为了更进一步说明这个观点，我们可以从以下几个方面进行分析和研究。

（一）这场阿依特斯从一开始就进入了激烈的对峙，在论辩中，两位阿肯同样采取抓住根本，点准穴位，形成打击的威力，使其处在无力反扑的境地。

（二）从辩前到辩后，我们可以看到玛高维娅始终处于论辩的强势，反驳的力量不容置疑，十分有力。她不像有些女阿肯倾诉自己的遭遇，痛哭泪流，使辩论无法进行到底，她一直都很倔强、坚定，辩辞有理有据，紧扣主题，杀伤力很强。

（三）玛高维娅阿肯思辩思想极为丰富，语言表达上有明显的立体感，而且是一个生活感受十分强烈的女中豪杰。当她听到阿合买提用重言刺伤自己，说自己是一个"生活不检点的女人"，"女人头发长见识短"的时候，她没有屈服，她以常人无法忍受的耐力，转危为安，抓住对方的失误和弱点，排除一切干扰，迅速弥合自己受损的情感，灵活控制主题，全身心投入辩论，最终取得了胜利。

（四）玛高维娅的激情在她的每一首阿依特斯中都能表现得淋漓尽致。她的诗段里常常出现混合韵和自由韵，给人以一气呵成的感觉。比如：

谁都想成为仙人图个贞洁，
要知道好事和公正来于和谐。
有些人把强暴和邪恶当成威力，
竟说自己就是天地的主人。

（五）玛高维娅十分讲究诗歌语言的形象化和立体感，她在很多诗歌中运用形象的比喻，立体化的拟人方式表达了自己的思想感情。比如："人民是海洋，我只是水中受伤的天鹅""池塘里的青蛙哪能适应野外的生活""人们都希望自己是圣仙是为了图纯洁"等等，这些华丽的诗歌像一幅奇彩的风景，让人难以忘怀，耐人寻味。

阿布帕克·玛依塔班（1904—1964）

阿布帕克·马依塔班出生于伊犁霍城县。没有受过正规教育，但是，她从小就能歌善舞，口齿伶俐，擅长即兴作诗吟诵。据说，只要她参加的诗艺竞技，没有人能攻败过她，她是一个充满自信、先声夺人，乘胜追击，敢于直指要害的雄辩高手。阿布帕克的母亲阿勒玛江也是一名享有威望的歌手，阿布帕克受母亲的影响，随母亲一道背诵了大量的民间诗歌。到了10岁那年，就步入草原歌坛，在各种宴会上开始演唱献技。阿布帕克的长兄也是一名乐曲手，在他的帮助下，学会了40多首曲子，这给她往后的才艺发展起到了积极的影响。

阿布帕克的阿依特斯，我们目前收集到的有《阿布帕克和阿依曼艾力的阿依特斯》、《阿布帕克和努卡尔别克的争执》、《阿布帕克和唐加勒克的争辩》、《阿布帕克和沙黑的阿依特斯》、《阿布帕克和胡巴依都拉的阿依特斯》、《阿布帕克和哈尼别克的阿依特斯》、《阿布帕克和热合木江的阿依特斯》等。

我们根据阿布帕克的阿依特斯表现的内容，把它分成六种类型分析。

第一类阿依特斯诗反映了阿肯按照传统的惯例与对手进行贬损对方部落中存在的一些不正之风，以此抬高自己部落的威望为主题的争论。比如：《阿布帕克和努卡尔别克的阿依特斯》，在交锋中，阿布帕克大胆地揭露了当时社会上的封建势力、地方官僚压迫人民群众，在哈萨克草原上横行霸道，胡作非为的罪行。尤其对满州统治阶级欺压哈萨克妇女的罪孽进行了严厉指斥，当努卡尔别克故意用挑刺的语气吟诵到："托热海部落的姑娘没有一个是文雅含蓄，你姐妹在惠远的将军府里干什么？"的时候，阿布帕克毫不犹豫地应答到：

满州仗势欺人横行霸道，
我的姐妹们为了捍卫贞节不甘示弱。

从两位阿肯的争辩中我们看到一个时代的残酷历史。

第二类阿依特斯反映了阿肯通过贬损对方的某一种弱点，抬高自己的身价为主题的争论。比如：《阿布帕克和努卡尔别克的阿依特斯》中，严厉指责了努卡尔别克因傲慢不逊而离群独行的作风。

阿布帕克：
  努卡尔别克平时还像一条汉子，
  在山坡上放羊过着人样的日子，
  最近披上了尾随的公差外衣，
  忽然间改头换脑呈显威风。
  忘了昨日竟敢骄奢淫逸，
  疯狂地像条豺狼无恶不作。
  你身上的罪孽深重无法洗净，
  你怎么变得这样厚脸无耻。

  阿布帕克的语言像尖锐的刀剑，攻其要害，就好比兵法云："伤其十指，不如断其一指。"阿肯采取先发制人要抓弱处的方法，直刺对方的心脏，使对方无力反扑。

  第三类阿依特斯诗歌的主题转向了反映民众的生活、贫富不均等问题上。这也是阿布帕克阿依特斯的最佳突破口。在和努卡尔别克的争辩中阿布帕克抓住问题的根本，点准穴位，采取摆事实，揭漏洞的手段，把努卡尔别克部落中一位名叫沙德克的人，因为生活极度艰难，为了谋生来到托尔海部落做了倒插门女婿的事实。

阿布帕克：
  努卡尔别克你可知道沙德克是你兄弟，
  别克这里信口开河胡言乱语。
  自家的兄弟都想外逃，
  你不觉得自己的家园失去了宁静。
  连马都在意群居生活，
  你的行为连牲口都不如。
  你若觉得这是一件丑事丢人，
  收敛吧！别让兄弟在外吃苦役。

  阿布帕克的诗歌语言犀利，犹如一把利剑，把哈萨克族人民水深火热的生活刻画得如此逼真，给我们留下了刻骨铭心的记忆。
  第四类阿依特斯诗歌的主题侧重呼唤民族尽快觉醒，不分贵贱团结在一起，共同建设自己美好的家园。比如：《阿布帕克和热合木江的阿依特斯》，在争辩中阿布帕克的诗像大海起波，一浪高过一浪，听者在优美的旋律中，受到激励、鼓舞和启迪。

> 好马不会脱离群聚独驰，
> 也不会排挤老弱残疾。
> 倘若群体中出现一匹野性劣马，
> 它会破坏整体的安宁。
> ……
> 企图分舍的人寡不敌众，
> 孤立无援谁都很清楚。
> 只要团结才有力量生存，
> 这就是人间永恒的真理。

第五种阿依特斯是讴歌哈萨克族人民纯朴善良、慷慨豁达的民族精神。比如：《阿布帕克和胡巴依都拉的阿依特斯》就是其中一个范例。阿布帕克：

> 我们哈萨克见广识多有远见，
> 得到的比付出的还要少。
> 夏日草原每户都有来访的人中，
> 像胡巴依都拉这样游手好闲的客人很多。
> 游手好闲的客人自有谋策好的目的，
> 他们不会自愿来到这里，
> 他们随时随处有饭吃，从不忧愁。
> 只有哈萨克才能给予你无偿的好处。

第六类阿依特斯侧重于揭示哈萨克妇女的地位、婚姻自由等重大的社会问题。比如：《阿布帕克和热合木江的阿依特斯》就是围绕这个主题而展开的争论。阿布帕克在交锋中以切身的经历为立论的基础，大胆揭露了哈萨克妇女悲惨的命运和遭遇。

阿布帕克：
　　想知道我的身世不难，
　　我年幼早失父爱。
　　你若真心关注我的未来，
　　我会毫无保留倾诉出来。
　　你知道孤儿寡母有多艰难，
　　万不得已我能沦落到这个地步。
　　我是去当没有脸面的小妾，
　　生活中哪有比这更凄凉的遭遇。
　　据说把我许配给的那个人，
　　竟然比我年长二十来岁。
　　谁不希望和自己所爱的人一同生活，
　　哪怕过着饥寒交迫的日子。

阿布帕克阿依特斯在艺术上的主要特点是：

（一）阿布帕克的阿依特斯有着独特的音乐美。阿布帕克在她的艺术生涯中以作词作曲闻名，她的《蓝色的河流》（阔克乌赞）、《一对阿莱丽木》、《库巴加依》等歌曲在民间深受人民的喜爱。因此，她的阿依特斯诗歌不仅有声、有形，而且还有意，具有立体的民歌风格。

（二）她的阿依特斯反映的主题建立在对人生、生活充满爱的基础上，她的阿依特斯文雅而含蓄，表露着哈萨克妇女秀外慧中的形象。她的诗歌语言美丽动听，她从不运用粗暴而低级趣味的语言。当她遇到粗暴而难扯的对手时，常常表现出一般人难以忍受的稳静，扣击对方的弱点，用自然和谐的语言感化对方，从不走极端。在和努卡尔别克的争论中，努卡尔别克用重言诽谤阿布帕克：

　　不用为你们那些罪恶深重的人狡辩，
　　更不要赞美那种厚颜无耻的人。
　　可见你真是一个睁眼瞎子，
　　看不到他们所造的孽。

努卡尔别克在自己的诗中，故意拿阿布帕克视力上的缺陷作文章，把她的一个部落的姐妹因不愿意成为满州府上执政者的妾而被打入牢中的事,用苛刻的言辞歪曲事实,把她比做品行不端的人来呵斥、咒骂。阿布帕克虽然内心火冒三丈,她还是忍住情绪,用文明而典雅的语气进行反驳。阿布帕克:

你用重言刺伤了我的内心,
你竟忘了自己身上窝藏的家丑。
嫁给锡伯人的女儿生下的孩子,
不就寄养在你的门坎。

　　阿布帕克采取了正面攻击作战的方法,直指对方的要害,反驳中揭短,而且不断加强加重反驳的力度,经有理有据的阐述打败了对方。
　　(三)阿布帕克是一位具有"话匣子"秘诀的阿肯,她用语不仅简练,语言的准确性很高,她的诗歌语言充满感染力。她善于利用各种修辞手法,使语言富于形象的立体感。比如:"像老鼠啃食吱吱响""像狐狸甩尾显魅力""像明月一样秀丽的脸蛋""水汪汪的大眼睛"等等。
　　总之,阿布帕克阿肯不仅才思敏捷,用语精练,妙趣横生,而且能够准确判断对方偏激的言辞,从情感上能够稳住自己。最大的优势是能够紧扣主题,捕捉重点进行突破。争辩时平心静气,坚持以理服人,从来都不恶语中伤,挖苦讥笑对方,反驳相讥时都能藏中有露,露中有藏,讥中含趣,乐中有嬉,富于人情味。

有关哈萨克族喀依木阿依特斯的探索

亚森·朱甫拜

有关哈萨克族的阿依特斯文化艺术的研究，起始于19世纪30年代，历经100多年的时间，取得了一定的成绩。近百年来的研究重点多侧重于阿肯阿依特斯的内容、形式、特点、社会功能以及存在的问题等。但是，由于我们对哈萨克阿依特斯艺术的文化底蕴挖掘得不够，往往会出现一些或多或少不够成熟的肤浅认识与观点。由于阿肯阿依特斯研究尚处于初级阶段，因此，这在学术领域显然属必然现象。本篇论文仅就哈萨克阿依特斯的一个分支喀依木阿依特斯入手，将分析、探讨并论证喀依木阿依特斯同阿肯阿依特斯的关系不同、喀依木约令（汉意是唱诗歌之意）与喀拉约令的区别以及喀依木约令同民歌的渊源关系等，以飨读者。

一、喀依木约令及其结构特点

（一）喀依木约令的形式

哈萨克族的著名作家、文学研究家穆合塔尔·艾乌佐夫曾说："阿依特斯的第一种形式是民俗阿依特斯，其表现形式为众人分几股演唱。第二种形式是阿肯阿依特斯，其表现形式为民间阿肯艺人演唱，阿肯阿依特斯又据其外延与内涵及特点被分为两大类，即吐热阿依特斯与苏热阿依特斯。"[①] "吐热阿依特斯是指用短小精干的即兴诗句进行快

---

① 穆合塔尔·艾乌佐夫著：《论文学》，111~116页，阿拉木图，1997。

速对歌,具有普遍性"①。同时还指出:"吐热阿依特斯的每一首唱词往往分为前后两部分,前一部分是主语部分,为简易的喀依木吾令形式,而后一部分是喀拉吾令形式。"②"从而将喀依木约令与喀拉约令予以分解"。

这里阐述的喀依木约令的前两句为对唱的甲乙双方通用,或者说乙方可以作相应的改动后,以同样的调子重复甲方的前两句对词,这就为新手提供了便利。这并不意味着喀依木约令的简单性,也不是说什么人都能对得下来。喀依木约令的雏形源于民间的口头文学形式,各时期辩才们的经典语句留在了人们的记忆中,再由艺人们将其作唱词渐渐形成,并广泛流传于民间。后来艺人们创造性地赋予了喀依木约令以新的唱词内容,丰富和拓宽了它的表现形式。从此,喀依木约令不像是在演唱背下来的唱词,相反酷似于即兴演艺的阿肯阿依特斯。从那时起,喀依木约令成为了哈萨克民间孕育阿肯的摇篮。喀依木约令在我国哈萨克民间从古流传至今,每逢婚庆、节庆都少不了。

在"文化大革命"时期,喀依木约令以其简练、明快的特点仍然盛行于哈萨克族民间,特别是青少年在同长辈一道参加大小庆典时有机会亲耳聆听各类阿依特斯。这种氛围自然会激发精明、聪慧的孩子对阿依特斯的兴趣,使其渐渐对阿依特斯产生好感,孩子们首先是背唱艺人们的唱词,经过一段时间的积累和演练之后,他们也会以小艺人的姿态出现在阿依特斯舞台上。最初,孩子们只是将前辈们的唱词背下来唱,渐渐便会学着根据所处环境与对方的内容即兴地加一些自编唱词,这部分年轻人坚持下来就成为了哈萨克族未来的阿肯、辩才、艺人的接班人。当然,我们不能说哈萨克族的庆典聚会只弹唱喀依木约令,艺人们会从哈萨克族丰富的喀拉约令中汲取营养,征服对手与观众。

喀依木约令的押韵形式大同于喀拉约令韵律,我们不能因此将二者视为一类。二者的主要区别正如以上所述,喀依木约令的前两句可为对唱的甲乙双方通用甚至为几段唱词连用,一般为吐热阿依特斯的"主语部分"。喀拉约令则不同,喀拉约令的唱词不能重复连用,它的每一句与每段每首的唱词环环相扣,每段每首唱词的内容可给听众一

---

① 穆合塔尔·艾乌佐夫著:《论文学》,111~116页,阿拉木图,1997。
② [哈]穆合塔尔·艾乌佐夫著:《论文学》,111~116页,阿拉木图,1997。

目了然的感觉。然而，喀依木约令则不然，每首诗歌的前两句直观望去，似乎与全首唱词不太相干，必须根据语境细细琢磨方可领悟其意义联系与蕴含于其中的丰厚底蕴，因此，喀依木约令是一种隐喻、隐现的吾令形式，不论是喀依木约令，还是喀拉约令都能表达一个完整的思想内容。因此，学界的观点也因此而丰富多彩，有些学者注重研究和强调喀依木约令与喀拉约令的区别。另有一些学者将二者视为一类，不加以区别。有学者认为：喀依木约令是一种"即兴演唱的律诗，属于喀拉约令的一种形式"，①也有学者认为："确切地说哈萨克族的民俗歌就叫喀依木约令或喀拉约令"。①喀依木约令是指"婚庆大典上由两个或更多的人参与循环对唱的一种对歌形式，是要用对歌对唱赢取对方。"①还有学者认为："喀依木阿依特斯（也就是喀依木约合）是对歌双方用同一类型的一首歌在对唱，是一种短小精干、轻巧便利的阿依特斯形式，喀依木阿依特斯多适用于男女对歌，或同龄相互对歌。最早多流行于婚庆或齐力达汗喜庆上的挑逗，玩笑对歌。喀依木阿依特斯中的背诵唱词或词组以及诗文相当多见，有时候一首对唱的前两句或一节重复出现，后几句根据对唱的内容发生变化，即兴创作。喀依木阿依特斯是新手们历练成长的大课堂。"①

（二）喀依木约令的结构特点

喀依木约令的结构区别于喀拉约令，即喀依木约令的唱词与曲调的前两句往往为对唱的甲乙双方通用或在个别词语略有变动的情况下可被双方连用于几段。例如：

说起那忍冬木儿，忍冬木儿，
放火里呼呼燃烧响声悦耳。①
……
啊呀呀！风吹树叶哗哗作响，
白桦木一截三段只有袖长。
……
羊儿肥壮，啊呀呀！羊儿肥壮，
六股皮绳编织的羊鞭真棒。
……

这乃是通用的前两句唱词,第二种情况是前两句略有变动,第三句相同为双方共享的例句形式。例如:

我从巴扎尔买来的银币圆圆,
且不知道银币儿也能转圈。
好久不见亲人啊好想你们,
我想问问你嫂子是否平安。

我从巴扎尔买来的马掌圆圆,
且不知道马掌子也有圈圈。
好久不见亲人啊好想你们,
我想问问你大哥是否平安。

这种唱词重复的现象偶出现于诸如"加尔—加尔"等民俗歌,一般来讲,喀拉约令中不会有这种语句甚至语段重复的现象。

由于喀依木约令常出现如此的重复,加之为甲乙双方在前两句或几句中通用连用,因此,在早期的研究中,由于提供的资料不足,翻译的水平有限,故而使学界对哈萨克族的这一精品艺术产生了怀疑,例如,阿·列夫欣认为:"在偶然性前提下,生成的诗歌往往会是毫无意义的废话,残句糟粕。"维·拉德罗夫也认为:"由于它的中心蕴义储存于第三、第四句中,所以它只考虑四句的押韵与否,前两句只是为了谐音和押韵的需要,毫无意义可言。"长期以来,这些片面甚至错误观点一直影响着学界对哈萨克族的喀拉约令(包括喀依木约令)的认知,使国内外的学者始终被束缚在了类似的理解之中。在这些观点的影响下,诸如:乔汗·瓦利汉诺夫、穆合塔尔·艾乌佐夫等哈萨克族学者本身也提出过类似的看法。

其实不然,专门从事哈萨克喀拉约令艺术研究长达二十年之久的乌拉孜阿肯·阿斯哈尔曾出版了由2.2万行唱词、规模较长的《喀拉约令集》,他为其集子撰写了一篇题为《喀拉约令的起源》的论文,并将其作为该集子的前言,论文中明确指出:"我认为有关哈萨克族喀拉约令艺术的浅薄论断一则由原材料匮乏所致;二则是第一手材料的质量低劣所致。作者阿·列夫欣在提出他的上述观点时,仅参考了只有九段的喀拉约令,而维·拉德罗夫也仅仅依据了四首喀依木约令与七首喀拉约令。"由此可见,仅凭其少量的资料对哈萨克的传统艺术作出如此偏见而不成熟的所谓"废话"、"无意义的残句糟粕"等结论显然是错误的。内容与形式是等值的,如果喀拉约令的前两句只是毫无意义的谐音搭配,那它怎能经得起历史考验而经久不衰。哈萨克的著名诗人孜克依·阿合买托夫对喀依木阿依特斯褒评道:"显然,四句一首的喀拉约令的前两句有时确实与中心思想不能直接相吻合,但是提起这一话题时,我们必须强调如下几点:首先,它是一种传统风格,多见于古代,它是一个开场白,换言之为序和引子,加上优美动听的曲调,丝毫不影响整体;其次,这种为其整段、整首唱词的抑扬顿挫、韵律节奏而专设的单句多用于乡村的聚会、婚庆等场合的阿依特斯,多出自年轻艺人之口,老艺人或艺术高超者则不多用。所以,它代表不了整个哈萨克族的诗歌艺术文化;再次,虽然前两句看似与中心思想无关,但是二者间有着微妙的风格联系。例如:

> 我手持镶银短鞭归心似箭,
> 一匹马遥遥领先快马加鞭。
> 好久不见亲爱的好想你啊!
> 我爱你目光闪闪醉我心田。

直观望去,上述对唱的前两句似乎与整段要表达的中心思想无关,但是,仔细分析可见前一句唱词首先为我们设立了这样的情景:一位小伙子由其他阿吾勒来到了另一个阿吾勒,与其久别的心上人约会;其次,为我们送达了这样的信息:小伙子是骑马来的,小伙子手中拿着骑马用的短鞭,短鞭非同一般,是镶银镀金的精美短鞭,这一句唱词紧扣主题,并非"随心所欲"。笔者认为:第二句唱词更能体现主旋律,哈萨克人对爱情非常执着,哈萨克男子大都大丈夫义气,具阳刚之气,往往犹如唱词说道的那样:"我愿守候你身边形影不离,只怕被人来奚落说没出息",这种大丈夫的心理与空间文化氛围使得哈萨克小伙子们迫于舆论的压力而无法随心所欲地出入于恋人阿吾勒,更没有机会与心上人随时随地约会,否则将被众人耻笑,姑娘也会被人说三道四,姑娘阿吾勒的乡亲们甚至会因此而看不起小伙子。为此,把握时机，等待姑娘阿吾勒的婚庆大典乃是小伙子们的期盼。姑娘阿吾勒的婚庆是千载难逢的良机，每当婚庆哈萨克人少不了赛马叼羊，人山人海既能隐蔽身份，又可与情人相约。帅气的小伙子便作为骑手融入赛马的行列，手持短鞭，驰骋马背，遥遥领先的佼佼者颇受姑娘喜爱与众人钦佩，如此的场景本身就是一幕剧情的道白，承托着小伙子欣喜若狂、激情昂扬、"归心似箭"的情怀。

比如：

我看见前方黑影沿路移来，
我快马迎上前去焦急等待。
问行人是否路过姑娘村落，
阿吾勒是否平安有无灾害。

从以上的唱词中我们可以悟出由于受地处遥远、传统观念束缚等主客观的因素支配，小伙子们在万般无奈之下，只能靠过往的行人去打听姑娘的音讯。但是，在人口稀少的游牧时代，站在路边眺望，可见远处有一个黑影晃动，以为是人，然而是动物或其他独木草丛的情况屡见不鲜。即使这样，小伙子也会毫不灰心在路旁等待，生怕晃动而来的黑影是行人。因此，唱词中第一句往往描述的是这种情况，体现的是小伙子相思、想念、期盼等待的错综复杂的内心世界。唱词的第二句紧扣前句，描述了主人不放过远处出现的任何黑影，见到黑影便会迎上前去等待，从不放弃的情形，从而承托出了小伙子焦急、渴望、思念的心理活动。从后两句的唱词中我们可以读懂小伙子之所以在山岗、在路傍凝视等待的原因，就是渴望得到心上人及其姑娘阿吾勒平安的消息，用以安抚内心世界炙热的爱情之火。由此可见，喀拉约令阿依特斯的每一句都是整个内容不可缺少的部分。

二、喀拉约令的命名以及同喀依木约令的共性与特性

（一）喀拉约令的命名

从喀拉约令的命名而言，学者们对喀拉约令的定语"喀拉"一词有着多种诠释，我们可进一步分析如下：

笔者认为喀拉约令之誉命也很神圣，"喀拉"一词并非现代哈萨克

语中的黑色或普通、一般、大众等概念。追根溯源，"喀拉"一词最初表达的是"神圣"、"吉祥"、"伟大"、"古老"等义项，用于体现崇高、有益、盛大的事项。因此，在现代哈萨克语中保留至今的"喀拉羌俄拉克（神圣的门户）"、"喀拉麦肯（神圣的故乡）"、"喀拉阔斯（神圣的毡房）"、"喀拉萨巴（古朴的盛奶皮囊）"、"喀拉哦尔曼（原始森林）"等喀拉组合词语都具有"神圣"、"吉祥"、"伟大"、"古老"之意。综上分析可见，以上观点大都对喀拉约令与喀依木约令没有严格界定，将二者视为一类，进而认为哈萨克族的喀拉约令非同一般，对喀依木约令的研究与认可故此欠缺，因而也就提出了"与主题无关"等观点。穆合塔尔·艾乌佐夫曾指出："它的雏形及最为简练的形式是喀依木约令"，同时还强调了喀拉约令所具有的简练、通俗易懂等特点。

"仅就喀拉约令的定语'喀拉'一词而言，它远远超出了泛指物质颜色的'黑色'之意，在古代哈萨克语中，'喀拉'泛指大自然的本色，表示古老、悠久、原始等概念，因此，喀拉约令是指远古、原声的传承""我们所说的哈萨克族口头文学最为古老的表现形式之一阿依特斯其实就是喀拉约令的产物"。换言之，是喀依木约令的产物。它以古朴、自然、原声态的形式被哈萨克人传承至今。

"喀拉"一词确有普通之意，但是，它并非指一般的、普普通通的、无任何意义的简单、粗鲁，相反多具有神圣、高贵、高雅之意。喀拉吉尔确系普通，但它珍贵无价；喀拉哈勒克确指平民百姓，但它透视着平民百姓的朴实无华；喀拉肯普尔也确指黑黑的老娘，但它又承托着黑黑的老娘那博大无私的母爱；喀拉约令也系普普通通的对歌弹唱，但它却孕育了神圣、祥和、厚重、博大的精神内涵，是哈萨克诗艺的摇篮、渊源。我们认为喀拉约令具有的通俗易懂、简练易唱、适宜性极强，适合于男女老少，便于记忆、学唱、传承便捷方便等特点，这乃是这项艺术经久不衰的魅力所在。

（二）喀拉约令与喀依木约令的共性与特性

在褒扬喀拉约令的特长之时，也不得不承认喀拉约令的过于朴素性。它的第一、二句唱词不仅仅是一两首阿依特斯的引子，有时候这一两句可以通用于几首、甚至几十首阿依特斯，在这种情况下，严格而又辩证地分析，可见其通用的第一、二句唱词有时又无法精确、明了地涵盖每段每首阿依特斯的中心内容。仅以此而断言喀依木约令的前两句无任何意义的观点也是片面的，如此通用的一两句引子更能使我们悟出喀依木约令的博大精深与魅力。例如：

>人生像瘸腿小鹿一拐一瘸，
>漫漫路坎坎坷坷很难一决。
>忽而见尘土飞扬一路凯歌，
>忽而见冷冷清清满是枯叶。
>人生像瘸腿小鹿一拐一瘸，
>人生路坎坎坷坷必定有别。
>走一回笑对人生阳光灿烂，
>谁能留金银财宝富贵一切。

从以上的两首唱词予以分析，无任何粗词烂句，也不能说那一句与中心内容无关多余，只是我们没有去精心研究窥探其蕴藏于字里行间的丰富底蕴内涵而已！

三、喀依木约令的多样性

与喀依木约令相关的概念还有"喀依木达素"、"喀依木阿依特斯"等词组。这些都泛指婚庆大典、聚会相约时，"根据声音的高低相互组合搭配，二男二女或者是四个少妇组成两个对子，面对面盘腿而坐，一个领一个双重演唱的对歌形式。"这种演唱形式往往是对歌，即内容上呈现出一问一答，在形式上，即使是采用了（前两句或第三句重复）喀依木阿依特斯形式，也会根据需要穿插喀拉约令的某些词曲，或者可以依据对歌的需要补充修改其中的某词某句穿插于对歌之中。当然，在对唱喀依木约令时，对歌双方也可根据各自的口味兴趣，即兴而歌演唱一些全新的对歌唱词，征服对方与观众。

（一）附句的多样性运用

哈萨克喀依木约令的附句来源广泛。例如：

> 月儿圆圆,
> 你的脸盘,如月圆圆。
> 好像曙光灿灿!

这些都是广泛流传于民间的对歌附句,在喀依木阿依特斯中被广泛沿用,除此之外,喀依木约令还可采集民间阿肯们的经典附句。例如:

> 你如桦林,她如柳,
> 香甜如蜜,目清秀。
> 选你选他,我难择,
> 双双犹如白鹰鹫。

(二)喀依木约令的灵活性

以上我们讲到了喀依木约令的每一首可以重复演唱,显然,这种对歌形式并非起方问一首,对方必须答一首那样死板,对歌双方可灵活自便,对方可以用唱词中的一句话回答起方的问题,用接下来的几句反问起方,从而用精美的唱词难住或压倒起方。在正规的阿肯阿依特斯比赛中,"经常出入比赛即兴而歌的阿肯歌手们不会因唱不出词曲而落伍,往往会因为唱词缺乏说服力,逻辑性不强而输给对方。"喀依木阿依特斯则不会这样,由于参加喀依木阿依特斯的歌手们往往来自于民间,他们大都对唱背诵下来的你问我答形式的固定唱词,因此,虽然对方心里想出了回击起方的内容,但由于无法用合适的对歌即兴回唱,故而会"因唱不出词曲而输给对方"。有心者会背很多适应性极强的唱词,在对歌时会滔滔不绝地尽情演唱,当双方僵持不下时,双方都会超出传统的喀依木约令形式。为了显示各自的才华,双方都会引对方向其他约令形式转移,如:山歌、水歌、渔歌、谜语歌、阿塔约令(姓氏歌)等。其中除阿塔约令形式稀少罕见外,其他约令的唱词在民间可谓是应有尽有,起方用背下来的诗词唱问候歌,对方完全可以用背下来的诗词唱应答歌。在这种情况下,如果一方即兴而歌,则会输给对方,在如此的角逐中,能即兴对歌者往往显示出他的阿肯才气。

阿塔约令形式较为独特。歌手们可以背记约令的各种形式面对对手，唯有阿塔约令形式的演唱者们，只得按其各自的姓氏介绍式的对唱，背记下来的姓氏歌与每个人的家谱不相符，因此，即使背得再多也很难套用。为此，阿肯们必须提前准备，想方设法将自己的家世谱系编成唱词背下来。总之，阿塔约令是难度较大的约令形式。

以上我们介绍了喀依木约令歌手必须是男男女女双双对歌重唱，这是对歌的需求，由于唱词都要死记硬背，因此，在二重、三重演唱中可以互相补充想不起来的唱词，调子的高低也可互补互调，从而形成整齐诱人的齐唱对歌，然而，即使是齐唱重唱在两人组合中必定有主次之分，一个是领唱，另一个是跟唱。然而，在演唱阿塔约令时，唱词必须以介绍主唱的家世谱系为主，并不需要人人过关介绍。

阿肯们的口头诗歌竞技必须是一男一女或两女或两男根据要求双双搭配组合，人数限定为二人各自为阵独立对唱，各显其能。

四、民歌与喀依木阿依特斯的区别与关系

哈萨克族的民歌同喀依木阿依特斯唱词的相同之处颇多，如果不讲出民歌的曲名，也不听曲子，只看词，往往会将二者混淆，特别是二者的前两句都可重复套用。二者最为显著的不同点是民歌有固定的曲目，而喀依木阿依特斯①的诗词可套用各种曲目。例如：喀依木阿依特斯惯用的套曲有《塔勒马别了》、《唉訽该》、《克孜勒别勒》、《毗邻相连的阿吾勒》、《两位真象枣红马》、《明亮眼》、《柯叶克勒德姆啊依》、《阿依达依》、《阿合达丽哈》、《齐勒吾赞》、《阿拉萨德》、《德依萨勒德姆》、《齐娜尔阿依》等。我们特选其中的《特勒洪格尔》（般配的两匹枣红马）民歌词曲予以分析论证。

> 专场迁徙单峰驼载重远行，
> 我心砰砰在跳动萌生爱情。
> 面对二位亲爱的欣喜若狂，
> 尽情欢歌来对唱看谁输赢。
> 附句：相似般配的枣红马，

---

① 喀依木阿依特斯：哈萨克族阿依特斯的一种，形式是一对竞技选手，根据主题内容一唱一和，来回对唱。

披金挂银扮如花。
小嘴浓眉大眼睛,
不知何人爱着她。
别等明天就今天过来相逢吧,
好似旋风吹过感觉心头凄惨。
见到二位亲爱的,我欣喜若狂,
好似心中的一团火喷出胸膛。

总之,哈萨克族的喀依木约令与民歌起始久远,孪生而来,相辅相成,相互补充,相互促进,双双被传承至今。因此,为了挽救和保护哈萨克族的这些艺术瑰宝,必须从娃娃抓起,尽可能地为青少年创造熟悉、说唱、背诵原生态喀拉约令(喀依木约令)及民歌的环境与文化氛围,并创造条件,积极组织青少年参加小型的阿依特斯表演,精心培育独具创新意识的新一代阿肯传承人。

论哈萨克族阿依特斯艺术分类特征

努尔兰·加热力哈森

　　哈萨克民间文学的内容丰富，形式多样。例如：只哈萨克民间诗歌分为英雄长诗、爱情长诗、阿依特斯、习俗诗歌、戏谑诗歌、摇篮诗歌、谜语诗歌、山水诗歌、爱情诗歌、牧诗歌、宗教诗歌、哈拉约令等各种文学体裁。其中的阿依特斯是哈萨克民间文学最珍贵的宝库之一。阿依特斯是哈萨克族民俗古老种类的产物，民俗与阿依特斯艺术的这种一起产生、紧密结合的传统，至今按其自己的轨道传承。随着社会生活的更新变化，尽管全体人民中广泛、自由阿依特斯的某些方面有所减弱，但阿依特斯艺术与民俗的融合都在目前规范、隆重的阿肯阿依特斯会得到集中反映。从中可见阿依特斯艺术与习俗、哈萨克民族文化传统的相互结合。这实际上也突出了阿依特斯艺术的民族色彩。阿依特斯艺术是草原人民喜爱诗歌的产物，同时也是阿依特斯艺术与哈萨克族民俗结合，审美情趣深层次的一种反映。

　　在哈萨克语中"Aytes"（阿依特斯）由"Ayt + es"两个部分构成，语根"Ayt"的含义是"说、讲、述说"，"es"指共动态的词素。阿依特斯一词有三种含义：（1）对唱、弹唱——诗歌对唱赛，（2）争论、争辩、辩论，（3）述说、说话、谈话。本文所谈的是前者，即对唱。它是那些出口成章的即兴阿肯（哈萨克族民间的游吟诗人）们的诗才比赛。从这个角度来讲，凡哈萨克民间"脱口秀"、歌手、阿肯之间发生口语形式或口头诗语形式的"对抗"，成为阿肯阿依特斯。阿依特斯从口头诗学意义上看，毫无疑问属于民间文学范畴；从艺术创作意义上讲，它即兴创作（诗歌）和弹、唱、舞台表演一体的综合性艺术活动；从民族艺术特性上讲，是哈萨克民族文化的一个集中展示。那么，什么叫阿依特斯？《哈萨克文学简史》这一本书上是这样写的，"阿依特斯"是哈萨克族民间古老的对唱形式，包含对唱双方彼此叙说、争辩、盘问或相互比智、比才、比勇、比谋、比对唱能力的竞赛活动。通过对唱的形式进行论辩论争，这样就要求阿肯们在对唱时能临场发挥自己的聪明才智，即行自编自唱。因此，阿肯阿依特斯是一种竞赛形式的民间娱乐性对唱活动。① 阿依特斯作为一种古老的艺术形式传承至今，它是逐渐发展成熟起来的。因此，不能将阿依特斯传统最初的萌芽与现代成熟、完美的变体相提并论。若只看到现今的阿肯阿依特斯，不看其产生、发展的过程，那么就要落入无根无据的境地；不能立足于发展的高度，也无法解释阿依特斯在民间的深厚基础和发展过程。从历史唯物主义角度看问题，阿依特斯艺术是阿依特斯传统从简单至复杂的发展过程。学者们认为，哈萨克族阿依特斯有"百得克阿依特斯"、"加尔—加尔阿依特斯"和"喀依木阿依特斯"三种来源。据民间系谱学家所述，最早的阿依特斯源于民间宗教活动中弹唱的宗教歌"百得克阿依特斯"（Badik）、姑娘出嫁时男女青年分两方所唱的"加尔—加尔阿依特斯"（Jar-jar）和"喀依木阿依特斯"（Hayem），以后演变成两人对唱形式，并广泛流传。

一、"百得克阿依特斯"的内容反映了古代人们祈求神灵保佑，以求人畜平安的思想。"百得克阿依特斯"因为人们分成双方轮流唱，所以有些学者将它称为"百得克阿依特斯"。从内容上来说，不能把"百得克阿依特斯"称为争执的阿依特斯。它作为非常久远时代的诗歌形式，其中就反映了类似阿依特斯形式的因素。当时这一类民歌不仅是为了娱乐，而且也是出于功利而演唱的。像"百得克阿依特斯"一样，古老民歌在形式方面也开始出现了双方的某种配合和竞争的最初因素。当然，"百得克阿依特斯"的最初创作不见得相传至今。在此后的时代，尤其是中世纪，民间文学得到了充分的发展。例如：

> 男方：让我唱我就唱百得克的歌，
> 我有黑平绒大氅挂了里子；

---

① 赵嘉麒主编：《哈萨克文学简史》，乌鲁木齐，新疆人民出版社，2007。

> 不吃草，不饮水就那么躺着，
> 治不好病还算什么百得克？
> 滚吧，滚吧！
> 女方：百得克去了，向陌生的远方，
> 我拿着笼头奔向乘马身旁；
> 要是有胡大修改的百得克，
> 还不早就撒欢地进了草场！
> 滚吧，滚吧！

二、"加尔—加尔阿依特斯"是哈萨克族婚姻习俗中不可缺少的民间阿依特斯形式。"加尔—加尔阿依特斯"是小伙子们和姑娘们的集体对唱。它有某些固定唱词。"加尔—加尔阿依特斯"的争辩意味比较强，即姑娘们一方以新娘的名义与小伙子们一方争辩。例如：

> 小伙子们：爹妈想你会落泪是人之常情，加尔—加尔，
> 到了那边还可以回来探望，加尔—加尔。
> 别老发愁离开妈你该咋办，加尔—加尔，
> 公婆疼爱好媳妇没有两样，加尔—加尔。
> 姑娘们：我们新房可搭在绿草地上，加尔—加尔！
> 可有一面小圆镜供我梳妆？加尔—加尔。
> 别人母亲终归是别人母亲，加尔—加尔，
> 再好怎能比得上我的亲娘！加尔—加尔。

三、哈萨克古老民歌中，与阿依特斯密切相关的民歌种类之一是"喀依木阿依特斯"。我们之所以这样说，是因为在古老民歌中用对唱形式演唱时产生的许多"哈拉约令"（哈萨克族民间歌谣最古老的一种形式）几乎都是"喀依木阿依特斯"，"喀依木阿依特斯"是在民间广泛普及的诗歌形式。如果阿依特斯艺术的萌生，其最初的变体、基础、土壤在民间的话，那么构成对唱民歌基础和艺术形式的是"喀依木阿依特斯"。"喀依木阿依特斯"有背记的，也有创新演唱的。在各地区和各部落之间演唱的"喀依木阿依特斯"的结构和形式有一定的区别。人们将重复回答头两行"喀依木阿依特斯"加以发展，只重复其头一

行，甚至创作了只重复每一节头一个词的阿依特斯。有些阿依特斯阿肯用"喀依木阿依特斯"开头，激动时抛开"喀依木阿依特斯"形式即兴演唱。可见在阿依特斯过程中"喀依木阿依特斯"逐渐发展，创造了无数的"哈拉约令"。若没有这样对唱的深厚土壤和"喀依木阿依特斯"，就不可能上升至这样的高度，专门的阿肯阿依特斯艺术及其发展与成熟。至今，最古老的"喀依木阿依特斯"按原貌保存的变体少见。从某种意义上说，我们只继承了它的形式。阿依特斯在哈萨克族民间是广泛普及的娱乐活动，大多数男女老少都会唱几首阿依特斯诗歌。无论过去还是现在，凡有哈萨克族重大社会活动的地方，比如说庆典、集会、婚礼、孩子出生的歌会、家庭餐会，或是旅程、转场路上、田间地头、草原上，只要人们能够"扎堆儿"，就有阿依特斯。所以，阿依特斯是一项传承性很强的民族艺术，是哈萨克民族习俗、风土人情、民间信仰得以代代传承的活的载体。

哈萨克族阿依特斯大致分两类：一是传统的阿依特斯，成为习俗阿依特斯；二是阿肯阿依特斯。阿肯阿依特斯的内容从本质上讲是一种即兴的诗歌创作，并具有极强的论辩色彩，似乎是以瞬间的灵感来进行论辩并反映现实生活。阿依特斯的即兴性要求阿肯在短时间内根据对方演唱内容迅速组织自己的语言，因而要求阿肯思维敏捷；对唱的论辩性则要求语言的严密性、逻辑性，尽量不能让对方抓住漏洞和把柄，并还要及时发现对方的疏漏之处；阿依特斯的内容十分广泛，常常因对方演唱内容的不可预测性、变动性导致论题的转换，这就要求阿肯要有广泛的生活积累和渊博的知识。阿肯阿依特斯离不开哈萨克民族乐器冬不拉，因为几乎所有的阿肯在阿依特斯时都用冬不拉伴奏，边弹边唱。哈萨克人眼里，不会冬不拉伴奏的阿肯就不是真正的阿肯。严格意义上的阿肯，则是指熟练阿依特斯艺术的人们。所以阿肯是哈萨克人民对民间诗人的最光荣称号。

哈萨克阿依特斯艺术具有以下七大特点：

1. 论争性

无论是传统的阿依特斯还是阿肯阿依特斯，都具有比较明显激烈的论争特征。如果没有论争，那么阿依特斯就变成了其他的艺术载体。因为阿依特斯是两个人或两个集体的互相对抗而产生的艺术创作，所以阿依特斯时对唱的阿肯们就某一个话题必须辩论自己的看法。

2. 传承性

阿依特斯是一项传承性很强的民族艺术，是哈萨克民族习俗、风土人情、民间信仰得以代代传承的活的载体。无论是过去还是现在，凡有哈萨克族重大社会活动的地方，比如庆典、集会、婚礼、家庭餐会、青年餐会、转场路上、田间地头、草原上，只要人们能够"扎堆儿"，就有阿依特斯。这一切，为阿依特斯艺术能代代相传提供了有利的保证。

3. 戏剧性

阿依特斯艺术形式灵活，可以随时随地进行组合表演。几名对手，两三个观众，就能凑合出一台"好戏"。阿依特斯艺术从现场效果来看，是非常富有戏剧性的，它富有很重的戏剧化倾向。阿依特斯过程，分为开头、发展（对抗）、高潮、尾声这样几个阶段。对唱者既是创作者，又是表演者；既是主角，又是配角；他们既要展示自己的外在形象，又要艺术地展示心灵世界，善于表现细微的情感变化和思想变化。从艺术层面上讲，阿依特斯艺术也可以称得上是"综合艺术"，是集体智慧的结晶。因为，阿依特斯只有在两名以上的对手参与对抗的前提下，才能构成戏剧性冲突。

戏剧的几大要素中最重要的两大要素是人物台词和戏剧冲突。同样，缺了这两种要素，阿依特斯艺术是不能成立的。在戏剧冲突中，矛盾冲突可以表现不同的观点、社会心理及不同道德标准的人的思想情感，人物台词是表现冲突的主要手段。同样，阿依特斯艺术也是通过语言来构建戏剧冲突。只是与准戏剧相比，没有布景，没有道具，不设舞台，没有动作或画外音罢了，倒是有更自由的"对白"，表演远离程式化，不需要剧本、排练、走场搭台、配器配乐，内容完全因时因人而定，是富有生活气息的草原活歌剧。

4. 群众性

传统阿依特斯的参加者，并不都是资深阿肯艺人，只要有对唱的愿望，不分男女老幼、贵贱、资历深浅、族群团体，不分地区、村落，都可以展示才艺，成为快乐的参与者，给大家带来快乐。所以，阿依特斯活动总能吸引全民热情，且个个都当裁判，是一个典型的群众性娱乐活动。

5. 诗歌性

阿依特斯艺术是口头诗的展示，但其中必不可少的一个重要载体是歌曲曲调。而且，每一首阿依特斯曲调几乎都是古老的，包括其唱腔、音乐特点和特征。从音乐曲调上看，阿依特斯曲调和民歌曲调是不可分割的整体。阿依特斯曲调是哈萨克民歌取之不尽的源泉，是许多现代依然在流传的哈萨克民歌的母体。反过来说，所有阿依特斯曲调都是民歌曲调，是民歌曲调中最常见的一种形式。

6. 共同创造性

阿依特斯根本不是某一个阿肯的独著，而是两个人或两个集体互相以对抗、争论、对唱形式来共同创作。如果两个阿肯之间没有对抗性的对唱，那就不会产生阿依特斯。

7. 胜负性

阿依特斯是两个人或两个集体用诗歌来互相对抗的比赛，这一种比赛中某一方胜是必然的。自古以来的所有阿肯阿依特斯都有胜负结果。如：《比尔将与萨拉的阿依特斯》中比尔将战胜萨拉呢，《艾萨提与卡热拜的阿依特斯》中卡热拜战胜艾萨提，《唐家勒克与霍依灯的阿依特斯》中唐家勒克战胜霍依灯等等。

在哈萨克族民间，阿依特斯阿肯是一个光荣的称号。很多人都希望当阿依特斯阿肯，但当阿依特斯阿肯必须具备一定的条件。阿依特斯阿肯具备的最基本，也是最难的条件是即兴演唱能力。这种能力并非偶然得到，而是哈萨克族民歌历史发展的成果。阿依特斯艺术发展普及后，即成为培养阿依特斯阿肯的诗歌熔炉。在这环境中，阿姨特斯阿肯们从小耳濡目染，在诗歌创作中大多通过参与阿依特斯活动成长，把成熟的阿依特斯作为诗歌创作的标准。比如说，哈萨克著名阿依特斯阿肯唐加勒克·桌勒德拜从小爱好诗歌创作，10岁开始即兴创作诗歌，15岁参加阿依特斯出名，他一生参加很多次阿依特斯，战胜对手，引起哈萨克民众的重视。他创造了《唐家勒克与霍依灯的阿依特斯》、《唐家勒克与乌丽家勒哈斯的阿依特斯》、《唐家勒克与努热依拉的阿依特斯》、《唐家勒克与艾帕克的阿依特斯》、《唐家勒克与巴依穆哈马特的阿依特斯》、《唐家勒克与阿勒肯的阿依特斯》、《唐家勒克与夏尔根的阿依特斯》等无数美丽的阿依特斯作品。即兴创作和阿依特斯艺术密切相关，浑然一体。所以即兴创作是阿依特斯艺术的基本特征之一。从另一方面来看，阿依特斯艺术符合哈萨克人民群众的审美情趣。它体现了即兴创作的生命力，对提高阿肯阿依特斯的水平具有积极意义。

第四篇　对阿依特斯
社会功能及文化背景的研究

社会人类学视角下的哈萨克族阿依特斯艺术及其变迁[①]

加娜尔·萨卜尔拜

一、传统阿吾勒与阿依特斯艺术

"阿依特斯"一词的含意较广，我们现在所说的阿依特斯主要是阿肯阿依特斯（阿肯对唱），它只是阿依特斯的一个分支。"阿依特斯"是一种竞技式的对唱表演形式，双方以对歌的方式斗智、斗勇、斗才，比试即兴编词、填词的能力、语言技能、音乐天赋、雄辩和表演能力等。根据内容的不同可分为"传统对唱"和"阿肯对唱"两类[②]。随着传统哈萨克社会和文化的变迁，原先这种自发性的艺术，现在变成由政府主导性的文体活动，也可以说，它的产生、发展和变迁与传统哈萨克族社会的结构特征及其变迁密切相关。因此，我们在通过这种艺术形式的认识和分析，去发现其背后的东西时，必须考虑到传统哈萨克社会的结构特征，这就是属于社会人类学的范畴。笔者把传统阿吾勒视为传统哈萨克社会的缩影，通过对传统阿吾勒的认识来了解传统哈萨克社会的结构特征与阿依特斯艺术的关系。

哈萨克族是典型的游牧民族，《努尔人》是人类学研究游牧社会的代表性著作之一。在《努尔人》一书中，王建民教授分析了人类学家埃文斯－普里查德（E. E. Evans—Prichard）的观点，他指出，宗族或

[①] 本文系 2009 年度国家社会科学基金青年项目"新疆哈萨克族基层的社会组织——阿吾勒及其变迁研究"（09CMZ015）的阶段性研究成果之一。本文原稿载《新疆社科信息》杂志，2010（3）。

[②] 吾哈甫·怒拉合买提主编：《丝路明珠：哈萨克阿依特斯》，18 页，哈尔滨，黑龙江人民出版社，2008。

世系在发展过程，会出现分节（segmentation）过程。因系谱关系不同而形成两个或多个小型的世系群，如分支部落。各分支世系群也可能组成一个世系整体结构，这种结构被称为分支世系制度（segmentary lineage systemS）①。

就像努尔人社会那样②，传统哈萨克社会部落分成很多裂变支或分支世系群。在传统哈萨克社会中，大部分老人都能背诵许多代祖先的名字，甚至有些人能背诵自己所处的整个部落的世系。有些人能背诵整个哈萨克族每个玉兹、兀鲁斯的世系几十代的名字。因此，每个兀鲁斯、部落、氏族的系谱通过口传方式保留下来。这种传统对每个哈萨克人提供了关于自己祖先的线索。每个哈萨克人都会牢记自己七代祖先的名字。因系谱关系不同而形成很多的世系群。具体地说，整个哈萨克民族共同体分为地域性部落联盟——玉兹，并分为大玉兹、中玉兹和小玉兹；每个玉兹又分为几个兀鲁斯；兀鲁斯分为阿洛斯或塔依帕即部落；阿洛斯分为氏族；氏族分为阿塔；阿塔再分为阿吾勒，其中，阿吾勒是传统哈萨克社会最基层的社会组织。传统阿吾勒就像努尔人的村落那样，是哈萨克族最小的政治单位和牧业生产单位，一般由血缘相近的同一祖父的人们组成③。

> 个案：（卡哈尔曼，男，78岁，富蕴县人）在传统哈萨克社会中，本氏族内禁止通婚。一般在同一氏族内过了十代就可以通婚，最少过七代才能通婚。哈萨克族的这种婚姻制度叫七代外婚制。当时，父亲亲自去给自己的儿子找对象，而且到比较远的地方寻找。因为同一个氏族的人一般情况下都

---

① 王雷冰，迪木拉提·奥迈尔：《文字、仪式与文化记忆》，244页，北京，民族出版社，2008。

② 人类学家埃文思·普里查德在《努尔人》一书中，把努尔人部落中最大的分支称为一级裂变支（primary section），把一级支的裂变支称为二级支（secondary section），把二级支的裂变支称为三级裂变支（tertiary section）。部落的三级裂变支由许多村落（village）构成。村落是努尔人最小的政治单位。由家庭性的群体构成，包括村舍、家宅和棚屋。家庭性群体包括家、家户和联合家庭。家庭性群体中的社会关系纽带主要是一种亲属性的秩序，合作生活是常见的生活方式。参见埃文思·普里查德著，褚建芳等译：《努尔人》，7~8页，北京，华夏出版社，2001。

③ 加娜尔·萨卜尔拜：《新疆哈萨克族阿吾勒及其变迁研究——富蕴县喀拉布勒根乡巴拉额尔齐斯牧业村的个案》，载《新疆师范大学硕士学位论文》，20~21页，2009。

在相邻的地方游牧。因此，也有一种说法：可以通婚的阿吾勒之间隔七条河。我记得在童年的时候，我的一个姐姐嫁到今天的哈密地区的巴里坤县。

（2008 年 9 月 20 日的访谈记录）

传统阿吾勒（村落）实行七代外婚制。阿吾勒内部和各阿吾勒之间的亲属关系在某种意义上是由七代外婚制支配的。传统的哈萨克族阿吾勒基本上由同一祖父的近亲组成。按七代外婚制的规定，传统阿吾勒内部基本上禁止通婚。因此，传统阿吾勒内部的亲属关系除了"克尔蒐"① 之外，基本上都是有血缘关系的。这种婚姻制度促进了阿吾勒的团结，并维护了整个哈萨克社会各阿吾勒之间的开放性的交流。这有助于把每个阿吾勒及其成员变成较大社会系统的组成部分。②

这种婚姻制度促进了各部落、氏族、阿吾勒之间的团结或交流。换句话说，不同部落、氏族、阿吾勒之间建立了姻亲关系，使整个哈萨克社会变成一个统一体。也可以说，哈萨克社会通过七代外婚姻制度达到了平衡。③ 同样，这种婚姻制度促进了各个世系群（如阿吾勒、阿塔、氏族和各个大小部落等）之间的交流，而这种开放性交流有助于各种类型的传统阿依特斯的发展。在这种情况下，阿肯阿依特斯也得到了健康发展的环境。

个案：（卡卡夏，男，73 岁，新疆阿勒勒地区青河县人）
以前的阿依特斯和现在的阿依特斯是不一样的，以前的阿依特斯是一种自发性的，基本上都在婚礼中进行。因为在传统的阿吾勒内禁止通婚，因此，当时的婚礼是在阿吾勒之间进行，阿依特斯也是在各个阿吾勒之间进行的。阿依特斯分两种：一个是生活—仪式阿依特斯（指的是传统阿依特斯），另一个是阿肯阿依特斯。这两个都是在婚礼当中进行，而且，

---

① 一个贫穷的阿吾勒中，由于阿吾勒的牲畜不够养活整个阿吾勒的成员，所以本阿吾勒的有些户为了生存，搬到另一个富有阿吾勒中生活，这户叫"克尔蒐"，意为外来者。
② 加娜尔·萨卜尔拜：《新疆哈萨克族阿吾勒及其变迁研究——富蕴县喀拉布勒根乡巴拉额尔齐斯牧业村的个案》，载《新疆师范大学硕士学位论文》，20~21 页，2009。
③ 加娜尔·萨卜尔拜：《新疆哈萨克族阿吾勒及其变迁研究——富蕴县喀拉布勒根乡巴拉额尔齐斯牧业村的个案》，载《新疆师范大学硕士学位论文》，28~29 页，2009。

男女双方都举行阿依特斯演唱比赛。首先在女方阿吾勒中，在女孩出嫁的晚上，男女双方阿吾勒的人和其他阿吾勒的人互相唱阿肯阿依特斯，会唱的人都能参加，有时候一直持续到第二天早晨。女孩出门的那天上午，阿吾勒的年轻小伙子和姑娘分两队对唱加尔—加尔等传统阿依特斯，同时举行赛马、叼羊、姑娘追、摔跤等文体活动。

(2008年9月26日访谈记录)

在传统哈萨克社会中，阿依特斯艺术基本上是在男女双方的氏族、部落和阿吾勒之间举行。其中，传统阿吾勒是阿依特斯艺术进行的基本单位或空间。

传统阿吾勒是哈萨克族诸如婚葬嫁娶、红白喜事，以及阿肯对唱、赛马、摔跤等各种民族体育、文化活动和出生礼等各种仪式活动的载体和舞台。① 也就是说，传统阿吾勒是阿依特斯（其包括阿肯阿依特斯和仪式阿依特斯）、赛马、叼羊、姑娘追、摔跤等文体活动以及各种人生礼仪和仪式活动的空间，这些文体活动均是以阿吾勒为单位进行的。② 从阿依特斯艺术的基本特征来看，阿依特斯通常在不同部落、不同地区的阿肯之间进行。对唱者总是代表着本氏族、本部落、本地区的荣誉。③ 在阿依特斯艺术中可看出这样的一些本质性的特征，即一是阿依特斯必须在两个不同的世系群之间进行，如不同阿吾勒、不同氏族部落；另一个特征是，它是一种竞技式的对唱表演艺术。在认识和研究阿依特斯中的两个关键词，即"竞技式"和"对唱"，这表示一种对立关系。人类学家雷蒙德·弗思认为：任何人类社会都有一种因个人的或部分的利益而发生的离心力，使它分裂。④ 传统哈萨克社会的最小单位不是和现在一样的家庭或个体，而是基层的社会组织——阿吾勒。因阿吾勒的荣誉或利益而发生离心力（对立关系）促进了阿肯

---

① 贾合甫·米尔扎汗著，夏里甫汗·阿布达里译：《哈萨克族历史与民俗》，224页，乌鲁木齐，新疆人民出版社，1998。
② 加娜尔·萨卜尔拜：《新疆哈萨克族阿吾勒及其变迁研究——富蕴县喀拉布勒根乡巴拉额尔齐斯牧业村的个案》，载《新疆师范大学硕士学位论文》，58页，2009。
③ 吾哈甫·怒拉合买提主编：《丝路明珠：哈萨克阿依特斯》，67页，哈尔滨，黑龙江人民出版社，2008。
④ [英]雷蒙德·弗思著，费孝通译：《人文类型》，76页，北京，华夏出版社，2001。

阿依特斯的产生和发展。因此，传统阿吾勒是阿肯阿依特斯等草原流动游戏的发源地。

二、传统阿吾勒变迁与阿依特斯艺术的变迁

从阿依特斯艺术发展情况来看，阿依特斯随着时代、社会环境的变化而变化，随着社会的发展而发展。从古代先民们在日常生活中以歌代言的简单交谈到习俗仪式礼仪上的婚嫁歌、哭嫁歌，乃至丧葬仪式上的挽歌对唱、哭丧对唱，宗教仪式的自得克对唱到会友对唱、谜语对唱、赞扬对唱（玛克陶约令）、讽刺嘲笑对唱（贾曼达吾约令）、谱系对唱（阿塔约令）一直到后来传统对唱中的各种形式，发展并形成了现代的阿肯对唱。① 但是我们不能说上述的各种传统阿依特斯种类合并成了阿肯阿依特斯，反而是阿肯阿依特斯属于阿依特斯之中的一种特殊形式。上述的婚嫁对唱（加尔—加尔等）、挽歌对唱、哭丧对唱、百得克对唱、谜语对唱、赞扬对唱、讽刺嘲笑对唱、谱系对唱等其他传统阿依特斯类型，应该说，随着全球化，被现代化的风吹走了。比如说：19世纪的《比尔江和萨拉对唱》是较高层次的阿肯对唱，当时上述的各种传统阿依特斯类型也同时并存。

以前，阿依特斯、赛马、叼羊、姑娘追、摔跤以及各种人生礼仪和仪式等这些文体活动均以阿吾勒为单位，并在婚礼、割礼等仪式活动当中举行，而现代的阿吾勒则没有以前那样自发性的文体活动，现在这些活动都是在政府的组织和安排下进行。笔者2008年在清河县、富蕴县等地方进行田野调查的时候发现，整个富蕴县一年最多组织一次，每次进行两三天时间，而且有交通、路况、住宿、饮食等各种原因，大部分牧民无法参加，只是一部分有条件的人参加。②

随着传统哈萨克社会的变迁，阿依特斯艺术也发生了变迁，即作为一个自发性的娱乐活动变成为政府主导性的民族性节日。以前阿依特斯的内容很丰富，在哪儿有婚礼、割礼和葬礼等红白喜事，哪儿就有了阿肯阿依特斯，经济情况稍好的阿吾勒都能举行阿肯阿依特斯。

---

① 吾哈甫·怒拉合买提主编：《丝路明珠：哈萨克阿依特斯》，42页，哈尔滨，黑龙江人民出版社，2008。

② 加娜尔·萨卜尔拜：《新疆哈萨克族阿吾勒及其变迁研究——富蕴县喀拉布勒根乡巴拉额尔齐靳牧业村的个案》，载《新疆师范大学硕士学位论文》，73页，2009。

在这里，最重要的因素是，作为阿依特斯艺术的土壤（或这种艺术活动的空间），传统阿吾勒以血缘关系为基础的基层社会组织已经解体了，变成为以地缘关系为基础的乡、村等基层行政单位。随着阿吾勒的变迁，哈萨克人的部落认同感也发生了变化。现代阿吾勒的人再也不强调自己的部落认同；虽然哈萨克族的婚礼、割礼等喜事仍然存在，但在这些仪式活动中却没有人举行阿肯阿依特斯（阿肯对唱）。这并不是说明没有阿肯（阿依特斯歌手），而是因为没有动力或缺乏组织阿肯阿依特斯的主人。现代的哈萨克族阿吾勒虽然是由不同部落、不同民族组成的行政单位，但在现代的哈萨克人中并没有强烈的氏族、部落认同感，由于这个原因，对同一个村的人而言，现在没有一个阿肯（阿依特斯歌手）声称代表自己的阿吾勒（家族）、氏族和部落来参加阿肯对唱。现在的婚礼、割礼等喜事活动均以个体家庭为主，而不是像以前那样以阿吾勒为主。因此，现在的阿肯阿依特斯只能在各级政府的主导下，在不同区域（如乡镇、县、地区、州）之间进行。现在的阿肯阿依特斯受到了组织者（如果没有政府的重视和组织，现代的阿肯阿依特斯很难举行）、时间、地点等诸多方面的制约和限制。

三、作为庆祝仪式形式的现代哈萨克族阿依特斯艺术

2008年，笔者在参加阿勒泰地区富蕴县和青河县的阿肯弹唱会时发现，现代哈萨克族阿依特斯艺术不是像以前一样的自发性娱乐活动，而是一种政府主导性的大型庆祝仪式或民族性节日，而且这种活动一年最多一次。近几年来，在哈萨克族集中聚居地区的政府倡导进行阿肯阿依特斯活动。目的是满足广大牧民的精神文化方面的需求。据了解，对中国哈萨克族而言，阿肯阿依特斯艺术（阿肯弹唱会）是在各级政府的指导下，是按行政级别或区、州、地区、县和镇来举行的。比如，伊犁哈萨克自治州级的阿肯弹唱会每三年举行一次，伊犁、阿勒泰、塔城等哈萨克族集中居住的地区每两年举行一次，各个县一年举行一次。

与传统阿肯阿依特斯和现代阿肯阿依特斯相比较，这种活动的艺术欣赏者（参加或欣赏阿肯阿依特斯的观众）和艺术创造者（阿依特斯歌手或阿肯）的目的是不一样的，但是，二者都是为了回答一个问题，即"我是谁？""是从哪儿来的？"前者要回答的答案是"我是从

某某阿吾勒来的，我代表某某氏族或部落"；而后者回答的答案是"我是从某某乡、县或地区来的，我代表某某乡、县或地区"，如阿勒泰或伊犁等；而对欣赏者而言，前者是为了加强部落认同，而现代的则是地域认同和文化认同；后者（现代的阿依特斯欣赏者）只强调民族文化认同或传统文化认同和地域认同。因此，哈萨克族阿肯阿依特斯艺术从传统到现代的变迁过程，实际上就是哈萨克族认同的演变过程。

笔者在参加2007年阿勒泰地区哈巴河县举行的伊犁哈萨克自治州阿肯阿依特斯和2008年阿勒泰地区清河县、富蕴县阿肯阿依特斯时发现，在举行阿肯阿依特斯时，赛马、摔跤等文体活动和民族特色的各种手工艺品展示同时举行，而且一部分人去听阿肯阿依特斯，而另一部分人参加和参观赛马、摔跤等其他比赛。现在的很多观众来参加阿肯阿依特斯的主要目的，就是想看到哈萨克族传统文化，如在现代的阿肯阿依特斯中必须有哈萨克族毡房、以羊角纹为主的各种民间工艺品、民族特色的饮食、马具、餐具等物质文化和赛马、叼羊、姑娘追、摔跤等哈萨克民族特色的各种文体活动。因此，现代的阿肯阿依特斯艺术实际上已成为一种庆典仪式形式的文化记忆或大型公共节日。

总之，传统阿吾勒等这种传统哈萨克社会基层的社会组织是哈萨克阿依特斯艺术的土壤。换句话说，传统哈萨克社会中的各个大小型世系群（如阿吾勒、阿塔、氏族和部落等）之间的对立关系推动了阿依特斯艺术的产生和发展。阿依特斯艺术（尤其是阿肯阿依特斯）是哈萨克族人对自己的阿吾勒（家族）、氏族、部落和地域认同或归属感的一种表达方式。

浅谈哈萨克族阿依特斯文化与研究艺术意义

卡哈尔满·穆汗著，叶尔克西·库尔曼别克译

阿依特斯艺术是根植在浓郁的哈萨克族传统文化土壤中，土生土长起来的，富有哈萨克族精神文化的优良传统，无论从思想上还是艺术上，都可谓是传承了民族优秀文化传统，是哈萨克文化中一种独具特色和表现力的艺术形式。

阿依特斯艺术从口头诗学意义上看，毫无疑问属于民间文学范畴；从艺术创作意义上讲，它又具备一般艺术创作的普遍规律；从民族艺术特性上讲，是哈萨克民族文化的一个集中展示。我们既可以把它看作是"阿依特斯艺术"，也可以把它看作"阿肯文学"，还可以把它看成是"阿依特斯文化"，是哈萨克族文化乃至中华民族文化中不可或缺的一种民族艺术形式。

因此，研究工作必须对阿依特斯艺术与民族文化的关系，以及民族文化中的影响、地位、价值、名称、概念及一般规律、研究对象、研究方法、意义和作用等理论问题做出解释和回答。

一、阿依特斯艺术的定义

阿依特斯艺术是一种特殊的民族艺术表现形式，具有一定的民族文化特性和社会文化特性。

关于阿依特斯艺术，学界比较认同的看法是，阿依特斯艺术是一门带有一定的对抗、竞技和斗智的口头诗歌艺术。从广义上讲，在哈萨克语里，阿依特斯艺术泛指两个人或两个群体之间因观点、看法不同而产生的口语"对抗"。日常生活中，有人发生言语争执，就被认为

是发生了"阿依特斯";从狭义上讲,凡哈萨克民间"脱口秀"、歌手、阿肯之间发生口语形式或口头诗语形式的"对抗",称为"阿肯阿依特斯"。阿肯阿依特斯又分"脱口秀"阿依特斯和阿肯阿依特斯。这两者的共同点是都有很强即兴性。但从表现形式上讲,阿肯阿依特斯有伴奏和伴唱,即诗和歌的结合。从一定意义上讲,这是阿依特斯艺术的精华。

二、阿依特斯的种类和形式

一直以来,阿依特斯艺术种类和分类没有形成一致的说法。但学界总体上把它分成两大类:一种是传统阿依特斯,另一种是专业阿依特斯。专业阿依特斯又分为托里阿依特斯和苏里阿依特斯。

阿依特斯的演唱形式,分为团队式、个体式;方式上有口语式对抗,也有书面对抗;其中书面对抗,有两人对抗,也有阿肯自问自答式。题材上有历史题材,也有现实题材。

三、阿依特斯艺术的基本特征

阿依特斯艺术具有以下四大特点。

(一) 诗歌性

阿依特斯艺术是口头诗的展示,但其中必不可少的一个重要载体是歌曲曲调。而且,每一首阿依特斯曲调几乎都是古老的,包括其唱腔、音乐特点和特征。

阿依特斯只有在有乐器和歌声相伴的前提下才是完整的。阿依特斯乐器一般是冬不拉,也有其他乐器,伴歌有单声或混声。

从音乐曲调上看,阿依特斯曲调和民歌曲调是不可分割的整体。阿依特斯曲调是哈萨克民歌其取之不尽的源泉,是许多现代依然在流传的哈萨克民歌的母体。反过来说,所有阿依特斯曲调都是民歌曲调,是民歌曲调中最常见的一种形式。只是"民歌"这个概念是后来才出现的,而"阿依特斯曲调"一直是民间说法。阿依特斯曲调,大体上分为民歌曲调和"慢板"。民歌曲调常用在托里阿依特斯,"慢板"则多用于苏里阿依特斯。除个别习俗阿依特斯有固定曲调外,阿依特斯曲调一般是形式多样且多变,有演绎性,是民间艺术一朵瑰丽的奇葩。

总体上讲，阿依特斯艺术包含了哈萨克族习俗歌的基本曲调，运用最多的是民歌曲调，它们的民歌唱腔及曲调装饰，都散发着浓郁的哈萨克族民间风韵。一名出色的阿肯，一定是一名哈萨克民歌的最好传承者，哈萨克的民歌音符深深地附着在他的灵感、智慧和情感之中。或抒情，或描述，或叙事，无不于此。不光如此，一名出色的阿肯一定会在此基础上，形成自己的艺术风格，完成传统经验和个人经验的完美结合。

假设数世纪来，不同时代的阿肯弹唱作品都被以书面的形式保留下来的话，那该是多大的一笔精神财富。遗憾的是，它们已经随着历史的尘埃飘落在了时空的深处，只有那些动听的旋律却很好地保留下来。

（二）戏剧性

阿依特斯艺术形式灵活，可以随时随地进行组合表演。几名对手，三两个观众，就能凑合出一台"好戏"，阿依特斯艺术从现场效果来看，是非常富有戏剧性的，因为它富有很重的戏剧化倾向。阿依特斯过程，分为开头、发展（对抗）、高潮、尾声这样几个阶段。很多时候，有些阿依特斯活动，甚至一开始就会进入对抗状态，妙语连珠，引人入胜。弹唱者既是创作者，又是表演者；既是主角，又是配角；他们既要展示自己的外在形象，又要艺术地展示心灵世界，善于表现细微的情感变化和思想变化。而且，他们的对抗必须善于触及对手的"弱点"，艺术地触及对手外在形象和内心世界，只有当"对抗"富有戏剧感的时候，才能体现阿依特斯的艺术魅力，它最终考验的是参与者平时的语言艺术积累和"对抗"艺术素养。他的积累和素养直接取自于他的生活，这是一项在单位时间内考验个人"诗语对抗"能力的艺术活动，它的戏剧性色彩也因此而富有魅力。

阿依特斯艺术的参与者，既是演唱者，又是创作者，还是导演，也是人物。只有当他（她）把这些戏剧要素都统一于一身的时候，他才是强大的，不可战胜的。

所以，从艺术层面上讲，阿依特斯艺术也可以称得上是"综合艺术"，是集体智慧的结晶。因为，阿依特斯只有在两名以上的对手参与对抗的前提下，才能构成"戏剧性"冲突。一部经典的阿依特斯作品，是草原上一出经典的"歌剧"。有人物，有故事，有情结，有对白，也有心理活动，更有戏剧悬念。

戏剧的几大要素中最重要的两大要素是人物台词和戏剧冲突。同样，缺了这两种要素，阿依特斯艺术便是不能成立的。在戏剧表演中，矛盾冲突可以表现不同的观点、社会心理及道德标准和人的思想情感，人物台词是表现冲突的主要手段。同样，阿依特斯艺术也是通过语言来构建戏剧冲突。只是与准戏剧相比，没有布景，没有道具，不设舞台，没有动作或画外音罢了，倒是有更自由的"对白"，表演远离程式化，不需要剧本、排练、走场搭台、配器和配乐，内容完全因时因人而定，是富有生活气息的草原活歌剧。

（三）传承性

阿依特斯是一项传承性很强的民族艺术，是哈萨克民族习俗、风土人情、民间信仰得以代代传承的活的载体。在长期的发展中，它不仅丰富了哈萨克族人民的精神文化，也记述了哈萨克族的心灵轨迹。无论过去还是现在，凡有哈萨克族重大社会活动的地方，比如庆典、集会、青年聚会、婚礼，甚至小孩子出生的歌会、家庭聚会，或是旅途、转场路上、田间地头、草原上，只要人们能够"扎堆儿"，就有阿依特斯。没有阿依特斯的活动，是不可想像的。比如"加尔—加尔"，就是婚礼的一个重要程序，没有"加尔—加尔"，便没有婚礼。"巴德克"是民间宗教活动中不可缺少的。这一切，为阿依特斯艺术能代代相传提供了有利的保证。

（四）群众性

阿依特斯艺术深深融入哈萨克族社会生活的方方面面，其中以传统阿依特斯的普及最为广泛。传统阿依特斯的参加者，并不都是资深阿肯艺人，只要是普通民众，只要有歌唱的愿望，不分男女老幼、贵贱、资历深浅、族群团体，不分地区、村落，都可以展示才艺，成为快乐的参与者，给大家带来快乐。所以，阿依特斯活动总能吸引全民热情，且个个都当裁判，是一个典型的群众性娱乐活动。

据有关资料，阿依特斯这种艺术形式在其他民族传统文化里也有过，但是由于种种原因，并没有传承下来。相比之下，哈萨克族的阿依特斯艺术活动，虽经岁月的变迁，始终没有中断，相反，越发展越丰富、越精良，而且保持原生态，成为今天社会文化的重要组成部分。而这一切，毫无疑问得益于阿依特斯艺术的群众性参与。

四、弘扬阿依特斯艺术的意义

1. 阿依特斯艺术代表着哈萨克族集体审美价值取向，及哈萨克民族情趣、爱好、理想追求，是研究哈萨克族民族文化心理最重要的活化石。

2. 阿依特斯艺术是哈萨克族进行社会伦理道德教育、自我教育的一个重要手段。尤其在今天，为弘扬爱国主义情怀和英雄主义气概，倡导人际和谐交往，遵守国家法律，歌颂真善美，歌颂劳动，赞美善人善举，赞美亲情、友情、爱情，同时，对鞭挞假恶丑，抨击社会不良现象，有着独到的教化功能和社会作用。不仅如此，无论是在过去还是现在，成功的阿肯，常被视为社会公众人物，代表公众说话，代表公众"评判"。从这个意义上讲，阿肯必须有民心，善于关注民众疾苦，反映民情、民意，并且善于对那些内心阴暗、贪图钱财、一心投机钻营、飞扬跋扈的腐败分子，不管身居何位，进行无情的讥讽和批判。这使得群众对阿肯怀有拥戴之情，而丑恶的灵魂对阿肯们又怀有戒心或警惕，怕自己的不轨行为被曝光。这也是阿依特斯艺术重要的文化特征。

3. 阿依特斯艺术虽带有浓厚的民间文化性，但亦有其约定俗成的规矩和章法：

（1）通常情况下，传统阿依特斯，多由年轻人参与，常为男女组合，偶尔也有团体组合，但有血缘关系的、亲友关系的，原则上不参与组合。

（2）观众是裁判，但不直接干预阿依特斯内容。阿依特斯内容，完全由参与双方自行选择和发挥。但阿依特斯对阿肯们所代表的团体却有特殊要求：比如，一旦"对抗"内容涉及对方所代表的地方、单位、亲友、社会关系中的人或事，无论正确与否，对方代表的团体，不能有任何情绪和行为的过激反应。

（3）无论是准阿肯还是阿依特斯爱好者，必须有良好的道德修养和心理承受能力，不以败为耻。事实上，许多在"对抗"中失利的阿肯，大多会把自己失利的原因说给人听，以表示对对手才艺的认可。民间也有"赌赛"的情况发生，尤其男女阿肯间的对唱，女阿肯为了证明自己的实力，有可能对男对手说："如果我败了，就嫁给你。"一旦败了，就要兑现诺言。

（4）民间还有败者给胜者"进贡"的习俗。这是为了表达对获胜者的尊重，同时，也是为了给胜者一个念想。所谓"念想"也大多是败者心爱的一块手帕、戒指、银手环等，偶尔也有送大件物品的，比如送一匹马或一件大氅。

（5）阿依特斯也是调侃、幽默与辞令的大展示，有时候双方较上劲儿，亦有出格玩笑，在阿依特斯中，这是允许的，不被认为是低俗。

4. 阿依特斯艺术能陶冶人的性情和情操，锻炼创造才能，增强参与者自信心和社会交往能力，它使人正直正派，崇高美丽。在这方面，年轻的阿肯们常常受到长辈们及时的指点和引导，年轻的阿肯们也常常以资深阿肯们为推崇和学习的榜样，并经千锤百炼逐步成才。任何一个阿肯的成长，都是在不断的实践中成长起来的，听众永远是他们最好的老师。

五、研究阿依特斯艺术的意义

阿依特斯艺术研究的意义体现在以下几个方面：

1. 从非物质文化遗产的层面讲，阿依特斯艺术研究的意义，首先在于确定它在中华民族文化中应有的地位，并把这一传统的民族艺术推向全国和全世界。这一点已经成为现实，阿依特斯艺术已经申报中国非物质文化遗产名录。哈萨克族传统文化完整并有效地保留了这一古老的艺术，是值得肯定的。

2. 阿依特斯艺术研究必须对阿依特斯古典作品、现当代作品及政府组织的赛事和民间自发赛事形式进行深入研究，确定阿依特斯的审美价值、社会价值，研究其特点、意义、创作规律及如何使现代阿依特斯艺术健康有序地发展。在这一点上，我们认为要注意处理好两方面的关系：其一，处理好发扬阿依特斯艺术传统形式与发展现代阿依特斯艺术之间的关系；其二，处理好民间自发阿依特斯活动与政府组织的阿依特斯活动的关系。这两点都关系到这门传统民族艺术能否得到健康的发展。

3. 抢救、保护民间业已存在的阿依特斯传统作品，搜集整理民间自发的优秀阿依特斯作品，以丰富群众性的文化活动。

4. 端正对阿依特斯艺术的不正确的认识，用学术的态度和科学的方法，研究阿依特斯艺术的文化价值和社会价值。应该认识到，只把阿依特斯艺术看成是普通的民间娱乐活动，或轻视其社会教育功能，或在组织阿依特斯活动时搞形式主义，将它庸俗化、功利化，都是不正确的做法。正确的做法是，认识它在民族艺术传承中的重要地位作用，并对其做学术研究和评判，进行合理引导，使其健康发展。

5. 阿依特斯艺术研究不仅要研究其本身的艺术创作规律，同时还应该关注其与相关艺术门类之间的区别联系及相互影响。

结语：阿依特斯艺术研究内容十分丰富，本文就阿依特斯艺术美学、阿依特斯艺术特点、阿依特斯阿肯诗学、阿依特斯技巧、阿依特斯欣赏、现代阿依特斯艺术的健康发展，如何为先进文化建设服务、为经济建设服务，阿依特斯艺术的收集整理等问题谈了些个人的认识，恳请得到读者的批评指导。

论哈萨克族阿肯阿依特斯大会

郑成加

阿肯弹唱会在人们心目中，已成为哈萨克族文学艺术的检阅活动。关于阿肯弹唱会，民间有这样的传说，很久很久以前，巴里坤湖畔有位俊俏的姑娘，她唱起歌来，百灵鸟也舍不得离开。有一天，姑娘正在湖边弹着她心爱的冬不拉，唱着怀念远方情人的歌。这时，有个领头人骑马路过这里，被这美妙的歌声吸引住了。姑娘鲜花般的面容，使领头人眼花缭乱，他起了坏心，想霸占姑娘，便派人到姑娘家说亲，遭到了姑娘的拒绝。可是，领头人哪能放过，强迫姑娘家订了婚约。婚期临近，姑娘悲痛的歌声，凄惨的琴声，使草原的人们心碎，突然巴里坤湖内涌出来一匹骏马，带着姑娘飞去。这马就是姑娘的情人变的。姑娘眷恋着故乡，把心爱的冬不拉扔下来，这冬不拉像天女散花一样变成了许多冬不拉落到人们手中，这对恋人的歌声渗透了人们的心田，人们情不自禁地唱起来，从此，草原便沉浸在一片歌海之中。那领头人眼巴巴地望着一对恋人远去的身影断了气。从那以后，每年盛夏，哈萨克族牧民聚集在草原上歌唱，表达对自由幸福恋人的怀念，诉说自己的苦难，向往着美好的未来……阿肯弹唱会就这样年复一年地延续下来。

夏季的巴里坤草原，美丽极了，像是完整的无缝的绿色绒毯，经过雨水的洗涤，越发清新碧绿。在那风景如画的夏牧场上，每年都要举行阿肯弹唱会。参加弹唱的人都是从各阿吾勒选派出的著名阿肯（即兴弹唱歌手），有老艺人，也有年轻歌手。就某种意义上说，哈萨克人的阿肯弹唱会，无异是一年一度用诗歌进行哲理辩论和才智较量的活动；

同时,也是传播知识、启迪思想的活动;是哈萨克人最感兴趣、最受欢迎的活动。常常有人从百十公里以外赶来参加,旁听的有数百人甚至千人以上。弹唱会短则七八天,长则十天半月。一般是看对唱进行情况来决定弹唱期限的。

哈萨克举行的阿肯弹唱会,都沿袭着哈萨克民族的传统习惯,当宣布阿肯弹唱会开始时,年长的妇女们就向人群挥撒包尔萨克、奶疙瘩和糖果等食物,表示祝贺。当羊皮口袋里的马奶倒进一只只金边花碗时,人们的兴致来了,歌儿似奶流,草原峡谷荡起了冬不拉的琴声。男女青年和阿肯们也载歌载舞,欢欣庆祝。

弹唱会开始,各级领导干部都要从座位上站起来向群众祝贺。富有文学天才的民间诗人们还要登台赋诗,以诗歌的语言表达对盛会的赞扬和希望。《曲头》(奎巴斯)——这只古老而庄重的序曲,划破了寂静的山林,掀起了巴里坤湖水的绿波。1979年在肋巴泉举行的阿肯弹唱会上,年过七旬的老阿肯就是这样致祝词的:

> 我是老一辈阿肯中的弱者,
> 也是又一代阿肯中的强者。
> 祝愿美妙的诗歌,
> 像苏吉沟的淙淙流水灌溉肥沃的哈萨克草原。

开幕式结束时,热情的主持人牵着一匹白鼻梁的枣骝马,请老阿肯祝词。据说,两岁马是长成后尚未役用的马,白鼻梁表示纯洁的心意。这次牵来的骏马更具有新的寓意,那就是让阿肯的歌,像骏马一样跑遍绿色的草原。年事最高的阿肯念着祝词接受主人的心意,然后将马牵去宰杀,做成丰盛的手抓马肉。用餐时,由专人骑着马,捧着盛肉的托盘,送到每顶毡房门口,表示隆重庆祝。只有这样做,才足以表达自己对这一盛会的虔诚。

哈萨克人把身背冬不拉,骑马漫游的行吟诗人称为"阿肯"(对优秀民歌手的称谓)。"阿肯活不到千岁,然而他的歌声可以千年流传。"阿肯知识丰富,感情充沛,文思敏捷,即兴弹唱,斐然成章,描景抒情,形象生动,兼有诗人、歌手的艺术才华。在没有文字的时期,劳动人民的文化创作成果,主要靠他们保存、流传,他们能编善唱,有艺术创作的才能，劳动人民的精神财富，要由他们去总结、发展。人民把阿肯看作是民族文化的继承者和传播者，过去他们把旧社会统治者的罪恶，以及人民的苦难、愤懑和理想、愿望编入自己歌中，把阿肯称为自己的代言人，替人民诉苦，还用歌直接去同剥削阶级进行斗争。在弹唱中，一般表现为才思敏捷，锋芒毕露，特别是在对唱中，更是如此。若能使对手词穷，方显出本领超人，名传四方，博得牧民尊敬。他们凭一只冬不拉和嘹亮的歌喉，以无比智慧，即兴地随口编唱着歌曲，使人们听到江湖的奔流，骏马的驰骋，感觉到草原上的自然环境与人物的生活动态，尤其是那强烈的节拍表现骏马的奔驰，显得十分神似。在旧社会阿肯总是站在勤劳、善良、正直的人民一边，比如阿肯唱的《冬不拉第一支歌》的歌词是：

> 威严的武士不要摆弄你们的威风，
> 请把你们出鞘的钢刀轻轻收起，
> 老年人有满腔的愤怒和不平，
> 这愤怒和不平是世间最朴素的真理。
> 一切真理都用不着拐弯抹角，
> 现在我要直爽地向你们提一个问题：
> 残暴的可汗要屠杀一个无辜的老人，
> 你们可愿意代替他去屠杀正义？
> 杀死王子的是一只凶猛的野猪，
> 为什么可汗要拿无辜的仆役出气？
> 王子的残暴早应该受到惩罚，
> 他死了正符合我们哈萨克人的心意。
> 你们不要在自己兄弟面前耀武扬威，
> 请不要忘记你们的身份一样是奴隶。
> 假如有一天灾难在你们身上降临，
> 可汗的屠刀仍然不会对你们客气！

在阿肯悲愤歌声感召下，武士们一个个收起了钢刀，使可汗更加恼怒了，他暴跳如雷。阿肯继续唱道：

> 坐在王位上的是一个十足的独夫,
> 他不知残杀了我们多少兄弟!
> 他残酷地夺去了我们最后一只羔羊,
> 他凶狠地榨干了我们最后一滴血液!
> 我们的父兄被他折磨断了脊梁,
> 我们自己现在又做了他的奴隶!
> 伙伴们,我们要庄严地宣告自己是人民,
> 人民决不应该吃独夫的皮鞭!
> 别认为我们自己的力量孤单,
> 草原上到处都是我们的兄弟!
> 违背我们的意志就是渺小的独夫,
> 我们完全有力量把独夫拉下王位!

新中国成立后,牧民翻了身,真正成为草原上的主人,阿肯又唱道:

> 播下的种子要有湿润的泥土,
> 实行民族区域自治就有了广阔的路,
> 新中国成立前的少数民族啊像路旁的草,
> 如今啊像凤凰有了巢。

阿肯们歌唱着哈萨克人民心里的纯洁的爱,也倾吐着人民心里的恨,所以深为人民所喜爱。人民用歌曲来表达对阿肯的爱戴,如:

> 阿肯这称呼贵似黄金,
> 你的歌像插翅的骏马飞奔在草原。
> 没有谁不珍惜这光荣的称号,
> 因为你唱出了人民的心愿。

他们所唱的歌,也就流传在各个部落的人民中间,并传之后世。阿肯除了能弹会唱,还会背诵许多民间传说、涛歌和故事,并能自己创作。可以说,阿肯既是民间文学的继承和整理者,也是表演艺术家。

可以大胆地说,通过阿依特斯阿肯,保存了许多流传的哈萨克口头文学,包括民族历史传说、童话、寓言、谚语、牧歌、情歌,以及描写山川、表现风土人情的俚歌小曲等。

阿肯弹唱是乐器与民歌相结合所创造的一种演唱形式,内容丰富,形式多样,由来已久,至今流传甚广。其内容涉猎很广,包括风俗习惯、爱情、家谱、宗教礼仪、山歌民谣、谜语等,表演形式以对答为主,表演者即兴编词,自弹自唱,一问一答,以表演者答词切题,准确无误,口齿伶俐,含蓄有趣为胜。在毡房,阿肯背诵演唱长诗,一般都用冬不拉边弹边唱,长诗配上旋律演唱,韵律自由驰骋,流畅豪放,一句套一句,朗朗上口。他们独唱哈萨克英雄民间长诗,如《阿勒帕米斯》、《叶尔塔尔根》、《库布兰德》、《博甘拜》等。这些长诗以一定的历史事件做基础,反映了历史上关系到民族命运的重大事件,塑造了勇猛善战、气冲霄汉的民族英雄群像。独唱爱情长诗《霍孜阔尔佩什与芭彦办鲁》、《克孜吉别克》、《阿伊嫚与秀丽潘》等,通过动人心弦的爱情故事,歌颂了青年男女间纯洁的爱情,鞭挞了扼杀爱情的封建势力,塑造了栩栩如生、光彩夺目的哈萨克妇女形象。伊斯兰教逐渐传入后,阿肯又从《一千零一夜》中挑选出的一些好的篇章改为本民族喜闻乐见的长诗《巴合提业尔的四十棵树叉》进行演唱,内容充实,情节曲折,风俗习惯也哈萨克化了。还演唱颂扬先知穆罕默德在传播伊斯兰教义中的功劳和他们的统帅艾力的英雄事迹的长诗《艾力与魔鬼的搏斗》、《艾力与达丽哈的较量》、《托尔克姆》、《米合拉吉拿玛》、《来世之景》等。此外还演唱叙事诗《流浪汉的故事》、《夏姆斯娅》、《天鹅与牧羊人》等。

阿肯对唱的形式名目繁多,常见的有"哈拉吾令"(民谣对唱)。这种对唱常见于小伙子和姑娘娱乐、练唱时用。哈萨克人又称它为"萨勒特阿依特斯"(习俗对唱)。对唱时双方都可在熟记的民谣中加进一些诙谐、幽默的言词,或抒胸怀,或表达爱慕之情。还有一种阿肯弹唱,哈萨克人叫作"阿肯阿依特斯"。这种对唱大体可分为两大类:一类叫"托勒阿依特斯"(短歌对唱),另一类叫"苏热阿依特斯"(长歌对唱)。具体又可分为"哈特阿依特斯"(简信对唱)。对唱时,一方把唱词写在木板或纸片上,悬挂在显眼的地方,另一方则以同样的方式对答;"居木巴克阿依特斯"(谜语对唱),对唱时先由女阿肯吟唱一首谜语歌，男阿肯再用同样的方式作答谜底。"米萨勒阿依特斯"（比喻对唱），对唱时双方阿肯用比喻手法，即兴歌唱眼前的事物或历史故事。此外，还有"阿曼达苏阿依特斯"（礼教对唱），"萨合那什阿依特斯"（思念对唱）；"玛克塔吾阿依特斯"（赞颂对唱）等。

  阿肯对唱，有四人对唱和两人对唱，一般以两人对唱为主，两人伴唱；两人对唱，又大都是一男一女为主，也有男子对男子的对唱，以及一个阿肯对几个阿肯的对唱；但是，很少见有女子对女子的对唱。对唱时，都是对唱者自弹冬不拉自唱，也有清口谈唱、高诵低吟的。近年来也有用手风琴伴奏的。参加对唱的人，不分年龄、职业、性别，对唱时，内容不限，可取历史题材，也可歌唱现实，可猜谜语，可考智力，可表达爱情，可百相戏谑，可褒，可贬，可讽，可怨，……然而在具体唱时，对方唱什么，就要答什么。歌词即兴编唱，但也有一定规律可循。从曲调来说，可从常用曲调中任选自己得心应手的，可不必与对方相同。歌词一般每句十一个音节，形成一种固定的音韵节拍，从诗的格式上可分"哈衣木月郎"和"哈拉月郎"。唱前者时，头两句重复甲方的头两句，后两句是现编的答辞。"哈拉月郎"的前两句多是为了押韵，后两句才是表达意图。不论采用哪种格式，都是一问一答地进行。

  阿肯对唱一般在固定的阿肯中进行，但有时唱到激动时，旁听的人也会情不自禁地卷入到对唱中去，形成对唱的热闹场面。阿肯对唱的胜负，一般是以听众的赞许为标准。群众依据以一方对唱时智穷意尽，或问答、比喻失于逻辑、失于情理为败者标准。按照习俗，败者要给胜者赠送毛巾、手帕等纪念品，以表示尊重胜者。人民群众常常把对唱中取胜的阿肯与驰骋疆场、累建功勋的英雄相提并论。同时，也把失败了的阿肯当做久经疆场的战将一般，绝不轻视。

  对唱者的周围拥坐着听众，后面的人们围站着，最后的索性骑在马上谛听。遇到对唱的阿肯口中跳出风趣的或者是智慧的诗句，听众中就爆发出"呸，拜别勒！（好）"的喊声，听到了对唱的警句，听众中又响起"哑，加勒丝"的助兴语。对唱虽然有限定的时间，但是，对唱双方的兴致却是限制不住的。谁也不愿在对方唱完一段歌词即结束这一局的比赛，所以，一般都要超出对唱规定的时间。有时，一组对唱你来我往相持好几个小时不见分晓，最终由一方用一段奇妙的发问，难住对方，在一阵欢笑声中才结束舌枪唇战；有时，主持人一再宣布时间太长该了结时，对唱双方还是兴犹未尽地站起来继续对唱，边走边唱，在听众的围观中唱进了休息的毡房，对唱在赛场之外继续进行。

如在新中国成立前的一次对唱中，一位青年阿肯用自己的聪明才智和锋利的诗词，狠狠地教训了百户长的儿媳妇。这个女人自诩为草原上"无敌的阿肯"，非常骄傲、猖狂。在对唱时，青年阿肯刚坐下，她就先发制人，狂妄地唱道：

  我是高山上挺拔的白杨，
  浑身充满了无尽的力量；
  对面的流浪汉你来自何方。
  衣衫褴褛也敢上场？

青年阿肯没有被她那狂妄的气势压倒，立即给予迎头痛击：

  真正的好汉不在衣衫破旧，
  雄鹰才能在天空翱翔；
  山上白杨树看起来俊秀，
  一阵狂风会把它连根拔光！

那女人一听，顿时气焰大减，一时无言对答。最后，变换了一副狼狈的样子，向青年阿肯求饶：

  感谢胡达让我们今天相遇，
  你非常聪明，又十分伶俐。
  想与你结成朋友在这里玩耍，
  望你能领受我一片真诚实意。

青年阿肯没上她的圈套，反而给了她致命的一击：

你的"好心"我十分清楚，
但我绝不会做恶人的朋友。
你若真能洗心革面，
快闭上腥膻的血口！

那女人张口结舌，无言以答。青年阿肯狠狠教训了一顿，为乡亲们出了一口气。又如男女阿肯对唱：

男：

美丽的苏吉河边哟，
有一个美丽的姑娘。
多少痴情的小伙子哟，
在她的毡房外流连，
冬不拉伴着歌声哟，
……

女：

送走了太阳，
送走了月亮，
送走了启明星，
却听不到姑娘的回音，
更看不到她的面容。

男：

辽阔的巴里坤草原哟，
有一个勇敢的小伙子，
美丽的姑娘哟，
像持缰绳牵住他的心。
可是问问姑娘毡房前的小草吧，
哪一根是被他踩倒？
问问天上的白云吧，
可曾听到过小伙子求爱的歌声？

女：
　　在姑娘的眼里哟，
　　他是一棵高大的长松，
　　在姑娘的耳朵里哟，
　　他是能吓退狼的熊声，

1982年夏季，在肋巴泉的一次阿肯弹唱会上，阿肯们相遇了：

　　哟啊嘀——
　　我们今天相遇在一起，
　　就像羊群汇聚在草地。
　　请你告诉我们，
　　你们叫什么名字，来自哪里？

女歌手哈地夏、再那甫清脆嘹亮的女高音响起来了。男歌手艾布塔勒、哈依尔哈孜放开粗犷浑厚的男中音沉着应战：

　　哟啊嘀——
　　我们叫艾布塔勒、哈依尔哈孜，
　　来自富饶美丽的向阳牧场。
　　为了增进我们的友谊，
　　也请你们说出自己的名字。

　　哟啊嘀——
　　我们叫哈地夏、再那甫，
　　萨尔乔克就是我们的家乡。
　　我们自古就是亲密的邻居，
　　希望能互相帮助、团结一致。

围观的牧民几十双眼睛定定地盯视着对峙着的男女歌手。

　　哟啊嘀——

山连着山，地接着地，
哈萨克牧民都是亲兄弟。
一块草地上开出的花，
还分什么红的和紫的。

女歌手哈地夏、再那甫耳语了几句，微微一笑，展开了攻势：

哟啊嗬——
马群里走出的马有高又有低，
毡房里冒出的烟有白又有黑，
白烟飘到天边能化作白云，
黑烟只能熏熏洁白的毡顶。
"哗——"
……

辛辣风趣的歌词博得了牧民听众的一阵热烈的掌声。男歌手词穷了。
阿肯对唱民族团结：

男阿肯：
我来自哈密绿洲，
你来自巴里坤草原，
有缘相聚在牧场，
请你紧紧地坐在我的身边。
你那优美动人的歌喉，
我已调好冬不拉琴弦。
唱什么我都能奉陪到底哟，
有幸同龄人来到我对唱行列。

女阿肯：
没有内容的歌好听吗？
尽管冬不拉弹得耳鸣心乱。
没有放盐的茶好喝吗？

尽管嗓子里已经干得冒烟。
今天咱们相遇到一起对唱,
要给盛会献上美好的诗篇。
总书记要我们搞好民族团结,
我们就唱团结的花朵开遍草原。

男阿肯:
说团结要追溯到两千年前,
那时候的乌孙是咱们的祖先,
当年曾娶了汉朝的公主,
从那时起为咱们开创了典范。
公主把先进的技术带到草原,
伊犁的天马也传到了长安。
祖先早已为我们开辟团结道路,
从此丝路情谊连绵不断。
……

女阿肯:
懂一点历史知识也别骄傲自满。
只有谦虚才能使人不断进步,
要知道山外有山天外有天。
哈密有十多个民族,
每个民族都有许多优点。
我们要相互帮助共同进步,
并肩携手把草原建成乐园。
……

阿肯对唱情歌在哈萨克阿依特斯大会中常见的一个演唱技巧:

男阿肯:
美丽的姑娘哟,我的情人,
望眼欲穿等待着你的回音,

只因我昼夜思恋着你，
眼角上留下了斑斑的泪痕。

女阿肯：
情人呀，我的情人，
我由衷地感谢你忠于爱情的心，
抹去眼角的泪痕，
树起抗争的信心。

男阿肯：
美丽的姑娘哟，我的情人，
高尚的人，永远珍惜爱情的可贵，
我愿做高山的雄鹰，
为你献出一切啊甚至生命的价值。

女阿肯：
情人呀，我的情人，
你无穷的智慧和忠诚的语言，
点燃了我心中炽热的火焰，
不做你的侣伴我终身遗憾。

男女"赠歌"，也是一种比赛智力的男女对唱。大多是男女双方都配搭有两三人，由一人主唱，另一人或两人配合其声调，直至一方词穷，才算结束。双方对唱的内容，一般的是互相问候生活起居；倾吐男女爱情；各自夸奖自己部落的优点，说尽英雄人物的功勋。如，历史方面的，双方问各自的部落，由此而逐渐推溯到各自的祖先，最多能知77代之名，最少能知7代，如果不知自己的祖先，就是耻辱；自然地理方面的，叙述山名、地名、河流、森林区域、道路与所住之民族、出产、风景等；猜谜语方面的，从日用必需品到人身内外，各部落名称、武器名称、附近所见的动植物、圣人故事；生物方面的，包括家畜、野兽及各种动物之名称、种类、性情及特点等。

听众对一个个知识丰富、出口成章的歌手十分钦佩，共同唱了一

首"献给阿肯的歌":

  肋巴泉的清泉水哟,
  甜透心窝,
  来自远方的贵客,
  先请你尝尝醇香的奶酒,
  再听一首献给阿肯的歌。
  眼眼泉水甜哟年年喜雨多,
  阿肯的歌声哟,如春风暖心窝,
  心儿就是冬不拉,
  歌喉就是斯布孜,
  激情如风遍草原,
  琴声如云绕山坡。

  在闭幕式上被评选出的优秀阿肯,给他们赠送系着红绸的冬不拉琴,祝愿他们不负众望,创作更多更好的诗歌;而对几位德高望重的老阿肯,则授予民族传统的奖赏,那就是给他们献上了袷袢(一种黑色长袍),并推荐他们到更大规模的弹唱会去参加比赛。

  哈萨克阿肯当中也有的可以自弹自唱,似一首叙事诗一般,可长可短,纯粹是脱口而吟唱的抒情篇章。比如:

1. 我的小黑马
  悲哀的冬不拉声啊,我的歌喉,
  可怜的小黑马啊,我的翅膀,
  从琴弦上流出痛苦的瀑布,
  冲刷这罪恶世界的冷酷。
  可爱的小黑马啊,我心中的宝贝,
  我与你相依为命多么亲密。
  富人巧克巴夺去了你的生命,
  你为我们的阿吾勒争得了光荣。

2. 一切都被他们抢光
  无尽的地下宝藏的门户,

从不曾为穷人开放；
巴依就是人间的"胡大"，
一切都被他们抢光。
除牲畜外牧民什么也没见过，
商人把我们的钱骗光了：
国民党政府横行霸道，
把我们的牛羊抢光了。
天上的飞禽，
谁也不能打，
飞禽是我们巴依的：
牧村里的树，
谁也不能砍，
树是我们巴依的：
山上的石头，
谁也不许捡，
石头也是我们巴依的。
假若你问巴依，水和土地是谁的？
巴依说：这些都是我们的。
假若你到政府去控诉，
政府说那些都是巴依的。
假若你再去问一问大毛拉，
毛拉说地上的万物都是胡大的。
世上的一切都是巴依的，
谁来为我们穷人做主呢！

3. 总有一天世界光明

阴云封锁着天空和大地，
风沙遮蔽了太阳和星星，
世代居住在草原上的牧人啊！
失去了毡房、羊群和歌声。
多少勤劳朴实的牧人，
倒在路旁闭上疲劳的眼睛，

临终时没有嘱托也没有叮咛,
只留下尚待抚养的孩孙。
多少年轻力壮的牧人,
离开了生养自己的母亲,
怀着满腔希望到外地求生,
终生做了异乡的流浪人。
多少勇敢强悍的牧人,
群起反抗草原上的暴君,
一腔热血染红了无名野花,
或者被关进罪恶的铁栅门。
在那暗无天日的年代里,
牧人逃不出这悲惨的命运,
巴里坤湖水陪伴着寡妇们哭泣,
云雀鸣叫着孤儿的悲愤。
黑骏马的银蹄被巴依捆上,
黄骆驼的鞭绳被领头人占光;
无依无靠随风飘啊,
那是巴里坤牧民在戈壁上流浪!
阿格加依,那儿有苏吉一样的好地方!
不怕天上没有星星,
不怕世间黑白不分;
贫穷苦难不会长久,
总有一天世界光明!

4. 亲爱的祖国

  白杨长在河岸上,
  松树长在天山上,
  我们生活在祖国的土地上。
  亲爱的祖国,
  在你温暖的怀抱中,
  哈萨克人民幸福地成长。
  绿草长在河边上,

松柏长在天山上，
　　　我们生活在祖国的大地上。
　　　亲爱的共产党，
　　　是您的春风、阳光，
　　　使我们草原水草丰茂，人畜兴旺！

5. 静静的巴里坤草原啊
　　　草原上的红花岁岁开放，
　　　草原上的绿草年年生长；
　　　静静的巴里坤草原啊！
　　　哈萨克人出生的地方。
　　　休管那朝代怎么交换，
　　　休管那山川怎么动荡；
　　　静静的巴里坤草原啊！
　　　哈萨克人在这儿安葬。

哈萨克阿依特斯中保留的诸多俚歌，下面的实列可供大家赏识：

一、牧　歌

　　　不是蓝天的白云，
　　　是牧场的羊群，
　　　草原红花为我开放，
　　　我是草原的牧民。
　　　啊嚎，咦咦咦……
　　　我是草原的牧民。
　　　鞭子一甩白云飞，
　　　口哨一响银滚滚，
　　　我驾驶着整个草原，
　　　草原留下我的歌声，
　　　啊嚎嚎哟，
　　　弹起我心爱的冬不拉，
　　　咦咦咦……

绿色的草原唱不尽,
绿色的草原唱不尽。

不是蓝天的白云,
是牧场的羊群,
来往在云霞深处,
描绘着"四化"的美景。
啊嚎,咦咦咦……
描绘"四化"的美景。
身披朝霞追白云,
手揽明月银浪翻,
我育的羊羔又长大,
草原留下我的深情。
啊嚎嚎哟,
弹起我心爱的冬不拉,
咦咦咦……
幸福的草原唱不尽,
幸福的草原唱不尽。

二、情 歌

1. 相思曲

最会唱歌的是乃依曼人,
我的歌哟深藏在我的内心,
就像那深藏在白云里的草原,
就像草原里深藏的羊群。

我的歌像荡荡的流水,
我的歌哟又像巍巍的山峰,
我的歌跟随着太阳一同升起,
我的歌献给知音的人。

连绵千里的天山脚下,

就是我们亲爱的故乡巴里坤，
巴里坤盛开着千万种花卉，
唯有一朵山丹花最红。

峥嵘高耸的天山顶上，
就是我们巴里坤草原的天空，
天空里闪烁着千万颗星斗，
唯有一颗启明星最明。

我心上的那位姑娘啊！
和我一同住在静静的巴里坤，
她比那怒放的山丹花还红，
比那拂晓的启明星更明。

2. 至今还没有得到回音

姑娘那俊美的脸蛋啊！
像初夏的石榴花一样娇嫩！
姑娘那明亮的眼珠啊！
像玉盘里滚动着两滴水银。

姑娘那修长的发辫啊！
像青松枝桠上垂挂的萝藤；
姑娘那窈窕的身姿啊！
像挺拔的赤桦迎着春风。

姑娘那温淑的性格啊！
像东来的和风轻拂着白云；
姑娘那纯净的心地啊！
像深山的水晶石闪光透明。

姑娘那羞涩的笑容啊！
像天火点燃我满腔的忠诚；

姑娘那无语的盼顾啊！
像宝镜摄去我年轻的灵魂。

我心上的那位姑娘啊！
和我一同住在静静的巴里坤，
我借着歌声带去无数问候，
至今还没有得到回音。

3. 我们像一双并蒂的花朵
　　雪白的衣裙是金线来镶边，
　　白皙的脸蛋上时时带笑颜，
　　你像一只美丽动人的白天鹅，
　　站在那八十只鸭群里面。
　　雪白的衣裙随着微风飘摆，
　　亲爱的，你要什么我都能找来。
　　你家的毡房搬向了远方，
　　我心里的话还没能对你讲，
　　雪白的衣裙缀满了花褶边，
　　衣领上钉的是黄金的扣袢，
　　你家的毡房搬向了远山，
　　我的信只得让蝴蝶带到你身边。

4. 黑巴哥
　　黑巴哥，
　　拍打着双翅飞向那遥远的地方，
　　串串珍珠嵌满了她那美丽的翅膀。
　　从小起，
　　我与你呀心心相印共同成长，
　　离别的痛苦呀使我难忍忧伤。
　　巴里坤湖畔，
　　是一望无际的大草场，
　　有两匹调皮的马儿丝缠绳把他们连成积

黑巴哥，
落在枝头不停的呀来歌唱，
用那美妙的歌声迎来黎明的曙光。
（副歌）
美丽的黑巴哥，
挣扎着飞翔，
可怜你呀哀鸣悲伤，
我也无限怅惘。

5. 两匹枣红马

　　我唱起悲伤的歌，悲伤的歌，
　　唱走它我心里万分苦恼啊。
　　只有你是我心中的启明星，
　　太阳月亮再辉煌，我也不理它。
　　啊里达石哎，啊里达石哎，
　　啊嚇，两匹枣红马，
　　鬃毛编成辫子花，
　　这一辈子我爱的只有你呀！
　　我唱起十五岁，十五岁，
　　十五岁可以驾驭任何烈马。
　　趁你正当好年华，唱吧，跳吧！
　　十五岁一去不复返呀！
　　啊里达石哎，啊里达石哎，
　　啊荷，两匹枣红马，
　　鬃毛编成辫子花，
　　这一辈子我爱的只有你呀！
　　小伙子呀，唱歌也算你的本领，
　　快马上坡愈跑得快，
　　趁你正当好年华，唱吧，跳吧！
　　灯亮千日也会熄灭呀！
　　啊里达石哎，啊里达石哎，
　　啊嚇，两匹枣红马，

鬃毛编成辫子花，
这一辈我爱的只有你呀！

6. 星儿啊
    你眼中射出的光，
    有一种特别的情调；
    你那动人的眼睛，
    向我倾吐了无限深情。
    星儿啊，
    你可爱的眼睛向我微笑，
    你弯弯的眉毛对我欢笑！
    你那炽热的深情，
    激起了爱情日夜不息的波涛！
    在那年轻的时代，
    你像天上的明月。
    你没给别人讲过话，
    第一次吐进我的心窝。
    星儿啊！
    你可爱的眼睛向我微笑，
    你弯弯的眉毛对我欢笑！
    你那炽热的深情，
    激起了爱情日夜不息的波涛！
    我埋藏多年的心声，
    从没向第二人表明；
    只是为了我们的爱情，
    我才大胆地献给你一人。
    星儿啊！
    你可爱的眼睛向我微笑，
    你弯弯的眉毛对我欢笑！
    你那炽热的深情，
    激起了爱情日夜不息的波涛！
    星儿啊！

你可爱的眼睛向我微笑,
你弯弯的眉毛对我欢笑,
你那炽热的目光,
激起我爱情的波涛。
喀勒喀台,
提起你,我多么欢喜!
我弯着腰提起红铜壶去打水,
啊,乌黑的眼睛啊,闪着光辉。
当你搬向远方时,
呵哈依。
我就像疯了一样神志昏迷,
啊!乌黑的眼睛泪满流!
亲爱的,我没有什么对不起你,
我愿为你挖苦菜来惩罚自己。
当你搬向远方时,
为寻找你我差点让狗咬死!
亲爱的,你白嫩的脸蛋苗条的身躯,
怎样的母亲才生下美丽的你呀?
我向你母亲致敬,
她像保护酥油的纯洁一样保护你的艳容!

7. 阿克阿勒玛

湖里飞出白天鹅,啊哈啃,
呵,亲爱的,知心话藏在我心窝;
你的牧村要搬到远方去,啊哈啃,
让我吻一吻你温和喜悦的眼睛吧!
快去我们向往的地方,
脖子像白苹果一样的白天鹅,
带来远方姑娘的情意哟!
湖里飞出白天鹅,啊哈啃,
你为我带来什么好消息?
亲爱的,你的牧村要搬到远方去,

啊哈嘀，
让我吻一吻你含情脉脉的眼睛吧！
快去我们向往的地方，
脖子像白苹果一样的白天鹅，
带来远方姑娘的情意哟！
绕湖面徘徊的白天鹅，啊哈嘀，
失去了心上人不如去死！
亲爱的，你的牧村要搬到远方去。
无法忍耐哟，我多么想追上你！
快去我们向往的地方，
脖子像白苹果一样的白天鹅，
带来远方姑娘的情意哟！

8. 姑娘的心呀……

百灵鸟啊，你不要叫了，
姑娘的心啊，够甜的了；
晚霞啊，你不要照了，
姑娘的脸啊，够红的了！
牧羊人儿啊，
你不要唱了，不要唱了！
你的心事哟，姑娘早知道了；
月亮呵，你快出来吧，快出来吧！
姑娘的心哟，
早就等急了。

三、恋 歌

有这样的唱段：

你眼睛中射出的光有特别情感，
你那美丽的眼睛为我把深情传。
星儿啊！你可爱的眼睛，伴随妩媚的睫毛。
你那炽热的目光激起我爱情的波涛。
在那年轻的时代，

你像天上的明月,
你没有给别人讲过的话,
第一次吐进我的胸怀。
我埋藏多年的心声,
从没向第二人表白,
只是为了我们的爱情,
我才大胆地献给你一人。

1. 颂歌

　　我弹起冬不拉唱一支歌,
　　就唱支婉转动听的歌,
　　共产党员给我们带头。
　　咦,雏鹰展翅往高处飞,
　　功夫不负苦心人,
　　共产党员给我们带头,
　　咦,你有收获还要持之以恒,
　　懒惰的人一事无成,
　　共产党员给我们带头。

2. 要做个成才的年轻人

　　要做个成才的年轻人,
　　不能像针一样只会扎别人。
　　学会本领才能在草原驰骋,
　　不经磨炼就不能长大成才。
　　人生岁月像河水一样流逝,
　　一分一秒不会停留在你手心。
　　要当就当个改革的旗手,
　　这才能做个成才的年轻人。

3. 巴里坤的山马宗岗

　　银啊嚎,
　　我把马群吆到草滩上,

想找也无法找到像你这样的人，
哎呀嚎，
巴里坤的山马宗岗，
你的怀抱里满是花甸。
银啊嚎，
我把马群吆到草滩上，
想找也无法找到像你这样的人；
哎呀嚎，
巴里坤的山马宗岗，
你的怀抱里满是花园，
我在这美丽的地方长大，
空气像奶酒一样新鲜。

四、摇篮歌

摇摇你啊，摇你睡，
摇着让你睡得美。
望你撒下麦种长出来——
麦杆有毡房的"巴汗"长，
麦穗有骆驼的腿骨粗，
麦粒有木碗大，
望你成为一个好农家。
摇摇你哪，摇你睡，
摇着让你睡得美。
望你放牧的马群里，
多出几匹新娘骑的走马，
多出几匹英雄乘的骏马，
多出几匹大风追不到的快马，
望你成为一名牧马姑娘。
摇摇你啊，摇你睡，
摇着让你睡得美。
我的巴郎，
我盼你多少天啊，多少年！

可你的爸爸是个穷光蛋,
连个大布衬衣都没有一件。

1. 黑母羊好乖乖
    我的黑母羊,好乖乖,
    听我说来,听我讲:
    自己生的小宝宝,
    为什么自己不来望?
    我的乖乖,好乖乖,
    快快收下亲骨肉!
    要是再不听我的话,
    小心挖掉你的眼睛!
    自己生的小宝宝,
    为什么这样不心疼?
    好啦,我的好乖乖,
    快快收下亲骨肉。

2. 刚刚生下的小羊羔
    啊嗬咳……
    刚刚生下的小羊羔,
    把牧工的心思拴牢,
    铺上碎毡片,
    甘甜的清泉做饮料,
    羔棚卫生常打扫。
    要像对待婴儿一样精心照料。
    看羊羔儿活蹦乱跳,
    准是把丰美的奶汁吮饱。
    快让它眯着眼睛晒晒太阳,
    金色的光辉促它健康成长。

新时期的"阿肯弹唱"

张昀　阿力木赛依提

"阿肯阿依特斯"是哈萨克族的一种民间对唱形式，是哈萨克民间文学、艺术的主要内容之一。如果说，15世纪"哈萨克"这一名词才作为该民族的名称始闻于世，而"阿肯阿依特斯"这种形式至迟在10世纪以前就已经出现，流传于远古的氏族部落，迄今已有一千多年的历史了。千百年来流传于哈萨克人民中间的"阿肯阿依特斯"，成为哈萨克人民生活的重要组成部分，见证着哈萨克族的过去和现在。引起人们关注的是，这种古老的传统文化在现代化、信息化、经济飞速发展的今天方兴未艾，并将成为21世纪草原文化的重要传播方式，在哈萨克人民的生活中仍然会占有重要的位置。然而，仔细审视今天的阿肯阿依特斯，我们会发现它实际上已有了很大的发展与变化。

"阿肯"是哈萨克语"aken"的音译，其意为"诗人"，但又不能简单地理解为诗人，阿肯的外延远比诗人要广泛得多。阿肯是智者的化身，在哈萨克阿吾勒（村庄）中最博学、经验最丰富、最受人尊敬的人是阿肯。阿肯在哈萨克历史、文学、艺术、社会功能等方面所发挥的作用是巨大的。因而阿肯的范畴应当包括诗人、歌手、说唱者、即兴演唱者。汉语现在则直接采纳了哈萨克语的"阿肯"一词。

"逐水草而迁徙"的生活方式是形成"阿肯阿依特斯"这种独特形式的重要因素。哈萨克族的伟大诗人阿拜的名言："歌儿替你打开世界的大门，你的躯体又伴随着歌儿被埋进坟茔。"正如阿拜所云，哈萨克族阿肯弹唱主要是一种语言才能和才智的比赛。多以歌颂家乡美景、幸福生活、真挚爱情和表现生产劳动、风俗习惯为主要内容。

20世纪80年代以来，阿肯弹唱得到空前的发展，主要标志是：大批具有较高知识水平的新一代哈萨克族青年加入了阿肯的队伍。长期飘泊不定的游牧业生产生活和历史上连绵不断的纷乱与离合，都极大地阻碍了甚至是破坏了文字功能的发挥。因此，哈萨克族过去的阿肯弹唱主要是通过口头方式由上一辈传给下一代，父亲传授给儿女，师傅教授给徒弟，如此沿袭下来的。历史上产生过许多著名的阿肯，如阿拜、唐加勒克、烁克帕尔、额热斯江、艾赛特、布尔江、萨拉等等，对他们的名字哈萨克人民耳熟能详。今天新一代的哈萨克阿肯，与他们的父辈们相比有了全新的变化。他们观念新、思想新、知识面广、接受信息快。同时，注重向老一辈阿肯学习，踊跃参加各种阿依特斯大会，积累经验，锻炼自己，一批批新秀雨后春笋般地脱颖而出。他们当中有哈孜依扎和海拉提、阿布德哈尼和古丽拜拉木、玛汗和阿依哈尼西、加克甫努尔和革命古丽（"文化大革命"年代出生的人名）、夏肯和古丽迪亚、阿依哈妮西和祖拉等，深受广大牧民的喜爱。尤其是哈孜依扎和海拉提这对歌手，2002年在阿勒泰地区举行的第十四届阿肯弹唱会上取得了第一名的好成绩。新秀们在演唱内容上也有了较大突破。

过去阿肯阿依特斯的内容主要是自我标榜，相互诋毁，或者明则相互吹捧，暗则相互较量。男女歌手阿依特斯主要是表达爱慕之情，赞美其美貌、性格。现在演唱内容更加丰富多彩。像新事新办、移风易俗、改革开放、市场经济、生态保护、科学放牧、孝敬老人、教育后代、健康卫生、计划生育、劝诫改正不良习惯、鼓励学习文化科学知识、宣传党的政策。如：哈孜依扎和海拉提的这段对唱：

海拉提：

大家喜欢我们阿肯的歌，
我的心情为什么不飞扬。
我们是为了超越自我，
才到这里来一比高低。
大家对我们的希望，
就像那高耸的博格达山峰，
大家对我们的厚爱，
我们两地区的阿肯会有出色的表现。

我们俩是草原的守护神，
我们的诗歌就像丝绸一样柔软。
改革开放以来神奇的事情太多了，
石头上也能长出硕大的西瓜来。
同百灵鸟一样的哈孜依扎见面，
歌儿像泉水一样从心田涌出。
哈孜依扎给了我智慧的大脑，
我会用锋利的宝剑来守护它。

哈孜依扎：
这儿我把你当作朋友倾诉真言，
但这是我个人的美丽幻想。
请你不要让一个无辜的姑娘失望，
你要成为一只搏击长空的雄鹰。
大哥请不要以阿肯自居，
一个人要永无止境地追求。
最近以来一些迷失了方向的女孩，
不是在靠出卖肉体而谋生吗？
用自己劳动的双手挣来的钱，
比靠卖身而来的干净。
有些小伙子成了酒鬼，
自家的畜被换成了买酒钱。
我的心灵被震颤了，
能言善辩的阿肯们。
赶快用我们锐利的武器，
拯救他们的灵魂吧！

上述唱段只是选取整个阿依特斯的开头几段，从中不难看出其内容较之以前阿依特斯的变化。其中没有自我标榜和相互诋毁，有的只是互相尊重与真诚的表白，字里行间都散发着浓浓的时代气息，以及对丑恶现象的抨击，同时也表现出阿肯的使命感和责任感。新秀们在创作与传承方式上也有所突破。从严格意义上说，阿肯阿依特斯可分为三种形式。

第一种，即兴吟诗，是最能展示阿肯创作才华的形式。这必须当众表演，出口成章。因而这种形式要在多种场合中反复吟唱，才能达到炉火纯青的程度。

第二种，由个人演唱叙事长诗（包括史诗），哈萨克语称"têrmê"，这也是阿肯的重要活动。但这不是每一个普通阿肯都能胜任的，只能由少数专门从事长诗演唱的阿肯担任。因为这种演唱需要积累，一般都是年龄较长的、博才多学的阿肯才能演唱。这两种形式现在在创作与演唱方式上有了较大的改变，这与新秀们能使用文字有直接关系。过去在没有文字的年代，阿肯们只能靠口头创作演唱，现在一部分阿肯先用文字写下唱本，待到训练成熟之后，再到牧民中去演唱。甚至出现了一批专门从事诗歌写作的阿肯，他们在刊物上征集与其对唱的对手，文字成了两位歌手对唱的纽带。为了区别用文字进行创作和用口头创作的阿肯，人们称前者为"书写阿肯"，而把后者称为"民间阿肯"。

第三种，对唱，又可分为群众性对唱和阿肯对唱两种形式。群众性对唱在哈萨克语里称作"salte aytes"，即习俗对唱，诸如婚礼仪式上的"加尔—加尔"，信仰习俗里的"百得克"以及其他有关仪礼仪式、迎宾待客、民间节日等活动中的对唱。一般说来，这部分对唱较少比赛赋歌技巧与能力的意义，更多的是抒发情感，表达喜怒哀乐的情绪。

阿肯对唱，是在阿肯之间展开的一种经常性的语言艺术活动。对唱是对阿肯个人即兴赋诗作歌才能和技巧的考验。才华横溢的年轻歌手通过参加这种对唱可以一举成名，从而获得阿肯的身份和资格；成名的阿肯也可以因为一次又一次获得对唱的成功而不断提高声望。前边提到的阿肯新秀就是在我国改革开放之后，经过当地众多的阿肯弹唱会锻炼之后涌现出的佼佼者。可以说这种创作方法、演唱形式是至今哈萨克族当中保留最完整、最受哈萨克人喜爱的阿肯弹唱形式，也就是人们通常意义上说的阿肯弹唱。它通常情况下是在男女之间进行的，可以是一对一，也可以是两个对两个，一般很少见到对唱在女性之间进行。可以说是哈萨克人民造就了自己的阿肯，换言之，阿肯是哈萨克人民的骄傲。从古至今，无论何时，凡是举行阿肯弹唱，都会吸引众多的听众，人们如同过节一样，身着盛装，从四面八方涌向弹唱会场。听众既是欣赏者，助威者，也是公证者。虽然登场对唱的是阿肯个人，但他们总是代表着本氏族、本部落的荣誉，因此听众总是为自己一方的阿肯呐喊助威。对唱紧张热烈，精彩好看，经常是成百上千的人在观看、呐喊，那种场面的确让人感受到了阿肯对唱艺术所带来的巨大感召力和凝聚力。通常在阿肯弹唱会上还伴有各种竞技比赛，如姑娘追、赛马、叼羊、摔跤。实际上，每一次阿肯弹唱会都是一次民族传统文化的博览会。改革开放以来，这种民族传统文化形式，得到了各地政府的重视，拨专款用于举办阿肯演唱会，各县（市）每年举办一次，各地州每两年举办一次。目前阿勒泰地区已举办了14届，伊犁地区已举办了12届，一大批新人在当地涌现出来，举办单位还为获奖者发放奖品和证书，同时对那些长期从事阿肯弹唱的杰出艺人，评定等级后给予了相对的经济奖励。

然而，在这些繁荣景象的背后，我们也注意到一些问题的产生。从哈萨克语"aytes"这词源考证，阿肯弹唱在产生初期，主要是用以解决部落与部落之间的纷争，从而达到和解为主要目的。后来随着不断发展，它成为哈萨克人民自娱自乐的一种生活方式，演唱的内容与生产、生活密切相关。而现在民间自发进行的阿肯弹唱越来越少，多数成为由有关方面组织的带有某些功利目的的演唱或比赛。一些年轻阿肯还未具备参加大赛的水平，由于急于成名，仓促上阵，结果在比赛时无法回答对方提出的简单问题而败下阵来，给观众留下不佳的印象。还有一些阿肯在比赛中暴露出知识功底差，缺乏对本民族历史文化的了解等缺陷。

上述林林总总所反映出的根本问题是究竟应该怎样保存与发展民族传统文化。这应该引起我们的重视。一方面保存与发展传统文化不能割断和脱离与相关的环境和背景的联系。哈萨克族阿肯来自民间，一生中要经过无数次大大小小的阿肯弹唱会的磨练，才能成为一名真正受大家喜欢的歌手。试想如果失去了演唱的土壤，后果不言自明。另一方面，没有深刻的认识就谈不上保存与发展。现在许多人只是看到阿肯弹唱带来的经济效益，尚缺乏将其作为珍贵传统文化加以保护的意识。长此下去，人们担心这一传统文化面临的会不会是蜕化、被曲解乃至于消失的噩运。鉴于此，我们认为当务之急要做好以下工作。

1. 借用文字或多媒体手段，记录老一辈阿依特斯阿肯的演唱内容和唱段；

2. 搜集整理以往的阿肯弹唱文本；

3. 刚入行的新秀们要抓紧时间学习阿肯阿依特斯弹唱技能。此外，如今想成为阿依特斯阿肯的学子们抓紧时间拜师，把老艺人的著名唱段、表演风格尽快学会。尽可能参加国内外表演。通过这一文化形式吸引旅游者前来观光，从而带动当地旅游业；

4. 政府拨专款，组织精通哈、汉、英三门语言的专家，把已有的哈萨克文唱本翻译成汉文、英文出版，让更多的人了解阿肯弹唱的内容，深入领会其精髓；

5. 政府对那些具有创作和演唱才能的阿肯，要进行重点保护，使其成为专职阿肯艺述家，为他们提供基本的生活经费，以保证他们全力以赴地投入到阿依特斯创作中；

6. 选派优秀阿肯赴哈萨克斯坦共和国参加比赛、观摩，从而增进两国之间的文化交流及友好往来；

7. 民俗学者要重视对这一传统文化的研究，从其产生的背景、发展的脉络，到阿肯的演唱、文本的内容都要进行综合审视，真正使阿肯弹唱这一优秀的民族传统文化在新世纪葆有艺术魅力。

当代社会阿依特斯的发展现状

尼合买提·哈木再著，努尔兰·波拉提译

众所周知，自远古以来隶属哈萨克民族诸多文化之一的阿肯阿依特斯艺术，以传统文化遗产的形式相传至今。多年来，有关阿肯阿依特斯艺术的研究和论证从没停止过，而且各类研讨会举办得有声有色，也取得了骄人的成果。在各级党政领导的大力支持和当地有关部门的积极参与下，对唱阿肯队伍在不断壮大；高等院校开办了阿肯专业；阿肯阿依特斯被列入国家级非物质遗产保护项目；成立了《新疆阿依特斯研究会》；设立了《新疆阿肯阿依特斯研究室》。每届阿肯阿依特斯大会上或会后都要举办研讨会和总结会，总结得失。根据史料，将阿依特斯文化遗产中面临濒危的一些种类搬上了舞台。为了进一步搞好这项工作，避免老生常谈，需要新的探索。当今阿肯对唱已受时间和内容方面的限制。从各地选拔参加阿肯阿依特斯大会的阿肯有30至40名，每对阿肯对唱时间为20分钟，阿依特斯大会分预赛和决赛两个阶段进行。根据层次不均、观念有别、水平不同评委们打出的分数，评出奖项。同时，形成了阿肯阿依特斯大会一成不变的模式。这样下去，一定会面临危机，其后果不堪设想。我们认为要尽可能地改变这种现象。人们就提高阿依特斯的品位和对唱水平建言献策，提出了很多宝贵建议。那么，我们怎么做才能举办好阿依特斯大会和提高阿肯的水平呢？我们有必要强调让阿肯弹唱哲学思想，古今文化生态，自然生态，国内外政治形势和国际动态吗？这不是否认在校学习阿肯专业学员所取得的成绩。为进一步提升对唱阿肯的才能，人们提倡将体验生活和对唱才能相结合摆在首位，这是阿肯阿依特斯史上自然形成的。为此,为提升对唱品位和水平,尊重民意,我们建议提倡传统对唱(传统对唱包括时间、内容、参与方式和弹唱形式)。

  每次研讨会上都会提出很多好的建议,但有些建议得不到落实总被忽视。其中,难分胜负问题得不到解决,一直困扰着人们。评委给胜者和败者打的分相差无几,给人们产生对唱双方似乎旗鼓相当,难见分晓的错觉。对唱中预知胜不了对手的一方,在有限的20分钟不停地弹唱,强词夺理,不给对方一点弹唱的机会或者随着对方的思路弹唱,消磨时间,到时也会取得与对手相差无几的分数。这种弹唱没有一点新意,老生常谈,有滥竽充数的嫌疑,传统弹唱中绝无这种现象。这也是人们对现在的阿肯对唱不满,制约阿肯阿依特斯繁荣的主要原因之一,难道这是阿肯的过错,还是组织者的失误呢?纵观古今,有很多史料证明,阿肯对唱从没受到时间和场地的限制,尽管形式不同,但任何对唱都会分出高低,胜负一目了然,使人心服口服。这种列举数不胜数。提起对唱,专家学者首先想到的是《布尔渐和萨拉的对唱》、《唐加勒克和霍依德姆的对唱》等高品位的对唱。这些经典对唱都决出了胜负。如今的对唱中很难见到这种高尚的品德,也搞不清不倡导这种弹唱形式的真正原因。我们要延续这种弹唱形式,毋庸置疑,会博得人心。

  至于弹唱形式,以下谈谈我个人的一些想法。首先要不分地域事先精选两三对阿依特斯选手,通过抽签的形式决定对唱顺序,给选手们充足的时间进行对唱,尽情地发挥他们高超的对唱才能,决出胜负。一般对唱不会超过三四个小时,胜负也就在一小时或几个回合见分晓。在三轮对唱中,将胜出的三名选手中任何两人进行对唱,胜者再与另一名选手比高低,就可产生最终的胜者。正如一群赛马中终究有匹骏马夺魁一样,挫败所有对手的阿肯会成为胜者。其他选手自然会以自己的成绩来排名次。这种对唱完全可以避免评委不公,选手抱怨等现象,可充分发挥选手的能力,提升对唱水平。我们认为,这是一种行之有效的弹唱形式。同时,要逐渐形成并提高敢于公开认输的意识,认同和尊重观众的公正评判等优良美德。对唱中败方不敢公开承认自己的失败,被视为羞耻行为,会遭大众谴责。著名阿肯贾玛丽汗·卡拉巴特尔在一次研讨会上曾说过:"不敢面对、承认失败的阿肯不算优秀合格的阿肯。"为此,我个人认为,在不违反社会主义核心制度、价值观和道德规范的前提下，最好别限制对唱阿肯的演唱，尽可能让他（她）们发挥其弹唱风格，以传统对唱的方式举办阿肯阿依特斯一定会倍受群众的喜爱。

我们之所以提倡传统对唱，是因为进一步丰富对唱内容，扩大其影响力，尽可能挖掘和传承固有的对唱种类。这不是把所有的对唱种类原封不动地搬上舞台，也没有这个必要。属于哈萨克民间口头文学载体的阿肯阿依特斯艺术来源于民，是与人们的生活和浓郁的乡土气息密不可分的草原文化之一，这文化只能在那种环境中滋生、发展、种类不断丰富，其特点也在民众中能得到充分的展现。我们要使阿肯阿依特斯进一步发扬光大，绝不能忽视过去优秀传统的文化，要古为今用。正如哈萨克族谚语所言《向前迈一步，回首望两步》。我们在肯定今天所取得的成绩的同时，要清晰地看到被视为瑰宝的某些文化遗产在遗失，在面临濒危灭绝。这是因为当今我们似乎更多地忙于巩固成绩，再接再厉，力求大发展，而忽视了某些文化正在滞留后退，甚至到了濒危灭绝的地步，不及时抢救保护，其后果不堪设想。与我们毗水相邻的维吾尔族特别珍视本民族的文化，人人载歌载舞，大力弘扬麦西来甫等传统文化，这一点值得我们学习和借鉴。相比之下，我们的阿依特斯办得远远不如他们，只顾提高，不顾普及。这最终要造成停顿、后退的局面。我们不逊色于任何民族，要满足我们的精神需求，每年在举办各类场地阿肯弹唱会的同时，还必须在乡村举行民间传统的对唱，并采取有效措施加以实施。如，姑娘出嫁时就举行几种弹唱。通常，婚礼的开场白会办得格外热闹。在主持人的精心挑选和安排下，弹唱的两男两女会登场献艺。而听众会聚集在弹唱高手边聆听。这就是哈萨克人学习弹唱技艺的学校（场所）。"没有不会弹唱的哈萨克人"这句话由此而来。如今多数哈萨克人很难胜任这一殊荣。不请而来的阿肯等艺人尽情地演唱谜语歌、谎言歌、诙谐幽默歌……弹唱期间，会穿插喀依木对唱（是对唱诗中最简单和原始的种类）、吐热对唱（双方一段对一段问答式对唱）等对唱，将弹唱推向高潮。如果旗鼓相当的阿肯相遇，条件允许，那弹唱会持续到天亮。甚至弹唱结束后，在返乡的途中继续对唱，力求决出高低。第二天要进行加尔—加尔阿依特斯（姑娘出嫁仪式中所唱的一种古老的对唱种类）。之后，还要进行《劝嫁歌》、《送嫁歌》、《哭嫁歌》等一系列对唱。其内容是新娘回忆在娘家生活的情景，低声哭泣哼唱以表达自己对家乡和亲人的眷恋和养育之情，以及难分难舍的心情。这种传统的婚礼弹唱一直延续到了60年代末。这优秀的婚俗被视为"旧的习俗"，被那提倡"新文化"的新哈萨克人否定。如今出嫁的姑娘都不会哭唱《哭别歌》，告别父母、兄弟姐妹，只是哭哭啼啼地离去。这能怪她们吗？哈萨克族婚礼中值得我们传承的有些习俗被人们遗忘，有些婚俗被错误地认为是买卖婚姻，被无情地丢失。看到《揭面纱歌》延续至今，我们多少感到一些欣慰。

怎样才能扶持和传承我们优秀的传统习俗呢？为此，笔者在《伊犁日报》2008年6月20号发表的《哈萨克族的迁徙文化》一文中，倡导要组建民俗文化乡，阐述了哈萨克民族遗失或濒危的手工艺文化。能完整地保留民俗乡，不仅能传承传统对唱，还能为完好地拯救保护哈萨克民族诸多优秀文化。当今，我国在引导少数民族学习科技，传承繁荣优秀文化方面出台了很多优惠政策。为此，伊宁市在南市区兴建"喀赞其民俗文化旅游街"，以维吾尔族民宅建筑文化为特色，不仅向国内外游客介绍了维吾尔族的民俗和风土人情，而且搞活了旅游业，增加了当地群众的收入。听说自治区党委副书记，自治区主席努尔·白克力来伊视察工作时，与相关部门商定了开发建设"喀赞其民俗文化旅游街"，并得以实施。我们为什么不借鉴其他民族的这一做法来组建自己的民俗乡呢？假如我们的倡导得到上级行政部门的支持，兴建民俗乡，本人首先推荐在伊犁的昭苏县萨尔阔布乡组建民俗乡。因为，在那里至今还较完整地保存着哈萨克民族驮着摇篮，领着牧羊犬，用骆驼迁徙的古老的游牧生活。

无论能否兴建民俗乡，阿依特斯文化研究所都要履行自己的职能，将这项工作列为其工作议程，积极争取当地文化管理部门、妇联、青联和民委的支持，不能单一地依靠舞台对唱的形式，在不给婚庆举办人增加负担的前提下，调动和发挥越来越少的老艺人的作用和才艺，因地制宜，多举办百姓喜闻乐见的传统对唱。现在，在乡村45岁以下的人都不会对唱，能进行传统对唱的艺人年事已高，已到60—70岁高龄，已力不从心，只能呼吁保护好传统的对唱形式。目前，各县见过世面、才艺高超、能进行传统对唱的艺人还有十几人，每逢婚庆喜事要事先特邀这些艺人进行传统对唱，将才艺手把手地传授给年轻人。

女阿肯要给即将出嫁的姑娘教《出嫁歌》、《加尔—加尔阿依特斯》、《哭嫁歌》等对唱艺术。男阿肯要率领小伙子们与姑娘们对唱，切磋对唱技艺，共同提高弹唱水平。这些传统对唱要以自古形成的问候、以礼相待、步入正题、祝福、告别等步骤来完成，尽可能地保持原汁原味，使传统对唱代代相传，源远流长。为了更好地保持传统对唱，我们必须要原封不动地引用传统对唱的模式，按固有的对唱方式进行传授。这样，年轻人才能掌握这古老的对唱艺术。同时，要以以点带面的方式进行传授，广泛普及这传统对唱艺术。

哈萨克民族的哈拉约令（哈萨克族民间歌谣最古老的一种形式）正在遗失，已到濒危的地步。那优美的歌词，动听的曲调不知丢失在哪里？毋庸置疑，哈拉约令具有很强的民间性。45年前，在婚庆中聆听的哈拉约令记忆犹新，至今还在脑海中吟唱。

小伙子唱道：
　　你手里拿的难道是铝制捻线棒
　　怎么瞧也无法相信是铝制品
　　我们村里的小伙子啊
　　个个都能做好丈夫挑重担

姑娘唱道：
　　尼合买提·哈木再我手里拿的是铝制捻线棒
　　难道不信是支铝制品
　　女孩历来就是别人家的
　　不知嫁给谁还得听天由命

像这样哈拉约令在哈萨克族民间有很多变体，广为流传。那个动荡的年代，被禁唱后，被人们渐渐淡忘了。哈拉约令、挽歌都属对唱的范畴。现在唱挽歌的人也在逐年减少，只有一些老人还能唱挽歌来缅怀亡者。在人们中常能听到"谁去背诵《木拉》杂志刊发的挽歌呢？""与众不同的挽歌难道是我们的文化吗？"等闲言碎语。不过，我们认为，尽管挽歌不能在舞台吟唱，但充满浓厚的亲情，即兴的赞誉之词，形象的比喻，深邃的内容，寄予人们一种美感。为此，虽然没有挽歌的音像资料、书刊和大肆宣传，但挽歌以独特的魅力深深地扎根在了人们的心里和脑海中。从前，家长有义务地给孩子传授哈拉约令，也不需要任何组织来管理宣传。不过，当前需要群众团体的关注和引导。不然，我们会丢失一些优秀的习俗。随着城镇化建设步伐的加快，本民族中出现了丢弃传统文化，过于追求攀比，大办红白喜事，奢侈浪费的不良现象。为此，我们要移风易俗，多提倡优良的传统文化。

纵观阿肯阿依特斯的历史，传统对唱中还涵盖着挑逗对唱的内容。"神话学是由人民的感情意识形成的"。挑逗对唱包括"百得克歌"（即诀术歌，古代哈萨克族牧民为祛除人畜疾病而创作的一种朴素的民歌），"百得克歌"的内容反映了古代人们祈求神灵保佑，以求人畜平安的思想。弹唱中，有的阿肯唱些段子来活跃沉闷的对唱气氛。对唱中允许阿肯挑逗对方，但言词适中，不能露骨低俗。而有些阿肯有意直接或间接地围绕生殖器来挑逗对方，讨好听众欢喜。这种内容的对唱一般遭人们的反感，绝不让这种阿肯登台献艺。不过，这种挑戏的对唱与淫秽音像和出版物截然不同，不受时间、场地的局限，与其他对唱相比胜负也很明显。在整理柯尔克孜族的长诗《玛纳斯》时，乔汉·瓦力汉记录并分析了哈萨克民族的几首对唱长诗，对喀依木对唱下了定论"阿依特斯可用谜语词、诙谐挑逗词，也可用生硬的言词对唱"。我想，生硬的言词可能指的是"百得克对唱"。

论哈萨克族阿肯阿依特斯的磁场魅力

迪丽达·吐斯甫汗

阿肯阿依特斯是哈萨克民族祖传的精神文化大餐。我们可以吟诗一首予以概括。

> 阿肯即兴对歌唱，
> 草原沸腾人浪旋。
> 牧童狂喜牧翁乐，
> 亲友扬眉宾客欢。
> 艺匠洒脱揽星斗，
> 族人回味跨千年。
> 感恩豁达续遗产，
> 国泰民安月儿圆。

在大力弘扬民族优秀文化的今朝今宵，哈萨克民族的阿肯阿依特斯得到了空前的繁荣发展。在质与量上都有了突飞猛进的跃进。仅就官方为载体承办形式乃多种多样，大致分乡、县、地州、自治区级等级别几乎年年不断。除此之外，在以家庭、亲友团队为单位的婚庆、新春佳节、小聚小会等民间个体行为中，阿肯艺人可谓是上席有座，阿依特斯也乃盘中主餐，特别是在哈萨克民族聚居的自然文化区域——农牧区更可谓是家家户户年年唱，月月赏，经久不衰，魅力无穷，其磁场魅力何在？这乃是本文所要诠释的重点。

一、精神召唤力

哈萨克民族的阿肯阿依特斯艺术是人民的艺术，它凝结了哈萨克民族的精神、智慧，浓缩了哈萨克民族的人生喜好与价值观念。它源于本土，润于本土，渗于本土。因此、无可不在彰显哈萨克民族的精神。这种民族精神以此为载体被释放与张扬，且又起到了鼓舞人心、增强民族自信心、号召族人以此为引领奋发向上的推动作用。这种精神的号召力溢满了阿肯阿依特斯的周身。在这里我们以塔城地区托里县阿肯包尔江和裕民县阿肯库里森阿依在塔城地区第十七届阿肯弹唱会上的对唱选段为例予以诠释：

男阿肯包尔江的唱词：
我要与靓丽山花即兴对唱，
百灵鸟美丽歌喉定暖心房。
我决心使出力气拼搏一把，
难得与金臂山鹰今日搭档。

哈萨克人骨子里透着顽强，
克孜尔神灵保佑我驰骋疆场。
依山傍水逐水草游牧而居，
名扬五洲誉四海潇洒阳光。

托烈草原来相会千载难逢，
人民兴旺我欢喜笑语声声。
五洲四海盛聚会八方来客，
亚心陆桥大庆典内外有朋。

哈萨克人真大气人人款待，
喜迎宾客展风采团结友爱。
手拿琴儿显武威开始对歌，
阿肯魅力在真实各有独白。

女阿肯库里森阿依的唱词：
> 原野博大赐大地鲜花朵朵，
> 我用智慧献故乡歌儿博博。
> 不知对方何心思愁眉不展，
> 愿君吟唱弹诗曲开心洒脱。
>
> 你是一匹千里马奔驰四野，
> 代表托里来参赛必是人杰。
> 我俩双双结对子同台多年，
> 我亲爱的好搭档快来一绝。

第一，相互搭档的男阿肯包尔江与女阿肯库里森阿依即兴对歌，虽唱词各异，甚至段落用语各不相同，但无不彰显着共同的民族心理与精神情感。具体分析如下：

首先，男阿肯包尔江的第一段开场白，面对着竞争对手，丝毫没有挑衅之意，相反以宽厚豁达的君子气节与真挚的爱心抚慰、呵护着对方，将对手喻为"靓丽山花"、"金臂山鹰"，将其歌声拟为"百灵鸟"之"美丽歌喉"，并以"难得"、"今日搭档"等词句表白了阿肯对本赛事百般珍惜以及对搭档库里森阿依的高度抬举。从这些唱词中，我们可以看出哈萨克族的大度与平常心理。其次，女阿肯库里森阿依的第一段对词似乎有几分的尖刻，"不知对方何心思愁眉不展"，但细细咀嚼后一句"愿君吟唱弹诗曲开心洒脱"则更是多了一份女子的理解与怜悯之心。而第二段的四句："千里马"之喻和"人杰"之肯定以及"同台多年"的友情对白与"快来一绝"的召唤，表现了哈萨克族仁爱、慈善的人本心理与民族个性。

第二，男阿肯包尔江的第二段唱词的第一、三、四句"哈萨克人骨子里透着顽强"，"依山傍水逐水草游牧而居，名扬五洲誉四海潇洒阳光"等字词彰显了哈萨克民族勇敢、顽强、天地人和的民族个性与阳光心态。男阿肯包尔江唱词的第三段交代了本次阿肯阿依特斯的地点系"托烈草原"，之后的"千载难逢"等词句表现了机会的来之不易与难得，而"人民兴旺我欢喜笑语声声"等诗句则道出了阿肯本人以及哈萨克人对本届阿肯阿依特斯的喜悦心情与欢庆氛围。"五洲四海盛聚会八方来客，亚心陆桥大庆典内外有朋"乃是阿肯对本次盛会聚五湖四海、汇八方来客的一个正面交代，从一个侧面透视了阿肯以及哈萨克人开放、包容的民族品性。

第三，包尔江的第四段唱词的前两句："哈萨克人真大气人人款待，喜迎宾客展风采团结友爱"，直观理解是在召唤族人继续发扬本民族热情、好客的传统，但是上下贯通，则可触摸到阿肯以及他所代表哈萨克人所具有的那份"团结友爱"、感恩、回报之心理。即使面对如此难得的商机，哈萨克人有的只是以精神享受、弘扬文化为快、为先的民族个性，却不曾锄出如何"赚一笔"、"捞一把"的商业意识，可见其善良之心达到了何等的境界。这种心态就商品经济时代而言，显然有点落伍，但就人本、友善、传承文化、以精神文化做食粮且有着不可替代的价值与现实意义。收尾的唱词"阿肯魅力在真实各有独白"则表现了哈萨克人求真务实、真真切切说老实话，办老实事，忠厚老实的民族性格。

第四，女阿肯库里森阿依第一段唱词的前两句："原野博大赐大地鲜花朵朵，我用智慧献故乡歌儿博博"更是一种感恩、回报的真实写照，它的妙处在于这种悟性本身来源于大自然的启迪，这又是哈萨克人在与大自然万物生灵和谐相处中烙下的环保意识的每每凸现。这些精神的召唤力通过阿肯阿依特斯得以充分的体现，往往会达到一种精神升华与品德陶冶的良好效果。因此，对哈萨克人来讲，它是适应于每个阶段与各群体的轻松、快乐、诙谐、趣味的"思想道德教育课堂"，故具有超凡的磁场魅力。

二、语言、文化的感染力

阿肯阿依特斯的磁场魅力在于它具有超常的语言、文化感染力。

第一，阿肯阿依特斯的语言之美体现于语言的内秀外美。哈萨克族的阿肯阿依特斯至今处在一种原生态演绎过程中，很少被译成汉语，更没有汉语演唱的大胆尝试与拓宽创新。因此，也就很难被主流的汉语言文化所了解，特别是对其语言之美更是难以赏识。阿肯阿依特斯的语言自始至终透着一种内秀之美。严密的逻辑、饱满的义理、丰富的情感与风趣的韵味、超脱的意境融为一体，脍炙人口，耐人回味。阿肯阿依特斯的语言多受惠于民歌语言的熏陶，例如：民歌中的下列唱词常被沿用。

> 我是个阿肯歌手男儿好汉，
> 快来吧！阿肯姑娘与我弹唱。
> 如果有阿肯向我咆哮而来，
> 我要用唇枪舌剑与她较量。

这段唱词的语言散发着诙谐幽默之意，虽然有狂热的"咆哮"与刀光剑影般的"唇枪舌剑"，但它只是一种"戏斗"的巧妙表露与自信的瞬间而已。又比如：阿肯阿依特斯的附句一般采用民歌附句，以渲染其语言之美。民歌"叠衣萨勒的穆！"的附句乃是一例：

附句：

> 窈窕淑女明亮眼，
> 知心话儿涌心间。哎！
> 成双成对，枣红马儿，
> 伴随我奔驰向前。"叠衣萨勒的穆——哦衣！"

这一首民歌附句以其丰富饱满的神韵和内在的语言意境表现出了它绚丽的润色。唱词虽系直白，但不粗糙，在遣词造句上既有毫无遮拦的激情送达，又富有通俗易懂的内涵寓意，可堪称一绝。在阿依特斯中，阿肯们还会根据其语境、场境、实景的需要原调重组民歌的附句词语。例如：在以"热爱伟大祖国，建设美好家园"为主题的活动中，阿肯们往往会将以上的附句唱词即兴地重装为：

> 骏马奔驰行千里，
> 我的故乡在伊犁，哎！
> 载歌载舞，
> 共同祝福咱祖国繁荣富裕，
> 叠衣萨勒的穆——哦衣！

重组后的唱词依然毫不逊色于原版，朗朗上口，流畅自然，诗意盎然，再配以大众耳熟能详的曲调，优雅欢快，轻松优美。

阿肯阿依特斯的内秀之美又与其外观之美浑然一体。这种外在之美表现为它并非是毫无结构要求的一派"胡言乱语"。尽管阿肯阿依特斯是一种即兴对唱，但它仍然可与诗歌媲美。整齐划一的形象、抑扬顿挫的音韵，拟人喻比的修辞溢满了阿肯阿依特斯每一首唱词的字里行间。在哈萨克人聚集的文化区域，可谓人人都是阿肯，每逢家有宾客或喜庆婚宴便少不了民间的阿肯阿依特斯。在这里我们特选用了最为常用的两段民间艺人惯用的唱词分析其外在之美。

> 高高山上牧羊人转场而来，
> 后面跟着小小的一匹马驹。
> 远离阿吾勒而去时，难舍难分，
> 黑眼睛里流出了激动的泪水。
> 高山朦胧，哎呀呀！高山朦胧，
> 高山上的小石子儿朝下滚动，
> 有缘相逢在这里，对歌弹唱，
> 小妹妹我忘不了你的笑容。

这两首唱词的音节节拍、韵律韵脚都很整齐。首先，就其原文的音节数量而言，两段都由四句、各句11音节构成，均系4×3×4式的11音节三顿的节奏，音韵也很考究，两段都是一、二、四句押韵，从而显现为一种乐感极强的音韵美、顺口回环的节奏美，如泉水叮咚，似百灵欢唱。其次，在修饰手法与风格上，有酷似"流水对"的缠缠绵绵，也有犹如山峦起伏、层层迭起的叠词叠句。例如：第一首第一联的出对句基本上是一个上下承接，步步紧逼的"流水对"，"高高山上牧羊人转场而来，后面跟着小小的一匹马驹"。而第二首第一联的出句则是一个典型的逐节奏重叠格式，时而扣人心弦，时而舒缓流畅，具有强烈的美感效应。除此之外，哈萨克族阿肯阿依特斯的拟人、排比、对偶、对仗手法更是屡见不鲜，出口不凡。

第二，阿肯阿依特斯的文化魅力所在。哈萨克族阿肯阿依特斯是哈萨克文化的典型载体。从形式至内容无不打着哈萨克文化的烙印。

从以上的引例，可以搜索到哈萨克文化的方方面面与涓涓细流。诸如哈萨克游牧文化者包括：我与"靓丽山花"的面对，"依山傍水逐水草游牧而居"、牧羊人在"转场"途中，面对着"朦胧高山"，"小马驹"启后，"小石子儿"在崎岖山路上的断断续续的不时"朝下滚动"场面，只有具有着深厚游牧文化底蕴的哈萨克人才能展现这幅油画般的人间自然美景。又如："驰骋疆场"、"奔驰千里"、"枣红马儿"、"伴随我奔驰向前"这些词句的文化背景也来源于哈萨克马文化的熏陶，对马的理解、赏识、钦佩以及识马、育马、赞马的文化习性才会吟咏出如此的渲染与以物托情，托景传意的爱慕。总之，阿肯阿依特斯以其原声态的本族语言以及原汁原味的自然文化底蕴成为了每每使哈萨克人疯狂痴迷、火热追求的精神归宿。

三、时代的活力

哈萨克族阿肯阿依特斯的磁场引力更在于它的时代活力。即兴、适宜、纯朴、自然、灵活、便捷的艺术性格使之具有了极强的生命活力，它虽系一种古老的传统文化，但其在每个时空环境所承载的信息内容则鲜活、动感，终与时代同步，与时俱进；它虽是一种形神兼并的"固体"艺术，但开放、包容的现代生活使之时而在广袤的草原自然舞动，时而又在繁花喧闹的都市舞台与大雅艺术平起平坐，独具风骚。因此，它又是一种可以培植鲜活的"松软"艺术。在哈萨克族群中，只要有一把冬不拉琴与两位阿肯同在，便可组织多则聚上百，少则集一、二观众的一台戏、一场晚会。除此之外，更值得一提的是它所承载的内容鲜活、适宜与包容。每一位受人爱戴，技能超众的阿肯艺人都是新鲜事物与先进文化的传承者，他们具有超前、敏捷的思维、与时俱进的适宜与包容心态。例如：加玛丽汗与库尔曼别克是哈萨克民族阿肯阿依特斯的佼佼者，他们双双台艺相伴几十年，用这种独特的传统艺术传承和见证了哈萨克民族在祖国怀抱的60年辉煌。二老的弹唱基调与工巧词藻历来是年轻阿肯男女选手的范本。这里特选加玛丽汗与另一位老阿肯艺人别尔德汗的一则对唱作引例，分析如下：

女阿肯加玛丽汗的唱词：

我是小鸟太娇嫩乳臭未干，哎偶，

父母双亲乃是儿温馨港湾，哎偶。

天鹅戏水在湖边天真无暇，哎偶，
一只雄鹰腾空来衔在嘴边，哎偶。

男阿肯别尔德汗的唱词：
好福气呀幸运鸟，呜叭！
人生旅途将起锚。呜叭！
快马加鞭去赶路，呜叭！
骏马已备要走早。呜叭！

附句：
咘，咘依…美女！呜叭！
再见！相亲邻里，呜叭！

女阿肯加玛丽汗的唱词：
我在娘家是个宝无拘无束，
对歌弹唱游山水任性无阻。
嫁到婆家必定会空间窄小，
担水烧茶绕锅台直到呜呼。

男阿肯别尔德汗的唱词：
女子们在家遭封闭，
旧社会早去时代移。
你若有能力作贡献，
公婆和妯娌更欢喜。

女阿肯加玛丽汗的唱词：
我是雄鹰翱翔在蔚蓝长空，
我是骏马奔驰在无边草丛。
姑娘追里我能够鞭策对手，
婚礼庆典赛歌舞喜笑从容。

男阿肯别尔德汗的唱词：
　　不必担心好姑娘，
　　阿肯堆必有你排行。
　　我们的阿吾勒喜歌舞，
　　你定能为咱去争光。

女阿肯加玛丽汗的唱词：
　　我亲爱的阿吾勒父老乡亲，
　　团结友爱携着手并肩前进。
　　娘家婆家乃是我双亲骨肉，
　　男女平等法律保观念要新。
　　……

以上共选了两位阿肯的七段唱词，除一两段由于绕道太远未被引之外，其他的则基本保持了领对互动形式。从承载的内容而言，一目了然，显然是在宣传婚姻法，倡导男女平等。

第一，女阿肯加玛丽汗唱词的三段都在领，并且以一位弱女子在那个时代背景下的普遍心态表白了哈萨克女子们女大当嫁于异乡别家时的那份陌生与恐慌心理。通过渲染在娘家虽是"小鸟"、"娇嫩"、但如"宝"、整日"无拘无束"、如"雄鹰翱翔"、如"骏马奔驰"无忧无虑，自由自在的仙境，之后以"姑娘追里我能够鞭策对手"、"婚礼庆典赛歌舞喜笑从容"等唱词道出了"自己"在"父母双亲"、"温馨港湾""娘家"的强势，而后急转而下，用"在湖边""戏水"的"天鹅"被"一只雄鹰腾空""衔"走，及其幽默诙谐地表现了自由恋爱为女子带来的快乐与幸福，特别是"天鹅"与"雄鹰"的对偶表现了女子对未婚夫的满意与赏识。之后的"嫁到婆家必定会空间窄小"，无非就是"担水烧茶绕锅台直到呜呼"等唱词紧贴当时的社会环境，紧扣当时女子失望痛绝的心态，充分披露了旧的封建礼俗以及男女不平等为哈萨克女子所带来的无所作为与虚度年华，即使是被认为才女的阿肯在当时也无法例外。

第二，男阿肯别尔德汗的三段对词，以婆家人的口吻和褒扬的基调，开导着对方，基本上包括三个层次，一则正面回答和肯定了"你"

是有着"好福气"的"幸运鸟",其喻义不在"你"之个人,而在你们这一代哈萨克女子;二则"人生旅途将起锚"则为双寓意,即新的人生以及崭新的时代即将开始,特别是"女子们在家遭封闭"、"旧社会早去时代移"等唱词进一步充实了"新人生"、"新时代"来临的蕴义;三则通过"公婆和妯娌更欢喜"、"不必担心好姑娘"等词句温化和慰抚了女子们婚嫁前的失望心理。接下来的唱词"你若有能力作贡献"、"你定能为咱去争光"等则给足了信心,并且也是对哈萨克女子走出家庭,为社会奉献力量的一种真情鼓励与召唤。

第三,女阿肯加玛丽汗的收尾是整台对唱的尾声与压轴之段。它代表的是一种积极、乐观、觉悟、觉醒的进步声音。"娘家婆家乃是我双亲骨肉"唱的不仅是哈萨克民族的传统美德,而且也是中华民族尊老爱幼的共有品格,而"男女平等法律保观念要新"则是一种强力的呼唤,"团结友爱"、"携手并肩"乃是共鸣。可见,时代气息弥漫旷溢乃是哈萨克族阿肯阿依特斯的强大生命活力所在。

在如今的阿依特斯选段中,我们随时可触摸到更新的时代脉搏。

> 新疆有四十七个兄弟姐妹,
> 各民族爱国爱家心心相依。
> 如今那美丽家园和谐安康,
> 咱们俩即兴弹唱对歌对语。
> 弹起那冬不拉琴扬眉吐气,
> 我民俗锦上添花名扬东西。
> 非物质文化遗产榜上有名,
> 哈萨克阿肯弹唱鼓我志气。

新疆阿勒泰地区富蕴县阿依特斯阿肯现状调查报告

娜斯拉·阿依拖拉

位于新疆维吾尔自治区北部的阿勒泰地区富蕴县境内生活着五万多名哈萨克人。由于该县特殊的地理环境和民间口头文化蕴藏，培育出了20世纪著名阿肯阿合提·乌鲁木吉、司马胡力·哈力、哈吉提·比克巴力迪，以及如今活跃在全地区乃至全疆范围内的数十位阿依特斯阿肯。对于这样一个民间文化保留完好的地区展开田野调查，再对获得的实地调查文献、材料进行各方面的分析，对于研究和总结哈萨克阿肯阿依特斯的发展演变规律，以及通过分析在其中存在的一系列问题，具有一定的学术价值。

一、阿勒泰地区富蕴县社会自然环境

特定社会和自然条件是传统文化生成和保持的土壤。为了阐述富蕴县阿肯阿依特斯的发展和传承情况，我们首先需要对这个地区的自然人文环境和民间口头文化传统做一个概括性的描写。

"富蕴"是汉语，因为县境蕴藏丰富而得名。哈萨克语称富蕴县为可可托海，意为绿色的丛林。

"富蕴县地处新疆维吾尔自治区的北部，阿勒泰地区东段，额尔齐斯河上游。北部与蒙古交界，东邻青河县，西连富海县，南延准噶尔盆地，与昌吉回族自治州的奇台、吉木萨尔、阜康等县市交接。富蕴属大陆性寒温带气候，基本特点是春天多风、夏秋短暂、冬季寒冷而漫长。富蕴县地质特点具有突出的层状地形特点。县内主要河流有额尔齐斯河和乌伦古河。额尔齐斯河的两条源流均来自阿尔泰山南麓，汇合后直下可可托海与喀依尔特河交汇形成了今天然湖泊后进入峡谷。畜牧业是富蕴县的传统产业，县境内主要的畜种有马、驼、牛、绵羊、山羊等。

富蕴县的有色金属、稀有金属、黑色金属、宝石等是该县的优势矿产，尤其是稀有金属、白云母闻名于世；有色金属为全疆之首，居全国第二。

"富蕴县汉代为匈奴地，隋唐属西突厥。元代为蒙古众王封地，清代属科布多参赞大臣管辖。光绪三十二年（1906 年）阿勒泰与科布多分治后直属中央，设阿勒泰办事大臣。富蕴归属办事大臣管辖。1919 年阿勒泰划归新疆，设立阿山道，富蕴属布伦托海县佐管辖，1937 年由布伦托海县分出，建立可可托海设治局，1941 年升格为富蕴县"[①]

目前，全县行政区划分由库额尔奇斯镇、可可托海镇、吐尔洪乡、喀拉通克乡、铁买克乡、库尔特乡、喀拉布勒根乡、杜热乡组成。

富蕴县境内的哈萨克人至今保留了部落制度。不相识的哈萨克人坐到一块总要相互询问对方属于哪个氏族，哪个部落。老人们也总是把自己的部落谱系讲给孩子听。"清朝统一新疆后，乾隆三十五年（1770 年）哈萨克族中玉兹的阿巴克烈部落的绝大部分和乃曼部落的一部分牧民陆续返回阿勒泰地区游牧"[②]。阿巴克烈部落内分 12 个部落，其中游牧到富蕴县的有 10 个部落。即：坚铁克依部落主要分布在库尔特乡；贾德克部落主要分布在吐尔洪乡；喀拉卡斯部落主要分布在吐尔洪乡和杜热乡；莫勒克部落主要分布在喀拉通克乡和库尔特乡；昆沙达克部落主要分布在喀拉通克乡；依铁勒部落主要分布在杜热和库尔特乡；契巴拉伊尔部落主要分布在杜热乡；沙尔巴斯部落主要分布在吐尔洪乡和杜热乡；蔑尔乞提落主要分布在杜热乡。

现在富蕴县的哈萨克人使用的是以阿拉伯字母为基础的拼音字母。富蕴县近代的教育开始于 1850 年，沙比提在私人毡房里教书，从事毡房教育 30 多年。后来阿合提·乌鲁木吉于 1908 年在萨尔托海创办了伊斯兰教启蒙学校和清真寺。后来陆续有哈萨克、塔塔尔族的毛拉开办了经文学校。当时，少数富家子弟在伊斯兰教的毛拉那里学到了《古

---

① 富蕴县史志编撰委员会编，葛为本、王军主编：《富蕴县志》，乌鲁木齐，新疆人民出版社，2003。

② 同注①，536 页。

兰经经文》、伊斯兰教信条和相关礼俗。现代意义上的教育从1934年开始，开始创办了以新式教育为主的学校。1934年之前除上述接受宗教教育的少数人识字之外，富蕴县的多数哈萨克人基本上是以口传心授的方式传承自己的传统文化。

在有公路运输之前，骆驼作为第一运输工具，直到1965年有了第一辆汽车。

目前县内生活着哈萨克族、汉族、维吾尔族、回族、蒙古族、塔塔尔族、乌孜别克族、达斡尔族等将近20个民族。全县总人口为81571人，其中哈萨克族55880人，汉族20975人，维吾尔族2219人，回族1758人。

哈萨克族人民与各兄弟民族进一步加强交往，与改革开放潮流同步走向繁荣，融入了社会主义现代化建设中的新兴县城。

二、富蕴县民间口头文化与阿肯阿依特斯

在过去很长的历史时期内，哈萨克族的传统文化都是以口头形式保存、发展并流传的。他们至今还保留着丰富的口头文化遗产。民间口头文化的传统性往往会表现在其不同的文类上。哈萨克族中有关古代节日庆典的纳吾热孜诗歌、关于宗教习俗的巴克瑟萨仁、阿尔包、巴得克、加拉帕赞歌；摇篮歌、与婚俗有关的喜事序歌、萨仁、加尔—加尔、哭嫁歌、远嫁歌、劝嫁歌、揭面纱歌、还有与丧葬仪式有关的报丧歌、哀悼歌等习俗诗歌中，有关宗教仪式的习俗歌，如今都以文本形式保存与流传之余，其他生活习俗歌至今仍然在富蕴县广大哈萨克民众间保持着原始的口头形式。哈萨克族的阿肯们不仅参加各种阿肯阿依特斯，并且以背诵和演唱各类口头文学作品而有名，而且在这些作品的收集、加工、传承演唱中发挥了相当重要的作用。他们的生长环境往往对其后来的成长道路产生巨大的影响。

库力夏提·哈布世泰[①]年幼时，家里住在富蕴县吐尔洪乡（1992年搬到富蕴县城）。他父亲哈布世泰是当地的一名教师，经常写诗。母亲米纳瓦尔·西汗拜是那里颇有名气的阿依特斯阿肯，经常参加阿肯

---

① 库力夏提·哈布世泰，女，哈萨克族，30岁，初中文化，阿勒泰地区富蕴县人。在富蕴县第13届阿肯弹唱会上获第二名；自治区第二届阿肯弹唱会和阿勒泰地区第13、14届，伊犁州第14届阿肯弹唱会上获得鼓励奖；阿勒泰地区第7届阿肯弹唱会上荣获第一名。

阿依特斯。每次库力夏提都会跟随母亲去聆听。库力夏提10岁那年父亲去世。她母亲在家唱哀悼歌时，库力夏提就站在门边听，自己还在那里造诗并唱了出来。有一天，库力夏提独自一人去放牧，来到父亲的墓前唱了这么一首哀悼歌：

> 大地！你多么的伟大，
> 人类无法离开你而生存。
> 给我带来伤痛的噩耗，
> 折磨着我脆弱的灵魂。
> 别人高兴的呼唤父亲，
> 我确走向了父亲的新坟。
> 我是在他温暖的呵护下，
> 茁壮成长的雏鹰。

据不完全统计①，富蕴县境内从19世纪至今，生活了34位阿依特斯阿肯。在这一个多世纪漫长的阿肯阿依特斯艺术的发展道路上，他们经历了种种坎坷，为富蕴县阿肯阿依特斯的发展作出了不可磨灭的贡献。

三、富蕴县阿依特斯阿肯及其传承特点

我们将根据现有的文献资料和调查时所获取的材料，对富蕴县阿依特斯阿肯进行全面分析。

（一）19至20世纪上半叶著名的阿依特斯阿肯

1. 吾塔尔拜·堆山布（1834—1930），男，哈萨克族，富蕴县人，属阿巴克烈的依铁勒部落。从7岁开始写诗唱歌，获得过许多奖励，10岁就已经成为出类拔萃的诗人。吾塔尔拜从小以他独特的阿依特斯天赋，在民间留下了广为流传的阿依特斯诗歌。例如：《吾塔尔拜乃曼姑娘》、《吾塔尔拜与古加孜拉》、《吾塔尔拜与哈依夏》、《吾塔尔拜与哈里》、《吾塔尔拜及其儿媳》、《吾塔尔拜与尼斯甫》等的阿依特斯，

---

① 这个统计结果只是笔者根据搜集到的文献资料和访谈的相关人士、阿肯们后得出的结论。还有一些不太著名的阿依特斯阿肯没被列入在内。

其中属《吾塔尔拜和乃曼姑娘的阿依特斯》最具有影响力。吾塔尔拜在他 13 岁那年，听说乃曼部落有一个阿肯姑娘，想主动登门，并与这位乃曼部落的姑娘决出胜负，从而为其部落（克烈部落）争得荣誉，但是他的父亲认为它年小不但会输给乃曼部落的阿肯姑娘，而且会有损克烈部落的名誉就极力反对。有一天吾塔尔拜，偷偷从家里逃出来不辞辛苦地远途跋涉，到乃曼部落后与那名女阿肯进行对唱，最终获胜，为克烈部落的人争得了荣誉。

2. 阿合提·乌鲁木吉（1868—1940），出生在阿勒泰地区富蕴县一个普通牧民家庭。母亲吉别克和姨妈别开西从小给阿合提讲述民间故事，并让他背诵哈萨克民歌，这对阿合提后来的阿肯道路起到了启蒙作用。他 7 岁时跟堂兄沙德克·吉别安学习识字，后来向牧村有知识的胡斯曼毛拉学习，再后来向布哈拉来的学者马赫布拉学习，掌握了阿拉伯语、波斯语、土耳其语和察哈台语等。1890—1900 年，他曾做过邮递员，在阔布达和俄罗斯之间奔走。在此期间因为他好学聪明，掌握了俄语和蒙古语，为后来的创作打下了坚实的基础。1907 年，他在朋友的资助下，到麦加朝圣。还到过彼得堡、伊斯坦布尔、卢森堡和塞买衣等城市，极大地开阔了眼界。他为后人留下的书面阿依特斯即《五个阿肯的书面阿依特斯》在民间颇有影响力。

3. 哈吉提·克依柯拜，男，1904 年出生在富蕴县喀拉通克乡一带，哈萨克族人屈阿巴克烈的莫勒克部落，没有受过教育。民间有一则传说，说是哈吉提·克依柯拜从梦中惊醒说到"我需要的不是绳套（栓羊羔的绳套）而是约令"，从此以后他便成为了一名阿肯。哈吉提·克依柯拜的《哈吉提与奇玛泰的阿依特斯》，《哈吉提与阿克塔斯的阿依特斯》，《哈吉提与扎米什的阿依特斯》在民间较有影响。哈吉提·克依柯拜写的一首《牧民起义》，被当时国民党政府看作具有反动思想的诗歌而逮捕他。1941 年在国民党政府富蕴县的监狱中，被折磨致死，享年 37 岁。

4. 斯玛古勒·哈利（1900—1982），男，出生于哈萨克斯坦共和国的斋桑县，于 1909，1910 年前后来到新疆阿勒泰地区的哈巴河县，以后又搬迁到富蕴县。他从 11 岁起就给巴依当雇工，牧放牛羊。在劳动之余，年长的雇工们经常弹着冬不拉，唱起古老的习俗歌，也自编一些揭露讽刺巴依的歌曲。在耳濡目染、潜移默化的过程中，引起了他极大的兴趣。他还在舅母的亲自培养下背会了大量的长篇韵文作品。从14岁起,他也开始参加阿肯阿依特斯活动。随着年龄的增长,他常常在自己的诗歌中,讽刺牧主,揭露黑暗社会的不平。1924年以歌手阿肯的身份参加了新疆阿勒泰地区艾林王立帐典礼,说唱了三天三夜,名声大震。他一生中共有23次著名的对唱活动,其中被人们津津乐道的有《斯玛古勒与叶尔哈力的对唱》、《斯玛古勒与木塔里甫·艾米尔的对唱》等。解放前的创作大部分丢失,1976年新疆人民出版社出版了他的诗集《生命的旋律》。

(二) 20世纪后半叶至20世纪90年代的阿依特斯阿肯

公社化之前,富蕴县的阿依特斯主要在富人家中举办婚礼和喜庆的日子,常邀请周围的阿肯进行对唱。当时的阿肯们往往是四个人分成两对(两男两女)进行对唱。① "文化大革命"期间富蕴县哈萨克人的阿依特斯艺术同其他民间文艺形式一样处在了衰亡的边缘。从十一届三中全会后开始重新被关注。1972年阿勒泰地区的第一届阿肯弹唱会在富蕴县城举办。当时参赛的阿肯与艺术家有42人。最终,布尔津县获得了团体第一名。② 1981年阿勒泰地区的第四届阿肯谈唱会在阿勒泰县的托尔盖特草原举办。当时富蕴县的胡乃·阿斯哈尔和阿哈提·买买提斯拉木③参加了比赛。

1980—1990年之间频繁出现在富蕴县阿肯阿依特斯舞台上的阿依特斯阿肯将近20个人。他们是阿勒别克(男、杜热乡),日合依玛(女、铁买克乡),阿哈提·哈森(1951年出生、男、铁买克乡),艾曼(女、杜热乡),努尔夏西(女、杜热乡),努尔波力(男、杜热乡),卡拉曼(女、喀拉布勒根乡),热玛赞(1963年出生、男、喀拉通克乡),努尔波拉提(1969年出生、男、杜热乡),阿依肯古丽

---

① 笔者根据2007年2月2日与杜热乡纳斯哈提·萨力拜老人的采访笔记。纳斯哈提·萨力拜,85岁,男,哈萨克族,富蕴县杜热乡邮电局退休员工。

② 笔者根据2007年2月2日与杜热乡纳斯哈提·萨力拜老人的采访笔记。纳斯哈提·萨力拜,85岁,男,哈萨克族,富蕴县杜热乡邮电局退休员工。

③ 阿哈提·买买提斯拉木(1951—2003),男,维吾尔族,富蕴县人。从小生活在哈萨克人聚居的地方,对他们的文化尤其是阿依特斯文化产生了浓厚的兴趣。1981年开始参加地区级阿肯弹唱会,到后来参加了伊犁州举办的阿肯弹唱会,以他幽默,诙谐的对唱词受到听众的欢迎。其一些对唱诗曾在《木拉》杂志上刊登并在新疆人民广播电台用哈萨克语播放。

（女、喀拉布勒根乡），阿克依拉（女、喀拉布勒根乡），吉特西别克（1972年出生、男、喀拉通克乡），克依瑙汗（男、喀拉通克乡），买迪提（男、额尔齐斯城镇），西合斯别克（男、库尔特乡），吉恩斯丽（女、吐尔洪乡），古莱夏（女、铁买克乡），库拉西（女、喀拉布勒根乡），叶尔肯别克（男、铁买克乡），塔拉甫古丽（女、可可托海镇），沙吾列（女、吐尔洪乡），哈斯木别克（男、铁买克乡）等。

  这一时期的阿依特斯阿肯大多数曾在富蕴县各届阿肯弹唱会和富蕴县各乡举办的阿肯弹唱活动上为提高记忆、考验自己的水平，参加了几次甚至几十次的阿肯对唱，为该县的阿肯阿依特斯的发展发挥了较大的作用。以上阿肯中，像阿哈提·哈森，努尔波力，吉特西别克，努尔波拉提等阿肯直到1999、2000年参加县、地区、州级的阿肯对唱比赛，由于表现突出，获得了各种荣誉奖项。如：阿哈提·哈森从1979年开始参加县举办的阿肯对唱获得鼓励奖，1981年获县级对唱赛一等奖之后，先后在阿勒泰地区的第五届和第六届对唱上分别获得了一等和二等奖，1984年在伊犁州举办的阿肯弹唱会上以唱《谎歌》获得了第一名；热玛赞曾于1987年在青河县阿克布拉克草原举办的阿勒泰地区第七届阿肯弹唱会上获得过第一名；努尔波拉提曾于1996年参加在阿勒泰市托尔盖特草原举办的阿肯弹唱会上获得了第一名。

  由于1980—1990年之间的以上的阿依特斯阿肯中的绝大多数，曾经只是参加了各乡组织举办的阿肯弹唱会，有的只是参加了一两次，而且其中像阿勒别克和阿依肯古丽等老阿肯已经迁居哈萨克斯坦，努尔波拉提等阿肯在笔者去往其乡进行访谈时，因病去往乌鲁木齐治疗等原因，因此对于1980—1990年代的阿肯们的调查只局限在了以上获得的信息。

（三）20世纪90年代至今的阿依特斯阿肯

  这一代有一大批具有较高知识水平的年轻的阿依特斯阿肯加入了阿肯的队伍。他们不但继承了前辈们优良的阿依特斯对唱传统，而且相比有了新的变化。他们观念新、思想新、知识面广。同时，注重向老一辈阿肯学习，踊跃参加各种演唱会，积累经验，一批批新秀雨后春笋般地脱颖而出。他们当中像木拉力·铁木尔汗、库力夏提·哈布世泰、努尔孜亚·阿斯哈布力等阿依特斯阿肯不仅在县、地区级的阿肯弹唱会上表现突出，而且在自治区举办的两次阿肯弹唱会上与对手阿肯对唱时，咄咄逼人的雄辩才能赢得了在场观众的一致好评。

木拉力·铁木尔汗是20世纪90年代富蕴县阿依特斯阿肯群体中的代表之一。他于1974年出生在富蕴县喀拉布勒根乡一个普通牧民家。属阿巴克烈的坚铁克依部落人。1991—1993年毕业于乌鲁木齐卫生学校获中专文凭。他受其祖父扎达的影响，从7岁开始就对阿吾勒中的婚庆上人们的对唱非常感兴趣，有时人多，毡房里坐不下时他就从毡房毡壁缝中去聆听阿肯们的对唱。虽然木拉力的父亲没有阿依特斯的功底，但对木拉力的阿依特斯才华看在眼里，并对他以后的成长给与了多方面的支持。木拉力不断去参加阿吾勒中的阿肯阿依特斯，从此之后，便开始了他的阿肯生涯。木拉力在阿依特斯上最大的特点，不仅表现在与其他阿肯交锋时，急速的即兴吟唱能力上，而且木拉力独特的韵式风格即对唱时，所唱的第一段的第四行会在第二段的第一行反复出现的特点而赢得了听众的青睐。首先他这么唱听众（观众）理解起来较容易，其次就是对其接下来的思考与赋诗有很大帮助。在青河县哈拉布拉草原举办的阿勒泰地区的第十四届阿肯弹唱会上，他与青河县的女阿肯古丽尔对唱时，就是用此种对唱技巧的。

木拉力：
  在这神秘的穹庐之下，
  我的心胸充满着活力。
  我会常去青河看你，
  古丽努尔！请在加亚塔斯等我！
  古丽努尔！请在加亚塔斯等我！
  恋人们曾在那里邂逅过，
  我一向尊敬你这样的姑娘，
  由于我们都是母亲所生的。

与木拉力同一时期上阿肯阿依特斯舞台的实力较强的阿依特斯阿肯就属库力夏提·哈布世泰。

努尔孜亚·阿斯哈布力，1985年出生在富蕴县杜热乡铁斯甫阿坎牧业村一普通牧民家，女，哈萨克族属阿巴克烈的喀拉卡斯部落的人。

2001年初中毕业之后，由于受家庭条件的限制，没能继续上学。但是她仍对自己的未来抱有希望、充满自信，从小开始迷上吟诗对唱，急切地希望成为一名阿依特斯阿肯。8岁那年她让父亲给她买一把冬不拉，自己学着调琴并以阿依特斯的曲调弹唱。每当在电视和广播上播放的阿依特斯对唱，她都不错过，认真去聆听，并且把其中的内容背诵下来唱给家里人听，并给他们带来欢乐。她还阅读大量阿依特斯诗集，背诵其中内容后与姐姐一起跑到屋后的土丘上，模仿书里阿肯的风格进行对唱。11岁时努尔孜亚到一家参加婚礼，第一次与名叫队沙拜的阿肯小伙子进行了对唱，但这位阿肯小伙子在与年仅11岁的努尔孜亚对唱时，面对其犀利的唱词，小伙子临阵脱逃。努尔孜亚对这一情况唱了这么一段：

> 对歌者为何仓皇逃遁（此次赛歌），
> 岂不是羞愧于在座的亲家。
> 这就是你们专程请来，
> 所谓才华横溢的歌友？

从此之后，她带着自己心爱的冬不拉琴，参加阿吾勒中大小婚礼庆典和婴儿降生礼，被人们称为"小阿肯"。她在民众间不断提高自己的阿肯才华，于1999年13岁时参加富蕴县第十三届阿肯弹唱会获得鼓励奖，于2000年阿勒泰地区第十三届阿肯弹唱会在富蕴县合斯布拉克草原举办时，被富蕴县文化馆和阿依特斯组织单位的多次选拔之后，努尔孜亚作为被挑选的富蕴县的5个阿肯之一参赛了，最终获得了第三名的好成绩。于2006年在乌鲁木齐举办的自治区第二届阿肯弹唱会上，努尔孜亚与来自阿勒泰地区福海县的著名阿肯叶尔肯·伊力亚斯进行了交锋。

加依娜西·哈依尔，女，哈萨克族，初中文化，24岁，富蕴县杜热乡人，属阿巴克烈的阙尔乌什部落。她从小就对阿依特斯感兴趣，8岁开始学会了弹奏冬不拉。1999年她上初中三年级时，县上举办了第十二届阿肯弹唱会。当时她最初的参赛项目是演唱帖尔篾①，后来加依

---

① 帖尔篾，主要指短小精悍的快板式的歌谣，可用于品评、祝福、致谢、嘲讽、劝导等场合。

娜西在正式上台之前，遇到木拉力、库力夏提并聆听他们的对唱后，自己忍不住也想参加对唱，就这样在这次的弹唱会上，她既参加了演唱帖尔篾又参加了对唱，最终两项都获得了第二名。每当电视或广播上播放阿依特斯对唱时，加依娜西情不自禁直到听完，尤其听到夏肯和叶尔肯这样有名阿肯的对唱时，会把他们的唱词背诵下来。加依娜西·哈依尔的外祖父贾尼．沙毕曾经也是杜热乡一带有名气的阿依特斯阿肯。有一次他专程到坚铁克依部落的阿吾勒去对唱，当时这个部落的人请一假扮女装的男阿肯来跟贾尼·沙毕进行了对唱。在对唱过程中，细心的贾尼发现这位女阿肯结实的手及魁梧的体格，知道他是男扮女装后，便在对唱内容上唱了出来。最后，坚铁克依部落的人作为服输的回报给了他"中九"①。

加依娜西·哈依尔从小受外祖父的影响，小时候起对外祖父讲的叙事长诗、故事和民间著名的阿依特斯诗歌百听不厌，正是这样的家庭氛围造就了加依娜西今天的即兴诗歌天赋。

那扎力亚提·米尔扎汗，30岁，男，哈萨克族，杜热乡喀拉苏村初中文化。他第一次参加对唱是在1997年的一婚礼上，当时是那扎力亚提在杜热乡派出所当保安的时候。有一天，他在宿舍弹着冬不拉，跟他一个派出所的赛力克急急忙忙赶回了宿舍，说道："我们赶快去这个婚礼，福海县喀拉玛盖乡来了个新娘的女亲属，她非得要人跟她对唱，但在场的人之中，没有人敢与她对唱"。听朋友这么一说，那扎力亚提急忙与朋友一起去往那一家后，跟这位姑娘进行了对唱。经过一番诙谐而激烈的交锋之后，最终服输的这位姑娘按照赠送礼物的习惯，当场给了那扎力亚提50元钱。那扎力亚提的祖母哈孜娜也是杜热乡哈拉苏村一带的阿依特斯阿肯。那扎力亚提小的时候经常听到祖母在一边吟唱她所唱的对唱诗歌。可以说那扎亚力亚提是听着祖母的对唱诗歌长大的，其祖母对他后来的成长起到了启蒙作用。

20世纪90年代至今活跃在富蕴县阿依特斯舞台上的阿肯不止上述几位，还有乌拉尔·米那提汗，23岁，男，哈萨克族，属阿巴克烈的

---

① 中九，哈萨克族习惯法里九罚的一种。哈萨克汗国时期就曾经规定了，是以财产形式惩罚罪犯的标准，后来又作为不成文的习惯流传了下来。因为，它以九头牲畜作为惩罚的标准，所以称作"九罚"。分大、中、小三等。中九为3～4岁的马1匹、2岁马2匹、2岁牛2头、羊4只。

喀喇卡斯部落，杜热乡的阿依特斯阿肯；努尔兰19岁，男，哈萨克族，属阿巴克烈的沙尔巴斯部落，居住在吐尔洪乡；阿尔根，18岁，男，哈萨克族，喀拉布勒根乡人；帕努拉，17岁，女，恰库尔特镇人，等。

综上所述，新疆阿勒泰地区富蕴县作为哈萨克的阿依特斯艺术保存与传承较完整的地区，从19世纪以来培育了数十位阿依特斯肯。对以上的32位阿依特斯阿肯从所属地区、性别、民族和传承传统上进行统计与分析可以得出这样的结果：1. 按照所属地区统计：杜热乡9位阿依特斯阿肯，喀拉布勒根乡6位，铁买克乡6位，喀拉通克乡4位，吐尔洪乡4位，恰库尔特镇2位，可可托海镇1位。2. 按照性别统计：男阿肯19位，女阿肯15位。3. 按照民族统计哈萨克族33位，维吾尔族1位。4. 按照阿依特斯阿肯们的传承传统可以从以下三个方面进行分析。首先，受直系亲属或家族成员的影响而成为阿依特斯阿肯的占一半以上。这个情况从某方面说明，哈萨克族的阿依特斯艺术具有广泛的群众基础，不论男女老少只要有阿肯的造诣都可以参加对唱。它反映了大多数哈萨克人的生活与愿望，集中了他们的智慧，融会了他们的艺术才能。其次，受到现代媒体广播、电视的影响和借助文本（阿依特斯诗集）而开始模仿著名阿肯演唱风格逐渐走上阿依特斯阿肯道路的占一部分。然后，通过耳听、口传心授走上阿依特斯道路的占少数，基本上19世纪至20世纪初的阿依特斯阿肯属这一类。回顾富蕴县阿肯阿依特斯的发展历程，从一开始的民间习俗阿依特斯即加尔—加尔、巴得克到后来人与其物品的阿依特斯，逐渐发展到了现代的阿肯阿依特斯形式。我们认为该县阿依特斯的发展历程，可以被看作是哈萨克阿依特斯艺术发展道路的一个缩影。

四、存在的问题及解决措施

（一）从民族认知、文化认知的角度对哈萨克阿肯阿依特斯的特点、重要性以及对其内容的认识还不够深。有些领导、知识分子和农牧民对它的认识与支持力度欠缺。如，本来按照最初计划在自治区、州、地区和县上分别隔5年、3年、2年和1年举办一次，实际上并没有完全实行。有的县城不按时举办，而在有的乡里只是在形式上举办而已（名义上是阿肯弹唱会，但是实际进行其他娱乐活动）。细心回顾，阿肯来自民间，就像"人民"这座大山里的"金矿"一般。"为了挖掘这个金矿我们必须举办阿肯阿依特斯活动。哈萨克民族的阿肯大多数是来自农牧民群众，是一批具有特殊才华的人们。他们只能通过阿肯阿依特斯这个舞台展现并发展自己的特点。因此，不但要在自治区、州、地区、县以及乡里举办阿肯阿依特斯活动，还要扩展到各个村庄以及家庭中，并积极举办和支持它的发展。如，各个村可以根据自己各方面的情况举办。对于家庭而言，举办婚礼时，可以邀请几名阿依特斯阿肯进行对唱，可以是当地的也可以是外地的阿肯。

（二）阿肯阿依特斯上的经费问题。现代世界是以金钱、利润为标准的世界。现在举办阿肯阿依特斯也存在这方面的问题。阿肯阿依特斯就像是一个学术活动一般，阿肯就像讲座中主讲的教授或学者，而听众，却像听讲座的学生。教授会把一生中自己最擅长的知识讲授给学生听，从而让学生开阔眼界，以这方面的知识创造财富。而阿肯们的演唱对于鼓励听众学习文化知识、改正不良习惯、教育后代和向往美好未来等方面起着积极的作用。所以各级（自治区至各县乡）应该把举办阿肯阿依特斯列入当地的经费预算中，而相关的财经部门应该认真做到这方面的工作，与此同时还要发动群众的积极性。

（三）阿肯是哈萨克族非物质文化遗产的主要传承人，因此保留哈萨克民间丰富多彩的民间口头文化，就得精心呵护其传承者即阿肯，依法保护他们应该享有的版权，还要在生活、精神方面给予帮助与支持。

（四）阿肯们也要在各方面严格要求自己、正确认识自己。不能在道德上败坏，过分酗酒，把对唱作为赚钱的手段。在这里我们并不再提倡毫无报酬的参加对唱，因为阿肯也作为一名社会成员，有自己的利益及梦想。所以我们应该支持他们，凭他们这种特殊的才艺去择业。现在政府在各方面给予了他们大力的资助，人们也在支持着他们的劳动，因此阿肯们对于他们的鼓励，应该有正确的认识态度。笔者曾经在富蕴县搞调查时，被邀请去参加一婚礼。当时主持并唱揭面纱歌的一名阿依特斯阿肯，他向新娘的公公、婆婆、大舅子、姐夫分别收见面礼，他的这一做法与传统的习俗并不符。按照习俗，揭面纱歌是向新娘说教的歌，歌者述说的这些内容常常是警告新娘今后要恪守妇道。唱完歌之后向新娘的婆婆收取见面礼，而且揭面纱的这位阿肯会非常恭敬、满足地接受。由于他是当着众人的面收的见面礼，所以新娘的公公、婆婆以及婆家其他的人只好送马驹、挂毯、钱等作为见面礼。

（五）阿肯阿依特斯活动的举办地点和时间。现在的阿肯阿依特斯活动有铁儿篦、舞蹈、摔跤、赛马、射击和评比毡房等活动，除了继续这些传统活动的举办外，可以相应加上民族书法、绘画、木雕等比赛项目。如今阿肯阿依特斯包括的内容丰富，但是相比之下给予的时间少。由于时间的问题有的阿肯只能上一次台，但是这个机会他是盼了三五年的时间才盼来的。所以我们认为地区级以上的阿肯弹唱活动应该一周左右举办一次。有可能的话在草原上举办，因为大多数哈萨克族人民和阿依特斯阿肯来自农牧区，所以辽阔的草原，清澈的泉水会给他们带来欢乐并激发他们的灵感。现在的阿肯弹唱会上有时会抽签，让一对阿肯上台比赛。但很多情况下会出现年龄和对唱水平差距大的状况，所以相关组织单位，应该根据两个阿肯的年龄与对唱功底，组织他们参赛。

（六）当地文化宣传部门对举办的阿肯阿依特斯上的相关资料、文字、照片、音像等资料缺少针对性管理。笔者在调查的过程当中深深体会到了这一点。因此应该加强对相关资料的科学性管理，并按时整理出版当时的质量较高的、内容丰富的阿肯阿依特斯诗集与相关的音像资料。

（七）阿肯队伍的补充和阿肯素质的提高问题，从当前的情况看，似乎并不存在阿肯后继无人的忧虑。但是阿肯队伍的壮大并不能说明他们个个都熟悉即兴创作的基本规律，对临场应变和对现代化知识的掌握能力都提高了。因此，要多为他们创造学习和深造的机会。在这方面政府给予了足够的重视，阿勒泰地区师范学校，于2005年开设的阿肯学习班足以证明这一点。这个阿肯班共有43名阿肯学生，其中有两名本科生，还有在职的两名阿肯，剩下的则是中专和初中文凭的，他们毕业之后均可以获得大专文凭。他们在学校主修的课程有文学、历史、音乐、计算机和政治等课程。该班有来自阿勒泰地区富蕴县的阿肯7位，其中年龄最大的是木拉力，33岁，最小的就属来自富蕴县恰库尔特镇的帕努拉，年仅17岁。

（八）阿肯对唱时指定主题的问题，是在近些时期才有的。哈萨克族传统的对唱赛上并不指定主题，这样有利于阿肯们在施展才能的同时尽情地过一过诗瘾。为对唱指定主题是现代阿肯阿依特斯的风格。较多指定的主题是宣扬改革开放、计划生育、保护环境等题材的内容。但是指定主题也有它不便的一面。曾经有这样的情况发生过,让一对未婚的青年男女阿肯对唱计划生育方面的主题,面对这样尴尬的局面,他们俩在比赛时,在该主题上无法进行对唱,结果很快就下了阿依特斯舞台。除了特定主题的阿肯阿依特斯以外的活动,我们认为阿肯们对唱的内容,只要不违背国家的法律、法规和党的路线、方针、政策,没有必要专门指定主题。这样既可以发挥阿肯们即兴吟诗的特长,又可以让听众欣赏到一场真正意义上的阿肯阿依特斯。

(九)阿肯阿依特斯的保存与发展问题。阿肯阿依特斯已经被列入日前颁布的国家级非物质文化遗产名录。这是哈萨克族人民文化生活中的一件盛事。但是被列入到非物质文化遗产的名录中,并不能说明它已经得到很好的保护,根本在于如何切实地保护与发展。我们应该把阿依特斯诗歌翻译成其他文种,要做好整理、存档工作。把好的、优秀的、有代表性的作品做现场拍摄,在各种媒体上宣传、播放内容,甚至可以汇编成图书形式出版发行。要让阿肯阿依特斯面向世界,国内相关部门可以组织阿肯阿依特斯团,让他们参加国内外的各种演出,加强与国外阿肯的交流,为国外的阿依特斯阿肯到我们国家参加对唱创造机会。这样既可以借鉴国外阿依特斯阿肯们积极的一面,通过这些方法让阿肯阿依特斯更加发扬光大。

第五篇
对阿依特斯传承与保护的研究

哈萨克族阿肯阿依特斯的渊源及发展形式

苏丹·江波拉托夫

一、应主动组织国际阿肯阿依特斯活动

哈萨克族是跨界民族，生活在几十个国家，基本上是没有方言的民族，所以互相的文化交流无语言上的障碍。因此我们要创造条件同时也有必要主动地组织国际阿肯阿依特斯活动，来显示我国阿肯们的优势和才能，这样会在国际上更加表明我国对保护传承发扬非物质文化遗产方面的民族政策。

（一）哈萨克族阿肯阿依特斯的渊源

人民日报、CCTV、新疆外经贸网站等媒体上，关于我国哈萨克族和哈萨克斯坦历史有如下记载和报导："公元前3世纪境内出现部落联盟和国家组织（主要指当时的匈奴所属26个汗国之中，后来参加组成哈萨克民族的乌孙、康居和阿兰等部落联盟，其中乌孙国从匈奴独立出来后，从公元前2世纪末起与我国汉朝建立过和亲关系——苏丹注）。……公元6—8世纪，建立过突厥（Turik）汗国、突骑施（Turkesh）、葛逻禄（Karlik）等早期封建国家。……9—12世纪曾建奥古兹（Oghuz）汗国、哈拉汗（Karakhan）国。11—13世纪，契丹人（Kyday，Kydan）和蒙古鞑靼（Mongh01.Tatar）人侵入。……15世纪末成立哈萨克（Qazaq，Kazakh）汗国，分为大帐（Uli juz）、中帐（Orta juz）、小帐（Kishi juz）。16世纪初基本形成哈萨克族。……18世纪30—40年代，小帐和中帐并入俄罗斯帝国。19世纪中叶以后，哈

萨克人全境处于俄罗斯的统治之下。……"

如果将这一段记载和最近出版发行的《哈萨克民族简史》一书的内容,再加之我国哈萨克族族源史内容稍微展开,则可做如下的补充:

组成哈萨克民族的200多个部落,历史上生活的地域(按习惯来讲广义的哈萨克草原,即我国历史记载中,哈萨克人生活在西域的部分),位于欧亚大陆的中心。在这个地区,在不同的历史时期曾存在过许多个自身文化独具特色的古代小国,这些还是世界各色古老文明以及各民族社会、经济、文化交流往来的十字路口。

其中之一是叫斯基泰人(也叫西须亚人,按照希腊人叫法Skythan, Skyf,按照波斯人的叫法Sak人,即在我国历史记载中的塞种人),在这个广阔地草原上,公元前1000年最初的几个世纪,正是这个古老的西须亚人(skythan)(塞种人)萨基人(sak, Skyf)游牧文明的繁荣兴盛时期,而其文明遗迹(除古代历史学家的记载之外,考古出土、岩画、古代建筑等)仍然保存至今。在这些文物中,尤其引人注意的是一些用青铜和金子制造的野兽艺术风格的生活用品和装饰品,还有各种雕塑(如我国伊犁出土的尖帽塞种英雄雕塑)等。在伊塞克(Esik)古城遗址中的萨基(sak)战士金墓,便是以其优雅美丽而闻名于世。

在此后的几百年中,后来组成哈萨克民族的各部落所在的大草原由匈奴国所控制。匈奴人的后继者突厥人在此范围也建立了汗国。半游牧(一年四季只迁移在自己的乡,即Awil所有的有限而确定范围的),半定居(具有适合于这种生活的城市或定居点)的这些民族汗国创造了自己独具特色的文化。正是以这些城市、定居点和驿站为基础,形成了可与此后的"丝绸之路"相媲美的,特别适合于夏天活动的交通大动脉,使拜占庭帝国等与我国内地间发展了商业贸易往来。后来在这些商路上出现了许多城市和商贸中心,其中出现在我国境内(北疆)的,除众所周知的那些之外,在境外还有像奥特拉尔(Otrar,即Farab)、塔拉兹(Taraz)、库朗(Qulan)、图尔吉斯坦(Turkstan)、萨乌兰(sawran)、巴拉萨贡(Balasaghun)等。

丝绸之路不仅刺激了贸易的发展,而且也扩展了科技与文化领域中各种先进思想的交流,因而也出现了一批著名人物。例如在哲学、天文、音乐以及数学等许多领域都有很深造诣的，在东方被誉为继亚里士多德之后的第二大师的阿勒·法拉比（Al-Farabi，870—959年）以及12世纪闻名整个穆斯林世界的、留下《智慧之书》诗集的苏菲派诗人霍奇·艾哈迈德·亚萨维亚（Khoja Akhmed Yasawi）等。

1221年，成吉思汗率领的蒙古骑兵占领了哈萨克草原。当然战争是带有破坏性的，同时也产生阻力来破坏了哈萨克民族形成过程。自15世纪后半期，开始了草原游牧民族集结固定的过程，开始形成最初的哈萨克汗国。据科学家们的分析，哈萨克这个族名，一有古突厥语中的"自由、无拘无束"的意思，二有与以上的萨基（即Khas Sak—哈萨克—真正的萨克人）有联系。

总而言之，哈萨克民族是在人类社会发展中具有几千年历史的、经过不同时代磨练的、具有丰富文化遗产的重要群体之一。

据权威统计部门公布的数字，现在世界上的哈萨克族人口达1600多万。他们生活在45个国家。1000多万在哈萨克斯坦共和国，150多万在我国。120多万在乌兹别克斯坦，近100万在俄罗斯。其余生活在蒙古国，吉尔吉斯斯坦，土库曼斯坦，土耳其，中东和欧美各国。

我国的哈萨克族有自己的语言文字。其语言按语言系属分类，属阿尔泰语系突厥语族克普恰克（Kipchak这个部落在现代哈萨克族中仍然存在）语支；按形态结构分类，属粘着语类型。在亲属语言中，与其最接近的是柯尔克孜（吉尔吉斯）和卡拉卡勒帕克（在乌兹别克斯坦境内的一个自治共和国）语。哈萨克语的词汇十分丰富，大多数词都与同语族的亲属语言同源，出自古突厥语。哈萨克族人，虽然生活在不同的国家，基本上没有方言，只存在一些现代词汇上的少量区别。但由于各国文化上的不同，各国哈萨克人知识水平上的宽窄和底高之差是个现实。

历史上（在公元10世纪之前），后来组成我国哈萨克族的部落们曾经使用过突厥文字。后来，随着伊斯兰教的传入和影响，逐渐废除自己的突厥文字，开始采用阿拉伯字母拼写自己的语言。由于阿拉伯字母与哈萨克语的语音系统不同，在拼写上存在不少问题，至20世纪初和中，哈萨克人曾两次改革以阿拉伯字母为基础的哈萨克文字（又称为老文字），使之较适合于现代哈萨克语。目前在世界上的哈萨克人正在使用三种文字：老文字（中国），西里尔文字（哈萨克斯坦共和国,吉尔吉斯斯坦共和国和俄国),拉丁字母(乌兹别克国、土耳其国及欧美各国)。

(二)哈萨克族阿依特斯在当代社会的发展趋式

哈萨克族在自己漫长的历史过程中创造了无数弥足珍贵的文化遗产。哈萨克族有着极其丰富的民间文学,其中口头文学尤其发达、普及。哈萨克民族是一个能歌善舞的民族,优美动人的诗歌是哈萨克民族丰富多彩的传统文化最集中的表现。这些诗歌对民族发展史、民族关系史和宗教史的研究都有很重要的价值。同时,它又是研究历史学、人类学、社会学、民族学、民俗学的重要资料,在她的非物质文化遗产中阿肯阿依特斯具有非常突出的地位。阿依特斯的传统节目主要表现哈萨克民族的历史、文化和情感,从唱词到音乐都充满浓郁的哈萨克口头文学和音乐文化特点,具有突出的历史文化价值,被誉为全面反映哈萨克人民社会生活的"一面镜子"和"百科全书",堪称哈萨克民族的艺术瑰宝。作为一种民间艺术形式,它深受哈萨克族人民的喜爱,历来对哈萨克族人民的日常生活产生了极强的影响,是哈萨克族宝贵的历史文化遗产。而吉尔奇(Jirshi),吉绕(Jiraw),约令实(Olengshi)等阿肯(Akhin)们则是哈萨克民间口头文学(包括阿依特斯)的表演者、传唱者、创作者、推动者和历史文化的记录者。20世纪80年代后陆续出版的10卷《哈萨克叙事长诗选》中的长叙事诗,如《阔布兰德》(Khoblandi)、《英雄塔尔根》(Er Targhin)、《阿勒帕梅斯》(AlipBamis)等众多的诗作,都是因这些基尔奇阿肯的传唱得以保存下来。过去他们弹着冬不拉在草原漫行,专门收集、加工、传承演唱来自民间的歌声,在草原上备受尊敬和喜爱。

阿肯阿依特斯传统在哈萨克斯坦共和国和我国被保护的很好。在蒙古国、吉尔吉斯斯坦共和国、乌兹别克斯坦共和国等国家也没有消亡。

哈萨克族中帐的大部分部落,如乃蛮(应写成乃曼)、克烈、密尔克特(后来加入克烈之中)等部落,原先都生活在现在的蒙古国领土和中国北疆一带。成吉思汗西征时,他们被迫西迁到哈萨克大帐方面(现哈萨克斯坦东部)。没有西迁的已同化到蒙古人之中。18世纪,准噶尔叛乱平定之后,他们开始返回古老故乡中,在阿勒泰和天山之间进入我国，这在20世纪初已成了大潮流。现生活在我国大家庭中的哈萨克民族人口150多万，中国哈萨克族由于早一点回到我国怀抱，而且在保护自己物质文化遗产和以语言、文学等为核心的非物质文化遗产方面保持了自己的水平。最近在哈萨克斯坦共和国出版发行的《哈萨克民间文学》100卷中，中国哈萨克族民间文学已占10卷是其铁证。

在我国，1959年，老一辈民族语言文字工作者，遵照周总理等中央领导的指示，设计了以拉丁字母为基础的哈萨克文字（习惯上叫新文字），并于1965年开始推行，在不久达到基本普及的程度。但由于这个新文字方案中，个别字符存在某些不足，同时也由于当时的其他种种原因，1982年，新疆维吾尔自治区人大常委会第十七次会议决定停止使用新文字，全面使用哈萨克老文字。现在这种文字虽然存在不少不便，但在我国哈萨克族中仍然使用。

在改革开放之后的30年中，我国哈萨克族同其他兄弟民族一样取得了各方面的大踏步发展。在此过程中，阿肯阿依特斯消除了"文化大革命"的破坏，得到了保护，而且获得了新的生命力，在各级党委和政府的支持及广大群众的热情参与下，得到了更大的繁荣。

因为哈萨克族是个跨国民族，且邻国都是我国的友好邻邦，所以按照改革开放的精神，起码可举办中亚范围内的国际阿肯阿依特斯大会，来显示我国阿肯们的实力，加强文化交流，让世界更加了解我国的民族政策，更加知道我国阿依特斯的独特一面。现在中亚几个国家也在定期举办各种规模、各种形式的阿依特斯活动。比较起来，可以肯定地说我国走在了前面。

如果组织国际阿肯阿依特斯，则我国阿肯们肯定会获得优异的成绩。这种场域的扩大也会促进对非物质文化遗产的保护。

二、阿肯阿依特斯的优秀特点

阿依特斯是哈萨克族人民悠久的、起源于风俗性歌、诗、曲等的民间传统艺术形式。正如我在另一篇文章中提到的，它起码具有十几种优点。在此只举几例：

1. 历史悠久

阿依特斯这一传统艺术文化，从远古无文字时期（即公元前的几世纪）就开始有了。这可以从各种有关阿依特斯的传说中看得出来；在具有悠久历史长诗《阔布兰德》、《英雄塔尔根》、《阿勒帕梅斯》等众多的哈萨克诗作中也有阿依特斯的情节；我国古代汉文历史书中也有有关突厥部落人阿依特斯的记载；伟大语言学家麻赫穆德·喀什噶里的《突厥语大辞典》中有"夏与冬的阿依特斯"，霍奇·艾哈迈德·亚萨维亚的《智慧之书》中也有"天堂与地狱之阿依特斯"。当然这是甲乙双方分别代表夏和冬、天堂和地狱来进行阿依特斯之后的结果（作品）。从中得出，阿肯阿依特斯中记载历史资料的时间不短于1300年。而近几百年来的、有名的阿依特斯阿肯们连同他们的姓名和诗歌原文一起流传到至今。这也显示着它在这个民族中具有很强的生命力。

2. 本族独有

据有关学者的考察和调研，现在世界上很多民族都保留了像哈萨克族阿依特斯这样的艺术载体，只有哈萨克民族以阿依特斯非物质文化的传承与保护形式在发扬光大。

3. 混合体裁

在阿依特斯过程中诗词、歌曲、音乐、乐器、表演同时并进。在诗词中包括抒情性、戏剧性、叙事性内容。所以阿依特斯是一种混合型体裁。

4. 坚持动态

有一些非物质文化遗产是具有白纸黑字记载的、无法更改的原文和固定的音乐形式。而阿依特斯与此不同，是一种动态性的艺术。在历史上，阿依特斯的内容只有经过整理出版后，才能成为不失真的、静态读物。而后各代的阿肯们不应局限于它，更不能重复它，反而应有革新，有创作，有新水平，即阿依特斯无论在何时何地何人都处在动态之中，阿依特斯的唱词均为即兴创作，并不固定。阿依特斯的对唱没有固定的曲牌或相应的唱腔流传，演唱者一般根据对唱的内容从语言本身生发旋律与节奏，其中可以包括古代的、现代的和阿肯自己刚发明的种类。

5. 与世同步

由于它具有动态性、活态性，就具有灵活性，就具有能够立即适应生态环境的特点，就具有始终与时代同行，不断更新，不断创作，不断发展的条件。

6. 知识竞赛

哈萨克族阿依特斯是哈萨克民族民间艺术中的一种即兴创作竞技式的对唱表演形式，与歌谣完全不同，双方阿肯对唱竞争十分激烈，采取淘汰制的办法。两名阿肯一对一上场对唱，各自弹奏冬不拉或库布孜为自己伴奏，相敬对歌，你来我往，互不相让，见风使舵，节外生枝，用豪言壮语或唇剑舌枪，使尽浑身解数炫耀各自的才华。从气势上、语言技巧上，甚至才智、人品上压倒对方。表演非常精彩的对唱，能使在场的人们从头到尾听得很入迷。当另一人自愧不如，甘拜下风时（按现在，到了规定时间时），对唱就决出了高低。所以他（她）们必须具备敏捷的思维和渊博的知识，具备触景生情、出口成章、用诗辩论的才华。还具备世事洞明，人情练达，能在瞬间对答如流，以理以才服人的本事。对唱双方即兴创作是阿依特斯的主要特点。

7. 文化交流

如带动一切当地文学、文化的主流。规模多种，形式多样，民俗展览，宣传民族文化，各类文化节目，跨国文化交流等。

目前的阿肯阿依特斯活动（在新疆维吾尔自治区，地区和自治州，县和乡各级政府有计划地组织）举行的意义是对阿依特斯最有力、最有效、最可靠的保护措施，应该继续坚持下去。

同时，我们应该通过阿依特斯的这些优点和特点进一步发展和传承它，增加其发展下去的办法，扩大其传承规模。

三、哈萨克族阿肯阿依特斯传承与发展形式的思考

首先，如上说的，在哈萨克族阿肯阿依特斯方面，我们应该继续坚持各级政府所办的，有计划，有组织的，各族人民强烈拥护的，有利于保护这一很重要的非物质文化遗产的现行做法。

同时，为了进一步增加和坚固其群众基础，发扬它以上提到的坚持动态、与世同步、规模多种、形式多样等特点，在现行的计划之外，与继续使用传统的、家庭式的、小规模的各种做法的同时，应该使用现代化手段，扩大其场域。这既有利于提高阿肯阿依特斯大会的水平和质量，又有利于保护哈萨克族母语等其他非物质文化遗产。

作为这个思路的一项具体建议，笔者提倡开展书面阿肯阿依特斯。

哈萨克斯坦共和国诗人周尔生·耳满（Jursin Erman）称："阿肯们的书面阿依特斯是传统上曾有的，但好多年来没有运用而被遗忘了。古代阿肯们创造过书面阿依特斯的许多版本，他们不仅仅是两位，而且是通过多位阿依特斯阿肯互相书信对唱，互相的较量，把阿依特斯艺术提高到一定的高度"。在我国新疆，阿肯们的书面（写信方式的）阿依特斯断断续续一直延续到20世纪末。我们应该发扬这个传统。阿肯们曾经在过去历史上用过的这种手段，现在已获得了多种且更好的可继续进行的条件，即起码可以通过各种哈萨克文期刊和哈萨克文网站加以进行。

去年在哈萨克斯坦共和国由"阿拉实艾纳"网站又进行了这种阿依特斯活动。网站规定：

（1）一对阿肯的阿依特斯时间不能超过两周。

（2）每一次每一方只写四首诗，每首不能超过四行。

（3）在其第一首可提综合性的内容，第二首应提具体问题，第三首必须回答对方提的问题，第四首中应向对方提问。

比如其中一例，即瑞那提和古丽斯耐的书面阿依特斯。为了使读者能直接欣赏，本人可以提供在哈萨克斯坦共和国通过互联网进行的阿依特斯"瑞那提·再拖夫和古丽斯耐·萨尔叁拜娃"的视频。

看过的读者从中可以知道，两位阿肯相当好的语言水平和技巧，知识境界和高度，阿肯们的文明、礼貌程度和精彩的阿依特斯艺术等。

当然，我们也可在新疆，通过现有的各种刊物和网站、博客等手段进行这样的阿依特斯，这同时也有利于增加刊物的发行量和使用哈萨克语的网民、网站的点击率。

笔者认为，在我国互联网发展很快。据工业和信息化副部长奚国华2009年4月18日说："2009年一季度中国网民新增1620万人，互联网网民总数达到3.16亿人。即便是在国际金融危机给实体经济带来重创的形势下，互联网发展势头依然不减。互联网宽带化趋势更加明显，宽带网民规模占网民总数的90%以上。中国境内网站数达到287.8万个。"

从此可以看到在我国每四个人中就有一个是网民！在新疆的情况也大体如此。哈萨克青年人中的网民也越来越多。

在此，我不是在谈网络文学，我想谈的是将阿依特斯提到期刊和网络上去的问题，因为网络这个伴随电子技术成长起来的新型文化门类吸引着无数读者的目光，是一个无限大的，没有约束的，言说自由的空间。所以我们应该尽早考虑为阿依特斯使用这个重要空间和载体的问题。这样我们会充分利用有关阿依特斯计划外的时间和空间，进一步推动这一文化遗产的同时，也是对母语的一种保护工作，当然此过程可能会影响进一步提高阿依特斯的水平和质量。

也有可能部分人认为，通过期刊物或互联网进行的书面阿依特斯，也许会淡薄它本来的优秀特点（例如，"即兴创作竞技式的对唱表演形式"、"能在瞬间对答如流"，"诗词、歌曲、音乐、乐器、表演同时并进"等）。我认为，反过来，它肯定会作为各级阿依特斯大会之间的，日常的一种准备形式，会促进大会阿依特斯水平的进一步的提高。如果双方在日报上进行阿依特斯，那么这些优秀特点也不会那么淡薄下去。因为在第二天的报上发表对方的回答或报方同时公布收到对方回答的时间等是完全可以的。这也会促进双方的相对而言尽量向"即兴创作"和"在瞬间对答如流"方向努力。

中国哈萨克族阿肯阿依特斯艺术的传承与保护问题研究

热合木江·沙吾提 娜斯拉·阿依拖拉

一、中国哈萨克族阿依特斯艺术的传承与保护情况

2005 年，国务院先后颁发了《国务院办公厅关于加强我国非物质文化遗产保护工作的意见》和《国务院关于加强文化遗产保护的通知》。文件指出："地方各级人民政府和有关部门要从对国家和历史负责的高度，从维护国家文化安全的高度，充分认识保护文化遗产的重要性，进一步增强责任感和紧迫感，切实作好文化遗产保护工作。"两份文件唤醒了对民族"根"的"记忆"，唤起了对民族文化传承的"自我修复"。现在，保护文化遗产，保持民族文化的传承在中华大地蔚然成风。

2006 年 5 月 20 日，国务院公布第一批国家级非物质文化遗产名录共 518 项，哈萨克族的阿依特斯艺术列入文化遗产名录中。目前，阿依特斯的研究已步入科学轨道，并逐步形成了一种科学研究氛围。2007 年为止，新疆维吾尔自治区已有 55 项非物质文化遗产项目入选国家级非物质文化遗产代表作，有 47 名民间艺人入选国家级非物质文化遗产项目代表性传承人。我区共有自治区级非物质文化遗产名录 109 项，自治区级非物质文化遗产项目代表性传承人 229 人，和其他历史文化遗产一样，阿依特斯也同样面临失传的危险，针对这一情况，伊犁师范学院奎屯校区 2004 年开办了阿依特斯阿肯艺术班，将多年从事哈萨克文学研究的教师和科研力量充实到阿依特斯教学一线。现在，该校区已经培养出 100 多名阿肯弹唱专业人才。

新疆伊犁师范学院在 2006 年 10 月成立"阿依特斯艺术研究中心",开始对阿依特斯的即兴诗歌创作、表演以及表演者的素质要求等内容进行系统的研究,同时着手编写《哈萨克阿依特斯艺术史》、《哈萨克阿依特斯艺术巨星》等书稿。这几本书在 2009 年已出版发行。2008 年 1 月 26 日,在政府的支持下,伴随着新疆阿依特斯研究会在新疆伊犁师范学院奎屯校区的揭牌成立,新疆阿依特斯研究会第一届阿依特斯会员代表大会暨首届学术研讨会,在伊犁师范学院奎屯校区召开。这也是全世界目前为止唯一的阿依特斯研究会。新疆哈萨克阿依特斯研究会第二次学术研讨会于 2009 年 4 月 28 日在奎屯市召开。新疆维吾尔自治区第三届阿肯阿依特斯大会和哈萨克族阿肯阿依特斯全国学术研讨会于 2010 年 7 月分别在乌鲁木齐和阜康市召开。此次会议要求,重视阿依特斯艺术的收集和整理工作,形成系统的研究机构,为进一步深入研究阿依特斯艺术创造良好的条件。

虽然阿依特斯已经被列入第一批中国非物质文化名录,新疆哈萨克族阿依特斯研究会已成立,但阿依特斯文化的研究,特别是对阿依特斯文化的保护及传承问题的研究还属于前期的探索阶段,还没有提高到令人满意的程度。在国内目前为止,除有一些介绍性的文章和研究层次不高、研究深度不够的一些论文以外,哈萨克族的阿依特斯文化研究方面几乎没有正规的、专门的研究成果。在国内有关阿依特斯文化方面代表性的专著只有几本,那就是新疆社会科学院研究员别克苏里坦撰写的,民族出版社于 2005 年 4 月用哈萨克文出版的《哈萨克族阿肯弹唱研究》,哈拜撰写的《哈萨克阿肯》等几本书。但这几本书也是大体上介绍性的著作,而且是哈萨克文出版,根本满足不了全国各族人民了解阿依特斯文化的需求。而且,这几本书也无法诠释如何才能把哈萨克族阿依特斯文化事业的保护和传承,提到一个高度去探讨和研究的问题。

二、如何界定哈萨克族阿依特斯艺术的定义问题

阿依特斯艺术是一种特殊的民族艺术表现形式,具有一定的民族文化特性和社会文化特性。阿依特斯艺术是根植在浓郁的哈萨克族传统文化土壤中,土生土长产生的,富有哈萨克族精神文化的优良传统。无论从思想上还是艺术上,都可谓是传承了民族优秀传统文化,是哈

萨克文化中独具特色和表现力的艺术形式。阿依特斯是哈萨克族的一种对唱艺术形式，在歌唱中索求、争论，是智慧的较量。阿肯是哈萨克族的民间艺人，他们在游牧中写诗、歌唱，用心灵去吟诵大自然和社会生活。

阿肯阿依特斯是中国首批国家级非物质文化遗产。阿依特斯艺术从民族艺术特性上讲，是哈萨克民族文化的一个集中展示。我们既可以把它看作是"阿依特斯艺术"，也可以把它看作是"阿依特斯文化"，是哈萨克族文化乃至中华民族文化中不可或缺的一种民族艺术形式，非常重要的非物质文化遗产。阿依特斯内容广泛，有神话、故事、诗歌、民歌、谚语、格言等，是在哈萨克民族还没有文字的时期，草原牧人的文化创作成果，传达着哈萨克族人真挚的情感，从中可以深切感受到各族人民热爱生活、向往美好明天的心声和力量，感受到各族人民亲如兄弟、和睦相处、共同繁荣进步的信念和追求。

我国出版的《辞海》条目中指出："阿肯——哈萨克族民间歌手的通称。一般能随编随唱，即兴而歌；并收集、提炼民间诗歌，为群众演唱。演唱时手弹冬不拉伴奏。"《辞海》根据它的编纂目的，只能这样概要地解释。这当然也有助于人们初步认识阿肯，但不能对阿肯产生全面的、深刻的理解。关于阿依特斯艺术，学术界比较认同的看法是，阿依特斯艺术是一门带有一定的对抗、竞技和斗智的口头诗歌艺术。从广义上讲，在哈萨克语里，阿依特斯艺术泛指两个人或两个群体之间因观点、看法不同而产生的口语"对抗"。日常生活中，有人发生言语争执，就被认为是发生了"阿依特斯"；从狭义上讲，凡哈萨克民间"脱口秀"、歌手、阿肯之间发生口语形式或口头诗语形式的"对抗"，称为"阿肯阿依特斯"。阿肯阿依特斯又分"脱口秀"阿依特斯和阿肯阿依特斯。这两者的共同点是都有很强即兴性。但从表现形式上讲，阿肯阿依特斯有伴奏和伴唱，即诗和歌的结合。从一定意义上讲，这是阿依特斯艺术的精华。

三、哈萨克阿依特斯艺术的种类、形式及基本特征

一直以来，阿依特斯艺术种类和分类没有形成一致的说法。但学术界总体上把它分成两大类：一种是传统阿依特斯，一种是专业阿依特斯。专业阿依特斯又分为托里阿依特斯和苏里阿依特斯。阿依特斯

的演唱形式，分为团队式、个体式；方式上有口语式对抗，也有书面对抗；其中书面对抗，有两人对抗，也有阿肯自问自答式。题材上有历史题材，也有现实题材。阿依特斯艺术具有以下四大特点：

（一）诗歌性

阿依特斯艺术是口头诗的展示，但其中必不可少的一个重要载体是歌曲曲调。而且，每一首阿依特斯曲调几乎都是古老的，包括其唱腔、音乐特点和特征。阿依特斯只有在有乐器和歌声相伴的前提下才是完整的。阿依特斯乐器一般是冬不拉，也有其他乐器，伴歌有单声或混声。从音乐曲调上看，阿依特斯曲调和民歌曲调是不可分割的整体。阿依特斯曲调是哈萨克民歌取之不尽的源泉，是许多现代依然在流传的哈萨克民歌的母体。反过来说，所有阿依特斯曲调都是民歌曲调，是民歌曲调中最常见的一种形式。只是"民歌"这个概念是后来才出现的，而"阿依特斯曲调"一直是民间说法。阿依特斯曲调，大体上分为民歌曲调和"慢板"。民歌曲调常用在托里阿依特斯，"慢板"则多用于苏里阿依特斯。除个别习俗阿依特斯有固定曲调外，阿依特斯曲调一般是形式多样且多变，有演绎性，是民间艺术一朵瑰丽的奇葩。

总体上讲，阿依特斯艺术包含了哈萨克族习俗歌的基本曲调，运用最多的是民歌曲调，它们的民歌唱腔及曲调装饰，都散发着浓郁的哈萨克族民间风韵。一名出色的阿肯，一定是一名哈萨克民歌的最好传承者，哈萨克的民歌音符深深地附着在他的灵感、智慧和情感之中。或抒情，或描述，或叙事，无不于此。不光如此，一名出色的阿肯一定会在此基础上，形成自己的艺术风格，完成传统经验和个人经验的完美结合。假设数世纪来，不同时代的阿肯弹唱作品都被以书面的形式保留下来的话，那该是多大的一笔精神财富。遗憾的是，它们已经随着历史的尘埃飘落在了时空的深处，只有那些动听的旋律却很好地保留下来。

（二）戏剧性

阿依特斯艺术形式灵活，可以随时随地进行组合表演。几名对手，三两个观众，就能凑合出一台"好戏"，阿依特斯艺术从现场效果来看，是非常富有戏剧性的，因为它富有很重的戏剧化倾向。阿依特斯过程，分为开头、发展（对抗）、高潮、尾声这样几个阶段。很多时候，有些阿依特斯活动，甚至一开始就会进入对抗状态，妙语连珠，引人入胜。弹唱者既是创作者，又是表演者；既是主角，又是配角；他们既要展示自己的外在形象，又要艺术地展示心灵世界，善于表现细微的情感变化和思想变化。而且，他们的对抗必须善于触及对手的"弱点"，艺术地触及对手外在形象和内心世界，只有当"对抗"富有戏剧感的时候，才能体现阿依特斯的艺术魅力，它最终考验的是参与者平时的语言艺术积累和"对抗"艺术素养。他的积累和素养直接取之于他的生活，这是一项在单位时间内考验个人"诗语对抗"能力的艺术活动，它的戏剧性色彩也因此而富有魅力。阿依特斯艺术的参与者，既是演唱者，又是创作者，还是导演，也是人物。只有当他（她）把这些戏剧要素都统一于一身的时候，他才是强大的，不可战胜的。

因此，从艺术层面上讲，阿依特斯艺术也可以称得上是"综合艺术"，是集体智慧的结晶。因为，阿依特斯只有在两名以上的对手参与对抗的前提下，才能构成"戏剧性"冲突。一部经典的阿依特斯作品，是草原上一出经典的"歌剧"。有人物，有故事，有情节，有对白，也有心理活动，更有戏剧悬念。戏剧的几大要素中最重要的两大要素是人物台词和戏剧冲突。同样，缺了这两种要素，阿依特斯艺术便是不能成立的。在戏剧表演中，矛盾冲突可以表现不同的观点、社会心理及道德标准人的思想情感，人物台词是表现冲突的主要手段。同样，阿依特斯艺术也是通过语言来构建戏剧冲突。只是与准戏剧相比，没有布景，没有道具，不设舞台，没有动作或画外音罢了，倒是有更自由的"对白"，表演远离程式化，不需要剧本、排练、走场搭台、配器和配乐，内容完全因时因人而定，是富有生活气息的草原活歌剧。

（三）传承性

阿依特斯是一项传承性很强的民族艺术，是哈萨克民族习俗、风土人情、民间信仰得以代代传承的活的载体。在长期的发展中，它不仅丰富了哈萨克族人民的精神文化，也记述了哈萨克族的心灵轨迹。无论过去还是现在，凡有哈萨克族重大社会活动的地方，比如庆典、集会、青年聚会、婚礼，甚至小孩子出生的歌会、家庭聚会，或是旅途、转场路上、田间地头、草原上，只要人们能够"扎堆儿"，就有阿依特斯。没有阿依特斯的活动，是不可想像的。比如"加尔—加尔"，就是婚礼的一个重要环节。没有"加尔—加尔"，婚礼便没有焦点。"巴德克"是民间宗教活动中不可缺少的，等等。这样的生活条件，为阿依特斯艺术能代代相传提供了有利的保证。

（四）群众性

阿依特斯艺术深深融入哈萨克族社会生活的方方面面，其中以传统阿依特斯的普及最为广泛。传统阿依特斯的参与者，并不都是资深阿肯艺人，只要有歌唱的愿望，不分男女老幼、贵贱、资历深浅、族群团体，不分地区、村落，都可以展示才艺，成为快乐的参与者，给大家带来快乐。所以，阿依特斯活动总能吸引全民热情，且个个都当裁判，是一个典型的群众性娱乐活动。据有关资料，阿依特斯这种艺术形式在其他民族传统文化里也有过，但是由于种种原因，并没有传承下来。相比之下，哈萨克族的阿依特斯艺术活动，虽经岁月的变迁，始终没有中断，相反，越发展越丰富、越精良，而且保持原生态，成为今天社会文化的重要组成部分。而这一切，毫无疑问得益于阿依特斯艺术的群众性参与。

四、保护和传承阿依特斯艺术意义与存在的问题及解决措施

哈萨克阿依特斯是国家级非物质文化遗产，其面临着濒危状况及随着科学技术的进步和市场经济的发展，人们的文化生活日益丰富，审美需求的变化，对阿依特斯这种传统艺术的兴趣愈来愈淡漠，"传统艺术风格"、"习俗特点的保留"、"原生态的传承"等方面受到严重威胁，阿依特斯的发展举步维艰，处于濒危状态。挖掘、保护、传承阿依特斯艺术是非常紧迫的任务，因为该非物质文化遗产已面临着非常严峻的挑战。和其他非物质文化遗产一样，它也同样面临失传的危险。

现代文明和外来文化给阿依特斯带来的冲击是难以避免的。就我国的阿依特斯而言，1959年至2004年，伊犁哈萨克自治州政府共组织举办了14届阿肯阿依特斯盛会，49届地区级阿肯阿依特斯盛会，两届自治区级阿肯阿依特斯盛会。但根据调查我们发现，已经确认的伊犁

哈萨克自治州 25 名哈萨克阿依特斯传承人中，已经有 7 位老人与世长辞。健在的人中，大部分是 60 岁以上的老人。老一代的阿肯年事已高，年轻的阿肯却人数寥寥，这是保护工作中面临的大难题。这种情况也提醒我们，必须搞研究，必须把该课题进行到底。本课题的重点就是，到我国哈萨克族聚居的伊犁哈萨克自治州、木垒哈萨克自治县、巴里坤哈萨克自治县、甘肃省阿克塞哈萨克自治县等地甚至必要时哈萨克斯坦、蒙古国等进行客观、准切地实地调研，找出挖掘、保护、传承阿依特斯文化的基本思路。这也是本课题的难点。

从非物质文化遗产的层面讲，阿依特斯文化研究的意义，首先在于确定它在中华民族文化中应有的地位，并把这一传统的民族文化推向全国和全世界。这一点已经初步成为现实，阿依特斯已列入中国非物质文化名录。哈萨克族传统文化完整并有效地保留了这一古老的文化，是值得肯定的。

阿依特斯艺术代表着哈萨克族集体审美价值取向，及哈萨克民族情趣、爱好、理想追求，是研究哈萨克族民族文化心理最重要的活化石。阿依特斯艺术是哈萨克族进行社会伦理道德教育、自我教育的一个重要手段。尤其在今天，为弘扬爱国主义情怀和英雄广义气概，倡导人际和谐交往，遵守国家法律，歌颂真善美，歌颂劳动，赞美善人善举，赞美亲情、友情、爱情，同时，对鞭挞假恶丑，抨击社会不良现象，有着独到的教化功能和社会作用。不仅如此，无论是在过去还是现在，成功的阿肯，常被视为社会公众人物，代表公众说话，代表公众"评判"。从这个意义上讲，阿肯必须有民心，善于关注民众疾苦，反映民情、民意，并且善于对那些内心阴暗、贪图钱财、一心投机钻营、飞扬跋扈的腐败分子，不管身居何位，进行无情的讥讽和批判。这使得群众对阿肯怀有拥戴之情，而丑恶的灵魂对阿肯们又怀有戒心或警惕，怕自己的不轨行为被曝光。这也是阿依特斯艺术重要的文化特征。

新视角下哈萨克族非物质文化遗产阿依特斯的传承与保护

仵静 赵惠玲 李杰伟

"阿依特斯"是哈萨克族在长期生产生活实践中创造的丰富多彩的非物质文化遗产，它是哈萨克族智慧与文明的结晶。传承、保护和利用好这一宝贵的非物质文化遗产，对我们今天落实科学发展观，实现伊犁哈萨克自治州文化、政治、经济社会的全面、协调和可持续发展，以及提高精神文明水平都有着重要的现实意义。

一、阿依特斯在哈萨克人心中犹如飞翔的翅膀

"诗和马是哈萨克的一对翅膀"，阿依特斯就是其中的一只翅膀。在哈萨克族的文学艺术中，它不仅是一种传统的说唱艺术，而且还是一种具有典型代表的竞技式的对唱表演曲艺形式。其艺术形式和内容十分丰富，且深受哈萨克族群众的喜爱。传统的阿依特斯从唱词到音乐都充满了浓郁的哈萨克口头文学和音乐文化特点。它具有突出的历史文化价值，因而被誉为是"全面反映哈萨克人民社会生活的一面镜子和百科全书"，堪称是哈萨克族的艺术瑰宝。因此，我们有责任和义务加大工作力度，作好宣传、传承和保护这种独特的少数民族优秀非物质文化的工作。

1. 充分认识阿依特斯在哈萨克族曲艺音乐中的重要地位。

长期生活在高山、草原和森林的哈萨克人以无限丰富的情感、豁达的气质和无穷的智慧创造了绚丽多彩的草原文化。阿依特斯不仅是哈萨克族曲艺音乐中最为传统的典型代表形式，而且还是哈萨克文学的重要组成部分；在哈萨克民间艺术形式中具有较大的影响力。因此，

哈萨克族这种以口头文学形式保留至今的阿依特斯，从产生到今天，以多元化的内容、灵活快捷的形式为哈萨克民间文学打下了坚实的基础。

2. 充分了解哈萨克阿依特斯存活在民间的历史渊源。

虽然最早的阿依特斯起源没有确切的文字记载，但它始终伴随着哈萨克人，哈萨克人上千年的峥嵘岁月、生老病死、爱恨情仇在冬不拉两根琴弦间被幽幽诉说着、弹唱着。它历代以来植根于哈萨克民间，并充满着浓郁的哈萨克口头文学和音乐文化的特点，从而形成了阿依特斯艺术发展历史源远流长的背景。由于哈萨克族是逐水草而居的游牧民族，在缺少文字记载的时代，口头语言就成为了哈萨克民众传递文化信息的较为重要的交流工具。古老的诗歌音乐虽因缺少文字记载而无法全部保留下来，但我们还是能够通过一代代口口相传的古代诗词、民间传说、民间故事以及史诗中，判断其发生和发展的历史渊源。因此，有专家学者认为阿依特斯最早源于诉讼和裁决，也有人认为阿依特斯是由宗教习俗歌、婚礼歌、礼仪歌等演变而来的，但有更多的学者认为阿依特斯源自于古代哈萨克族的传统文学创作。

3. 充分认识阿依特斯表现形式的多样性。

阿依特斯根据内容的不同，表演形式可分为阿肯对唱（阿肯阿依特斯）和传统对唱等。对唱是双方以歌的表现形式斗智、斗勇、斗才，即兴编词、填词的一种竞技式的表演艺术形式。阿依特斯通过对唱艺术形式，在歌唱中索求、争论，体现出一种智慧的较量。即兴创作诗歌的诗人、艺人和书面创作诗歌的民间艺人被称为阿依特斯"阿肯"。阿依特斯阿肯们必须具备敏捷的思路、渊博的知识和出口成章的才华，具备对事理透彻的了解和较高的艺术修养，要在瞬间对答如流，并作到以理服人。阿肯对唱时一般采取扬己抑人、先声夺人的方式，语言尖刻，但又互相谅解，胜者谦和有礼，败者不耻于输。不仅如此，阿肯们还能够在游牧中学习写诗歌唱，并提高个人的艺术修养，阿肯们即兴创作的诗歌是心灵的吟诵。特别是在庆典和节日里，阿肯们更是席地而坐，或二人对唱，或四人对唱，或男女对唱等。由于歌词都是即兴创作，所以每一次的歌唱都不可能重复。在哈萨克民间，参加对唱既是一种荣誉，也是一种乐趣。当听到阿肯们的歌声，草原上的哈萨克人总会举家而动，策马奔来。因此，就有了"诗和马是哈萨克的一对翅膀"和"诗歌寄托着我们的生活理想,跨上马鞍高兴得想拥抱太阳"这样美丽的诗句在哈萨克人中传诵。

4. 充分认识阿依特斯传统艺术表现内容的丰富性。

阿依特斯所表现的内容主要是以哈萨克民族的历史、文化、爱情等生活为主线。它所反映和包含的内容十分丰富,故而堪称是全面反映哈萨克人民社会生活的一面"镜子"和一部"百科全书"。随着社会的发展,阿依特斯在内容体裁和音乐风格的创新等方面都有新的发展和变化。特别是在新民主主义革命时期,阿依特斯在内容中就增加了不少的反帝反封建和宣传爱国主义以及民主、科学的内容。新中国成立以来,在党和人民政府的关怀下,阿依特斯艺术得到了从未有过的重视,保护、搜集、整理、出版等工作都得到了迅速的发展。从而不难看出,阿依特斯的表现形式和内容。特别是在内容方面,一直都是随着时代的变迁而发生着深刻的变化。今天,在党的改革开放政策阳光普照下,哈萨克牧民更是通过阿依特斯的表现形式生动地讴歌"党的富民政策好","改革开放好",阿依特斯阿肯们更是以自己的切身经历从心底唱出了哈萨克牧民的生活越来越富裕的诗和歌。

5. 充分认识传承与保护阿依特斯非物质文化遗产的紧迫性。

随着全球化趋势的发展和我国现代化进程的加快,各种非物质文化遗产不同程度地受到了冲击。加强非物质文化遗产的保护、传承和利用工作已刻不容缓。就阿依特斯的传承和保护工作看,目前面临的突出问题有三方面。一是随着科学技术的进步和市场经济的发展,人们的文化生活日益丰富,审美需求发生了很大改变,人们更容易快速地接受各种新的艺术表现形式,可以说,阿依特斯这种传统艺术形式不可避免地会受到现代文明和外来思想文化的冲击。二是阿依特斯传承人日趋减少。现在的年轻人,愿意学习阿肯阿依特斯弹唱的已经不像从前那样多了。据统计,伊犁哈萨克自治州仅有25名哈萨克阿依特斯传承人,其中有7位老人已与世长辞,健在的大部分也已是60岁高龄的老人。三是阿依特斯传承与保护经费严重不足。近年来,国家加大了对非物质文化遗产的保护力度,虽然在过去的几年中,用于哈萨克族阿依特斯保护工作的拨付款已达20余万元,主要用于开展普查工作、购置普查设备以及编撰、出版相关研究书籍等,但这还远远不能满足目前全面开展对阿依特斯的传承与保护工作的需要。

二、做好哈萨克族非物质文化遗产阿依特斯传承与保护工作应采取的措施

加强非物质文化遗产的传承与保护工作，不仅是国家和民族发展的需要，也是国际社会文明对话和人类社会可持续发展的必然要求。我国在"十一五"规划中就提出："建立健全非物质文化遗产保护体系，开展非物质文化遗产普查、建档工作。绘制国家非物质文化遗产资源分布图，建立非物质文化遗产名录体系，确立非物质文化遗产传承人谱系，制定传承人资助办法。加强对民间文学、民俗文化、民间音乐舞蹈、少数民族史诗等若干非物质文化遗产项目的抢救。"这充分说明了党和政府已把非物质文化遗产保护工作提升到了国家文化发展战略的高度。哈萨克族的阿依特斯正是得益于目前好的政策，于2006年被首批录入国家级非物质文化遗产代表名录中。对于历史悠久、内容丰富、特征鲜明，具有重要的历史、文化价值，彰显着哈萨克族民间艺术绚丽光彩的阿依特斯传统艺术，要实现其在原有传统的基础上不断发扬和传承。就必须要采取积极有效的措施，争取多方力量的支持，加大各项工作力度，以更好地完成对阿依特斯传统艺术的传承与保护工作。

1. 建立完备的关于保护、传承非物质文化遗产的政策和制度，形成完善的非物质文化遗产传承与保护体系。

目前，我国非物质文化遗产施行保护过程中尚有许多不尽如人意之处，亟须采取有效措施挽救那些处于濒危状态的非物质文化遗产。面对非物质文化遗产日益严重流失的局面，国际组织和中国政府都采取了积极的行动，相继出台了保护非物质文化遗产的"公约"和《关于加强非物质文化遗产工作的意见》（以下简称《意见》）。《意见》等的颁布实施，同样为阿依特斯传承和保护工作提供了很好的政策法规的支持和保证。这不仅可以赋予阿依特斯艺术保护工作者极大的权利和义务，同时也为本地、市制定和出台相关非物质文化遗产保护政策法规提供了法律参考依据。比如，伊犁哈萨克自治州就可以根据本地非物质文化遗产保护工作的需要，制定和出台《关于加强伊犁州、地、县（市）非物质文化遗产保护的实施意见》等相关法规文件。

2. 建立健全阿依特斯传统艺术的传承、保护和研究机构。

阿依特斯传统艺术是哈萨克族民间文学的一种特殊形式，在哈萨克族文学中具有举足轻重的地位。据相关学者介绍，在历史上具有像阿依特斯这种对唱艺术的民族中，只有哈萨克族文学保留了原有的风格和特殊的艺术形式，因此说阿依特斯与哈萨克族人民的精神生活紧密相连。为了进一步加大对哈萨克族阿依特斯传统艺术搜集、整理、研究和保护工作的力度，近三年，伊犁哈萨克自治州文化研究所已成功地举办了三届关于阿依特斯的研讨会；2006年，由伊犁师范学院的部分专家、学者牵头，申请成立了新疆哈萨克阿依特斯研究会。该学会的成立，可以逐步集中一批搜集、整理和研究阿依特斯的高素质的人才队伍，使阿依特斯研究有了一个以伊犁哈萨克自治州直属单位为主的高规格的学术研究组织。通过研究会这个平台，还可以广泛联系国内外相关的研究人士、专家、学者，建立合作关系。共同推动和发展阿依特斯传统艺术的研究工作。

3. 全方位收集、编辑出版有关阿依特斯传统艺术的书籍、诗歌、音乐、影碟等。

虽然目前阿依特斯已被收录到国家级非物质文化遗产名录中，也有了图文并茂的《丝路明珠——哈萨克阿依特斯》书籍的编辑出版，但这只能算是在保护阿依特斯传统艺术的道路上刚刚取得了一点成绩。由于阿依特斯的内容、形式丰富多采，随着时间和社会的变迁，内容和形式也随之更加丰富。这就需要专家学者花大气力到民间实地做大量艰苦的搜集、录制、整理、加工等工作，为全方位地收集、编辑出版有关阿依特斯传统艺术的书籍、诗歌、音乐、影碟等创造条件。

4. 积极加大开展保护非物质文化遗产阿依特斯宣传活动的力度。

近年来，自治区文化厅、伊犁州文联以及各地、县（市）文化部门都在利用全国每年6月的"文化遗产日"举办各类宣传保护非物质文化遗产活动。阿依特斯艺术也应该利用这个节日和其他各种机会举行一些形式多样的宣传活动。如各县可以根据自己的实际情况一年举办一次阿肯阿依特斯的演唱会、对歌会和赛歌会等，活动期间，宣传部门和研究部门一定要及时跟上，并注重收集和录制那些宝贵的音像和文字资料，并存放于指定的档案馆或图书馆等。我们相信，通过精心的组织和细心的收集、潜心的研究，一定会取得良好的社会效果。

据资料统计，从 1959 年到 2004 年，伊犁哈萨克自治州各级政府共组织举办了地、州级具有一定规模的阿肯阿依特斯盛会 70 多届，自治区也曾为阿肯阿依特斯专门举行两届艺术盛会。

5. 加大资金投入，积极培养和扶持一批年轻的阿依特斯传承人。

源于游牧社会形态的传统文化经过几十年的变迁，孕育和产生原生文化的土壤和环境已发生了巨大变化。固有的生存模式进一步解体，非物质文化的生产者——广大牧民也在改变自己的生活方式和思维理念。在这种背景下，大量的农牧民人口特别是年轻的一代为了追求更高的生活质量，正以较快的速度向城市转移并成为城市的"打工"一族。在他们的身份发生模糊变化的同时，阿依特斯传统艺术的失落却变得越来越清晰。其后果就是使得阿依特斯等民间传统艺术形式快速地走向消亡，活态的非物质文化遗产由于缺乏新人的接承、创造与坚守，必将会逐渐变为僵死的文化艺术遗产。因此我们说对传承人的保护实际上就是对阿依特斯传统艺术的保护。要留住阿依特斯传统艺术，首先得留住人。只有解决了他们的生计问题才能解决传承的问题，只有解决了传承，保护才更有意义。尤其要对健在的老艺人和担负传承重任的年轻人给予扶持和鼓励。对阿依特斯文化遗产保护的着眼点应放在对传承人的保护上，更为重要的是要从经济上和精神上给予那些新老艺人实实在在的资助和支持，鼓励老艺人乐意带徒传艺，使其安心从事技艺的传授培养。特别对愿意学习且又有才华的年轻传承人，要让他们回到家乡。帮助其树立民族自信心，在鼓励他们学习阿依特斯传统艺术的同时，积极组织他们参与经济活动，使他们从中得到实惠。总之，有了政府的扶持和引导，加上实际可见的利益，传承者就会产生荣誉感和自豪感。

哈萨克人阿依特斯（Aytes）的生命力

——新世纪将有一个新的文化张力

郝苏民　热依汗古丽

一

阿依特斯（Aytes）作为哈萨克民族曲艺类的对唱艺术形式，被誉为全面反映哈萨克人社会生活的"一面镜子"或"百科全书"，堪称哈萨克民族表演艺术中一颗璀璨夺目的瑰宝。然而，随着时代变化与我国经济的持续发展以及当代牧民文化生活需求的多元化，哈萨克的年轻一代对阿依特斯的兴趣越来越淡漠，这种古老的传统艺术正面临消亡的危险。如何保护和传承传统文化艺术，俨然成为当下人类共同关注的重要议题之一。

众所周知，任何文化事象都是以社会生活为基础的，离不开其存在的"文化土壤"；而文化事象在文化土壤中的生命力是根植于它在其时所发挥的各类功能。今天，当我们讨论阿依特斯的保护、传承和开发利用之时，显然也不能脱离阿依特斯真正生命力所源发的各相关功能这个"重心"。

历史上，口头传承的知识、历史和人生训谕仍主要借助史诗、神话、民间故事、歌谣、讲唱文学等口头载体，口耳相传、言传身教。这些口头传承蕴涵的世界观、价值观和人生观以及审美观仍有力地影响着一个民族的精神和生活，启示着他们的未来和命运。阿依特斯一直伴随着哈萨克社会历史的发展与演变，具有非常广泛的群众基础。所唱的内容大致可归纳为颂歌、哀怨歌、情歌、习俗歌、诙谐歌等类型。阿依特斯在哈萨克人的社会文化生活中发挥着重要的功能。

1. 娱乐功能。哈萨克人过着逐水草而居的游牧生活，没有固定的居住场所，很少有机会能够聚在一起。因此婚礼、割礼及其他喜事或周年祭典等庆祝活动，是人们进行情感交流的重要时机。阿依特斯正是这些仪式中的主要活动内容之一。

2. 教育功能。阿依特斯除了即兴发挥的演唱类型之外，也有专唱史诗的阿肯弹唱。阿肯们可以通过阿依特斯演唱向晚辈传授本民族的知识与生存经验，孩子们在生动、轻松愉快的气氛下，掌握自己的历史和文化，并通过这种方式进行社会化的演练。

3. 传承功能。阿依特斯作为民族知识的载体，通过口头传承的方式，保存了哈萨克族的历史与传统。阿依特斯的演唱内容也体现了哈萨克民族的历史、文化和感情，具有很强的历史文化价值，反映了哈萨克族的社会生活和思想意识形态。

4. 凝聚功能。阿依特斯演唱经过代代的传承，流传于哈萨克人当中，每年人们在本地区、跨地区甚至是全疆、跨国范围内举行大型的庆典活动，开展阿依特斯演唱比赛。这些比赛增加了哈萨克民族的认同与社会凝聚力。

5. 缓解民间纠纷的功能。传统哈萨克社会文化生活中，有一些纠纷与问题，是通过阿依特斯式、戏剧化的方式得以缓解的。阿依特斯"对唱双方"往往自由选择曲调，即兴编词、配曲，斗才、斗智。每次对唱围绕一个主题，以对方理屈词穷、对答不上为胜。

虽然阿依特斯在哈萨克社会文化生活中因功能丰富而传延不息，但在世界经济一体化大背景下，阿依特斯所发挥的功能逐渐被其他的方式所替代，如电视等传媒带来了新的娱乐生活，民族知识传统的载体也由阿肯的"记忆"变为精英们的知识再生产，口头传承让位文字记录和读图方式，教育功能也发生了移位。凡此变迁，自然而然且悄无声息地"解构"着阿依特斯存在的文化土壤。

二

我们在当今哈萨克族、柯尔克孜族和维吾尔族学生当中，询问各自类似阿依特斯的艺术形式时，哈萨克族学生的回答是最丰富的。年轻人被认为是与传统文化最"格格不入"的群体，但哈萨克族学生对阿依特斯的了解足以说明，阿依特斯广泛的群众基础和在群众当中受欢迎的程度，这无疑向我们展示出哈萨克族阿依特斯生命力之强大。可以说，在突厥语族诸民族当中，关于阿依特斯式对唱艺术保留的最完整、最系统、内容最丰富的要属我国哈萨克人了，当然这与近年来国家以及哈萨克精英对阿依特斯文化遗产的重视与复兴之举息息相关。

值得关注的是，除哈萨克人之外，在我国新疆其他阿尔泰语系突厥语族的民族中也曾经有过或至今仍残存着类似于阿依特斯式的艺术表达形式。无论是哈萨克语"阿依特斯"（aytes），还是维吾尔语"艾依体西"（eytix）以及柯尔克孜语"阿依特西"（aytex）都有"说、唱"之意。单从名称上我们就不难看出它是这些民族所共有的文化现象。这些民族都主要生活在新疆，阿依特斯对唱在这些民族文化当中"同而有异"或"大同小异"地存在，从另一角度上恰恰说明哈萨克人的阿依特斯不仅是全民性的一种民间大众化的表演艺术形态，而且在历史上也是超越民族文化边界的一种突厥语族各民族喜闻乐见的口头传承的说唱形式，具有跨族际的广泛群众基础。

迄今为止，我国大多数柯尔克孜人仍以畜牧业为生，过着游牧的生产生活方式，在经济生活上与哈萨克族相同，因此在柯尔克孜族人民当中，"阿依特西"（aytex）也是一个很重要的口头传统表演形式。就像哈萨克族的冬不拉一样，库姆孜是柯尔克孜族民间艺人不离手的乐器。他们也把演唱阿依特西的艺人称为阿肯。在聚会庆典中，阿肯们弹着库姆孜来进行阿依特西演唱。在哈萨克地区举行阿肯弹唱会时，柯尔克孜族也会派他们的阿肯前往参加，与哈萨克族的阿肯们展开比赛。但是与哈萨克族相比，柯尔克孜族更看重史诗《玛纳斯》演唱，虽然有的阿肯们同时也是玛纳斯奇（演唱《玛纳斯》史诗者），但是真正的、专职的玛纳斯奇在柯尔克孜族人民当中有很高的声望，备受当地百姓的敬重，在处理部落之间和一些民间纠纷的时候，人们会带上玛纳斯奇，并认为可以得到他们的保护。一位柯尔克孜族大学生认为："《玛纳斯》在柯尔克孜人民心目中与宗教是处于同等地位的。"因此，柯尔克孜族地区就不会像哈萨克族地区那样每年都举行阿依特斯比赛，他们的"阿依特西"只是盛大活动当中的一个节目。婚礼上如有阿肯被邀请了，主人和来客就会邀请他们为众人对唱，但这并非婚礼之必须。维吾尔族也有阿依特斯式的口头表演，他们称之为"拜依提艾依提西"（beyit eytex）。"拜依提"在维吾尔语中是"诗章、诗歌"的意思，"艾依提西"是"说、唱"的意思。维吾尔族的拜依提艾依提西没有乐器弹奏，主要是对词，也是即兴发挥。目前主要留存于新疆巴州尉犁县、吐鲁番地区和哈密地区。维吾尔族的拜依提艾依提西主要穿插在婚礼和各种主题的麦西来甫活动中。婚礼中的 yuz aqku（揭面纱）拜依提，是揭新娘的面纱时由新娘的母亲和婆婆进行对词，一是为了用诙谐幽默的语言活跃婚礼气氛，同时也通过对词表达他们对新人的祝福、对来宾的感谢，也有相互托子女之意，并通过这种间接委婉的方式向对方提出要求，如希望新娘到了婆家以后要勤劳能干、尊重公婆等。在过去，婚礼的这一部分被认为是最热闹的环节，当这种对词达到高潮时，有些来宾也会自愿加入到对词当中。但是，现在很多婚礼，特别是城市里的婚礼已慢慢改为在餐厅举行，而且现代年轻的"母亲们"也没有经过这种口头传统表演的培训和熏陶，所以这种文化现象在维吾尔族当中正慢慢地淡化并趋于消失，在农村地区的婚礼上即使看到对词表演，然而对词人也已职业化，仅有年老人在勉为其难地坚守。维吾尔族对唱艺术还有为迎接春天而举办的 kok 麦西来甫活动中的 kok 拜依提（kok 为绿色的意思）以及在各种麦西来甫活动或是婚礼中的 pota 拜依提（pota 为布腰带的意思），在这些活动中，首先由一人用 pota 来邀请他人跳舞，在跳舞前邀请者与被邀请者进行对词。kikas 拜依提（kikas 为"喧闹"的意思），在跳舞时，对词的人根据现场的气氛，针对舞蹈者或来宾，或是周围的人或事自由发挥的拜依提（说唱诗歌），或是夸奖某人，或是讽刺某人、某事等几种类型。可以说拜依提艾依提西在当今的维吾尔人当中只是以不完整、碎片式的形态存在，分布地区也很有限，对此了解的年轻人并不多。

我们观看 2008 年 7 月在乌鲁木齐举办的塔塔尔族撒班节活动的影像资料时注意到，在活动即将结束，人们在相互告别、闲聊的时候，有一对父女俩在唱歌，当他们唱到高潮的时候，坐在一旁正与别人聊天的一名年长妇女突然和他们对唱起来（此时双方的对唱听起来更像对词，而不是唱歌）。这也类似于阿依特斯形式，但是在他们为活动准备的节目内容当中没有这部分节目。我们不妨设想一下，在不久以前，塔塔尔族当中可能也存在这样的说唱表演，只是对于人口较少且受到现代化冲击较大，和周围其他民族文化影响冲击的塔塔尔族来说，保留自己的传统文化是很困难的。阿依特斯的载体是语言，对于语言都面临消失的塔塔尔人来说，这样的文化现象也只能由少数的年长者来表现。

突厥语族诸民族在历史上都经历过游牧生活，笔者认为这是阿依特斯（这里指所有突厥语族各民族中共有的阿依特斯）产生并存在的基础。但是随着民族经济生活方式的改变，阿依特斯的形态也发生了改变。当然造成阿依特斯形态变化的不仅仅是生活方式的改变，也有现代文明的冲击和外来文化的影响等众多原因。但毕竟这样一种形式灵活多样，以娱乐表演向民众传播认知口识、唤醒民众、激发斗志的口头传承方式，在民众的文化生活中日益弱化，是一个不容漠视的现实。相对而言，哈萨克族的阿依特斯保留得相对完整，其保护和传承传统文化的经验是值得其他民族借鉴的。但这类古老的传统艺术，也正面临消亡危险。倘若现在还不进行抢救，在不久的将来，阿依特斯在哈萨克民族当中的命运会不会也像其他民族面临的情形一样，甚至完全消失呢？须知，阿依特斯不仅仅是哈萨克人的文化遗产，也是整个中华民族的文化遗产、人类共有的文化财富。在社会文化急剧变迁的当下，如何保护阿依特斯成为时代赋予我们的使命。

三

从上述案例中我们认识到，在突厥语族诸民族中相近于阿依特斯式文化事象的淡化或消失，部分原因是文化事象所发挥的文化功能的减弱。当然文化事象减弱的原因是多层面的，认真分析研究这些原因，有助于我们科学地保护这类文化事象。我国是目前世界上进入《世界遗产名录》最多的国家之一。新疆国家级"非遗"项目已达67项，新疆哈萨克族阿依特斯在2006年就被列入中国第一批非物质文化遗产名录。自此，在政府与地方精英积极营建的对阿依特斯的保护和传承事业中，这是一个由政府牵头，由外及内、自上而下的推动过程，我们当前的责任是在这场自上而下的"政府主导"的抢救、保护工程中，以"文化自觉"的精神，全面而充分地推动保护工作原则中的"社会参与"，认真执行"指导方针"里的"保护为主、抢救第一、合理利用、传承发展"等内容。

当然，我们还必须明白，阿依特斯的保护和传承如同全疆、全国其他各族"非遗"的保护传承工作的深远意义一样，这项工作做好了，还有助于我国在世界文化资源竞争中提高或改善自己的软实力，提高国内各民族的国家认同以及与友好邻邦国家和谐共处的国际环境。

牧人从毡包急匆匆地走向"地球村"，是传统文化在经济一体化面前的被选择，这已然是时代大潮，但这是一个无可奈何的时潮吗？

当席卷全球的文化"海啸"来到时，世界民众对文化霸权可以说"不"！文化多样性成为人类选择的共识。这时，我们也可以看到类似中国哈萨克人阿依特斯的这类表演艺术，在人类同一的时空下，从嘈杂、喧嚣、污染、掠夺的滚滚红尘中，来到尚有青天绿草的中国大地上，中华民族对游牧民自古至今为众生创造、传承、坚守这类民族背景的文化，而感到莫大欣慰。

于是，站在"绿色主义"和文化多样性的舞台前沿，我们要说：中国哈萨克族阿依特斯的生命力，在新世纪将有一个新的文化张力！

浅谈阿勒泰地区阿肯阿依特斯发展和繁荣

张文学

阿勒泰地区处于中国新疆维吾尔自治区北部，有着辽阔的草原和牧场，是哈萨克族的发祥地之一。千百年来，大草原陶冶了哈萨克族人民正直、豪爽、淳朴的性格，同时也赋予了他们独特的诗歌天才。自古以来，哈萨克族就有"诗歌民族"的美称。我们要了解哈萨克族就必须了解哈萨克族的诗歌，要了解哈萨克族诗歌，就首先应该了解阿肯。因为哈萨克族诗歌正是历代数以千计的阿肯创造的。

阿肯，哈萨克语，其意为民间歌手。哈萨克族的阿肯与汉语意义上的歌手有着很大的差异，阿肯的外延远比歌手要广泛得多，他兼有诗人、乐师的身份。阿肯是智者的化身，阿吾勒（居民点村落）中学识最渊博、经验最丰富、最受人崇敬的人是阿肯。阿肯在哈萨克族历史、文学、艺术、社会功能方面发挥着不可替代的作用。

不言而喻，阿肯之所以受到哈萨克族人民的尊重，是由于阿肯在历史上的地位所决定的。阿肯阿依特斯是阿肯的主要艺术活动。据史料记载，阿肯阿依特斯至今已有几千年的历史了。长期以来，哈萨克族人民逐水草而游牧，日出而作，日落而息，生活单调，生产方式单一。为调节自身生活和满足自身文化活动的需求，在哈萨克人民中间形成了一种便于流动和本民族乐于接受的文化娱乐形式，即阿肯阿依特斯。阿肯用智慧，即兴编诗词和歌声给人们带来了欢声笑语，同时也让人们增长了才智，使人们对未来充满了希望。

哈萨克族人民造就了自己的阿肯，阿肯是人民的代言人。解放前，阿肯多是自发的游牧者，也有少量的自由职业者（还有个别部落头目的专职阿肯,当属统治阶级的传声筒)。演唱的内容多是赞美爱情、劳动及宗教信仰,或是劝戒和歌唱英雄的诗篇及历史传说等。在阿勒泰草原上经常传唱的有《吉汗尼沙》、《巴克提亚尔的四十根藤》、《江泰拉克》、《哀歌》、《巴特什与马力克的对唱》、《克烈部落的君主们》等。这些诗作酣畅淋漓地叙说了哈萨克族人民的悲惨生活及对统治阶级的憎恨之情,鞭挞了巴依和部落头领的丑恶嘴脸。特别是深受哈萨克族人民尊敬与爱戴的阿肯阿合提·吾勒莫吉①(1868—1940)用诗句唱出:

我们醒着却睡着,
有啥可值得心满意足。
惰性让你为敌人所有,
再不能高枕无忧,
必须努力追求!"

这呐喊反映了歌手深邃的理性思考和对本民族命运的透彻剖析,激励、鼓舞和引导着哈萨克族人民摆脱了历史上的苦难和战争。解放后,党和人民政府把阿肯的管理纳入政府行为,将有一定社会影响的阿肯安排到各级文化事业单位,对他们进行培养和培训,并从政治上、生活上、工作待遇上予以一定的关注与关心。1964年,阿勒泰市选送了5名阿肯前往首都北京参加全国少数民族文艺会演,从而大大提高了他们的社会地位和政治地位。一批以斯马胡力·哈力(1900—1979)为代表的著名阿肯迅速成长起来,他们用自己的智慧、歌喉和冬不拉,歌唱新社会,歌唱中国共产党,为新中国成立初期,阿勒泰地区的建设事业作出了自己的贡献。仅斯马胡力·哈力一人,就创作诗歌近万首,经过整理,1979年中央民族出版社出版了他的诗集《生活的序歌》。

阿肯是哈萨克族人民的骄傲,是"诗歌民族"的杰出代表。回顾哈萨克族的历史,我们可以清楚地看到:迄今为止的哈萨克族文学史实际就是阿肯的艺术活动史,或者说是以阿肯的活动为中心的文学发

---

① 阿合提·吾勒莫吉(1868~1940):《吉汗尼沙》,俄罗斯,喀山印刷厂,1891。

展史。

阿肯阿依特斯其实际意义为民间对唱，是哈萨克族民间文学的重要形式之一，众多阿肯用勤劳、智慧、激情建造了一座艺术殿堂。每年夏天，牧民从四面八方来到夏牧场，阿肯们弹起冬不拉，放开歌喉，开始了对唱。任何人，只要他（她）有诗歌的天赋，愿意创作并演唱，到处都可以给他（她）提供习艺的场所，马背、毡房或舞台。在这里没有性别之分、年龄差异、水平高低、门第之见，所有人都可以同台竞技，一展身手。一代一代的哈萨克族人民就是这样伴随着歌声从过去走到今天。

按参加阿依特斯的人数和规模分，阿肯阿依特斯可分为自弹自唱、男女阿依特斯、群众性阿依特斯三种形式。

（一）自弹自唱。自弹自唱又可分为两种。第一种，即兴吟唱，这是展示阿肯创作和演唱才华的最好形式，必须当众表演。其演唱情感真挚，文思敏捷，出口成章。如果离开了观众欣赏，就谈不上是即兴吟唱。第二种，演唱叙事长诗（包括史诗），这是阿肯的重要活动，但并不是每一个普通阿肯都能胜任的，只能由少数从事长诗演唱的阿肯担任。阿肯的每一次演唱实际上都是在倾听群众的意见，因此，一部作品演唱的次数越多，演唱的人数越多，该作品就越成熟、越完美，越能够受到群众的好评与赞赏。

（二）青年男女阿依特斯。一般由两人或四人之间展开阿依特斯，可一男一女、两男两女，也可都是男的或女的。这种阿依特斯可分为普及型和高层次两种。普及型是在牧民中开展的一种经常性的艺术活动。这种阿依特斯往往要当场发挥，没有多少思考的余地，是对个人即兴赋诗作歌才能和技巧的考验。每一个希望自己成为阿肯的人都会踊跃参加，努力学习和掌握赋歌吟诗的本领，培养即兴作歌对答的应变能力。比赛时有的急中生智，机巧善辩；有的智穷力竭，无言以对。有才华的年轻歌手通过参加这种阿依特斯可以一举成名，从而获得民间阿肯的身份和资格。从这个意义上讲，普及型阿依特斯实际上就是锻炼和培养阿肯的熔炉和课堂。高层次的阿依特斯是一种规范的、或者说是正统的阿肯阿依特斯。这种阿依特斯多在祭典礼仪、喜庆节日、盛大集会上由主持者或东道主专门安排用来表演助兴的。参加演唱的都是成熟的、有名望的阿肯，他们可以根据阿依特斯时的情境或对方提出的问题，按照一定的冬不拉曲调即兴阿依特斯，唱词风趣幽默，妙趣横生。更有意思的是阿肯阿依特斯中还有一种谜语阿依特斯，一方用诗的形式提出谜语，对方则也要用诗的形式猜出谜底表示应答。这种演唱是智慧的较量、知识的竞赛、人格的考验、艺术的升华。表演到精彩之处，常会引发出观众的一片喝彩声。

（三）群众性阿依特斯。同礼仪相关的群众性阿依特斯是伴随着礼仪演唱的，或者是仪式的组成部分。这种阿依特斯一般由一人弹唱、多人对唱，如婚礼仪式上的"加尔—加尔"，信仰习俗里的"白得克"以及其他有关仪礼仪式、迎宾待客、民间节日等活动中的阿依特斯。这部分阿依特斯较少有比赛赋歌技巧与能力的意义，更多的是抒发情感，表达喜、怒、哀、乐的情绪。另一大部分则是同礼仪、仪式无关的群众性对唱。它可以在任何场合、任何地点展开，内容多为打诨逗趣、嬉戏娱乐。歌唱者为同龄青年男女，但不能是同氏族、同部落的人。

口头诗歌竞技是阿肯阿依特斯的主要形式。重大的阿肯阿依特斯活动通常是在不同部落、不同地区之间展开，这种阿肯阿依特斯一般采取淘汰制，由两名歌手同时上场比赛。参加阿依特斯的阿肯犹如骑手参加赛马、摔跤比赛一样，个个精神抖擞、情绪高昂。他们彼此互不相让，竞相施展自己的才华，从气势上、从即兴赋歌的技巧上、从驾驭语言的能力上、从才智上、甚至从人格上等多方面竭力压倒对方，直到对方甘拜下风时，双方相互以敬仰的口气赋歌后才告结束。通常败者要给胜者赠送礼物，小到手帕毛巾，大到羊牛马驼不等。

20世纪六七十年代，在阿尔泰草原上阿肯阿依特斯空前活跃。为了进一步发展和繁荣少数民族群众文化，阿勒泰地区举办了地区性的阿肯阿依特斯大会。这一方面是对哈萨克族群众文化活动的促进，一方面也是对哈萨克族群众文化活动的检阅。参加演唱的阿肯由当时的生产队、公社、县，三级层层选拔，阿勒泰市、福海县、布尔津县、哈巴河县、吉木乃县、富蕴县、青河县都选派了自己的代表。参选代表没有年龄、辈分、性别上的规定，只要求有阿肯的造诣，有即兴赋诗作歌的语言艺术积累和功底，别无其他条件。这次阿肯阿依特斯大会是富有开拓性和创造性的，对以后阿勒泰地区民间文化活动的影响具有深远的意义。

阿勒泰地区阿肯阿依特斯大会由此成了政府组织的群体行为。至目前，已成功地举办了十五届。第一届于1972年在阿勒泰地区富蕴县可可托海镇举行，各县阿肯共计42人参加，观众约1000人。第二届于1974年在阿勒泰市阿苇滩乡举行，各县阿肯共计56人参加，有单人弹唱、双人弹唱的阿依特斯、冬不拉独奏和其他演唱等，观众3000人。第三届于1979年在布尔津县喀纳斯湖畔举行，各县阿肯共计41人参加，有单人弹唱、双人弹唱阿依特斯、冬不拉独奏、其他演唱和相声等，观众2000余人。自1979年，党的十一届三中全会后，阿勒泰地区地委、行署规定每两年举办一次地区性阿肯阿依特斯大会，一般定在盛夏时节的夏牧场举行，时间3~5天，由六县一市分别承办，轮流做东，其顺序依次是：阿勒泰市、福海县、富蕴县、青河县、吉木乃县、哈巴和县、布尔津县。此后历次弹唱会一届比一届规模大、档次高，其主要表现在：各级政府高度重视，自治区领导（或派员）亲临弹唱会祝贺，地方官员安排有序；参加表演的阿肯逐年增多，最多达200人；观众逐年增多，不仅有哈萨克族，还有蒙古族、柯尔克孜族、汉族、回族等，最多达4000余人；形式多样，不但有单人弹唱、双人弹唱阿依特斯、4人阿依特斯、1人和众人对唱阿依特斯，而且还有相声、小品、时装表演、其他演唱、民间舞蹈等；内容丰富多彩，多以移风易俗、新事新办、科学放牧、卫生健康等为内容。而且还建立了完善的奖励制度，每届设有单项奖、团体奖、综合奖、风格奖等。在阿依特斯大会上，阿肯是诗歌的创作者、演唱者，也是"智慧和诗艺竞赛"的角逐者。

哈萨克族阿依特斯一般是从问候语开始，接下来就进入紧张的竞技阶段。双方都要凭借自己广博的学识，设法出难题，让对方猝不及防。在阿依特斯中，无论对方言辞多么激烈，自己不得恼怒发火，不能在现场恼怒和发泄，只能以自己的聪明才智，运用能言善辩的辞令设法战胜对方。面前的观众既是欣赏者、助威者，也是公证人或裁判员。阿肯登场表演看似个人的事情，但他们总是代表着一个单位、一个部落或村落的荣誉，因此，观众总是为代表自己一方的阿肯呐喊助威，精彩时，也为对方阿肯喝彩，那种场面的确让人们感受到了阿肯阿依特斯艺术所带来的巨大震撼力。

改革开放以来，特别是进入新世纪以来，陆续出现了许多阿肯新人,一大批具有高学历的新一代哈萨克族青年加入阿肯阿依特斯队伍中。著名的有白森布(布尔津县人)、阿斯哈尔(阿勒泰市人)、胡尔曼别克(青河县人)、阿哈提(富蕴县人)、奴尔扎依甫(福海县人)、哈德力(哈巴河县人)等。他们把丰富的知识、敏捷的思维融入阿依特斯艺术之中,使阿肯阿依特斯艺术达到了一个新的高度。然而,党的政策方针、反对民族分裂、加强民族团结、提倡科学、反对迷信、热爱祖国、热爱家乡等,都以成为今天阿肯阿依特斯大会的主题。现在的阿肯阿依特斯大会简直就是一个民族文化的博览会。在演出期间,除阿依特斯外,还举行叼羊、姑娘追、赛马、摔跤、荡秋千等各种民间竞技比赛,借此还开展城乡贸易、农牧科技成果评比等活动。近年来,随着阿勒泰地区旅游业的发展,阿肯阿依特斯大会作为旅游项目,受到国内外游客和友人的交口称赞。

纵观历史,阿肯选择了阿依特斯艺术,阿依特斯艺术也缔造了一代代阿肯。今天的商品经济社会物欲横流,到处充满铜臭和浮躁,追风成了现代人的时尚,然而阿肯阿依特斯这一艺术表演形式,非但没有消亡,反而方兴未艾,具有强大的生命力。一位学者说:"对于中国西部的民族来说,当今真是一个奇特而又令人振奋的时代,阿肯阿依特斯同西方后现代的流行文化并存,游牧的传讯方式同因特网并存"。这是千真万确的事实,阿肯阿依特斯定会代代相传。

新疆哈萨克族阿肯弹唱的形式、内容和保护

莱再提·克里木别克

哈萨克族是一个能歌善舞的民族，有着极其丰富的民间文学，口头文学尤其丰富和普及。众多的作品既不是出自某个时期，也不是完成于某位作家之手，而是在人们一代又一代相继传颂过程中，不断加工而形成的。一批专门收集、加工、传承演唱这些作品的民间艺人，被称为哈萨克草原上的阿肯。阿肯是哈萨克语"aken"的音译，该词在11世纪的《突厥语辞典》中的释义是"洪水"、"潮水"之意，引申为"诗思如潮，出口成章的人"。国内外许多学者都认为阿肯包括诗人、歌手、说书人和即兴演唱者。以前每个哈萨克部落中，任何人只要他有诗歌的天赋，愿意创作并演唱，就给他提供习艺的场所。阿肯弹唱锤炼了阿肯的艺术才华、思想修养及道德情操，参加一次阿肯弹唱，对于任何阿肯都是艰苦的攀登。历史上许多著名的阿肯，如：唐加勒克、比尔江、萨拉等，都是从大大小小无数场阿肯弹唱会上走过来的。在哈萨克民族还没有文字的时期，阿肯们通常能将哈萨克民间流传的诗歌、故事、谚语、格言、哈萨克人的喜怒哀乐、生活生产方式等，编成歌词以弹唱的形式到处传播，这种草原文化的原创成果靠这些阿肯们的世世代代保存、总结、传唱、流传至今。哈萨克族有一句俗语"阿肯活不到千岁，然而他的歌声可以流传千年"。阿肯在哈萨克族历史、文学、音乐艺术等方面发挥了巨大的作用。

一、阿肯弹唱的形式

新疆哈萨克草原存在的阿肯弹唱有三种形式，本文通过调查获得

的资料对此予以分类和说明。

一是阿肯即兴吟诗，这是展示阿肯创作才华的能力，必须当众表演，出口成章。比如，一位阿肯是这样赞美哈萨克族姑娘的：

> 阿尔达克江好似月亮洁白丰满，
> 前额明亮小嘴圆又圆；
> 唱起歌好像夜莺悠扬婉转，
> 说出话叫我心里又暖又甜。
> 阿尔达克江我第一次和你相见，
> 那时你的毡房在苹果山；
> 黑眼睛含情脉脉向我顾盼，
> 从那天你把我的爱火点燃。

二是演唱叙事长诗（包括史诗），是由专门从事长诗演唱的阿肯担任。阿肯们演唱叙事长诗每次所演唱的内容不尽相同，而且演唱同一首长诗内容也有差别。有些阿肯对原作进行加工、整理，甚至部分删除。例如：《英雄阿尔卡勒克》、《英雄塔尔根》、《阿勒帕梅斯》等等。在新疆托里县举行的阿肯弹唱会上，有两位阿肯在对唱时这样唱道：

别尔德汗（男）：
> 从盘古我们生活在这广阔的沃土上，
> 我们的民族有过神圣、尊贵的先王，
> 贾尼别克、叶斯穆汗、阿不莱，
> 在历史上都写下过光辉的篇章。

加玛丽汗（女）：
> 阿不莱的名字谁人不晓，
> 提起他使人感到无比骄傲。
> 哈班拜、贾尼别克、波根拜，
> 人民为何赠给他们英雄称号？

三是对唱（弹唱），分三种形式，即群众性弹唱（习俗对唱）、苏热对唱和吐热对唱、阿肯弹唱。

群众性弹唱在哈萨克语里称作"Salt aytes",它与哈萨克民族的传统生活有关。"Salt aytes"总是与祝生婴、娶妻、嫁闺女等喜事以及民族节日联系在一起。例如《加尔—加尔》、《揭面纱歌》等。这种对唱的风格特点是热情、奔放、生动、诙谐。

苏热对唱和吐热对唱在哈萨克语里称作"sure aytes"和"duer aytes"。苏热对唱是不以段为限,可以随意发挥,以连珠炮似的唱词威迫对方的对唱。这是阿肯弹唱中采用最多的一种对唱形式,是高层次、规范的阿肯弹唱;弹唱赞美家乡、大自然、幸福生活、家庭、社会、伦理道德等方面的内容。比如阿勒泰地区两位阿肯在一次对唱中,运用苏热对唱形式描写了家乡的巨大变化:

卡伯力汗(女):
  我们的民族像宝石一样发光,
  我们的人民有雄鹰的翅膀,
  乡亲们现在过着怎样的生活,
  你能否向大家讲讲?

买吾列提别克(男):
  乡亲们播下金色的种子,
  阿吾勒呈现一片春光;
  乡亲们放牧着雪白的羊群,
  草原上撒满珍珠一样。

吐热对唱是双方一段(首)对一段(首)问答式对唱,是一种初等的、普及型的对唱。前面所说的群众对唱大体上可以被看作是吐热对唱。每一个成长的阿肯都必然经过吐热对唱的培养和训练。才华横溢的年轻阿肯通过参加这种弹唱可以一举成名,从而获得民间阿肯的身份和资格;从这个意义上讲,每一次的阿肯弹唱实际都是一次智慧的较量,知识的竞赛,人格的考验,艺术的升华。

二、阿肯弹唱的传承

对于哈萨克人来讲,阿肯弹唱是一个盛大的草原文化仪式,也是他们文化认同的重要场合。一次规模比较大的阿肯弹唱，往往包含了丰富的哈萨克族传统文化内容和表演。我们的调查也发现，随着时代的发展和哈萨克族社会文化的变迁，阿肯弹唱的形式和内容也在发生着变化。

（一）哈萨克族阿肯弹唱会，每年盛夏在风光如画的哈萨克牧场上开幕。时间一般为3~7天。阿肯弹唱开始前，由主办方主持者宣布阿肯弹唱会开始后，按照哈萨克族的传统习惯，由年长的妇女向聚会人群抛撒包尔萨克（油果）、奶疙瘩和糖果，表示祝贺，群众自发地为阿肯弹唱会献马、献牛羊。接着进行入场仪式，各地阿肯代表方队，民族服装代表方队，体育方队，民俗方队，臂架雄鹰的猎人方队经过主席台之后，正式拉开阿肯阿依特斯活动。各地选拔的阿肯经评委会安排进行对唱，各组弹唱要围绕主题进行40分钟，评委当场打分，一般采用淘汰制，最后裁决出优胜者，而后宣布下一届阿肯弹唱会的承办地，并向承办单位交接阿肯弹唱会会旗、会标。一般参加弹唱会的阿肯人数不受限制，唱什么歌、如何唱也没有限制。歌手自弹冬不拉伴奏，主要是在男女之间进行的，可以是一对一问答的，也可以是两个对两个，很少见到对唱在女性之间进行。阿肯弹唱的内容往往是从问候开始的，接下来就进入剑拔弩张的阶段。双方在对唱中都力争主动，力求发现并抓住对方的破绽、弱点，以自己熟悉的内容、深刻的思想、严密的逻辑、锋利的语言压倒对手。至于对唱的语言，庄重典雅、幽默诙谐、辛辣尖刻，均无不可，各种修辞手段往往交替使用。无论对方言词多么激烈，自己都不能恼怒发火，只能发挥聪明才智应对。胜者，再接受下一位阿肯的挑战。一场对唱的胜负，尤其是名手的对垒，以前往往被视作本部落荣誉攸关的大事，引起部落所有人的极大关注。在对唱中获胜固然是一种荣誉，但败阵亦无任何不光彩。许多著名的对唱组诗不是通过优胜者，而是通过失利者的传播而流传保存下来。

（二）阿肯弹唱是哈萨克族独特的娱乐形式。哈萨克人一年四季离不开马，从生到死离不开歌，每逢节日喜庆、婚嫁礼仪都要举行隆重的阿肯弹唱，形成草原上一道奇异、优美的民族风景线，若此时中外游客亲临其境，一定会体验到浓郁的民族风情，流连忘返。随着旅游业的兴起，阿肯弹唱作为一种民俗风情旅游，大大地提高了哈萨克族人民的物质生活水平。阿肯弹唱会是哈萨克民族古老的最具群众性的文化活动之一，具有鲜明的民族特色。每组对唱，习惯上均以主唱者之名命名，例如：19世纪末著名的《艾赛提与额勒斯江的对唱》，就是一组脍炙人口，历久不衰的对唱组诗。哈萨克牧民常常会合一家老小骑马从几十里外，专程前往观看阿肯弹唱会。聆听的群众不仅作为对唱的观摩者，而且是胜负的实际裁判者。以前参加弹唱的阿肯都是从各阿吾勒（村落）、部落中选派的。现在的阿肯是从乡、县、地区，有组织的一层一层选拔出来的。

（三）阿肯弹唱会的表演形式发生了很大的变化。由过去的民族个人行为变成了由政府组织的集体行为。在新疆伊犁哈萨克自治州3个地区24个县（市）中，各县每年举办一次、各地区每两年举办一次阿肯弹唱会，全自治州每4年举办一次，全自治区每5年举办一次，并且政府拨专款筹办，规模大、影响大、筹备工作充分、比赛秩序良好是其特点。这也是党和政府高度重视的结果。阿勒泰地区已举办了17届阿肯弹唱会，塔城地区已举办第14届阿肯弹唱会，新疆维吾尔自治区也举行了两届阿肯弹唱会。现在的阿肯弹唱会就是一次哈萨克民族文化的博览会，期间举办赛马、叼羊、姑娘追、摔跤、哈萨克小品、贸易等内容，为弹唱会增添了色彩。

（四）接受了现代教育的哈萨克族大学生也成为草原阿肯弹唱会的参与者、表演者，成为阿肯弹唱的传承者。过去，哈萨克族的阿肯们大多来自民间，没有接受过正规教育。现在，大学生的知识面宽，接受的信息多，无疑会给阿肯弹唱增加新的内容。这些大学生们认识到，草原文化是一个不可多得的文化资源，需要后人对其进行保护，发扬光大。现阿肯弹唱会的内容更加丰富。如：新事新办、改革开放、生态保护、科技文化教育、体育都涉猎其中。我国争取到了2008年夏季奥运会主办权，阿肯们用歌来描述申办的过程和结果，更让牧民群众兴奋不已。阿肯弹唱的创作过程也发生了变化，阿肯们不再局限于口头创作，已多人开始用笔写作，并把自己的作品直接在报刊杂志上发表。人民喜称他们为"书写阿肯"，以区别口头阿肯。目前阿肯弹唱会的举办地点也发生了变化。阿肯弹唱会以前过多地考虑到了民族文化活动的特异性，大多把比赛场地选择在夏牧场，这样失去了使弹唱活动在更大范围内产生更大影响的可能性。此次农牧民、中外游客都参加了在塔城市举行的第14届阿肯弹唱会，较好地解决了这个问题。

哈萨克族草原文化——阿肯弹唱是原生态文化，凝聚着世世代代生活在草原上的哈萨克人民的聪明才智，独特的思维方式，宗教信仰，风俗习惯，具有历史的原创性，浓厚的民族性，广泛的群众性，淳朴的自然性等鲜明特征，闪耀着爱国主义、民族团结和民族进步精神的熠熠光辉，具有草原文化所特有的人与自然和谐共处的特征。今天，阿肯弹唱以多种形式得到保护和传承，使得这一哈萨克草原文化得以进一步发扬光大。

三、保护和发展阿肯弹唱的对策

在现代化大潮的强烈影响下，新疆哈萨克族的社会和文化正在经历着重大的变迁，这种变迁对于哈萨克族传统文化既提供了发展的新内容，同时也对它们形成了巨大的冲击。因此如何保护类似阿肯弹唱这样的国家非物质文化遗产，就是我们研究的课题之一。

虽然现在州、地区、市、县举办阿肯弹唱会，给阿肯们创造了良好的环境，但阿肯们的演唱水平不是令人满意。究其原因，阿肯们大部分来自偏远落后的地区，未受过系统的教育，文化层次较低，见识较少。为了发扬草原文化艺术，政府部门要高度重视并加大投入、多组织一些活动（如到经济文化发达的地区参观）、开阔他们的视野；为提高年轻阿肯们的文化艺术水平，定期举办阿肯培训班。可喜的是2004年10月伊犁师范学院在奎屯教育学院校区文理系开办阿肯艺术班，学制两年，属于成人大专班。这样培养阿肯弹唱的接班人对哈萨克族文化遗产的保存和发展起了举足轻重的作用。

（一）过去很多优秀的阿肯是很讲究自我充实。所以，现在的阿肯们应自觉学习中华民族的文化传统，排除困难，与时俱进，承担起传承这一民族文化的重任。

（二）阿肯弹唱会结束时要总结阿肯弹唱会的不足之处，以便提高下次阿肯弹唱会的水平。

（三）政府拨专款，组织精通哈、汉、英三门语言的专家把阿肯弹唱会的内容翻译成汉文或英文出版，并利用电视、广播、网络等媒体扩大阿肯弹唱的宣传力度，让更多的世人了解和认识阿肯弹唱的真正价值及其精髓，使哈萨克族草原文化走向全国、走向世界。

（四）政府对那些具有创作和演唱才能的阿肯们，要进行重点保护,使其成为专职阿肯阿依特斯艺术家,为他们提供基本的生活费,以保证他们全力以赴地投入到创作中。

(五)建议建立哈萨克族阿肯弹唱保护发展基金会和专门研究阿肯弹唱会的机构,以梳理、保护、传承、发展阿肯弹唱,展示阿肯弹唱的底蕴与魅力。

总之,哈萨克族阿肯弹唱具有广泛的群众基础,它是与哈萨克族的风俗习惯以及民间诗歌密切相连的艺术形式。它是从古至今保留下来的哈萨克族独特的非物质文化遗产之一。它具有唤醒民众、激发斗志、传播知识的重要作用。阿肯弹唱是哈萨克人民沿袭了许多世纪的文化传统,今后也将代代传承下去。哈萨克族阿肯弹唱这种艺术活动不会失去群众基础。哈萨克族居住的地方,阿肯弹唱始终占据主导地位,因为他们代表着诗歌民族的灵魂。阿肯选择了阿肯弹唱,阿肯弹唱也缔造了一代一代的阿肯。阿肯是哈萨克人民的骄傲,是诗歌民族的杰出代表。目前,由于党的各项方针政策深入人心,哈萨克草原上也出现了欣欣向荣的大好形势。哈萨克族阿肯弹唱会在城市、草原上广泛开展起来,使得这一传统的演唱艺术获得新的生命。为了弘扬哈萨克族草原文化艺术,我们应该与时具进,使这种草原文化艺术永远灿烂、蓬勃发展。

参考文献

[1] 斯·哈孜拜，等. 15—19世纪哈萨克文学. 2004.

[2] 俄德尔斯，等. 哈萨克阿依特斯（古代卷）. 乌鲁木齐：新疆青少年出版社.

[3] 塔里甫拜·哈拜耶夫. 哈萨克古代文学. 乌鲁木齐：新疆青少年出版社，1990.

[4] 哈萨克民间文学概论. 北京：中央民族大学出版社，2006.

[5] 毕桪编. 哈萨克民间文学概论［M］. 北京：中央民族学院出版社，1992.

[6] 中国艺术研究院音乐研究所. 新疆哈萨克民歌［C］. 北京：文化艺术出版社，1982.

[7] 贾合甫·米尔扎汗. 哈萨克文化大观［Z］. 乌鲁木齐：新疆人民出版社，2001.

[8] 哈萨克斯坦百科全书［Z］. 阿拉木图：哈萨克斯坦国百科全书出版社，1972.

[9] 赛依提汗·卡力. 论阿肯弹唱［J］. 社会科学研究（哈萨克文），2001.

[10] 吾依木汗. 哈萨克民间文学（哈萨克文）［M］. 新疆青少年出版社，2000.

[11] 穆合塔尔·艾维佐夫. 哈萨克文学史. 阿拉木图：作家出版社，1991.

[12] 沙比提·木塔诺夫. 哈萨克民族. 阿拉木图：作家出版社，1995.

[13] 阿依特斯：第2卷. 阿拉木图：作家出版社，1988.

[14] 别克苏里坦·凯撒. 阿依特斯理论研究. 北京：民族出版社，2005.

[15] 卡哈尔曼·穆汗. 科研论文集. 北京：民族出版社，2003.

[16] 艾孜木汗·对山. 文学奏鸣曲. 乌鲁木齐：新疆人民出版社，1994.

[17] 毕桪. 哈萨克民间文学概论. 北京：中央民族学院出版社，1992.

［18］本书编辑部．新课程教学模式优化手册．北京：金版电子出版社，2005．

［19］陈远生，梁海丹．成功培训学校（中心）教学模式创新与规范化管理及规章制度实用手册．2004．

［20］吾哈甫·怒拉合买提．丝路明珠：哈萨克阿依特斯．哈尔滨：黑龙江人民出版社，2008．

［21］埃文斯—普里查德．努尔人．褚建芳，译．北京：华夏出版社，2001．

［22］王建民．艺术人类学新论．北京：民族出版社，2008．

［23］王霄冰，迪木拉提·奥迈尔．文字、仪式与文化记忆．北京：民族出版社，2008．

［24］贾合甫·米尔扎汗．哈萨克族历史与民俗．夏里甫汗·阿布达里，译．乌鲁木齐：新疆人民出版社，1998．

［25］雷蒙德·弗思．人文类型．费孝通，译．北京：华夏出版社，2001．

［26］Laurenec Krader. Social Organization Of the Mongol – Turkic Pastoral Nomads, The HagUe：MouUon, 1963．

［27］加娜尔·萨卜尔拜．新疆哈萨克族阿吾勒及其变迁研究——富蕴县喀拉布勒根乡巴拉额尔齐斯牧业村的个案．新疆师范大学硕士学位论文，2009．

［28］Казак совет энциклиоледиясы．Алматы：1972．

［29］朱炳祥．社会人类学．武汉：武汉大学出版社，2004．

［30］爱德华·埃文斯—普里查德．论社会人类学．冷凤彩，译．梁永佳，审校．北京：世界图书出版公司北京公司，2009．

［31］娜斯拉·阿依拖拉．论哈萨克阿肯阿依特斯及其传承特点［硕士学位论文］．中央民族大学哈萨克语言文学系，2007．

［32］牛媛媛．新源县坎苏乡哈萨克族阿肯弹唱传承现状的考察与研究［硕士学位论文］．新疆师范大学音乐系，2007．

［33］节肯·哈吾提．关于阿依特斯专业实施实践教学活动的意义．新西部，2009（10）．

［34］吐尔孙汗·艾力汗．略谈哈萨克阿依特斯阿肯应具备的条件．伊犁师范学院学报（哈萨克语版），2008（1）．

［35］叶尔克西·胡尔曼别克．阿肯弹唱话今昔．新疆日报．2004 – 11 – 6．

［36］黄中祥．哈萨克族口头文学的传承方式．伊犁师范学院学报，2007．

［37］毕桪．哈萨克民间文学概论．北京：中央民族大学出版社，1992．

［38］娜斯拉·阿依拖拉．论哈萨克阿肯阿依特斯及其传承特点．中央民族大学硕士论文，2007．

［39］冯之力．新疆高师哈萨克声乐教学之我见．中国音乐，2000（1）．

［40］叶尔扎克夫．哈萨克民间音乐史［M］．阿拉木图：哈萨克斯坦《科

学》出版社，1987.

［41］阿合买提·朱班诺夫．时代的百灵鸟［M］．阿拉木图：哈萨克斯坦《作家》出版社，1975.

［42］郝苏敏．西域民族民歌曲调［M］．北京：民族出版社，2001.

［43］哈萨克曲乐史［M］．阿拉木图：2000.

［44］巴格达提·叶斯特买斯．哈萨克族阿依特斯曲调的区域性和部落特征［J］．哈萨克族阿依特斯论文集．乌鲁木齐：新疆人民出版社，2010.

［45］穆合塔尔·阿乌艾佐夫．哈萨克文学史［M］．阿拉木图：哈萨克斯坦科学出版社，1960.

［46］韩育民．中国哈萨克族音乐文化［M］．乌鲁木齐：新疆人民出版社，2009.

［47］陶力瑶，樱井龙彦，等．非物质文化遗产学论集．北京：学苑出版社，2006.

［48］谭达先．论中国民间文学．哈尔滨：黑龙江人民出版社，2003.

［49］陶克尔德·雅克布森．人类思想发展史．哈尔滨：黑龙江人民出版社，2005.

［50］毕桪．哈萨克民间文学概论．北京：中央民族学院出版社，1992.

［51］斯·哈孜拜等．15—19世纪哈萨克文学．2004.

［52］哈萨克阿依特斯（古代卷）．乌鲁木齐：新疆青少年出版社．

［53］塔里甫拜·哈拜耶夫．哈萨克古代文学．乌鲁木齐：新疆青少年出版社，1990.

［54］别克苏勒坦·凯塞．哈萨克阿肯弹唱研究．北京：民族出版社，2005.

［55］阿吾里汗·哈力．哈萨克民间文学．乌鲁木齐：新疆人民出版社，1985.

［56］毕桪．在民间传承中实现对阿依特斯的保护//哈萨克的阿依特斯论文集．

［57］别克苏勒坦·卡赛．哈萨克的阿依特斯论文集//浅谈哈萨克阿依特斯．

［58］巴格达提·叶斯特买斯．哈萨克的阿依特斯论文集//哈萨克阿依特斯曲调的区域性与部落性．

［59］乌鲁木齐拜·杰特拜．哈萨克的阿依特斯论文集//哈萨克阿依特斯艺术术语．

［60］哈斯木汗·瓦提汗．哈萨克的阿依特斯论文集//有关阿肯阿依特斯的几个问题．

［61］加玛尔汗·喀拉巴特尔．哈萨克的阿依特斯论文集//阿依特斯艺术及我的对歌手们．

［62］穆合塔尔·艾乌佐夫．论文学．阿拉木图：作家出版社，1997.

[63] 哈萨克语辞书. 乌鲁木齐：新疆人民出版社，1990.

[64] 苏联哈萨克百科全书：第六卷.

[65] 乌拉孜阿肯·阿斯哈尔. 喀拉吾令集，第九、四、五卷. 阿拉木图：佳林出版社，1997.

[66] 尼·哈纳皮亚吾勒. 论文学家、诗人乔汗. 阿拉木图：哈萨克斯坦出版社出版，1998.

[67] 艾孜木汗·提贤. 论文学，第五卷. 乌鲁木齐：新疆人民出版社出版，1994.

[68] 孜·阿合买提沃夫. 诗词的理论. 乌鲁木齐：新疆人民出版社出版，1994.

[69] 中国文学之家音乐研究中心. 哈萨克民歌. 北京：民族出版社，1984.

[70] 别克苏勒坦·凯塞. 哈萨克族阿肯弹唱. 奎屯：伊犁人民出版社，2006.

[71] 卡哈尔曼·穆汗. 浅谈阿依特斯文化与艺术研究意义. 中国哈萨克传统文化研究. 乌鲁木齐：新疆人民出版社，2007.

[72] 赵嘉麒. 哈萨克文学简史. 乌鲁木齐：新疆人民出版社，2007.

[73] 吾哈甫·努拉合买提. 哈萨克阿依特斯. 哈尔滨：黑龙江人民出版社，2009.

[74] 库兰·尼合买提. 中国哈萨克族. 乌鲁木齐：新疆人民出版社，2007.

[75] 别克苏勒坦·凯塞. 哈萨克族阿肯弹唱. 奎屯：伊犁人民出版社，2006.

[76] 哈萨克民间文学概论. 北京：中央民族大学出版社，2006.

[77] 中国文学之家音乐研究中心. 哈萨克民歌. 北京：民族出版社，1984.

[78] 哈萨克语辞书. 乌鲁木齐：新疆人民出版社，1990.

[79] 苏北海. 哈萨克族文学的源泉——对唱，历史大观园杂志，1988.

[80] 苏北海. 哈萨克族文化史. 乌鲁木齐：新疆大学出版社，1989.

[81] 毕桦. 哈萨克民间文学概论. 北京：中央民族大学出版社，2006.

[82] 哈拜. 哈萨克阿肯. 北京：民族出版社，2006.

[83] 毕桦. 在民间传承中实现阿依特斯的保护. 伊犁师范学院学报，2006（3）.

[84] 仵静，赵惠玲，等. 对哈萨克族非物质文化遗产阿依特斯传承与保护工作的几点认识. 新疆社会科学论坛，2009（4）.

[85] 张昀，阿里木赛依提，达丽哈. 论哈萨克民族的阿肯与阿肯弹唱. 青海民族研究，2003.

[86] 哈拜. 哈萨克阿肯. 北京：民族出版社，2006.

[87] 苏北海. 哈萨克族文化史. 乌鲁木齐：新疆大学出版社，1989.

[88] 贾合甫·米尔扎汗. 哈萨克族文化大观. 乌鲁木齐：新疆人民出版社，2001.

[89] 黄中祥.哈萨克族英雄史诗与草原文化.北京：中央编译出版社，2007.

[90] 别克苏里坦.哈萨克族阿肯弹唱研究.北京：民族出版社，2004.

[91] 库兰.中国哈萨克族.乌鲁木齐：新疆人民出版社，2007.

[92] 夏木斯.哈萨克现代阿肯弹唱.乌鲁木齐：新疆人民出版社，2000.

[93] 新疆自治区文联.新疆维吾尔自治区第二届阿肯弹唱会精选.乌鲁木齐：新疆人民出版社，2006.

[94] 热合木江·沙吾提.论哈萨克族阿依特斯艺术与美学教育.2007年7月在乌鲁木齐召开的新疆社会科学院举办的"中国哈萨克非物质文化遗产学术研讨会"论文.

[95] 热合木江·沙吾提.论阿依特斯文化与人类口头和非物质文化遗产.新疆大学学报，2006（2）.

[96] 热合木江·沙吾提.非物质文化遗产的保护——以阿依特斯为例.伊犁师范学院学报，2007（4）.

[97] 国务院办公厅.关于加强我国非物质文化遗产保护工作的意见.2005.

[98] 吾哈甫.丝路明殊——哈萨克阿依特斯.哈尔滨：黑龙江人民出版社，2009.

[99] 国务院办公厅.关于加强文化遗产保护工作的通知.2005.

[100] 文化部，财政部，民委，等.中国民族民间文化保护工程实施方案.2003.

[101] 卡力木，等.阿肯弹唱——人民的盛会.乌鲁木齐：新疆人民出版社，2007.

[102] 哈萨克族阿依特斯中国非物质文化遗产网，http://www.ihchina.cn/inc/guo jiaming lunry.jsp?giml-id=281

[103] 刘宗迪.口头传统：人文学术的新视野.中国社会科学院报，2003-11-13

[104] 艾力·司马义.哈密民间歌谣.乌鲁木齐：新疆人民出版社，1991.

[105] 毕桪.哈萨克民间文学概论.北京：中央民族大学出版社，2006.

[106] 哈拜.哈萨克阿肯.北京：民族出版社，2006.

[107] 毕桪.在民间传承中实现阿依特斯的保护.伊犁：伊犁师范学院学报（社会科学版），2006（3）.

[108] 毕桪.哈萨克非物质文化遗产及其保护.伊犁：伊犁师范学院学报，2006.

[109] 毕桪.哈萨克民间文学概论.北京：中央民族大学出版社，1992.

[110] 贾合甫·米尔扎汗.哈萨克文化大观.乌鲁木齐：新疆人民出版社，2001.

[111] 哈萨克斯坦百科全书. 阿拉木图：哈萨克斯坦百科全书出版社，1972.

[112] 赛依提汗·卡力. 论阿肯弹唱. 社会科学研究（哈萨克文），2001（4）.

[113] 乌依木汗. 哈萨克民间文学（哈萨克文）. 乌鲁木齐：新疆青少年出版社，2000.

[114] 张昀，阿里木赛依提，等. 论哈萨克族阿肯及阿肯弹唱会. 民族研究，2003（3）.

[115] 苏北海. 哈萨克族文学的源泉——对唱. 历史大观园，1988（3）

[116] 苏北海. 哈萨克族文化史. 乌鲁木齐：新疆大学出版社，1989.

[117] 努据尔夏提·别尔迪别克. 哈萨克民间艺术盛会"阿肯弹唱会". 新疆社会科学，2005（6）.

[118] 毕桪. 哈萨克民间文学概论. 北京：中央民族学院出版社，1992.

[119] 新课程教学模式优化手册. 北京：金版电子出版社，2005.

[120] 陈远生，梁海丹. 成功培训学校（中心）教学模式创新与规范化管理及规章制度实用手册. 2004.

后 记

《哈萨克族阿依特斯研究》是新疆社会科学联合会向新疆维吾尔自治区申报的重点项目之一，根据对课题内容拓展的需要，我们启动了课题的子项目。这部《哈萨克族阿依特斯研究论文集》用汉语撰写，是子项目之一。我们鼓足勇气对相关问题进行了大规模的搜集，用专业的鉴别态度对到手的文章进行了仔细的探讨和分析，认真做了筛选。有人说雕刻是一门遗憾的艺术，一旦刻刀出手便难以更改；有人说电影是一门遗憾的艺术，一旦拍成缺憾便难以弥补。那么搜集论文并借鉴其中的思想，从中筛选何尝不是难上加难的事？有了思路，却找不到相关的汉文文献资料参考；有了文章，却拿不出不同风格、不同形式、不同视角的研究；说是有了内容排列的程序，却又找不到相同问题的不同探究；总体上还算有所收获，亦有很多遗憾。

为了寻找合适的论文，我们翻阅了大量的研究文献，然而，在各种关于阿依特斯研究领域中，在当前成文的文章中，虽然很难说已经完全达到了专业和严谨，只能说研究者一直在努力中，至少在对阿依特斯考察中能利用到或做指标。

在搜集文章的时候我们尽量把平实易懂、当前国内人们在不同的报刊杂志上会看到的一些研究文献筛选出来，组成一个研究体系和目标。加之行文仓卒，水平有限，以至于现在的成稿中提显。

因为我非常欣赏哈拜先生对于阿依特斯的研究，所以从他的《哈萨克阿肯》一书中摘录了胡尔曼别克阿肯的"阿依特斯生涯"、"论阿依特斯阿肯吟唱褒贬诗及进谏诗"这两篇文章，借此机会向哈拜先生表示感谢。

众所周知，一个理论产生于文本，没有相应的文本分析，理论只能是空洞无当的理论，不具备对研究实践有指导意义。所以，我们在搜集中虽然工作态度严谨，虽然有积极的研究精神，但是，用汉语撰写或研究哈萨克族阿依特斯的文章确实太少，心里深感遗憾。唯有通过眼前的文本来向广大读者阐释，扩大阿依特斯理论的意义和内涵，真正做到科学的规范，理论联系实际的挖掘、整理，还须努力。

搜集整理好的所有文章均可成为人文文化的研究成果，其中都有各自的基本要素，一是时间，二是实例，三是艺人，四是诗词。但是，这些要素因轻重位置的不同，自然形成一个排列格式，因此可能有些偏颇。同时，在对文章进行整理中也遇到了一些问题，而这些问题不是我们任意去改变或更正就能略过的问题，也有很多地方难以令人满意，恳请各位大雅宏达，多多指正！

主编：古丽娜尔·强巴依娃

2011.01.15

图书在版编目(CIP)数据

哈萨克族阿依特斯研究论文集/古丽娜尔·强巴依娃主编.—北京:民族出版社,2014.9
ISBN 978-7-105-13447-2

Ⅰ.①哈… Ⅱ.①古… Ⅲ.①哈萨克族—民间文学—文学研究—中国—文集 Ⅳ.①I207.936-53

中国版本图书馆 CIP 数据核字(2014)第 231562 号

哈萨克族阿依特斯研究论文集

主　　编:	古丽娜尔·强巴依娃
责任编辑:	古丽巴哈尔·毛拉
封面设计:	孟　龙
出版发行:	民族出版社出版发行
地　　址:	北京市和平里北街 14 号
邮　　编:	100013
网　　址:	http://www.mzpub.com
印　　刷:	北京市艺辉印刷有限公司
经　　销:	各地新华书店经销
版　　次:	2015 年 3 月第 1 版
印　　刷:	2015 年 3 月北京第 1 次印刷
开　　本:	787 毫米×1092 毫米　1/16
字　　数:	390 千字
印　　张:	23.5
定　　价:	45.00 元
书　　号:	ISBN 978-7-105-13447-2/I·2564(汉 2737)

该书如有印装质量问题,请与本社发行部联系退换
哈文室电话:010-64228006　发行部电话:0991-2854817